中国社会科学院
老年科研基金资助

中国社会科学院老学者文库

浅斟低唱解大师

——英国小说撷英研究

On English Novel as a Creamed Art

张 玲◎著

中国社会科学出版社

图书在版编目（CIP）数据

浅斟低唱解大师：英国小说撷英研究／张玲著.—北京：中国社会
科学出版社，2016.3

（中国社会科学院老学者文库）

ISBN 978 - 7 - 5161 - 7607 - 8

Ⅰ.①浅…　　Ⅱ.①张…　　Ⅲ.①小说研究—英国　　Ⅳ.①I561.074

中国版本图书馆 CIP 数据核字（2016）第 025284 号

出 版 人	赵剑英	
责任编辑	史慕鸿	
责任校对	郝阳洋	
责任印制	戴　宽	

出　　　版	中国社会科学出版社	
社　　　址	北京鼓楼西大街甲 158 号	
邮　　　编	100720	
网　　　址	http://www.csspw.cn	
发 行 部	010 - 84083685	
门 市 部	010 - 84029450	
经　　　销	新华书店及其他书店	

印刷装订	三河市君旺印务有限公司	
版　　　次	2016 年 3 月第 1 版	
印　　　次	2016 年 3 月第 1 次印刷	

开　　　本	710×1000　1/16	
印　　　张	23.25	
插　　　页	2	
字　　　数	306 千字	
定　　　价	86.00 元	

凡购买中国社会科学出版社图书，如有质量问题请与本社营销中心联系调换
电话：010 - 84083683

目　　录

自　序

这是一本在大主题之下信笔记录与限题作文拼接糅合而成的文本。其过程，历时三十余载，虽未遇过多周章，却也自有一番原委。

我后半生的职业，含退休迄今，是以英国文学为主的教学、研究、编辑、翻译。在此种种工作各阶段，偶有心得，出于早年习作及随后撰写新闻报道与评论的积习，总喜随手涂写而成笔记。又蒙我外国文学界同行前辈眷顾，每逢其为某种创意编辑评论文集，或翻译名家名作，或出版辞书丛书而邀集合作者，我也常忝列麾下，欣然受命撰文。日积月累，无意间手头也存有长短不一若干文稿，今虽偶为集录，本不成章法，然链接各篇所涉时空范围，已纵贯于18—20世纪英国现代小说从峻岭初升，至高峰竞拔，至群峦迷离之全盛期，例举各家各作亦直指菲尔丁、奥斯丁、狄更斯、爱米丽·勃朗特、哈代等英国现代小说经典之精粹，因此而窃自视其亦可别成一体。

全书凡三十三篇，虽笼统归为评论类属，以笔者之浮躁谫陋，自难达深刻蕴藉。所幸者，各篇均出自对诸大家之长年久仰，及细读中之真感实悟，行文又皆针对某家某作具体辞章剀切抒发，无非欲将一己之一得之见与当今读者分享互动，同切共磋，未尝敢做无干文本之地对空、空对空高论。

若许拙文所涉诸家，既为英语文学领域大师，其立意创言、运筹构架、落墨走笔尽皆精妙绝伦，从中可知前人为文呕心沥血，中外皆然。故于浅剖粗析之间，唯求竭尽笔力，恪循吾汉人汉语作文章法，远避翻译腔、洋八股。

柳永之浅斟低唱尝屡遭其时人及后世诟病为颓放沉沦。试问："斟""唱"者何谓？姑不论其深浅高低，三变先生却实是于斟与唱中间填词为诗；苟无酒歌激发，又何以完成其不朽艺术！小说无论中外古今也是艺术，本书所论各家各作，亦为饱含浓郁香醇艺术性，即诗性之作，读之，研之，品之，论之，设若忽视其艺术性或谓诗性，仅操逻辑推理方法之刀，游刃于哲理概念流派框架之内，又何以谙解、获取并彰显"艺术的文学"之精髓要旨！余囿于性别境遇，于斟唱行为，仅偶尔私之，每逢为文礼赞古今中外大师，则不得不殚心竭力调动自身虽缺稀但自珍之艺术细胞，即诗性，偶得与大师略有一二契合，愿足矣。

絮絮累述作者生平背景、作品故事，依敝人迂妄之见，似为文学评论或谓批评性导言（critical introduction）之大忌，无奈其恰为时下某些出版体例所需。为变通计，则力求使之寓于议论，融入评述。苟未得生抄辞书、拾人牙慧之嫌，则更加喜出望外。

　　　　　　　　　　　　2006 岁末初稿于北京双榆斋
　　　　　　　　　　　　2014 年 6 月 29 日补正

英国小说及其中的心理构建

一

在子孙满堂的文学家族中，小说是后生晚辈。文学家无论怎样追根溯源，竭力从远古口传的叙事故事中去搜寻它的遗传基因，严格意义上的小说，在英国大体同在欧洲大陆各国一样，仍得说只是近二三百年才发生和发展起来的一种文学门类。文学史家和理论家无论怎样界定诠释，总不会忽略使小说区别于其他文学样式的这些特征：散文（非韵文）的、虚构（非纪实）的讲述故事的形式；以情节和人物为基本要素。但它既是属于整个文学家族之一员，自然也具有家族的共性，它也是感知、探索、描摹、展望人生的一种艺术。

文学在其漫长的发生、发展道路上，总是在逐步深化它对人生的感知、探索、描摹和展望。而这一逐步深化的过程，也就是由表及里、由浅入深、从外在人生到内在人生的过程。远在小说出生之前，民间传说、史诗、诗歌、戏剧、散文等这些文学门类已经以内在的人生——心理作为它们的构成部分。在英国，14 世纪有威廉·朗兰德（1330—约 1400）的《农民彼尔斯的故事》和杰弗里·乔叟（约 1343—约 1400）的《特洛伊罗斯和克瑞西达》（1385—1386）两首叙事长诗。前者为有关心理道德的寓言诗，后者为有关爱情心理的爱情故事诗。15 世纪在威廉·莎士比亚（1564—1616）那些著名的悲剧、喜剧和历史剧中，此类范例不胜枚举。就小说而言，传统小说既以情节和人物为基本要素，小说中人物的心理描写和心理分析，自然就是小说的一部分心理构建。有一类小说注重在情节方面，也就是通常所说的讲故事，一般称为情节小说；而另一类注重人物方面的小说，描述分析人物思想感情、情感、心理活动，一般被称为人物小说或广义的心理小说。专家、学者通常共识的一个标准是：一部严肃的高品位小说，一般总离不开心理的构建。回顾世界各民族文学发展历程，小说创作中心理构建之完成，恰是现代小说与现代前小说之分水岭。

英国小说像欧洲大陆各国小说一样，虽然出生晚近，却有一个漫长的孕育过程。它饱吮了欧洲中世纪口头故事、英雄传奇的营养，借鉴了叙事诗、戏剧以及书函、日记、游记等散文作品的表达手段，又受到西班牙、法国等国文艺复兴前后的小说直接影响。今天可见英国以英文写的散文体故事，最早的，一部是托马斯·马洛礼（1395—1471）的《亚瑟王之死》（1485），一部是菲利普·锡德尼（1554—1586）的《阿卡迪亚》（1590），还有一部是约翰·班扬（1628—1688）的《天路历程》（1678—1684），因为它们在情节和人物方面尚未达到作为小说基本要素的要求，通常只被视作英国小说的雏形。

文学史家逐渐趋于一致的意见是，英国小说或谓现代小说始于 18 世纪初的丹尼尔·笛福（1660—1731）的《鲁滨孙漂流记》（1719）。这部航海、冒险、个人奋斗的故事，至今家喻户晓。它首先具备了一个首尾一贯、起伏跌宕的情节：富家少年不遵父训出海经商，海上遇难流落荒岛，奋力求生畜牧稼穑，收留临近岛屿上的土人，营救过路船长，重返家园后又去巴西垦殖，发家致富；它又有一个贯穿始终、真实具体的人物：少怀四海之志，勇敢面对狂风恶浪，身处绝境而不气馁，脚踏实地创造生活的鲁滨孙·克鲁索。这个人物在小说中，主要是推动情节的载体，随着他的动作故事情节自然形成。这部小说以及笛福的其他几部小说，还有继笛福之后另一重要作家乔纳森·斯威夫特（1667—1745）的《格列佛游记》（1726）都是属于这种情节小说。此类作品，有时也表现人物的喜怒哀乐和思想活动，但大多数都浅尝辄止，并未深入人物的内心生活、精神世界。其实《鲁滨孙漂流记》的故事本身也暗示了心理小说产生的物质基础和社会条件。像鲁滨孙那样，只身流落荒岛，重新过起鸿蒙初辟的原始人生活，终日为寻求最起码的生存条件而奔波劳碌，确也不可能有那么多的思想活动和精神生活。一些研究者因此仍不承认它们是真正的小说，直到塞缪尔·理查森（1689—1761）的第一部长篇小说《帕米拉》问世（1740—1741），才引来了这部分挑剔的学者的青睐。

二

小说是商品生产发展、人类精神解放、文化艺术普及化和平民化的时代产物。英国 18 世纪的社会经济、政治、文化的发展，恰为小说的发展提供了丰富的土壤。如果说《鲁滨孙漂流记》和《格列佛游记》这样的作品内容尚属海外奇谈，印刷师傅出身的理查森所写的乡间平民少女帕米拉的故事，则深深植根于英国土地之上。帕米拉纯洁、美丽，到乡绅府上做佣工，受老夫人调理，更加知书识礼，常得以府上宠物身份展示于宾客之间。老夫人死后，男少主觊觎其美质，时时欲行非礼，伙同府中仆从，极尽利诱威逼之能事。帕米拉竭力自卫，誓死不从。一天深夜，她从囚室逃出，欲生却走投无路，欲死又顾虑会受到宗教训诫谴责①，因而备受煎熬。由于她操守自重，终于赢得主人及全家上下尊重，男主人对她也渐生真情，改过自新，并正式娶她为妻。

---

① 按基督教"十诫"规定，自杀为犯罪行为。

　　这部小说副标题为《美德的报偿》，明示它所蕴含的道德训诫的意义。全书分上下两卷，长达百万言，大部分都是帕米拉给双亲写的家书，中间又穿插了一些他人的信函。伴随着向父母报告在主人家的种种遭遇，讲述自己的种种观感。主要通过人物的颦笑嗔喜，转首回眸，举手投足传达心理活动。随着故事情节发展，人物的思想、感情、观念、性格跃然而出。它因这些特色而成为英国文学史上第一部人物小说或称心理小说。

　　这种风格的小说显然与《鲁滨孙漂流记》那类流浪汉体的情节小说不同，出版后顿时产生轰动效果。很多家庭夜晚围坐炉边，常以朗读此书为消遣，阖家随帕米拉的遭遇时而忧、时而惧、时而喜，一时传为盛谈；它的声誉也波及海外，法国著名作家和思想家狄德罗（1713—1784）曾为理查森在这部作品中表现出的洞悉人心的才能而折服。狄德罗还与当时意大利剧作名家哥尔多尼（1707—1793）分别将此小说改编为法文和意大利文剧本搬上舞台。

　　从心理的内涵来说，《帕米拉》是一部多重性的、复合性的作品。它写人物的爱情、婚嫁心理，也写人物的道德心理、人际关系心理。在涉及种种感情的心理活动时，它也尽情书写，甚至不惜夸张、矫情，以至成为此后感伤情调（也称感伤主义）的滥觞，但与法国早期心理小说那种偏重于浪漫主义的感情宣泄不同，《帕米拉》主要以具体而又细微的写实手法见长，它之所以能在英国以至欧洲大陆赢得读者，主要在于它抒写得真切感人。这可能与英国人内向、冷静、务实的民族特性有关。英国小说家自理查森写《帕米拉》开始，就建立起心理现实主义的传统。他们把浪漫的抒发和尽情的宣泄交付给了特别赋有血性和幻想的诗人。此后，英国众多的小说家，不约而同地视笛福的情节小说和理查森的人物小说为一条长河的两个源头，将自己的小说汇入一条现实主义小说的传统之河，从亨利·菲尔丁（1707—1754）开始，继之以托拜厄斯·史摩莱特（1721—1771）、瓦尔特·司科特（1771—1832）、简·奥斯丁（1775—1871）、威廉·萨克雷（1811—1863）、查理斯·狄更斯（1812—1870）、托马斯·哈代（1840—1928）等，都是这一传统之流上的重要河段。大体来说，这些小说家的作品都是情节与人物并重，不过就每部具体作品而言，其中情节和人物—心理的构建又各有轻重。总体来看，属于18世纪的小说家，大多更重情节，而辅以人物—心理。属于19世纪的名家，则在精心构思情节的同时，一个比一个更重视人物内心的探索、临摹和分析；他们的绝大多数作品，都不是单纯的心理小说，但是他们的作品中有关心理的构成部分，都与心理小说中的探索、临摹和分析具有同样的艺术价值，而且对英国心理小说的发展具有不可漠视的贡献。

英国的第一位人物—心理小说家理查森除写了《帕米拉》之外，还写了《克拉丽莎》（1747—1748）和《查理斯·葛兰迪森》（1753—1754）两部小说，也都是以人物—心理为主的小说。在它们问世之后，法国卢梭（1712—1778）的《新爱洛绮思》（1761）、德国歌德（1749—1832）的《少年维特之烦恼》（1774）等著名小说的内容和技法，都深受理查森几部小说的影响。当时在英国本国，急步理查森后尘的，还有女小说家萨拉·菲尔丁（1710—1768）和稍后的范尼·伯内（1752—1840）等。

萨拉·菲尔丁是著名小说家亨利·菲尔丁的妹妹，又是理查森众多私淑女弟子中最富才华的一位。她的成名作《大卫·辛普尔》（1744）就是在《帕米拉》直接启发下创作的小说。它的主人公大卫·辛普尔，就像他的姓氏（Simple）一样，是个单纯的青年，他到伦敦寄寓于很多人家，希望结识朋友，获得真实情谊。现实生活中欺诈背叛时有发生，使他大失所望，但最后他终于找到了理想的伴侣——美丽善良的姑娘卡米拉。范尼·伯内亦称达布莱夫人，她以书函体书写的小说《伊芙莱娜》（1778）以及其他小说都是以当时社会中孤弱女子的遭遇为题材。这两位女作家的成就，虽远不及她们的导师和前辈，但她们的作品表现出的精细、敏锐的洞察力和表达技法却首次不可驳辩地证明：女作家在创作心理小说方面具有比男作家得天独厚的优越性和潜在力。

稍后于理查森，英国小说界还出现了著名的奇人劳伦斯·斯特恩（1713—1768）和他的奇书《项狄传》（1759—1767）。斯人之奇，在于他非同寻常的经历：他父亲是军人，本人自幼随父母辗转军旅；他曾祖父是约克郡主教，本人青年时代进入剑桥求学，这种亦武亦文①的背景可能就是他多重复杂性格的根源。他身为奉神诵经的牧师却品行不端，曾因拈花惹草而将妻子气疯；他博览宗教典籍，同时又钻研身为异端的拉伯雷（1493 或 1494—1553）和塞万提斯（1547—1616）；他发表醒世劝善布道文，所取笔名却是约立克——哈姆雷特富有哲学意味地嘲讽过的那颗颅骨主人的名字。文如其人，《项狄传》一书之奇，也就在于它像它的作者的经历一样荒诞滑稽、充满矛盾，既富哲理，又富嘲讽。它一反小说的传统模式，没有首尾一贯的情节，中间内容也不尽与标题一致。它的全名为《垂思川·项狄的生平和见解》，而真正的主要人物却是父亲瓦尔特·项狄、叔父托比及其随从特里木，还有一些次要人物如牧师约瑞克、医生斯劳普、寡妇沃达曼以及垂思川·项狄之母。全书九卷，近百万言，既无垂思川·项狄生平叙述，又不见有关他见解的介绍，除写他出生、命名，仅见他幼童时代形象，且转瞬即逝。全书支离破碎的滑稽场面，一泻千里的插话，类似谚语的独白随处可见，时间顺序错乱颠倒。有作者随兴之所至旁征博引、考据、论断，有时引拉丁文，有时是连篇断句、破折号、图解、星号以至黑页白页、条纹页，有时又突然将空白页的内容在后面的章页中补述。整个作品手法，反映了一个落拓不

---

① 当时的剑桥大学专事培养教职人员；当时的牧师等教职人员，就是社会上重要的文化人或谓知识分子。

羁的狂士对人生世态的嘲弄和讥讽，表现出一个独立不倚的作家无拘无束的创新精神。这部小说，明显地受到拉伯雷小说的影响，在其时的英国小说中，是独一无二无可归属的作品。它显然远离情节小说，而具有若干人物—心理小说的构建。作者在这部书中也提到，他自认人的头脑里时间、空间的顺序变化莫测，往往与实际的时空顺序南辕北辙，这是他在自觉地尝试探索并表现人类头脑运作的秘密，与将近一个半世纪后现代科学家、心理学家及意识流小说家的意图恰恰不谋而合。据此，我们不妨说《项狄传》是一位超前奇人所写的一部超前奇书。

三

英国小说在 18 世纪由于笛福、斯威夫特、理查森、菲尔丁、史摩莱特、斯特恩等人的贡献，形成了蓬勃发展的一个高峰。到这个世纪的最后三十年，则略显沉寂，一些比较平庸的作家刻意效颦，继续编撰类似《帕米拉》、《弃儿汤姆·琼斯史》（1749）模式的少女遭难、少男冒险之类的大部头故事，久而久之令人望而生厌，从而对这类情节与人物并重的写实以致末流的小说产生一种逆反；于是远离现实人生，追求神秘、恐怖、暴力的哥特体小说应运而生。它们以荷拉斯·华尔浦尔（1717—1797）的《奥特兰托堡》（1764）为开端。这类小说作者多是当时才智过人、易发奇想的富家青年男女，他们优悠岁月，以写作消闲娱人。这种闭门造车的结果是纯属虚构的离奇情节、虚假背景、程式化人物。安·拉德克利夫（1764—1823）的《尤道夫之谜》（1794）至今被看做这类小说的代表作。它讲述 16 世纪法国贵族之家的少女爱米丽遭恶魔式亲戚暗算，远离家园、恋人，被囚于意大利深山古堡内，受尽惊吓折磨，财产被恶戚鲸吞。最后恶人阴谋暴露，她得堡内其他受迫害者相助而逃出，与恋人重聚，并揭开一桩家族世仇的秘密。拉德克利夫夫人以她优于同道小说家的想象力渲染特有的神秘气氛，以烘托人物具有感染力的恐怖心理。与此小说同时代还有一部风靡英国以至欧洲大陆的哥特体小说《僧人》（1796），它的作者马修·刘易斯（1775—1818）因此书而得"僧人刘易斯"的诨号。此小说写马德里一古老寺院主持安布罗修，少年英俊而德高望重，人称圣者。但因凡心未净，招致魔鬼诱惑，屡犯奸杀，又乱妹弑母。他自恐罪行败露，将灵魂售予魔鬼以避死刑，随后又以宗教之模棱语言向魔鬼毁约，终被魔鬼诱至悬崖，坠落丧生。这部小说的理念法则在文学史家眼中虽不足为训，但它对于主人公心理矛盾、冲突的描绘以及分析却又有独到之笔。以《尤道夫之谜》和《僧人》为代表的哥特体小说对英国小说创作具有广泛影响而对美、英作家纳撒尼尔·霍桑（1804—1864）、爱伦·坡（1809—1849）、威尔金·柯林斯（1824—1889）以及亚瑟·柯南道尔（1859—1930）的恐怖、神秘以及犯罪小说更有明显的直接影响。甚至从狄更斯、勃朗特姐妹、哈代等英国19世纪最令人瞩目的大家大作中，也能发现这类小说某些表现手法的蛛丝马迹。

这种以恐怖、神秘为主要特征的哥特体小说，一方面直抒小说人物的恐怖、神秘心理，另一方面通过人物的感受和对神秘、恐怖的描写刺激读者的神秘、恐怖之感，这就不仅在小说本身的内容和描述手段上，而且在小说的客观功能上都与心理有关。因此，我们似乎可以把它们看做心理小说的一个变种；又由于在具体创作手法上超自然的虚构性，它们理应属于心理浪漫主义小说范畴。

四

19世纪在英国，与法、俄、德、意等欧洲其他国家以及美国等几乎同步，是小说空前繁荣的盛期，以简·奥斯丁和瓦尔特·司科特为前导，查理斯·狄更斯、威廉·萨克雷、伊丽莎白·盖斯凯尔（1810—1865）、安东尼·特罗洛普（1815—1882）、夏洛特·勃朗特（1816—1855）、爱米丽·勃朗特（1818—1848）、乔治·艾略特（1819—1880）、乔治·梅瑞狄斯（1828—1909）、托马斯·哈代等天才作家的优秀小说联翩出现，不仅在英国，而且在世界各国赢得了广泛的读者。这些小说家都可以纳入 18 世纪开始形成的现代写实传统，虽然每一个作家具有与众不同的个人风格，他们总体上都在情节和人物两个方面同时不断精化和创新。

简·奥斯丁的作品主要是世态人情的描摹，她已不再像前一个世纪的查理森那样不惮其烦地大肆铺叙人物的喜怒哀乐，而是以简洁、自然、流畅的人物对话，像戏剧对白似地，表达人物最普通自然的心理活动。她不是纯心理小说家，但是她的每部小说，特别是《爱玛》（1816）和《傲慢与偏见》（1813），心理构建占有很大的比重。

司科特作为小说家向来以历史小说著称，其作品之所以高于前人的历史传奇，人物形象更为突出是重要因素。尽管亨利·詹姆斯（1843—1916）曾以司科特的《拉默莫尔的新娘》（1819）中"身穿时髦、头戴黑帽、配饰黑羽"的男主人公为例，批评其笔下的人物"没有思想感情"，其实司科特并非全像亨利·詹姆斯所说的那样"缺少特殊敏感的想象力"，只不过他所表现的人物的思想感情，尚未达到亨利·詹姆斯所要求的那种细微、精雅的程度而已。人类的思想感情，本来就有粗细、钝敏、愚智之分。司科特的人物形象是粗线条的，但他们的行为，一般都与足可理喻的动机相应。司科特也在适当场合刻画人物的心理，再以《拉默莫尔的新娘》为例，它正是通过迷信表现人物心理的。

狄更斯、萨克雷、特罗洛普等现实主义小说的鸿篇巨制，都与理查森、菲尔丁、史摩莱特的小说一脉相承，但在人物刻画，尤其是心理刻画方面却又胜一筹。萨克雷在真切描写和无情揭露世态的同时，更时时不忘解释人物的种种心态，而且采用了菲尔丁、史摩莱特、斯特恩的讽刺手法。在他笔下，那些人物的卑鄙、势利、狡诈、野心，多以讽刺口吻表达。这对后世的梅瑞狄斯甚至20世纪的许多小说家都有重要影响。特罗洛普的巨著大多是冷静无情的写实，但他尤为注重心理的写实。他的《养老院院长》（1855），正是这方面的代表作。

对于狄更斯这位颇遭争议，但其文名又长存不衰的伟大小说家，他的同代人和后来人在褒贬他的手法过于夸张，他的人物干瘪以及他的感伤情调、他的盲目乐观等等之时，往往忽略了他在创作（尤其是中晚期创作）当中对于心理刻画所做的种种尝试和创新。他是英国小说史上早期刻画儿童心理的高手。对童年大卫·考坡菲动人的心理描绘，曾激发了俄国的列夫·托尔斯泰（1828—1910），并引起心理分析学派始祖弗洛伊德（1856—1939）的重视。他塑造的小保罗（《董贝父子》）、匹普（《远大前程》），只有牢记自己儿时往事的早熟天才才能胜任。他对于贪财、好色、阴险、自私、专横、骄傲等等人性的描绘，对变态心理和精神病患者，以及梦境、幻觉等非理性心理活动的表述，至今仍被视做他整个作品的精华之一部分。狄更斯也不是纯粹的心理小说家，但是他和萨克雷、特罗洛普部分作品中的心理构建都是英国19世纪小说中宝贵的遗产。

夏洛特·勃朗特也是一个注重作品心理构建的小说家。与狄更斯、萨克雷、特罗洛普不同，她深受穷乡僻壤清贫牧师之女狭小生活天地的限制，作品为数不多，而且仅仅限于反映女作家本人生活环境中孤弱女子的奋斗和感情生活。夏洛特·勃朗特在她那些比男作家少得多的篇幅中注入了大量爱情、婚姻、道德、事业等方面的心理描写和心理分析。她的主要方法是心理现实主义，但也偶尔一用心理浪漫主义，《简·爱》中女主人公最后听到罗切斯特遥远的呼唤，就是著名的例子。

仅以一部小说而成不朽的爱米丽·勃朗特虽然与夏洛特·勃朗特是同一家庭的嫡亲姐妹，她们的创作风格却截然不同。将近一个半世纪以来，研究者对她那部独树一帜的《呼啸山庄》（1847）众说纷纭，至今并未成一统。在这里我们不妨将它看做一部爱情心理小说。它抒写一对意气投契、热情奔放的男女生不相随、至死不渝的爱情。以传统的小说要素去衡量，这部小说结构不匀整，情节欠推敲，人物行为也有悖常理，因为它的重点不是讲述爱情故事，而是以浪漫主义的笔法写出富有强烈爱情感染力的爱情心理。它像诗一样，是作家本人强烈、崇高的爱情欲念——至死不渝地爱人和被人爱——的反映，也是堪与法国浪漫主义爱情心理小说媲美的杰作。在英国，她们姐妹浪漫主义爱情心理创作的影响至今不衰，在英美等国拥有相当多读者的女作家达夫妮·杜穆里埃（1907—1989）的爱情心理小说《蕊贝卡》（1938）、爱情与阴谋的历史小说《国王的将军》（1946）等就是雄辩的例证。

五

如果说爱米丽·勃朗特创作《呼啸山庄》像她创作她那少而精的抒情诗一样，是抒写她个人内心的体验，主要是凭她自己的主观直觉写作，在她前后与她并肩而立的几位男女作家，则是凭客观的观察、理性的分析创作心理小说，盖斯凯尔太太、乔治·艾略特和梅瑞狄斯的部分小说就是这种手段的产物。

盖斯凯尔太太向以她那些反映工业区工人生活，劳资矛盾和斗争的小说为我们所熟知。《玛丽·巴顿》（1848）就是这类小说的代表作。她的另一部重要作品《露丝》（1853）虽也写一贫苦女工而为我们所熟知，但侧重点则在道德心理的讨论。它写了一个天真无邪的少女离家外出谋生，受阔少引诱而堕落，一位牧师收容了她和她的私生子，从此她以孀妇身份教书为生，不久她的真实身世败露，遂为人所不齿。大疫之年，她自告奋勇充当护士，她精心护理的病人中恰有当年对她始乱终弃的阔少，待此人病愈，露丝却染病而亡。英国已有研究者认为这是一部严格意义上的心理小说，因为其中不仅心理描写和心理分析占有很大比重，而且故事情节的发展进程与主人公的心理活动自始至终有机地互相关联。特别是在主人公命运攸关的时刻，作者总要讲述其心理和动机。诸如露丝何以离家外出，何以堕落，何以向社会隐瞒真相，何以不念旧恶，何以视死如归，等等，作者都有详尽交代。最后，通过表彰露丝善良坚强、出污泥而不染的美德达到劝善的目的——这正是盖斯凯尔太太这位身兼牧师之女和牧师之妻毕生事业的根基。盖斯凯尔太太还有一部重要心理作品名为《妻女们》（1866），惟妙惟肖地描写和分析英格兰小镇妇女的种种心态。

乔治·艾略特是一位较盖斯凯尔太太更富才华和生活体验的女作家，她的心理小说主要在她创作的后期，以《米德尔马奇》（1871—1872）和《丹尼尔·第朗达》（1876）为代表。《米德尔马奇》副标题为《外省生活研究》，分别写米德尔马奇镇胸怀壮志的男女青年各一。女青年多萝夏·布鲁克一心欲献身伟大事业几至偏执，嫁与一年长学者，欲助其成就功名，不料此人却已是平庸伧夫，二人因生活目的有异而渐至感情破裂，导致婚姻实质上失败。与多萝夏相对应，男青年里德·盖特是一有为医生，矢志研究一生物学重要课题，但因性格上的弱点，无力抵抗世俗政治及婚姻生活干扰，研究工作半途而废，转而成为江湖医生，虽也名利双收，终因壮志未酬抑郁早殁。《丹尼尔·第朗达》也分写青年男女各一，男青年丹尼尔·第朗达追求道德完善，放弃上流社会悠闲安适的生活，参与反排犹运动，导致证实了自己本人的犹太血统而无法再立足上流社会；女青年格文德兰·哈利斯是利己主义者，嫁一倍加利己之富人，格文德兰受尽精神折磨遂致对其夫深恶痛绝。夫溺水，她袖手旁观；夫死，她无动于衷。

乔治·艾略特见闻广博，博览群书，敏于观察，精于思索，为她同代女作家所不及。她对古典及当代历史、哲学、伦理学颇有研究，人至中年转而从事小说创作，其作品带有相当实验性质。她通过对书中人物一一剖析，表达他们的爱情婚姻和伦理道德心理以及他们的内心或与他人的激烈心理冲突，其作品在此方面所达到的真实深刻程度，也为此前英国男女小说家所不及。《丹尼尔·第朗达》中所采用的象征手法又使它带有印象主义色彩。这些对后代小说家如托马斯·哈代、大卫·赫伯斯·劳伦斯（1855—1930）以及美国的亨利·詹姆斯都有重大影响。

梅瑞狄斯是乔治·艾略特同时代人，以心理小说家著称，他共写了13部小说，另有一些短篇。《哈里·里德蒙德》（1871）、《包尚的事业》（1876）、《利己主义者》（1879）等为代表作，其中又以《利己主义者》最受推崇。此书述一绝对利己主义贵族威洛比的婚恋。此公极度自私、傲慢，几近人性泯灭，即使恋爱、求婚也并非发自真情，不过是出自本能的色欲之念。但他又能以精雅的言谈风度伪装，掩盖其利己之心。他先与一女子订婚，后者因另有所爱而私奔，遂又追求一女子克拉拉。他以种种动听言词和雄辩逻辑，令恋人俯首帖耳任其驱遣，以满足其私欲；克拉拉经过精细观察渐识其内心真相而要求解约，威洛比则以克拉拉必须嫁其表兄为条件。克拉拉原来与其表兄彼此早有好感，按威洛比所提条件解除婚约其实正中下怀。此前另有一女子拉蒂夏钟情于威洛比而遭拒绝，威洛比却又转而逐猎此女，拉蒂夏虽因前嫌而对他有所警觉，终因迫于情势而自投罗网。本书副标题为《叙述体喜剧》，梅瑞狄斯继承了菲尔丁、斯恩特、萨克雷以来英国小说家戏谑嘲讽的传统，又善于心理分析，写尽当时男女关系中的丑恶心态，是一部精彩的讽刺心理小说，威洛比这一形象已成为具有警世作用的不朽人物。

在 19 世纪中后期，盖斯凯尔太太、乔治·艾略特、梅瑞狄斯以及爱米丽·勃朗特等一批优秀小说家不约而同地撰写心理现实主义小说、讽刺心理小说以及心理浪漫主义小说，这既是传统英国小说和英国小说中的心理构建趋于成熟完善的标志，又是当时欧洲哲学、自然科学空前发达在小说创作中的反映。当时，在哲学和自然科学领域，实验的方法开始盛行，心理学从长期以来作为哲学的一个分支而独立成为一门学科，这些都对心理小说的创作产生了直接影响。这些小说家，或追随当时的心理学，或与他们同步，通过自己的作品，进行着探索心理活动的"实验"。不过由于小说家凭借的主要是直觉的、感性的方式，他们实验探索的结果，往往具有更大的预言性。在这方面，乔治·艾略特和梅瑞狄斯的后继者哈代、大卫·赫伯特·劳伦斯表现得更加突出。

六

哈代初涉文坛，可谓是由梅瑞狄斯引路，但因二人天赋、气质、生活经历方面的种种差异，小说家哈代成就远胜于梅瑞狄斯。哈代是一位多重性格、多重题材、多重风格的作家。年轻的哈代身为无名的建筑绘图员，以一部情节取胜的小说《计出无奈》（1871）而跻身文坛，但他那哲人的眼光和思辨的头脑却把他的创作引向人生深层的探研。在他的十四部长篇小说中有七部他自称为"性格与环境的小说"，在其中，他以乔治·艾略特式的严肃认真，通过精湛的心理描写和深邃的心理分析，真实地表现了以"威塞克斯"地区为代表的具有世纪末色彩的普通人生——以人与外部世界激烈冲突以及与之对应的内心激烈冲突为表征的人的欲望、追求、际遇和命运；人在世纪之交对于宇宙、未来高瞻远瞩的思考和预见。这些小说的人物心态心理时时随情节开展而运作，它们是心理性质的作品，但它们又都有哈代精心设计的结构。哈代后期的几部性格与环境的小说，诸如《还乡》（1878）、《卡斯特桥市长》（1886）、《德伯家的苔丝》（1891）、《无名的裘德》（1896）都是既"精于结构"①，又精于心理。英国传统现实主义小说发展至此，也应算是一个段落。

哈代在另一些被视作次要作品的中篇小说中，更有关于表现和探索当时生理、心理假说或理论的诸如"渗透论"的试作，如《萎缩的胳臂》（1888）、《瑞乐舞琴师》（又译《魔琴师》，1893）、《耽于幻想的女人》（又译《因情所感》，1893）等篇。《萎缩的胳臂》写一弃妇夜梦拧其情人新欢胳膊，此臂遂渐萎缩，终生致残；《瑞乐舞琴师》写一琴师魔力无穷，引诱一天真少女随琴狂舞，并弃原恋人随他而去；《耽于幻想的女人》写一女子单恋从未谋面的年轻诗人，日夜情思昏然，产一子而逝，此婴儿竟酷肖该诗人。这类小说颇受法国埃米尔·左拉（1840—1902）的长篇小说《玛德莱娜·费拉》（1868）的启发，表现人的心理机制对生理机制的影响。哈代曾对左拉的自然主义小说发生兴趣，并在自己的创新实践中引进他的方法和经验。他的尝试，对美国的德莱塞（1871—1945）等小说家的创作，也有直接影响。

19世纪最后二十年，英国小说发展由繁荣高峰渐趋平缓，又出现了罗伯特·斯蒂文森（1850—1894）、约瑟夫·鲁德雅德·吉卜林（1865—1936）等人写异国情调、冒险主义的新浪漫主义小说和奥斯卡·王尔德（1854—1900）等人的唯美主义或颓废主义作品。这批作家大多既是小说家，又是诗人、散文家或剧作家，作品题材丰富多彩。他们以天赋的才能、机智和精湛的文学修养创作的心理小说极富魅力。

斯蒂文森的《哲基尔博士和海德先生》（又译《化身博士》，

---

① 哈代自称他的部分小说为"精于结构的小说"。

1866）就是极富奇思妙想的一部，它写谦谦君子哲基尔医学博士以自身做秘密实验，每服用自己发明的一种药物，即化身为丑陋邪恶的人，名海德先生外出作恶，越作越甚，竟至剖尸害命，最后药物失灵，海德先生无法如期恢复哲基尔博士本来面貌，在秘密暴露前饮弹自裁。

王尔德的《道林·格雷的画像》（1891）更是别出心裁：美少年道林·格雷耽于声色之娱，在亨利爵士的引诱下，虚度年华。画家哈华德崇拜美，为格雷精心绘一写真，意图永葆其美妙青春。格雷日趋堕落，直至犯罪，画像即随之日渐老丑，其本人面貌则俊美无改；但画中形象使格雷痛苦难忍，竟向它猛刺。待人闻声冲进屋内，格雷已陈尸地上，面部沟纹纵横，一把利刃刺入胸前；继观壁上画像，则美韶如初。

从心理的角度分析，这两部小说无疑都是着上了神秘色彩的探讨道德—善恶冲突—双重人格之作，从远至中古的浮士德博士传奇故事中，可剖出它们的胚芽。但它们又都富有现代色彩和预言性。哲基尔博士发明的药物，与当代威胁全球的各类毒品竟有惊人的相似之处。《道林·格雷的画像》在探讨善恶冲突、双重人格的同时，更侧重于探讨艺术与道德的关系，是体现他们唯美艺术主张——艺术至上，艺术永恒，艺术不受道德制约——的创作实践。

这类小说又与神秘、鬼怪、惊险、恐怖小说十分亲近。神秘、鬼怪、惊险、恐怖小说在英国19世纪后期颇为流行。威尔金·柯林斯的《白衣女人》（1860）、《月亮宝石》（1868），亚瑟·柯南道尔（1859—1930）的福尔摩斯侦探故事（1887—1927）以及稍后的吉尔伯特·切斯特顿（1874—1936）的布朗神父的故事（1911—1935），早已成为这方面的经典。此一时期还有不少本以写世态人情为主的现实主义小说大家狄更斯、盖斯凯尔太太、哈代等，也曾在这方面试笔。正像此前一个世纪出现过的哥特体小说一样，它们也包含以超自然手法表现的心理构建，并能在读者中引起特定的心理效果，但它们的题材却远较哥特体小说广泛。同时，这些作品中有些又与当时流行的科学探索和假说有关，有时，又是以现代灵学研究为契机，其思辨性、哲理性及感染力也远胜于过去的哥特体小说。吉卜林短篇小说中的《人力车幻影》、《梦——樵童》等，都是一些引人入胜的故事。《人力车幻影》中的幻影似乎是一弃妇死后的阴魂，它虽给人以神秘之感，但形象并不可怖。它的作用不在直接刺激读者的感官，而在反映男主人公"我"的内疚心理。这正如在戏剧舞台上一样：同为"鬼"戏，粗俗迷信的鬼戏可以任魑魅魍魉在台上乱舞，观众只需闭目或可无动于衷；深刻严肃的心理戏，则让舞台上的人物见鬼，产生恐怖、自责、悔恨等心理活动，从而引起观众内心挥之不去的震撼和健康的审美情趣。而此时期英国小说家之以心理浪漫主义用于神秘、鬼怪、惊险、恐怖小说，再次显示了他们不同于法国小说家以心理浪漫主义用于爱情小说。

七

19 世纪末到 20 世纪初，英国一大批有才华的作家如约翰·高尔斯华绥（1867—1933）、阿诺德·本内特（1867—1931）、威廉·萨默塞特·毛姆（1874—1965）、爱德华·摩根·福斯特（1879—1970）等边行走在传统现实主义的轨道上，边探寻新路。他们的作品，心理构成比前辈作品丰富，但都不及约瑟夫·康拉德（1857—1924）和大卫·赫伯特·劳伦斯那样富有创新的心理特色。

康拉德的波兰血统，他早年四海漂泊的流浪生涯，给了他多种文化的影响以及丰富深刻的人生体验。他主要以海上冒险小说著称。英国这个岛国以其极其特殊的地理位置而拥有产生海上冒险小说的特殊条件。《鲁滨孙漂流记》以及斯蒂文森的《宝岛》

（1883）普及全球的程度，极少小说堪与匹敌。康拉德的小说与这类通俗的航海冒险小说截然不同。它们的情节大多平淡无奇，无非是筹备—出海—遇险—搏斗—漂泊—返航，但就此过程，康拉德却写出人物的思绪和精神面貌。他极少长篇大论地描述分析，往往只以人物一二动作表现流动不居、稍纵即逝的意识和潜意识；用只言片语表示即时的对话和潜对话。环境，即海上和航船中的气氛则是用来进一步烘托人物的心理，这是类似美国小说家亨利·詹姆斯那种印象主义的表现手法，也就是即时捕捉转瞬即逝的感觉印象加以表达的方法。稍后的英国短篇小说女作家凯瑟琳·曼斯菲尔德（1888—1923）也是以这种手法见长，《已故上校的女儿们》（1920）即是代表她的这一特色的名篇。《水仙号上的黑鬼》（1898）、《黑暗的中心》（1899）、《吉姆爷》（1900）、《台风》（1902）、《青春》（1902）都是康德拉具有这一特色的优秀作品。《水仙号上的黑鬼》写英国商船从印度孟买返航途中突遇风暴，经过四五个月的奋斗终于到达伦敦。船上有一新加入的黑人水手吉米，甫登甲板就躺倒装病，航船度过风险即将顺利到达目的地，他才准备上甲板工作，船长知其用心，发薪前不准他出舱，全船水手有人不明真相，有人欲借题发挥，几成哗变，终因大家意见不一而逐渐平息。吉米因长期卧床忧郁而亡，葬入大海。水手中有一爱搬弄是非者邓肯，曾挑唆吉米怠工，在吉米临死时又偷去吉米的积蓄。另有一老水手申格里顿，终生漂泊，四海为家。全书共分五章，前三章述起航，遇风暴，全船人员与风暴搏斗，第四章已是风暴余波，第五章为结局与归航。作者以海象征人生，将水手的海上生活看做人类的普遍生活，以水手的不同言行和心态表现人的普遍心态。只有康拉德那样经历常年海上冒险生涯、饱尝艰辛苦难的作家，才能如此真切自然地表现海上生活，深刻动人地表现人生和人的命运，并使小说中的心理构建具有如此的阳刚之美。

　　劳伦斯是另一风格独特的作家。身为诺丁汉井下矿工之子，他了解矿坑中的生活和此间人们的内心生活，就像康拉德了解海上生活和彼处人们的内心生活一样。《儿子与情人》（1913）是他的成名作，带自传性，写矿工莫雷尔一家的不幸。井下长期不见天日的生活使家长酗酒、暴戾，从而夫妻失和。出身较高，情感细腻的妻子格楚德把全部情感转嫁于其子。丈夫死后，长子劳累致死。格楚德与幼子保罗相依为命。她对保罗感情上的独占专宠使保罗难与异性交往。后格楚德患病死去，保罗经过漫长的思想挣扎，才摆脱了丧母的悲痛，决心重新开始生活。劳伦斯了解弗洛伊德的学说，他为保罗母亲取的名字恰是哈姆雷特母后的名字，他在这部书中虽非仅写"俄狄浦斯情结"，但却以艺术形象提供了这方面的例证。

　　劳伦斯此后的一些作品如《虹》（1915）、《恋爱中的妇女》（1921）、《查泰莱夫人的情人》（1928）都反映出他对性爱、情欲的真实描述。不过，由于他个人的独特见解，他对两性行为的处理过于直露，不仅遭到当时传统、拘谨的批评家和读者的谴责，作品甚至被列为禁书，而且至今也使人感到这不免冲淡或掩盖了他那些心理方面精彩的处理。

　　在此时期还有一部出版后即被列为禁书的《孤寂深渊》（1928）。作者是女小说家拉德克利夫·霍尔（1886—1943），写一女性倒错者的心理体验、感情悲剧和顽强奋斗。主人公是英国贵族戈登的独生女，在她还是腹中胎儿时，父母切望产一家族和庄园的男继承人，并早准备好了男性教名。不料事与愿违，呱呱坠地的恰是女婴，但父母仍把她叫作斯蒂芬。更出乎意料的是，小女婴在成长过程中从生理到行为都表现出与她的性别相左的特征。她在父亲的精心教养下长大成人，在与男女朋友交往中产生反常心理和行为，使她渐渐意识到自己天生异于常人，父亲是唯一了解和引导她的人。父死，她为母亲和周围邻里亲友所不容，便去伦敦独立生活并开始写作生涯。第一次世界大战中，她成为战时女子救护队司机，在法国服务，智勇过人，获得奖章。此时她与和她并肩战斗的威尔士孤女玛丽成为好友并真诚相爱。战后她二人在巴黎开始同居生活，斯蒂芬虽已是名作家，仍不能跻身上流社会。她与玛丽结识了许多主要以艺术谋生的同性恋者，亲见他们在物质上的窘困和精神上的不幸。后玛丽与斯蒂芬少女时代的好友和求婚者加拿大人马丁·哈拉姆暗暗产生感情，斯蒂芬不愿自己深爱的玛丽继续为自己过孤独反常的生活，经过内心感情上的剧烈搏斗，促使玛丽与马丁结合，斯蒂芬自己则继续孤军奋战。

这是一部传统写实心理小说，但题材上有所突破，而当时则只因其写同性恋而被视为淫书。实际上此书并无丝毫不洁笔墨，不过是以同情的态度反映这一类天生非常人的生活和心态。英国的民性风习，向来趋于拘谨，19世纪维多利亚女王时代由于女王及王室首倡，朝野上下更加传统保守，此时期文学作品，即使是心理小说也未敢言性。20世纪以后，尤其是第一次世界大战后，社会风习、道德观念受到战争冲击，急剧改观。女权主义之提倡，现代心理科学之传播，又成促因。文学作品坦率言性，也是这种变革的直接反映。但是涉及这类内容的严肃小说，目的不在宣淫，而是将性视为人生不可否认的一项重要构成而加以讨论和反映。霍尔的《孤寂深渊》在当时虽遭封禁，小说名家和批评名家中的有识之士如福斯特、吴尔夫、本内特已细查菁芜，给此书以公正评价，但某些作品要为广大社会承认，尚需耐心等待。《孤寂深渊》则在"二战"之后，1949年才被解禁；劳伦斯的作品，也是战后才得到公正评价。不过，像这类作家的作品对小说心理构建的拓展，却在它们出版当时即已发生影响。

八

　　20 世纪以来，特别是"一战"以来，社会变革及其对文学艺术的冲击，并非只表现在个别作家或个别作品上，一种泛称为现代主义的世界性文化运动蜂拥而起，渗透到文学艺术的各个领域。各国家和地区根据自己的国情而形成的各种流派都汇入了这一主流。英国的意识流小说就是一股可观的支流。领先的头浪是多萝西·理查森（1873—1957）的《人生历程》（1915—1938）、詹姆斯·乔伊斯（1882—1941）的《艺术家青年时代的画像》（1916）和弗吉尼亚·吴尔夫（1882—1941）的《达洛维夫人》（1925）。

　　多萝西·理查森出身小康之家，童年受过正规教育，由于家境日窘最终破产，她很早就独立谋生，先后当过家庭教师、小学教师、牙医助手。在伦敦经著名小说家赫伯特·乔治·威尔斯（1866—1946）引荐而涉足文坛并崭露文才。1915 年她发表长篇小说《人生历程》第一部《尖屋顶》后，一举成名。1917 年与画家阿兰·奥德尔结婚。她毕生卖文度日，同时连续写作其长篇系列《人生历程》，最后的第十三部《月光进行曲》未完成，出版于她死后。这是一部带自传性的巨著，类似早它两年开始出版的法国马塞尔·普鲁斯特（1871—1922）的《追忆逝水年华》。多萝西·理查森在自己这部小说的序言中说，她是在"探索与流行的男性现实主义对应的女性现实主义"。这部小说的主人公为一名叫米瑞阿姆·罕德森的女性，作品以大量自由联想、内心独白表现她大半生的经历。从少女米瑞阿姆离家去欧洲大陆女子寄宿学校任教，到回国后在伦敦谋生，后参加一文化团体的聚会，与一女友夫妇交往；从热衷于费边主义随后又幻灭，到她的恋情和写作经历，她与艺术家诺布尔相识……整个小说形式比较规整，每一部篇幅大致均等，分若干章。每一章在一般叙事、对话形式之间插入自由联想、内心独白的段落。小说发表之初，因它不同寻常的形式而使人耳目一新。当时英国女小说家和文学批评家梅·辛克莱（1863—1946）在评论这部作品时，首先把美国心理学家威廉·詹姆斯（1842—1910）提出的"意识流"概念引入文学批评，此小说遂成为意识流小说的模型之一。今天读来，整个作品漫长拖沓，"意识流"连绵不绝，未免平淡沉闷，但它在文学史上仍葆其应有的地位。

乔伊斯是举世公认的意识流小说大家，这位都柏林郊区中产之家的长子，秉承了爱尔兰人特有的艺术气质和丰富想象力、创造力，很早就为自己选择了自由写作的道路。为摆脱他那宗教及社会背景的影响和干扰，他携家带口常年辗转于法、意、瑞士等欧陆国家，在贫病中坚持创作，并加入旅居欧洲的美国诗人艾兹拉·庞德（1885—1972）为首的先锋派行列。《艺术家青年时代的画像》这部自传体小说表现了艺术家斯蒂芬·戴达勒斯的成长过程。这部作品是否属于意识流小说，各派聚讼纷纭，但无疑带有意识流成分。他的《尤利西斯》（1918—1922）则是一部举世无双的意识流代表作。它没有密切连贯的情节，题目是希腊史诗《奥德修记》的主人公奥德修斯的罗马称谓。人物与架构均与《奥德修记》对应，主要人物布卢姆是个已属中年的爱尔兰犹太人，某报社广告兜揽人。另有二次要人物，一为斯蒂芬·戴达勒斯，离开大学不久的年轻诗人；一为布卢姆之妻莫莉，有名气的歌唱演员。全书是布卢姆一天二十四小时的日常活动。晨起，早餐，伺候莫莉用餐，进教堂，洗蒸汽浴，参加葬礼，到报社和公共图书馆办事，到书摊为莫莉租色情小说，吃午饭，顺便给女友写信，到酒吧去为死者办事，偶然卷入一场政治辩论，败兴离去，在海滩小坐，与一孤独女子互送秋波，到医院去探望难产妇人，遇朋友之子斯蒂芬，斯蒂芬午夜尾随他至一妓院，见他在其中大发酒疯，帮他逃离，邀至家中，二人高谈阔论，涉及宗教、社会、民族、婚姻制度、文学、艺术。与布卢姆这一整天的活动相应，是他二十四小时的内心漫游，反映出十余年来平庸的家庭生活；幼子夭折对他们夫妻精神上的打击；他时常惶惶于妻子另有私情，甚至产生莫莉与剧院同事鲍依兰通奸的幻视；他对海滩上孤独女子的非非之想；他对宗教、民族、婚姻以及文学、人生的见解；他对斯蒂芬油然而生的类似父爱之情；他在妓院看斯蒂芬时眼前出现的种种幻觉；等等。午夜斯蒂芬离开他家之后，布卢姆沉思良久，临睡前发现莫莉与鲍依兰私通的蛛丝马迹，又思绪潮涌。但他经过这一整天的意识活动也悟出妻子的背叛也与自己未满足她的夫妻生活要求有关，他决定不对他们采取过激手段，只要设法驱逐鲍依兰即可。最后一章文不加点，一气呵成莫莉睡前内心的意识之流，长达四十页。她思前想后认为布卢姆有教养、有学识、宽厚、本分，仍不失为佳婿，决心再给他一次机会。最后她忆及当年布卢姆求婚情景，遂沉迷于幸福之中，全书亦至此打上句号。作为一部意识流小说最有影响的作品，这部小说以内心独白、自由联想、自然时间与心理时间交替，表现人物的意识及潜意识活动，是实践威廉·詹姆斯的"意识流"理论的一次较成功的创作。

乔伊斯的另一部重要作品是《为芬尼根守灵》（1939），是一部怪异难懂的作品。与《尤利西斯》类似的的是，整个作品仅以主要人物及夜间睡梦中的意识活动为内容。伊尔维克是人类的代表，其妻一家是所有人类家庭的代表，他们光怪陆离的梦魇，代表现代人所面临的噩梦般的大混乱，大崩溃，反映了作家对现有世界和时代经济、政治、思想、文化、精神危机的种种忧心。乔伊斯在语言上戛戛独造，经过拆散、组合，创出许多新词，同时引用了英语之外的许多古今方言，更显晦涩。由于这部书结构、语言上的这些特点，自然失去了一般小说的可读性，而且充满至今难解的疑点，比《尤利西斯》中的还多。更有一些现代、当代研究者将它当作散文、史诗、诗歌、小说的特异综合体，而非普通小说加以研究。

吴尔夫是另一位有影响的重要意识流小说家，在《达洛维夫人》中，她以比《尤利西斯》小得多的篇幅记录了达洛维夫人在伦敦一天当中的生活，主要采用场景和人物外在行动描述以及内心独白并重的手法。《到灯塔去》（1927）记述兰姆西教授一家以及友人三次到苏格兰西北部一个小岛度假，更深一步揭示了各个人物内心的活动，反映了女作家世事沧桑、生死渺茫的惆怅。作品主要采用的是意识陈述与内心独白相结合的以及将它们与行为动作穿插交错的手法。《海浪》（1931）是吴尔夫意识流创新的登峰造极之作。全书共分九章，每章开头都有一段景物描写，很像剧本各场前的场景介绍，但是用优美的散文诗写成。正文几乎全部以人物独白的形式专门表现六个朋友的意识活动：他们童年时代在海边嬉戏；他们长大成人后相聚伦敦一餐馆为共同的朋友饯行，不久另一朋友死于非命引起大家悲痛；漫长岁月流逝而去，他们再度相聚，已是垂垂暮年。每段正文前对海浪及海边景物的描写与正文意识流节拍吻合，起伏对应，海浪的起伏涨落象征人生的浮沉否泰，通篇进一步反映了女作家人生如寄的无限忧思。

吴尔夫对于意识流小说的最大贡献就在于她以精致细腻、富含诗意的笔锋准确勾勒皴点出了她所熟知的社会圈子深层的精神世界，但她的社会圈子毕竟仅仅限于她和她的家族所属的中上层社会知识界，是一个小范围的精神贵族集团。对乔伊斯那种更能代表浩瀚普遍人生的人物和题材，她则望尘莫及。

乔伊斯和吴尔夫这两位具有世界影响的意识流小说大家生死同年，这既是奇迹般的巧合，也多少可以说明意识流小说的产生并非个别现象。从小说本身的发展来看，它是人类通过文学作品认识自身内心世界的需求不断深化的反映，是小说向戏剧、诗歌、散文等文学作品形式中意识流手法的借鉴，也是现代心理学中

"意识流"理论在小说创作中的实践和体现。在小说发展之初，心理描写、心理分析就是它的重要构建，随着小说这种形式发展得日臻成熟，心理构建也日益拓展，以至出现了以探索人物内心为主要内容的心理小说。在19世纪，像乔治·艾略特和梅瑞狄斯这样的小说家几乎是与当时的心理学家同步，以感性的文学手段探索人物的心理机制（心理学家则是以理性的科学手段做同样的工作）。但是人类对自身意识的探索，并不满足于只停留在较明确的意识（也就是一般传统小说或心理小说中的思想感情），而是要求继续深入认知意识中那些模糊不清、不受理性制约的部分，也就是前语言区的潜意识，或谓无意识、下意识以及梦、幻觉。早在20世纪以前从斯特恩开始，那些天生敏锐的小说家，如狄更斯等现实主义小说家和很多浪漫主义小说家，就已对潜意识、梦以及幻觉有所涉及。散文家和文学批评家德·昆西（1785—1859）曾应用鸦片治病而成瘾，后以亲身体验加想象写成《一个英国瘾君子的自白》，记述人在鸦片作用下所产生的心理活动和幻觉。一般将此书列为纪实散文，实际上带有自传小说性质。它可以说是它的下一个世纪意识流小说的早产儿。到19世纪末，随着心理学家对"意识流"理论的发明，小说家对这些意识领域的探索更加自觉、明确，这大约就是意识流小说在法、英、德、奥、美诸国不约而同纷纷涌现的背景。又由于20世纪以来各派现代主义文学运动的互相渗透，文艺，包括小说创作中的"非理性"倾向，更是将意识流小说推进到一个高潮。但是人类既是有理性的动物，而且理性恰恰是他与其他动物的重要分界线；潜意识、梦境、幻觉又只是人的全部意识中的一个部分，意识流小说以人的这部分意识为内容，固然是一种不容低估且又意义重大的开拓，但固守一隅、无视人类意识的全部内容，则会产生以偏概全，钻牛角尖儿之虞。另外，按照意识流小说家的理论，意识流小说主要表现前语言区的意识，而作为小说中的一种，又必须以语言作为其载体，似又使其理论自生悖谬，难以自圆。

英国意识流小说家在多萝西·理查森、乔伊斯、吴尔夫之后，虽有后继者福德·马多克斯·福德（1873—1939），系列小说《检阅终结》四部曲（1924—1928）为其代表作，作者通过主人公蒂金斯在第一次世界大战前后经历写出英国社会在这一时期人们内心世界——价值观念、道德观念——的巨变，再后又有马尔科姆·劳里（1900—1957），代表作为《火山下》，1937—1939年写，改写后发表于1947年，写醉汉心态，用以象征举世皆醉的时代。但他们的作品与乔伊斯、吴尔夫相比，在题材上尽管有所拓展，却已是意识流小说的未尽余波。

九

第二次世界大战以来，特别是战后，由于社会剧烈深刻的变化，同时也受小说发展中自身消长规律的制约，英国当代小说家又在创作中开始了新的探索。一批战前就已驰骋文坛的作家如伊丽莎白·鲍恩（1899—1973）、伊夫林·沃（1903—1966）、格雷厄姆·格林（1904—1991）、亨利·格林（1905—1973）、查理斯·波西·斯诺（1905—1980）等仍然笔耕不辍，同时文坛上又跃起一批小说新人如安格斯·威尔逊（1913—1991）、穆瑞尔·斯帕克（1918—2006）、多丽丝·莱辛（1919—2013）、艾莉斯·默多克（1919—1999），以及50年代叱咤风云的"愤怒的青年"代表作家金斯利·艾米斯（1922—1995）、约翰·布莱恩（1922—1986）、约翰·韦恩（1925—1994）、约翰·福尔斯（1926—2005），他们各以题材和风格上与众不同的特点显示自己的才华和智慧，体现出一种与前人不同的探索和创新。其中有人受存在主义、新小说等异域小说流派影响偶有试作，但他们的主要作品却无形中汇成一条战后英国小说的主流，而这一主流的特征则是在重新纳入英国小说现实主义传统的前提下的创新。他们家又重新重视情节，也就是要给读者一个完整的故事，但情节只是一个躯壳或架构。凭借这一躯壳和架构，他们在人物和人物心理方面充分发挥各自的种种创造才能，他们继承传统的写实心理描写和心理分析，又不忽略表现意识流和运用时序交错。通过这种综合性手段的处理，他们作品的情节避免了过去许多文学大家处理情节上的单调和程式化；小说的结尾，更加耐人寻味，也更符合生活的真实，福尔斯的《法国中尉的女人》（1969）就是这方面的一个著名范例。

　　第二次世界大战后，当代小说家，更少有人专事心理小说写作，但他们的个别作品，却也属于心理小说。鲍恩的《日中》（1949）、约翰·考柏·波伊斯（1872—1963）的《密友》（1952）、爱伦·西利托（1928—2010）的《长跑少年犯的孤寂》（1959）、莱斯利·哈特利（1895—1972）的《牵线人》（又译《传话者》，1953）、威廉·戈尔丁（1911—1993）的《蝇王》（1954），多丽丝·莱辛的《金色笔记簿》（1962）、《黑暗前的夏天》（1973）都是这方面的优秀作品。

　　《日中》这部女作家所写、以女性为主角的作品很有代表性。出身爱尔兰古老世家的鲍恩第二次世界大战前即以擅长表现中、上层女性人物心理及人际关系著称。战争期间，她像斯帕克一样投身于战事服务，担任反法西斯宣传工作，像当时很多出身中上层、本身具有高智能的英国妇女一样，一改当时温馨、宁静的生活方式，受到战争的洗礼，开阔了眼界和胸怀。战争结束，鲍恩重返案头后，她小说的题材已不同于战前。《日中》可谓从回溯角度来审视战争的小说。以女作家亲身经历的战争为素材，以伦敦为背景，通过女主人公丝黛拉和她的情夫罗伯特以及另一欲占有她的男子哈里森之间的感情纠葛，集中反映了"二战"阴云笼罩下人们的心理变化以及战争对人们的憧憬、理想、爱情以及其他个人生活的压抑和影响。鲍恩的心理小说是写实主义的，她那种细腻的笔触，善于抓住瞬息万变的心理活动之一瞬的印象主义手法，使人很容易想到吴尔夫和曼斯菲尔德的风格。但她又不同于她的这些前辈女作家。她的心理描写对象，紧紧与时代的重大事件相关，而不是单纯的男女私情。《日中》所反映的是人物的政治心理，丝黛拉的感情变化，喜怒哀乐，直接受她的政治良心和社会正义感所制约。《日中》恰好体现了英国小说家具有强烈社会责任感和严肃创作态度这一优良传统，说明心理小说的内容并不仅仅限于"饮食男女"。

莱辛也是一位富于探索、创新精神的多产女作家。她善于写具有独立精神和见解的社会妇女的精神面貌。她的《地狱沉沦记》（1971）探讨了物质文明发达社会中人们的精神危机。《黑暗前的夏天》是她的一部心理现实主义小说，写贤妻良母式的中年妇女走出家庭，开发自我过程中的种种心理体验。《劫后回忆》（1974）则是一部探讨人类精神文明的前途问题的小说。莱辛在70年代创作的这些心理小说也说明当代作家对人类现状和前途的关怀，他们是在通过自己的创作与预言家和哲学家分担课题。

当代活跃于小说领地的作家中，还有两位引人注目的心理小说家玛格丽特·德拉布尔（1939—　）和苏珊·希尔（1942—　）。她们同为取得大学硕士学位不久即开始小说创作的作家，而且同为60年代开始发表作品，同以妇女的精神世界为主要题材。不同的是德拉布尔以受过良好教育的中产阶级妇女的心理为她的主要对象；希尔则侧重于写下层贫苦的妇女和儿童。她们都看重传统，但又不因循守旧，与当代高度工业化社会紧张、快节奏的生活相应，她们的小说结构和语言更加简洁、准确，剖析心理时能一针见血地切中要害，写出前所未有、带有浓厚时代色彩的人的内在世界——个人的孤凄、苦闷；人与人之间的隔膜、冷漠以及人的努力挣扎、试图打破隔膜达到沟通。这一代作家的创作活动目前仍如日中天，今后他们是否会走出人类精神危机和人际关系探索主题，他们将把英国小说带向何处，尚待他们的作品作答。

1991 年完稿于北京海淀
2015 年修订

英国散文的足迹

　　英国向以散文著称。我的英国文学同行同好大都有此共识，且常作此说。其实散文既为一种如此实用的文章体裁，在各国各地物质、文化生活中它都同样地位显要；而且历代拥有独具民族特色的优秀作家和作品。

　　英国散文，与她的韵文不同，起步较为迟缓。15 世纪以前，在古英语与中古英语时期，早有见诸文字的诗歌及韵文作品出现，散文著述，除 9 世纪威塞克斯国王阿尔弗雷德钦定的《盎格鲁-萨克森编年史》，其余寥若晨星。一般散文著述，多为以拉丁文撰写。至 15 世纪中叶文艺复兴始，现代英语形成后，英国写家有如我国五四运动前文人之看待文言文，仍视拉丁文为正宗。如今翻开任何一部英语辞源字典，都可以找到这类释义：prose（散文），源于拉丁文 prosa。这也是拉丁文与英语散文关系的蛛丝马迹。早期英国散文家如托马斯·莫尔（1478—1535）、弗朗西斯·培根（1561—1626）、艾萨克·牛顿（1642—1727）等人的主要哲学、科学论著，仍沿用拉丁文，这大约是为便于与欧洲大陆各国交流。然而散文这种既不受语言韵律格式约束，适用性、随意性又强的体裁，却总本能地乐于选择日常流通的语文为其载体，因此近代英语诞生伊始，即已用于英国散文。上述托马斯·摩尔等家，均是既擅拉丁文散文，又长英语散文的双面能手。鉴于早期英国散文这一历史特征，可知英国散文（包括拉丁文散文）与英国英语散文概念之异同。

任何体裁的文章，总以内容为它所附丽的根本与主宰的精神，英国散文，也是随本国历史文化发展而留下自己的足迹。英国的文艺复兴，一如稍早在欧洲大陆，带来了思想、科学、文化的空前活跃，但此时期英语散文的长进，却不如它那捷足先登的韵文姐妹。托马斯·莫尔未完成的英语著述《理查三世史》（1513），固然是当时的大手笔，在叙事、对话、状物、辩论诸方面，都可见散文已粗具规模；随后约翰·黎里（1554？—1606）将此文体调理得工细精雅；弗朗西斯·培根又将它锤炼至简约隽永，但其时就整体而言，英语散文仍是"身量不足，形容尚小"，处于幼年。不过由于英国早期散文有拉丁文的渊源，在文章做法与风格上，都深受古罗马散文的影响，所谓西塞罗式与塞内加两派文风——一派堂皇典雅，注重修辞、音韵、长句；一派明快有力，喜用短句口语——在英语散文发展中，其脉络始终时隐时现。

17 世纪是英国发生资产阶级革命的时期，社会巨变，散文亦随之一举成熟。政论、宗教神学与宣传、哲学、自然科学、历史以及应用的各类散文，在现实生活中充分发挥其实用功能之余，本身也上升为一种独立艺术。大诗人约翰·弥尔顿（1608—1674）的文以载道和雄奇风格，是时代之鉴；约翰·德莱顿（1631—1700）既是文学评论这一门类的开山始祖，而就其散文平易亲切和口语化的特点，又是此时期一位承前启后的关键人物。

出于无处不在的基督教宗教统治和宗教活动的要求，从希伯来文翻译的英语《圣经》在此时期出现了称为"钦定本"的新译本，公认为英语散文译文的杰作。它的流传不仅大大影响英国的社会生活，而且对人的思维、语言及文学艺术的发展，都有无可否认的巨大影响。但它只属于移译文字；而大量基督教神学研究及应用与各种宗教仪式和宗教活动的文字，诸如英语公祷书、布道文，仍不乏美文写家，约翰·多恩（1572—1631）和耶利米·

泰勒（1613—1667）是其代表。

18世纪启蒙主义运动开展和商品经济繁荣，促成报刊文学兴盛和独立（职业）作家出世。专业报人，或一度以报业为专的约瑟夫·艾迪森（1672—1719）、瑞查德·斯梯尔（1672—1729）、乔纳森·斯威夫特在办报的同时，亲自撰写报刊文章，从而推进随笔小品发展。丹尼尔·笛福、亨利·菲尔丁（1707—1754）、塞缪尔·约翰森（1709—1784）、劳伦斯·斯特恩（1713—1768）、奥立弗·哥德斯密斯（1728—1774）、爱德华·吉本（1737—1794）等卓有成就的小说家、诗人、传记家、科学家也挥笔助阵，为散文品种增加和品位提高添墨增彩。历史家、政治家、思想家爱德蒙·伯克（1729—1797）、托马斯·佩恩（1737—1809）、玛丽·沃斯通克拉夫特（1759—1797）以及稍后的约翰·卡莱尔（1795—1881）等，围绕世纪末近邻法兰西的大革命，或直接参战，或擂鼓助阵，作为散文大写家，他们在敷陈己见，针锋相对地论战当中，充分显示了散文作为思想、政治斗争武器的威力。英国散文，至此已届盛年，传统初成，崭露出其或豪放，或婉约，或优雅，或幽默，或讥讽，或绮丽的丰姿，有如成熟丽人，令人目眩。

19世纪，与散文同种文体的小说，或谓广义的散文既已达到全盛，散文也更上一层楼。查理斯·兰姆（1775—1834）、威廉·哈兹利特（1778—1830）以散文随笔为专长，推出浪漫派散文；托马斯·德·昆西在《一个英国瘾君子的自白》中，将幻觉、下意识入于散文，又开散文意识流之先河；诗人威廉·渥兹渥斯（1770—1850）、塞缪尔·泰勒·柯勒律治（1772—1834）、波西·比西·雪莱（1792—1822）以诗论为本人的诗歌创作鸣锣开道；历史家托马斯·麦考莱（1800—1859）、政治家威廉·科贝特（1761—1835）、哲学家约翰·斯图亚特·穆勒（1806—1873）、神学家约翰·亨利·纽曼（1801—1890）、博物家查理斯·达尔文

（1809—1882），以美好的散文撰写他们的著作，说明他们不仅是本行学科的天才，而且具有英国知识阶层传统的深厚语言文化修养；小说家瓦尔特·司科特、简·奥斯丁、查理斯·狄更斯、安东尼·特罗洛普、夏洛特·勃朗特、乔治·艾略特、罗伯特·路易斯·斯蒂文森等也在作品序文、随笔、自传、游记、书信、演说中突出他们更加真实、坦诚的自我，以及他们独具特色的文风。

20世纪以来，散文连同其他类型文学艺术，都在经受时代变革的锤炼与考验，继续造就散文名家。上溯往昔不难发现，英国数百年形成的散文传统并未中断：由托马斯·莫尔开创，经弗朗西斯·培根、约翰·弥尔顿、爱德华·吉本、托马斯·佩恩、玛丽·沃斯通克拉夫特、约翰·卡莱尔等政治家、历史家、哲学家所发挥而赋予散文的严肃性、雄辩性、战斗性，在政治家温斯顿·丘吉尔（1874—1965）、女权主义者弗吉尼亚·吴尔夫以及乔治·奥威尔（1903—1950）等的作品中，明显可见。自然科学及人文科学家吉尔伯特·怀特（1720—1793）、亚当·斯密（1723—1790）、查理斯·达尔文理性、务实、平易风格的轨迹，一直延伸到经济学家约翰·梅纳德·凯恩斯（1883—1946）、生命科学家雅可布·布朗诺斯基（1908—1974）的足下；乔纳森·斯威夫特、约瑟夫·艾迪森、瑞查德·斯梯尔、查理斯·兰姆、托马斯·德·昆西精心创作的多种风格美文，由众多诗人、小说家、戏剧家中的散文家授受相传，已经接到萧伯纳（1856—1950）、弗吉尼亚·吴尔夫、萨默塞特·毛姆（1874—1965）之手；而始自约翰·德莱顿，中经亨利·菲尔丁、威廉·渥兹渥斯、塞缪尔·泰勒·柯勒律治、波西·比西·雪莱、约翰·罗斯金（1819—1900）、奥斯卡·王尔德（1854—1900）等的文论、诗论，至托马斯·斯特恩斯·艾略特（1888—1965）、威斯坦·休·奥登（1907—1973）等人，仍然赋有精妙高远、推陈出新的品性。

这个世纪英国散文家的作品，内容之踏实丰富，风格之多姿多彩，虽不失前数代散文的遗风，但从总趋势看，却是愈益简洁明快、通俗平易。在人的各种生活领域，它们启迪理性，激扬志趣，引发遐思，消闲遣怀，其作为文学艺术的社会功能和实用功能，较之小说、剧本、韵文，往往更显直接、贴切。电影、电视等视听艺术的迅速普及，无可否认已占据了包括散文在内语言文字艺术的大批世袭领地，未来散文艺术的继承与发展，早已成为有识之士的心腹之患。行文至此，谨留下一串删节号，待来者以实践处理。

1996 年 3 月完稿于北京双榆斋

小说之父的功力

——菲尔丁的《弃儿汤姆·琼斯史》

菲尔丁

《弃儿汤姆·琼斯史》（以下简称《汤姆·琼斯》）发表于1749年，就像将近一百年后，狄更斯的《匹克威克外传》（1837）问世时一样，立即家喻户晓；作家亨利·菲尔丁本人，由一位曾经时运欠佳的剧作家和尚未引起充分注意的小说作者一跃跻入当时重要的小说家之列，按照其时的习尚，模仿之作接踵而来。从此时至菲尔丁五年后辞世，再至19世纪初这半个世纪，菲尔丁和他这部代表作的声誉不断上升，与菲尔丁同代以及随后的许多著名作家、诗人、批评家都曾从不同角度对这部作品进行评价。大小说家司科特于1820年为《菲尔丁回忆录》作序时，尊称他为"英国小说之父"。到19世纪中期，在那群山叠嶂，奇峰竞秀的英国小说家系列中，更有很多人推崇并接受了菲尔丁及其《汤姆·琼斯》的传统，其中包括狄更斯、萨克雷和乔治·艾略特等。

《汤姆·琼斯》发表的次年即节译成法文译本，以后又出现过其他法文译本和俄文译本，在欧洲大陆流传。这部小说和它的作者，先后引起法国的伏尔泰（1694—1778）、狄德罗（1713—1784）、斯塔尔夫人、泰纳（1828—1893），德国的歌德（1749—1832）、马克思（1818—1883），俄国的普希金（1799—1837）、果戈理（1809—1852）等著名作家或批评家的瞩目或好评。[①]

　　20世纪以来，小说创作和文学批评的发展可谓日新月异，时至目前，普通读者的口味和专业批评家的眼光，自然都不可能与大约两个半世纪以前作同日语，但是《汤姆·琼斯》在英国小说中的始创性地位则日益巩固，一些当代批评家将它视为标示英国小说发展新起点的路碑。

一

　　菲尔丁（1707—1754）的《汤姆·琼斯》这部小说所反映的主要是英国安女王时代（1702—1714）的生活。就整个欧洲大局而言，这属于一个资产阶级革命和酝酿革命的时期，也是提倡科学、理性、人性，反对野蛮、蒙昧、专制的思想启蒙时代。当时的英国，正介于资产阶级政治革命余波不尽，工业革命未雨绸缪之际，社会的阶级关系、上层政治以及经济、文化等各个领域冲突迭起，新旧交替，动荡不定。有时冲突趋于激化，也见诸刀兵。主人公汤姆·琼斯一度从军的行伍经历，便是置于这一背景之下；而更为重要的是，社会动荡和冲突刺激人之所思，也促使人更易于接受外来的先进思想潮流。在此时期的英国人也在积极思索，寻求和接受启蒙主义的思想，在哲学、经济学、文学、艺术等领域的智者先贤，更率先成为启蒙主义者。菲尔丁就是这些俊杰之士中卓有成就的一位小说家、剧作家、散文家、批评家和诗人。

----

　　① 参见克劳德·劳森编《亨利·菲尔丁批评论文选》，企鹅版，1973年。

他生于英格兰西南部萨默塞特郡的一个乡绅之家，父母双方都出身贵族世系，父亲为退役军官。由于亨利·菲尔丁的父亲是少子，按英律本来就没有继承权，加上不善经营，遂使家道中落。亨利·菲尔丁少年时代，仍能靠祖上余泽，在英国久负盛名的贵族学校伊顿公学接受教育，日后又入当时代表启蒙精神的荷兰莱登大学修习法律。此时他又在课余自学古典哲学及文学，并对当时欧洲大陆流行的西班牙作家塞万提斯的小说《堂吉诃德》（1605—1615）发生浓厚兴趣。虽因财力不足，在这所大学就读一年即辍学，但是他通过学校教育和自学，已经获得日后成为文学巨匠所必要的学识和修养。这一点，菲尔丁重要的传记作者之一，牛津大学潘布瑞克学院院长霍姆斯·达敦曾有高见。① 而在这部小说中，菲尔丁引用亚里士多德、西塞罗、贺拉斯、奥维德、莎士比亚时，能够信手拈来，挥洒自如，毫不做作，也使我们明显可见他的古典文学功力之深厚、坚实。

菲尔丁先在伦敦以戏剧为谋生手段。当时小说尚不兴旺发达，戏剧和诗歌是主要的文学形式。从二十一岁至三十岁的十年当中，他先后撰写了二十余部舞台剧本，后来他自己也经管过小剧院。这些剧本，除供舞台演出外，也在期刊上发表，提供阅读。它们的内容，大都是讥讽世风朝政，形式为喜剧或笑剧。这些作品给他带来了相当的文名和经济收益，但触怒了以沃尔波尔为首的内阁政府。他们公布了《演出法》，限定戏剧舞台必须置于政府控制之下，致使一些未得演出许可的剧院倒闭。菲尔丁首受其害，不得已而放弃了他那方兴未艾的戏剧事业。于是再习法律，不久即取得正式资格，营律师业，后又任伦敦威斯敏斯特区的治安推事；与此同时，菲尔丁还兼营报刊工作以及杂文、时文和小说写作。

先于《汤姆·琼斯》，菲尔丁曾发表《大伟人江奈森·魏尔

---

① 参见霍姆斯·达敦著《亨利·菲尔丁》，牛津克莱仁敦出版社1952年版。

德传》（1743，写于 1739—1740 年）、《沙米拉·安德鲁传》（1741）和《约瑟·安德鲁传》（1742）三部小说；《汤姆·琼斯》发表之后二年，又发表《埃米莉亚》。前三部作品，还是试笔或戏拟之作，其中以《约瑟·安德鲁传》最为人看中；最后一部《埃米莉亚》，属于严肃的社会批判小说，一般认为它在艺术上较其他几部逊色。

　　菲尔丁早年精力充沛，慷慨好义，热爱生活，也充分享受了生活。人届中年，不幸丧偶，数年后续娶了爱妻夏洛特生前的侍女照顾他及子女的生活，也为他再添了众多子女。从他三十岁至四十岁的十多年间，紧张的写作劳动和沉重的生活负担过早地夺去了他的健康。他在赴葡萄牙休养期间客死他乡，留下一部《赴里斯本航海日记》（1755），记录了这位作家自己对人生、政治和文学的见解。

二

　　论及篇幅之宏大，内容之广阔，艺术之成熟，《汤姆·琼斯》均为菲尔丁的五部小说之冠。它是一部围绕主人公的活动，以第三人称叙述的传记体小说。

　　其实中心故事并不复杂，主要是主人公弃婴汤姆·琼斯自幼遭到亏待，在成长中不断受小人卜利福暗算，最后遭恩主兼养父奥维资误解，被逐出家门，同时也与恋人苏菲娅失散。这一对恋人分别历经磨难和诱惑，苦尽甘来，汤姆·琼斯的身世之谜大白，重获奥维资恩宠，并与苏菲娅结成眷属，永享幸福。

　　菲尔丁承袭了亚里士多德、贺拉斯以来的艺术模仿自然的美学观点和前代小说家的现实主义手法，通过汤姆·琼斯和相关人物的活动以及穿插故事，描写了当时现实生活的百态，展示了一帧富有时代色彩的社会和人生长卷。小说以社会地位低下的弃婴为主角，就是对当时依然影响强烈的封建等级、名分制度和观念的一种挑战。男女主人公争取自主婚姻，也就是自己主宰自己命运和幸福的斗争，正是启蒙主义时代社会地位低下的普通青年和仍处在封建等级礼法道德束缚之下的妇女寻求自由、平等和解放的写照。这洋洋近百万言、共十八卷的故事，一般都被分成三个部分：前六卷述说汤姆·琼斯来历不明的出生，他的成长、个性，他在奥维资的庄园的生活，他与卜利福由于出身、气质不同受到不同待遇而且相互发生冲突，他与苏菲娅青梅竹马的恋情，历经约二十年；中六卷续叙述汤姆·琼斯半流浪式的旅途遭遇及见闻：派崔济以半友半仆身份与他结伴，他们遇山中人讲述身世，琼斯以志愿兵身份从军，在厄普屯客栈与洼特太太勾搭，与离家出逃的苏菲娅失之交臂，遇弗兹派崔克太太，历时不过几十天；末六卷叙述琼斯到伦敦后行状：他苦寻苏菲娅而不得，误落白乐丝屯夫人掌中，苏菲娅险中贵族费拉玛勋爵与白乐丝屯夫人毒计，侥幸而未受污，琼斯以善意结交挚友米勒太太及少奈廷给勒，在他们帮助下摆脱险境，查明身世，与苏菲娅重逢，历时不过数月。通过这些事件，社会的丑恶不公，世风的腐败堕落，执法者的残忍凶险，贵族男女的荒淫霸道，宗教、法律、知识界的伪善奸诈，乡绅土豪的专横粗俗，一一显现；与此同时，作家泾渭分明的是非观、正义感，对下层人民的同情和关注也得到酣畅淋漓的表达。

从这种叙述方法，又明显可见此前两个世纪开始于西班牙，又影响于欧洲大陆的流浪汉小说对《汤姆·琼斯》的影响。流浪汉小说的主要特征就是通过叙述主人公（流浪汉）的种种遭遇展现社会图景，起到揭露和抨击的作用；与《汤姆·琼斯》不同之处在于，那类小说大多是以主人公第一人称的口气自叙故事，《汤姆·琼斯》则是作者直接出面，以第三人称口气叙说故事。在英国小说史上，这是菲尔丁在叙事方法上的首创。菲尔丁以前的小说，如一般被视为英国近代小说之始的丹尼尔·笛福的《鲁滨孙漂流记》（1719）、斯威夫特的《格列佛游记》（1726），都是以主人公第一人称叙述的类似流浪汉小说的形式，稍早于菲尔丁发表小说的塞缪尔·理查森的第一部作品《帕米拉》（1740—1741）则是女主人公以第一人称撰写书信的书翰体小说。

《汤姆·琼斯》这种叙述人称的转换，切不可等闲视之。由此既可见小说受戏剧形式的影响，又可寻它从戏剧脱胎演化的轨迹。因为戏剧正文的台词，通常都是通过角色以第一人称表情达意，而戏剧合唱队或开场辞致辞者，则是代表作者直接出场，面对观众以第二或第三人称表达对剧情和人物的介绍和评论，这是对正文台词的一种补充手段。小说创作之初，深受戏剧影响，首先采用的是其正文台词的表达方式，而在这种新型文学形式发展过程中，自然渐渐感到第一人称地位和视野有限，从而效法合唱队、致辞者，采用了第三人称的口气。菲尔丁由早年卓有成就的剧作家转而为小说作家这一过程，用来说明英国小说在其发展进程中借鉴戏剧手法而完善其自身，就颇具有代表意义。菲尔丁在本书第二卷第一章自称，他"在写作方面，独自开辟了一块新的领域"，并称他的小说为"散文的喜剧史诗"，也颇顺理成章。

三

关于菲尔丁自称的"散文的喜剧史诗"（comic-epic in prose），当代美国批评家西蒙·沃瑞在他的专著中①有很精到的理解，他说我们今天的研究者，对"史诗"有多项严格的界定，其实菲尔丁当时所谓的史诗，不过是长篇幅的叙述而已。按照这一理解，菲尔丁的散文的喜剧史诗，就是具有喜剧特色的小说。

《汤姆·琼斯》结构的紧凑、匀整、精巧、奇崛，出人意料和

---

① 西蒙·沃瑞：《亨利·菲尔丁》，剑桥大学出版社1986年版。

引人入胜，是它体现其喜剧特色的重要方面，也是它向来备受推崇的成就之一。现当代研究就这一方面，更推向了一个新的层次。英国的批评家 F. W. 希尔斯分析《汤姆·琼斯》的结构时，说它像一座帕拉狄奥式的建筑①，匀称和谐，似乎处处都是经过精密运算才设计出来。西蒙·沃瑞则说，菲尔丁是模拟基督教哲学的"宇宙设计论"来结构他的《汤姆·琼斯》的：这一理论主张，自然万物都是合理安排，无可更改，上帝就是那位精心周到的设计者；《汤姆·琼斯》的结构亦如自然万物，件件桩桩安排得井然有序，恰如其分，菲尔丁也就是像上帝一样的设计者。② 而第三人称的叙述形式则更能体现作家——设计小说的上帝——的意图或者说主体性。

小说这种作为散文叙述体的文学形式，结构是其要素。在英国小说历史的早期，菲尔丁率先推出《汤姆·琼斯》这样的结构，自然不同凡响。我们在日后司科特、狄更斯等大作家的作品中，可以看到菲尔丁对他们的明显影响。试比较稍早于《汤姆·琼斯》的《帕米拉》等重在人物和心理描写的小说，情节简单自不在话下；即使同为叙述主人公经历的情节小说《鲁滨孙漂流记》、《格列佛游记》等，结构也尚嫌松散、粗糙。

《汤姆·琼斯》的情节，自始至终是有机的联系。故事开始就埋伏下弃儿汤姆的身世之谜。这一伏笔时隐时现，扑朔迷离，至结尾处云开日见，设计十分周到。故事的主线，从汤姆被收养，到离家流浪，到在厄普屯客栈的奇遇，与苏菲娅失之交臂，似乎已接近高潮；出人意料的是阴错阳差，又有异峰突起，将故事引向更奇险的高峰，就是汤姆和苏菲娅分别来到伦敦又分别遭到暗

---

① F. W. 希尔斯：《虚构世界中的〈汤姆·琼斯〉的技艺和机巧》，见《布特奖部分英国小说及小说家论文集》，伦敦，1968 年。帕拉狄奥（1508—1580）为意大利建筑师，常吸收古罗马建筑原则设计作品。

② 西蒙·沃瑞：《亨利·菲尔丁》。

算和奇遇，至二人在白乐丝屯夫人府上不期而遇，似乎故事已发展到绝壁悬崖，谁知却又是峰回路转，节外生枝，出现了琼斯又犯乱伦和杀人之嫌的情节，真是步步紧逼，环环相扣。故事主干之外的细节旁枝，也都经过精心安排，设下必要的伏笔，随着主干情节展开，旁枝细节也一一分叙，前后呼应，适时收拢、归总，无不服从于作家的设计意图。即使像山中人那些与主要情节全无内在联系的叙述，也鲜明显示了作家欲通过山中人的经历与汤姆·琼斯的遭遇相互参照，进一步说明自己对人生的见解。再如派崔济与珍妮·琼斯暧昧的关系，奈廷给勒老爷与米勒小姐的悲欢离合，弗兹派崔克夫妇的纠纷离异等比较重要的穿插情节，菲尔丁的善于撒放，善于收拢，有时又辅之以倒叙使其圆满发展，从而使作品结构更加多变，更有层次。所有这些结构手段，在继起的小说作品中，屡见而不以为奇，而在《汤姆·琼斯》发表的时代，则大多是首创。

不过似乎也是物极必反，小说的情节之线收得过紧，最后落下死结，也就难以开揭。幸亏洼特太太亮明身份，道出真相，琼斯一跃而为奥维资先生的嫡亲外甥，变为体面的上流出身，否则恐怕我们至今仍不知苏菲娅如何谅解这位朝秦暮楚的情郎，乡绅维斯屯能否接受这个贫而又贱的女婿！像这种偶得一笔继承的财产或幸与生身父母团圆的结局，在英国小说中早已成为令人生厌的俗套，菲尔丁和理查森一样，正是重要的始作俑者。

四

小说家菲尔丁成名以来，批评界始终存在菲尔丁—理查森优劣高下之争，迁延至今，仍在哓哓。扬菲尔丁而抑理查森者，主要以情节结构论事；扬理查森而抑菲尔丁者，则以人物心理论事，立论不一，难分高低。其实根源是两位作家创作着眼点不同，方法有异，作品各有千秋。不过就人物心理深度而论，菲尔丁虽不及理查森，但他的人物类型之多样，性格之繁复，则胜于理查森，更远在一般情节小说作家之上。作为小说的总设计师，他超越了建筑设计师之点就在于，他不仅设计了建筑物——小说——的结构，而且设计了居于其间的人。

对于菲尔丁具体的人物塑造，向来也是褒贬不一：褒扬者取其人物自然、逼真；贬抑者斥其人物类型化。我们虽无需定求其绝对，但将这部小说置于产生时的历史传统中去观察、欣赏，或许会多一番心得。

菲尔丁既为怀有一定目的或意图的小说设计者，他塑造人物时也非盲目行事。他的意图，正如他开宗明义，在小说第一卷首章所申说，他的小说为读者提供的主要是"人性"，而且这是一个"包罗广泛的题材"。菲尔丁塑造的人物，特别是主人公汤姆·琼斯，不是单纯传载故事情节的工具，而是具有多层面性格特征的活人，这使他成为统领整个小说的灵魂。主角琼斯的主要配角派崔济，也是较其他人物更为肌骨丰润的人物，是一个上承《堂吉诃德》的桑丘·潘沙，下启《匹克威克外传》的山姆·威勒的喜剧形象。其他一些次要人物，上至贵族豪绅，下至市井小民，大体也都轮廓鲜明。一些持菲尔丁人物干瘪（又译扁平）说者认为，这些人物模式化，菲尔丁则早有自己的立论。在本书第十卷首章中，他曾说过，人物的某些特征本是同一行业者所共有，能保存这些特征，并将其作用作不同处理，方能显示优秀作家的才能。这部小说中的乡绅、恶少、权贵、刁仆、奸商、讼棍、淫妇、恶汉往往无独有偶，但依情节发展确实又各自显示了其异于同类的个性，从而在更深的层次反映了人生和人性丰富、复杂的内涵。另外在人物内心的探索上，作家也做了一些初级的尝试，诸如对于黑乔治昧财的心理冲突（第六卷第十四章），昂纳大姐背叛苏菲娅的内心斗争（第七卷第八章）以及苏菲娅对于接纳和拒斥汤姆·琼斯的数次思想交锋（第七卷第十章、第十卷第九章等）。这些处理心理因素的篇幅，固然远不及理查森以及后世小说家，但确实体现了具有喜剧特色人物的性格。同时这也说明，早期小说作家把握人物塑造的技巧尚待娴熟。

　　主人公汤姆·琼斯的形象塑造，也是历来颇遭物议的焦点之一。更有不少人对这样一部史诗式的主人公却非英雄而深以为憾。就此问题，菲尔丁在第十卷的首章也有所议论："不要因为一个角色并非十全十美，而就贬之为恶人……如果一个人物有足够的善良，能使一个有向善之心的人生景仰之情，爱慕之感，那他即使有一些人力所不能防的小小瑕疵，他在我们心里所引起的，也依然是同情，而不会是憎恶。"汤姆·琼斯坦诚、善良、慷慨、侠义，这是他性格的基本特征；而浮躁、冲动、情感太滥，则是他性格中的一些负面。有这样的一些负面作为陪衬，固然可以说明这一人物性格的内涵较为真实丰富，但是琼斯的滥于用情，确也令人难以"同情"。菲尔丁如此塑造人物，自然也有他的意图，那就是借此更加自然真切地表现人性——在男女之间关系上反映出来的人性；同时这也是针对当时社会虚伪的道德、习俗、宗教禁欲主义的一个挑战。

　　其实菲尔丁如此塑造汤姆·琼斯，也是这位作家本人某些爱情、婚姻观和道德观的反映。在这部小说里，菲尔丁力主以精神、情感的投契为爱情的基础，提倡自由自主的婚姻，这较之当时盛行的以门第和财产为基础的政治、金钱交易式的爱情、婚姻，自是一大进步，当代女权主义批评家更就此大做文章。但是，在处理情感与情欲的关系时，菲尔丁显然是将二者截然分割，而且他那把衡量男女双方道德的尺子，又带有极大的非对等性。汤姆·琼斯怜香惜玉，可谓贾宝玉式的天生情种。他一方面在精神上与苏菲娅坚贞相恋，一方面却又与媚丽、洼特太太、白乐丝屯夫人等女人先后发生肉体关系，甚至沦为白乐丝屯夫人豢养的面首，这实在已不能算是小过。像这样片面要求爱情故事中的女性一方守身如玉，男性一方大可通融，实际上是为男性的放荡开脱。菲尔丁本人在青年时代，也正属于风流才子者流，他英姿勃发，豪侠仗义，享尽人生之余，对拈花惹草也习以为常，自认只要适时改邪归正，仍不失为"善补过者"。由此可见菲尔丁的女权主义实在有限。

这部小说中的女主人公苏菲娅以及重要人物奥维资，倒是完美无缺，我国早有学者将奥维资（Allworthy）按意义翻译成为甄可敬。[①] 不过这两个人物，似乎都有扁平性、类型化之嫌。但作为汤姆·琼斯的参照人物，在作家处理善恶斗争的天平上，他们又都举足轻重：他们补充了汤姆·琼斯内在的性格中善之不足，协助他战胜了外在环境与他自身性格中之恶，从而达到作家喻世劝善的目的。

五

英国文学自古以来具有喻世劝善的传统，这首先来源于作家严肃、强烈的社会良心。《格列佛游记》，如果再行上溯，还有约翰·班扬的《天路历程》（1678—1684）等，可以说是最早以散文写的长篇故事中的喻世佳作；塞缪尔·理查森更为英国警世劝善作家之首。如何既能喻世劝善而又避免令人昏昏的枯燥说教，又是作家长期以来孜孜求解的一道课题。菲尔丁采取的是寓庄于谐的方法，即以幽默、讽刺传载他的喻世、劝善。以政治讽刺喜剧作家出身的菲尔丁，他的这部小说，除了充满感伤情调的山中人自述等少数篇章，通篇焕发着笔酣墨饱，挥洒自如，泼辣恢弘的气势以及伴之而来的幽默、讽刺。这种韵味，实际上只可随个

---

① 《中国大百科全书·外国文学》"菲尔丁"条，李赋宁撰，中国大百科全书出版社1982年版，第303页。

人阅读去直接意会，很难通过第三者来言传。这也是《汤姆·琼斯》这部小说喜剧特色的又一突出体现。从这种幽默、讽刺中，我们可以尽情领略菲尔丁过人的机智和独出心裁的行文才能，这对后世作家简·奥斯丁、狄更斯、萨克雷、梅瑞狄斯以及 20 世纪以后的讽刺作品都有显著影响。

幽默，是英国民族性突出的构成部分，也是英国小说的重要传统之一。它比通常的滑稽诙谐意味深长，比一般的嘲讽讥刺轻柔舒缓；是一种自然而然的宣泄，一种含蓄有节的否定抗议。菲尔丁在这部作品中，运用比喻、拟人、反话、闪避、谲辞、噱头等多种修辞手法表达他的幽默，而且又主要用于他所同情和肯定的人物和相关情节。诸如派崔济这个油滑狡黠但不失为忠仆的小人物；又如汤姆对苏菲娅爱而不见，搔首踟蹰，甚至移情于苏菲娅的手笼和钱袋，有时真会使人哑然失笑，迸出泪花。不过《汤姆·琼斯》并不止于幽默，在揭露贵族上层的荒淫无耻、豪强霸道以及社会种种丑恶现象时，菲尔丁往往直接冲刺，切中深处，令人拍案称快。这部小说中表现出来的讽刺技巧，真如法国拉伯雷《巨人传》（1532—1548）、我国吴敬梓的《儒林外史》（约写于 18 世纪 20—50 年代）等名著，使它跻身讽刺小说经典之林。在英国后世的小说家中，一些人主要发展了菲尔丁的幽默，如简·奥斯丁；一些人则主要发展了他的讽刺，如狄更斯。

六

《汤姆·琼斯》另有相当特殊篇幅，无涉或少涉幽默、讽刺，而是比较严肃的论理，这就是它的每卷首章。

在小说中，以孑然独立于人物和情节之外的篇幅直接表达作家本人的文学见解，这是菲尔丁的又一独创；同时也是菲尔丁又一次对戏剧形式的借鉴：作家本人像剧本开场辞致辞人或合唱队队长那样，台前亮相直面观众——读者，诉说心声。

菲尔丁是一位有所为的作家，这不但反映在他的小说的思想内容上，而且也反映在他的小说的艺术技巧上。他从撰写剧本开始，就依据一定的原则和理论从事创作。他的文论写作，始于为维护自己的剧本而与批评者开展笔战。在办报纸杂志过程中，他又继续这一方面的写作。占用小说序言或首章撰写文论，在《约瑟·安德鲁传》中已经出现，而《汤姆·琼斯》各卷首章共十八章约六万言的文论，则是菲尔丁创作理论之集大成者。这是英国18世纪文学理论的代表作之一，也是英国文学理论的经典。

在这些文字中，菲尔丁申述他创作小说的目的是呈现人性，而且在创作中要顺应自然，并反对以神奇怪异为内容的文学作品。由此，菲尔丁提出了一系列现实主义的创作主张，他不仅现身说法，当即以这部小说的创作来实践这些主张，而且也为英国现实主义小说创作奠下了基石。在这十八章的篇幅中，菲尔丁还就小说的结构、人物、语言、风格一一议论；明确提出了作家应具备的各种条件。这些论说今天读来虽然浅显，但它们的首倡价值以及所发生过的影响，则不可忘怀。

批判家也常指摘这因一种"插入式"的文论，与作品情节毫无有机联系，拖长了小说篇幅，打断了故事进程，松散了结构。这种批评虽也不无道理，但是身兼小说家和批评家的菲尔丁借用小说各卷一席之地表达自己的创作主张，并当即用于自己的创作实践，倒给后世提供了理论联系实际的楷模，而对于那种全然脱离作品本文而从事理论的研究，则是一个相反的例证。

七

当今社会的生活节奏，与菲尔丁时代的已是大相径庭。像《汤姆·琼斯》这类鸿篇巨制，普通读者已无暇问津；现当代批评

家将这部作品与现当代作品相比，又多嫌其粗浅。但是英国当代
著名批评家在 20 世纪 40 年代提到的菲尔丁对英国小说伟大传统
的开启作用，至今无可否认；而这部小说的精髓：惩恶扬善的主
题、恢宏潇洒的气势、曲折生动的故事、真切自然的人物，至今
仍是通俗文学以至娱乐文学形式的要旨。以它改编制作的同名电
影就曾荣获 1963 年奥斯卡最佳影片奖。至今仍有学者认为这是迄
今改编自英国古典小说的最佳电影。

　　菲尔丁在我国并不显得陌生。早在 20 世纪 20 年代，著名学
者吴宓先生在他的《红楼梦》研究中就曾以《汤姆·琼斯》作比
较。20 世纪 50 年代以来，又陆续出版了《大伟人江奈森·魏尔
德传》和《约瑟·安德鲁传》的中文译本。至 80 年代初，《汤
姆·琼斯》各卷首章的文论已经发表，随后又有了不止一种《汤
姆·琼斯》的全译本，而且多次再版，至今为我国读者视为世界
文学宝库中的珍藏。

1992 年完稿于北京海淀
2015 年 6 月修订

《弃儿汤姆·琼斯史》
登陆中国的故事

　　历史不是任人打扮的弱智小姑娘；历史是古怪而又睿智的老者，他（她）常要敞开自己那灰暗褪色的大氅，用他那深沉浑厚的嗓音呼叫，向我们展示他给我们积攒的那么丰厚的财富！

　　今年是何年？在它已逝去的三分之一之中，它的身上又增添了明暗深浅不一的色彩和图线。同时，也又一次免费让我们回头瞻览，从中，我看到的是尘封在旮旯里，被忽略着的亨利·菲尔丁（1707—1754），今年是这位英国大小说家辞世二百六十周年。

　　一个后半个在职期和外国文学打交道的人，在菲尔丁身上其实并没有做出过点滴成果，我为什么要和隔得如此久远，又早已不大鲜活的这样一个老家伙套近乎？其实只不过是因为与他的一本书，公认为是其代表作的《弃儿汤姆·琼斯史》有些蛛丝马迹的瓜葛。先父，做翻译的英文教授张谷若，是这部书的译者，今年正是他辞世的二十周年。他给他的译名是《弃儿汤姆·琼斯史》。这部书还有其他译本。在他翻译出版这部书的前前后后，我曾耳闻目睹过些许不足挂齿之事。那是在几十年前，包括中国翻译事业的又一个黄金时代，如今回首道来，诚如偶蹄类动物反刍，倒也颇有些后味儿。

作家菲尔丁

说也奇怪，小说在文学门类中，本应是最简易最古老的一种。我们中国自己取名，不是翻译，叫它小说，就是不一定非大说，市井庙堂，士庶尊卑皆可为之。在英文里，再追溯到拉丁文，这个词都带有新鲜事儿的意味，不是什么黄钟大吕庄肃规整之事。但在文学史的进程中，它却让诗歌、戏剧抢先了风头，直到近现代文化普及日广，才成其大气候。之所以要扯这么远，是因为想先说明，这个曾被另一位大小说家司科特称为"英国小说之父"的菲尔丁，是怎么当上了这样的"父亲"。

英国的现代文明，像欧陆一样，也是从中世纪晦暗迷蒙中蹒跚摸索着走出来的。菲尔丁生活创作的时代，王位数度更迭，政党争斗不断，加之我们中国人所不大熟悉的，欧洲千百年来政教以及跨国王室权利的纠结杂错；但牛顿已经发布了他的万有引力定律，英国在与法、德、西、荷等国海陆权益之争中，也渐渐得到实惠。这也正是英国从中世纪的愚昧向工业文明靠近的时代，社会生活变化纷呈，令人眼花缭乱。菲尔丁祖上曾是贵族，但是，他出生时，英国那段革命反反复复已有六十余年，而且，他们那场革命奇缺颠覆性，因此大多数贵族，没有沦落到像他们的国王查理一世那样人头落地，或一无所有，他还是生在了母亲娘家的沙普安姆庄园，在英格兰西南美丽富庶的萨默塞特郡，靠近因据传藏有圣迹而敷上神秘色彩的格拉斯顿寺院遗址；他还能先在至今也是最著名的贵族学校伊顿受教。但是，继续在荷兰莱登大学深造时还是无奈地中途辍学。好在，他天资雄厚，富于进取，在自力更生的道路上屡有胜获。在17、18世纪戏剧仍为文学主流形式的时代，年轻的菲尔丁先以剧作家活跃于伦敦戏剧舞台；或许，在他秉承的家族遗传中，本有文学基因，他的胞妹萨拉·菲尔丁，后也成为剧作家。或许，也是时代的启蒙风气，早给这个没落贵族青年植入了平等自由民主理念，亨利·菲尔丁创作伊始，就像英国当时，也像他前辈及后继一样，显露出鲜明的平民立场，讽刺风格。这一针砭时政的戏剧潮流风气，使执政当局倍感压力，视之为灾祸，于是英国议会通过，颁布了戏剧审查法。菲尔丁遂率然撤离剧场，经过再教育转身法界。在 19 世纪伦敦现代警察制度建立之前，他和他的同父异母盲人弟弟约翰，在该地治安司法领域亦多有建树。也是在此期间，亨利开始业余小说创作。

这也是作家菲尔丁的一次华丽转身。在从政中写小说，也是与其职业相呼应，继续实践他为公平正义奋争的社会责任。他在 1741—1751 年不算长的十年当中，写了六部大多相当长的小说，也大多与批判社会现实，讥讽世风时政有关。包括《约瑟·安德鲁传》（1742）、《大伟人江奈森·魏尔德传》（1743）、《弃儿汤姆·琼斯史》（1749）、《埃米莉亚》（1751）等，其中以《弃儿汤姆·琼斯史》最重。大约也是积劳成疾，47 岁即逝于赴里斯本养病期间，留下一部《赴里斯本航海日记》（1755）。

小说《弃儿汤姆·琼斯史》

按中译文计算，《汤姆·琼斯》是一部近百万字的鸿篇巨制，分十八卷，各章又分别包含一二十章不等。小说以离奇事件开头：一天夜里，无儿无女的鳏夫乡绅回到他久别的乡间宅第，就寝时，发现一个裹着粗麻布褓褓的初生弃婴，在老乡绅的床中赫然安睡。这个男婴就是小说的主人公，被这位德高望重、乐善好施的富有乡绅收养后，取名汤姆·琼斯。小弃婴生来俊美伶俐，他的恩主给他提供了良好教育，长大后成为英俊少年，像贾宝玉一样，颇有女人缘。然而不明的出身来历，使他屡遭轻贱；乡绅府上恩主的优渥，又使他饱受妒谗；再加之他生性率真，胸无城府，言谈举止有违礼俗，大有当今所谓坏小子意趣，在势力小人和阴险情敌设计陷害之下，遂失宠于养父，被遣出宅第，浪迹城乡。与此同时，与他倾心相恋的清纯少女苏菲娅为逃离父母之命的婚配，也离家出走。二人历尽坎坷离合，见识亲历种种奇闻异事，最终逃脱诱惑阴谋，汤姆身为弃儿的身世之谜迎刃而解，情敌的诡计也随即败露，一对有情人终成眷属。

在当今快速阅读，或谓浏览的时代，捧起这样一部厚重的作品，多半会望而生畏，但是对于一个只要稍热衷于古典的读者，这仍是一部颇耐读的经典，而且也确是英国和欧洲文学史上不可回避的一部巨著。

英国现代小说，与西欧大多数国家相似，雏始于 18 世纪，至 19 世纪形成高峰。菲尔丁以他的《汤姆·琼斯》等作品，上承甚至更早的《巨人传》（法国，16 世纪）、《堂吉诃德》（西班牙，16 世纪）以及本国 17 世纪小说《鲁滨孙漂流记》、《格列佛游记》，下启包括司科特、狄更斯等小说大师，在英国文学发展中途，坐稳了英国长篇小说已臻成熟的地标。菲尔丁小说的文本规模、情节结构、形象刻画等这些传统写实作品基本要素，都已达到羽翼丰满。或许也算巧合，正当这同一个世纪，在我们中国，可谓近代小说之祖的《红楼梦》早期版本也开始流行。早在 20 世纪前期，我国人文学者吴宓先生在他的《红楼梦》研究中，就以《汤姆·琼斯》做过比较。至今，我们绝无理由说，曹雪芹或菲尔丁曾经读过彼此的这部巨著，但在地球上两个相距万里之遥的国家，同时段产生了各自的小说瑰宝，确也颇为耐人寻味！

仅从上述不及全豹一斑之情节简介来看，那不过是欧洲早期所谓流浪汉小说的构架，没有魔幻，没有穿越，但却仅凭作者高妙的智能、技艺与想象，已将现实生活五花八门的事事人人与图景细节尽行囊括。近二三十年，我国阅读评判文艺的视野和方式，大大改观，从单一的所谓社会学方法，渐趋多维化。尊重文艺本体的特性，及其对人对社会长远深厚潜移默化功能之认同，也更为宽泛；但在中外古典文学研习、欣赏方面，写实小说的更近"功利性"，毕竟仍然不容忽视。好的作品，以《汤姆·琼斯》为例，凭借其高超的说故事技巧和刻画人物性格能力，给我们展现出的18世纪前期英国社会人生，真可谓一幅连绵不绝，高低错落，主次有序，粗细井然，色彩纷呈的《清明上河图》。富有社会生活和从政经历的小说家菲尔丁这部作品所体现出的业绩，恰给我们补足了历史家所不经意间忽略，或有意删除的真实细节。

这部小说距我们固然古远，但作为经典艺术，在它诞生伊始，就已显现出它的超前性，这正是我们今天的读者仍能与之亲和甚至受到启迪的缘由。诸如作家开篇以至通篇首选弃儿遭遇这一文学命题；主人公青春期的叛逆另类；人类社会两大性别的悖谬关系，等等，其实古早有之。再如书中故事和人物那种反英雄本色以及通篇讽刺幽默的喜剧以致闹剧风格，按菲尔丁自己表白，则是古希腊阿里斯多芬、中世纪塞万提斯、乔叟、莎士比亚的传统。这种风格，历经数百年，在欧美文学以及与古希腊文艺并无传承关系的我国民间戏剧文学中，也都富有长远强大的生命力，至今不失其教化性及愉悦性。即使近年，我们的学院高堂，以此书与《围城》作比较研究的论文不时发表，也非偶然。不过经典，无论隶属悲剧还是喜剧，其价值和功能，又都应像古希腊对悲剧的定义一样，能够净化人的灵魂，而不是诱使人从恶随俗，追逐下流。所以这部大书能传奇而不离奇，荒诞而不荒谬，繁复而不繁冗，诙谐而不亵黩。常言温故而知新，在当下一些追捧拥趸偷觑猎奇嗜丑的集体"审美"狂欢中，触摸些许中外古老经典，这句成语或许还可派上用场。

《汤姆·琼斯》问世二百周年后不久，英国生产了一部据此小说改编，与主人公同名的电影，后获第三十六届（1964年）奥斯卡最佳影片、导演、编剧、音乐奖等众多奖项。导演托尼·理查森，编剧约翰·奥斯本，恰是其时英国新兴新潮电影和戏剧领军人物，这部获奖电影，也成为英国新潮电影代表作。历史又推进了半个世纪，抚今追昔，似乎也令人依稀看到，当年这些"愤怒的青年"，是如何早已驰回他们二百年前的远祖，行其穿越。

小说中译本

中译本《弃儿汤姆·琼斯史》在中国刊行，虽是20世纪八九十年代后，对这部小说的关注、研究、翻译，却是先行久矣。姑勿论20世纪前期前辈学人的探索，至少60年代初，中国出版、翻译界及其相关主管，在统筹世界文学经典出版工作时，就已将这部小说纳入视野。先父担负此书翻译之初，其实非其全部。大约1964年夏，我从西北回京省亲，就听父亲提起，人民文学出版社编辑施咸荣、王仲英诸先生曾专程来访，谈及《外国文学名著丛书》编委会（由人民文学出版社、上海译文出版社和中国社会科学院外国文学研究所有关专家学者组成）正为已计划列入该丛书的《汤姆·琼斯》组稿并物色译者，此时人文社恰巧收到西南一位大学教授对该译作的自动投稿。经慎重审阅，大家认为，应该珍视译者对这样一部文字艰深、内涵厚重经典所付出的劳动，因此特请人文社人员做了通篇校订、加工，但尚需重译、补译相当篇幅。编委会经过研究，才特派青年编辑前来，约先父担负这一任务。

计划经济年代，文化工作同样有严格计划。当时各家国家出版社，担负出版物种类都有明确范围。人文社及译文社是主要两家可出版外译文学作品的出版社，两家出版社又依具体作家作品各有分工。比如我所知哈代作品，由人文社负责，狄更斯作品则由译文社负责。先父当时已在人文出版过《德伯家的苔丝》等三部哈代小说、一首莎士比亚长诗《维纳斯与阿都尼》与一部萧伯纳剧本《伤心之家》；又在译文社出版了狄更斯的《游美札记》，手头正为该社译狄更斯的《大卫·考坡菲》。当时两社的责任编辑以及社、室主管本人，大多也是翻译家，对于父亲的译笔多有了解，或可谓欣赏。此次他们又来约稿，其时先父已年届花甲，在校任课不重，过去参与莎士比亚、萧伯纳、狄更斯翻译，都是出版社先已经过和父亲所属单位北京大学西语系沟通，再与父亲相互约定；此次，可能也是先已经过此程序，出版社再来家面谈，父亲立即欣然接受。一向内敛，与世无争的父亲之所以立即欣然应允，我深知是因为，他向来爱好翻译胜于教书，尤其乐于面对高难度名著挑战；又何况，施、王等人文社编辑在来访时还说，确定将这部书列入《丛书》时，中央宣传部副部长"周扬同志曾经说，'苏联有的我们都要有!'"更何况，施先生还特别说了一句："大家认为，菲尔丁那种18世纪的英语和他的风格，只有您能传达出来!"

人文社和父亲的互动十分快捷。不久，施咸荣又到父亲家中亲自送来一笔预付稿酬，说是按出版社不成文的特例。当父亲将手头即将完稿的《大卫·考坡菲》杀青后，本将立即转向投入《汤姆·琼斯》，"文化大革命"轰然而至，一切正常工作戛然而止。再不久，父亲收到人文社革命造反组织便条一纸，勒令每月取工资后，按十五元退还预支稿酬。从此，每当我从大西北回京省亲，匆匆帮父母料理家务当中，就多了一项去邮局向人文社寄十五元退款。此事大约延续三年，据此粗略估算，当初那笔预付稿酬在三百元至五百元间。"文革"风浪渐趋平静之后，大家都在收拾自己的风帆舢板，重新起航，父亲是率先回应出版社重行约稿，并立即拿出译作的译者之一。因为他从70年代早期风暴宁和的间歇，即开始认真重新整理过自己此前出版的全部旧译。

补译《汤姆·琼斯》的重点，是这十八卷大部头各卷的首章，按中译文计，约六万言，是菲尔丁文学艺术理念、小说创作主张的表述。其中，菲尔丁以其雄健如椽之笔，尽情挥洒，旁征博引，纵横辩证，明引暗喻，展现了一位以社会担当为己任的伟大小说家的胸怀和技艺。先父酣畅地迅速完成了这部分译文，正值北京大学新创《国外文学》约稿，遂委托我们的通家中年好友、不久即任北大图书馆副馆长、国际问题研究中心副主任马士沂先生交付该刊编辑部。此部分译稿全文连载于该刊第二、三期，反映不俗；与此同时，这些译文手稿也交付人文社，受到上下编审人赞赏，这是当时责编亲来告知先父的。又经若干时日，人文社社、室负责人孙绳武、蒋路及多位编辑先生女士一行又来造访，称许补译稿后，又恳切言说，出版社在将三位译者稿件汇合，具体编辑处理过程中，遇到某种难题，特意征求父亲意见。最后，经父亲和来客共同商定（其间我也非礼插嘴略抒愚见），索性由父亲再独自译竣一部全书，纳入《丛书》出版。

80 年代初，中国尚未加入世界版权协会，这类计划还都是作者、译者与出版社口头协定，无书面合同文字。记得是 1983 年秋凉后，我家已从城中心搬到西郊双榆树，年逾八十的父亲终于喜获宽敞读写、起居、待客空间，匆匆安置好桌椅文具，就开始了他的新一程翻译之旅。每天晨起，依他终生习惯，草草梳洗、简单餐饮，遂立即开始伏案读写翻译，约从九时开始，至下午一时午饭止，无论周末，亦不顾节假。

尽人皆知，翻译最首要，也是最浅表的意义和功能，是不同体系种类语文之间的对应转换与互动。译者完成这一艰辛过程的满意程度，首先自然决定于其准确把握起始语和目的语的能力。文学翻译，不言而喻，在把握上还要求更有层次的深度，以期传达出包括语文意义与风格方面不同层次的内涵与韵味。先父毕其生，始终致力倾其自身中外语文技能修养于每部译作，力求从原文再创作出较好的译文。

语言文字又是随时光潮流律动而演变的文化存在，18 世纪与

19、20 世纪初或当代的英文，在词义语法以至修辞手段等方面，都有不同。为区别作品中古今有别的语文，父亲翻译《汤姆·琼斯》这部二百多年前的经典，基本用语是一种古典味儿白话，或谓略近似明清时代白话。又由于菲尔丁是一位学识渊博精深、语言丰富多彩，行文潇洒磅礴的大师，父亲处理他的叙述、论辩语言及不同身份人物对话、独白等各种用语时，也撷取力求对应的不同中文用语；对于英文原文中的拉丁、古希腊等欧洲古文，也采用古汉语应对。为解决途中难点，自然尚需借助参考书及工具书。他本来富有藏书，"文革"中已四去其三，我与同为翻译家的亡夫张扬就在国内外公干之余，或通过中外朋友辗转之间，帮他搜购、求索。如今回想，那也并非一段简捷蹊径。

阅读外国文学作品，通常会遭遇无数表面文字背后隐形的异域文化、历史、民俗成分和谐谑、隐喻、反讽、调侃等等独具作家特色的修辞技巧，读者不一定尽皆直捷深切理解和欣赏，因此，父亲从早年出版翻译处女作《德伯家的苔丝》、《还乡》之始，就很注重译文注释，而且由此在学界颇受尊重。他是结合研究做注释，这是他身为学者兼译者以自身学识修养做研究的用武之地，也是将中国传统古籍研究中训诂、注疏方法，引用到研究翻译外国文学中的实践，远非简单地解释词语或"字典搬家"。此类注释，在我国古典名著中，读者已习以为常，而且确已从中获益匪浅。

如此，经过 1983—1987 年，略相当于他八十至八十五岁的五年间，约一千八百多个早晨，他终于满面含笑，随着长出的一口气说道："《汤姆·琼斯》的翻译已经完工，我从此不再翻译了！"

那时再过数月，他就整整八十五周岁。

大约两年后，一次在南方开会，我偶遇人文社新一届外文部主任秦顺新先生，他趁会间休闲散步，看似随意而又语气神情都甚庄重地对我说，他们社在安排处理父亲这部《汤姆·琼斯》译稿出版事宜时，又遇到某种未及预见的情况，经与《丛书》合作者，又是兄弟出版社的上海译文社商议，上海方面非常乐于接受出版这部书。现通过我再征求父亲意见。

大约也是秉承了一些父母遗传，我是先天思维简陋、行止粗率类人，加之我混迹外文编辑行多年，人文、译文诸位领导、编辑又大都是我的同行长者，对这两家出版社如此两全的策划，自然易于理解接受。会后回到北京家中，即禀告父亲出版社的此一新设想。

父亲毕生从事翻译，首先是兴趣，在那一千八百余上午终日伏案，又对原作那样地详加脚注，着实辛苦；别人看来又是那样地不合时宜，以致吃力不讨好，他却以此为乐。他享受了这一快乐过程，交割了任务，即算万事大吉，至于哪个出版社哪样处理，对他并不那样重要。既已封笔，他就在阅读、赏画、闻乐中自得其乐，只在静静等待面见他这最后一部大书。

那时出版周期就是慢！1994 年春，病榻上的父亲终于收到由上海寄来的一部《弃儿汤姆·琼斯史》尚缺封面的样书；仅仅一部，不是按当时常规，由出版社送发给译者的二十部，而是此书在经工厂印制，预先装订制作出极少本，供出版印刷等各要隘最后检阅一番，签发退还工厂，再正式开印之用的样本。父亲从这年前的除夕，突患中风，已缠绵病榻数月，亲切关怀老译者的人文、译文两社领导、编辑早对他的病情时以关注，译文社所以如此急迫寄送此一特别样书，确实体现了上海人工作作风中的细腻体贴；同时也令人由衷赞叹先父的幸运！

我至今记得，那时父亲半倚在病榻，用尚能动作的右手和勉强配合的左手，吃力地捧着这部比《现代汉语词典》还大还厚的书，微笑着吐出几个字："这辈子，我没白活！"

数月后，父亲永远地离开了我们。父亲的人生故事结束了，但他的译事故事并未结束。

　　张译《弃儿汤姆·琼斯史》1994 年获外国文学类国家图书奖。我倾听学界权威同仁看法："这是张先生译作中最好的一部，我们都译不出来！"我同意。先父生前也有过"自己最为满意一部"的表示。可憾，她太厚太重！浮躁时代，莘莘学子研究"张译"时，麇集于《德伯家的苔丝》等较薄本，甚至只在开头篇节大做文章，无暇顾及这位汤姆。所幸者，她问世后，经译文社连年再版三次，发行量共八万册；2008 年又经重庆出版社选入《企鹅经典》丛书出版。一周前，身为张谷若遗留版权继承人，我偕同舍妹张林，与人民文学出版社就此书签订了新合同。

　　这部先父的天鹅译作，纵跨大江南北转了一周，又回到人文社，完成了她的归来。等她成书那刻，我和舍妹都会手捧那定然精美的新版，举向在天微笑着的父亲。

2014 年 5 月 20 日完稿于北京双榆斋

俏言雅谑，尽披真情实理

——简·奥斯丁的《傲慢与偏见》

简·奥斯丁

18世纪末叶，英国小说似乎发展到一个潴留阶段。从这个世纪初开始，以丹尼尔·笛福和乔纳森·斯威夫特为前导，英国小说经过亨利·菲尔丁、塞缪尔·理查森等小说大家的昌隆盛世，到此时已显出"世纪末"的征候。社会上流行的对上述作家的效颦之作，使得晚餐后壁炉前的家庭阅读活动变得索然无味，而当时时兴的哥特式小说，又以它那离奇、恐怖的情节将读者的神经刺激得麻木不仁。正当这样一个时候，英格兰中南部汉普郡的斯蒂文顿镇出了个令人耳目一新的女作家简·奥斯丁（1775—1817）。

奥斯丁是牧师的女儿，自幼和父母兄弟姐妹一起，住在父亲任职教区的牧师住宅里，过着祥和、小康、半自给自足的乡居生活。她早年只上过初等学校，主要受教于父亲与自学，从中获得广博的知识和良好的修养。奥斯丁二十五岁时，父亲退休，不久逝世，她即随家人先后迁居巴斯、南安普顿、朝顿等地，最后在温彻斯特养病，并逝世于此。奥斯丁的一生短促而又平淡，但她就是在这样的生活环境中，创造出了奇迹。她从十一二岁就开始文学习作，此后在平庸的家居生活中，一直默默无闻地坚持小说创作。她终生未嫁，将自己的作品视为"宝贝儿"。她成书发表的作品，只有六部篇幅不大的小说，总共约一百五十万字。出版之初，销行数量有限，并未引起很大轰动，但就是这有限的文字，为她在英国小说史上争得显要地位，使她成为 19 世纪与瓦尔特·司科特齐名的又一座英国小说的丰碑。

奥斯丁创作的小说，几乎都经过长时间的反复修订改写，而且有时是几部小说交叉进行修改。她发表的第一部小说是《理智与感伤》（1811）。《傲慢与偏见》（1813）是她的第二部作品。这两部小说，连同她病逝后发表的《诺桑觉寺》（1818），都写于 18 世纪 90 年代，通常算作她的前期作品。《傲慢与偏见》一般被视为前期代表作。她的另外三部小说《曼斯菲尔德庄园》（1814）、《爱玛》（1816）和《劝导》（1818），写于 19 世纪，属后期作品。《爱玛》被认为最有代表性，更有人认为其艺术价值甚至在《傲慢与偏见》之上。但是经过近两个世纪时间的考验，《傲慢与偏见》所拥有的读者，始终胜于《爱玛》；而奥斯丁自己也认为《爱玛》在才智情趣方面，较《傲慢与偏见》略逊一筹。[①]

读了奥斯丁的作品，自然会得到一种印象：正如她自己所说，她的小说所涉及的范围，只是一个村镇上的三四家人[②]，同奥斯丁本人的生活和社交圈子一样；她的小说又多以女主人公为主要角色，也同奥斯丁本人以及亲友当中的中产阶级淑女一样；奥斯丁作品的其他一些人物，有贵族、商贾人家有闲的老爷、太太、少爷，以及他们在军队中供职的中青年亲属，还有当时社会上必不

---

①　据简·奥斯丁致当时一位王室的藏书主管克拉克先生的信（1815 年 12 月 11 日）。

②　据简·奥斯丁致其侄女安娜·奥斯丁的信（1814 年 9 月 9 日）。

可少的教区牧师等，这也都是奥斯丁和她的家人平素交往的亲朋邻里。构成奥斯丁小说的情节的，大体不外乎居室壁炉前和会亲访友中有关婚姻、财产的闲谈，集市、教堂、舞会、宴饮等场合的蜂追蝶逐，谈情说爱，中途经过一连串"茶杯中"的波澜，最后总是男女主人公和其他对应男女纷纷来个"他们结了婚，以后一直很幸福"①。《傲慢与偏见》大体亦未脱离这类格局。它的中心故事是本内特太太嫁女儿。主要相关人物确实不过三四户人家。结局是五个女儿嫁出去三个，其余两个也都适得其所；另外在不知不觉当中，还解决了一位邻家大女的燃眉之急。

　　这部小说虽然主要篇幅都是谈婚论嫁，通常却不被视为爱情小说，而被称为世态（或风俗）小说。因为作家在这部书中是把恋爱和婚姻过程置于比一般言情小说略为宽广的社会环境中去处理的。恋爱、婚姻的男女双方当事人的活动，大多是开放性、理性、现实的，很少有通常言情小说的浪漫激情。通过婚姻恋爱当事人对事件的态度、认识以及相关人物的反应，读者可以看到当时中产阶级社会普遍的世态风习，诸如对社会和人生至关重要的婚姻与财产二者之间的关系、17 世纪资产阶级革命之后英国封建等级制度瓦解过程中社会阶级关系和人际关系的变化、妇女意识的觉醒等等。

　　一般世态小说常常带有通俗浅显的特点，《傲慢与偏见》经过了两个世纪的阅读和批评，却能始终引起长盛不衰、雅俗共赏的兴趣，并对一代代后起作家发生影响，自然有其多方面的原因。从历史的角度看，《傲慢与偏见》和奥斯丁的其他小说，反映了她那个时代的世态人情，在英国小说史上开辟了写实的世态小说之先河。然而奥斯丁的价值，既是历史性的，同时又是现世性的。关于她的现世性，历来都有研究者从各自的角度作种种解释，其

---

① 引自托马斯·哈代《英国小说中的真实坦率》（1890 年）。

实还是奥斯丁自己的话，也是日后屡屡为人引用的话，最能准确概括其本质内涵："……有些作品，其中展示了才智最强大的力量。其中作者以最精心选择的语言向世人传达了对人性最透彻的了解、对这种丰富多彩的人性恰到好处的描绘，以及对机智幽默最生动活泼的抒发。"① 奥斯丁对优秀作品所必须具备的要素的阐述，正可用来衡量她自己的小说。而对她的小说来说，这几句话中关键的词语是"对人性最透彻的了解"，"对机智幽默最生动活泼的抒发"，还有"最精心选择的语言"。

"对人性最透彻的了解"，表明了《傲慢与偏见》思想内容方面的本质。

奥斯丁在构筑这部小说引人入胜的故事情节时，总是以具有鲜明个性的人物活动（包括外在动作和内心活动）为载体。奥斯丁是一向公认的善于塑造形象的小说家，而且她塑造人物形象的重点不在外表，而在内心。英国 20 世纪著名小说家爱·摩·福斯特著名的"圆形人物"说，主要就是以奥斯丁的人物为例的。②多半是作家本人的性别使然，奥斯丁小说中的女性人物，无论是数量还是质量，往往都比男性为盛；而且每个人物都各有鲜明个性，少见雷同。在这方面，《傲慢与偏见》尤其显得突出。它的众多女性人物，从最重要的主人公伊丽莎白·本内特，直到极其次要的陪衬人物德伯格小姐，都有自己独有的特色。她们各自既具有时代特征，又因所体现的为作者透彻了解的人性而为世世代代的读者所认同。伊丽莎白这个女主人公，更是早已成为英国小说人物画廊中一个无可取代的女性形象。她那秀外慧中的个人素质，她那充满理性的爱情婚姻观念和实际选择，以及她最后所获得的圆满归宿，都充分表达了女作家本人对做人、对爱情婚姻以及对全部人生的理想；而伊丽莎白那种独立不羁、蔑视权贵、敢作敢

---

① 见《诺桑觉寺》第五章末段。
② 见福斯特《小说面面观》第四章。

为的表现，恰恰体现了当时的先进思想，使她成为小说中女性追求独立人格和婚姻自主权利的一名先锋人物。

一些批评家曾经提出，奥斯丁的创作题材多是平凡人物的日常琐事，缺乏像菲尔丁、司科特那样紧扣时代琴弦奏出的强音，而且她对当时发生的法国大革命这样的震惊世界的历史事件无动于衷。其实像伊丽莎白这样一个无钱无势的弱小女子，在争取幸福婚姻和美好前途上所做的种种努力，在当时社会条件下也不啻是非同小可的壮举。这反映了当时尚未取得稳固政治地位和社会荣誉的新兴中产阶级争取权利的斗争：这部小说的题目，从初稿时的《初次印象》改为后来的《傲慢与偏见》，正好强化了一定范围和程度的阶级冲突：男主人公的傲慢与女主人公的偏见（或说成见）都带有明显的阶级属性，他们在爱情上遭逢的种种挫折，并非出于彼此偶然的误会，或有小人从中拨弄，而是由于处在不同阶级地位的双方之间横亘着一条无可回避的鸿沟。伊丽莎白身为缺少妆奁资产的平民少女，仅凭人格的魅力和个人的优良素质，赢得名门望族、财势两旺的贵族少爷真心倾慕，最后与其结为佳偶，依照神话原型的模式来看，这又是灰姑娘故事的一个翻版。但是联系这部小说的历史背景来看，它确实反映了其时英国平民资产阶级地位的升迁；同时这也正是对当时正在进行的法国大革命中自由、平等呼声的一个遥远曲折的回应。在奥斯丁的其他几部小说中，有时也能听到这种声音，但都似乎显得较为微弱。

"精心选择的语言"和"机智幽默"代表了《傲慢与偏见》艺术形式方面的本质。

奥斯丁处于那样的时代，身为普通家庭妇女而为文，加上她那种以自己最熟悉的身边事物为素材的写实做派，再加上她作品中表现出的那种自然流畅的风格，起初她曾被理解为一位不自觉的作家。意思无非是说，她仅凭本能而写作，既无创作理论和主张,也不考究写作方法和技巧。但是如前所述,奥斯丁在她的书信和早期作品《诺桑觉寺》中,都曾明确申诉过自己的创作主张。此外,在这部《诺桑觉寺》中,通过对女主人公读哥特式小说走火入魔,到朋友家老宅作客时见神见鬼而出尽洋相的描述,她讽刺了流行一时的哥特式小说;在《理智与感伤》中,通过对一些貌似多愁善感、实为自私自利、自我为中心的人物的刻画,她又讽刺了当时社会上和小说中的一种时髦习尚——感伤主义。奥斯丁以自己的创作实践直接或间接地表明,她对小说艺术有所肯定,有所否定,从这一意义上说,她也不应该被视作不自觉的小说家。

奥斯丁遣词造句的精炼考究,恐怕只有细读原文才能尽情领略。英国的批评家曾说《傲慢与偏见》中的叙述,像诗似的对仗匀整,富有节奏;它的对话,像剧似的自然流畅,妙趣横生。这部小说之所以浅显而不浅薄,流畅而不流俗,正是由于作家的字斟句酌,反复推敲,而非仅凭妙手偶得。奥斯丁自己也说过,她创作小说,像是用一支又尖又细的画笔,在小小的一块象牙上轻描慢绘。这从她那些存留至今的大量手稿中也可得到印证。

《傲慢与偏见》中的机智幽默,无疑正是作家本人才智的自然流露,这不仅表现在她对人物性格的把握上,而且更突出地表现在她的喜剧风格和对话上。珍藏至今的有关简·奥斯丁的原始传记资料告诉我们,这位在人世上仅仅生活了四十二个春秋的女作家本人,是一位极为聪颖理智、敏于观察而又富有幽默感的英国女子,她那过人的智力与才情在小说中常常通过幽默与讽刺得到传达。在《傲慢与偏见》中,奥斯丁的幽默和讽刺通过多种渠道,特别是通过本内特太太和柯林斯先生这两个喜剧人物,达到了珠联璧合。英国小说中的幽默和讽刺,早在奥斯丁之前,就经斯威夫特和菲尔丁等大作家开创了基业,但是这些男性作家所代表的,是一种夸张、明快、一针见血的风格。奥斯丁的幽默和讽刺则应属于另一类型。她不动声色，微言大义，正话反说，令人常感余痛难消。奥斯丁在英国小说的幽默和讽刺传统中，无疑也曾亲手铺垫过一块重要的基石。

1992 年 10 月于北京海淀

嬉笑怒骂砭时风
——狄更斯的《匹克威克外传》

一

狄更斯第二次访问美国期间（1867—1868），曾在一位朋友的宴会上会见了美国国防部长斯坦顿。这位政府要员，在林肯任总统时代就是国防部长，南北战争中，他每夜如果不先读几段《匹克威克外传》，就几乎无法入睡，日久天长，不管是谁随便翻到《匹克威克外传》中的任何一句，他都能继续由此背诵下去。饮宴中提起了这段佳话，使狄更斯又

狄更斯

想起了一桩往事。那是英、法、土耳其等国对俄国进行克里米亚战争期间，他曾收到从前线寄来他这部小说的俄译本，是从俄军宿营地找到的，有些上边还浸着斑斑血迹。

狄更斯向来是以写现实日常生活和世态人情见长的作家，在他的十四部半长篇小说中，除《双城记》和《巴纳贝·拉吉》两部历史小说外，其余都没有涉及战争，但是在炮火纷飞的战场，

他的《匹克威克外传》等作品，却能成为伴随参战将士左右的读物，其中原因也许十分多样复杂，而他的作品内容风格的滑稽幽默，却必是重要的一个。两军对垒，正是生死存亡千钧一发的关头，全体将士的精神，毫无例外地经常处于高度紧张状态，滑稽幽默的小说，引人发笑的故事，正是缓解紧张、求得轻松的良药。

狄更斯和斯坦顿这次会见交谈，是在 1868 年初，也就是狄更斯去世前的两年，此时，除他最后半部长篇小说《埃德温·德鲁德》尚未开始发表之外，其余十四部都已先后问世。这些小说，都是狄更斯小说"家庭"中既富有家族传统特征，又具有个人特性的孩子。《匹克威克外传》是这个家庭的长子，出生于 1836—1837 年间（当时发表小说，大多是先陆续在杂志上连载）。时隔三十余年，狄更斯已经是举世闻名的老作家，而斯坦顿会见他时，提到的却仍然是他这第一部出版的小说，这也足可以提醒我们，对这部作品不可忽视。

狄更斯在 1847 年 9 月为这部小说所写的自序中，曾经对它的创作始末有几笔概略的交代：1836 年初，年轻的狄更斯正在伦敦一家大报《晨报记事》做议会采访记者，有位名叫威廉·霍尔的出版商登门拜访，约请他为自己出版的一份月刊连载的幽默连环画撰写文字说明。霍尔限定这组图文并茂的作品，内容是讲一个游猎俱乐部的成员四出行猎，结果闹出种种趣闻逸事。狄更斯当时未满二十四岁，曾在报刊上发表过一些描述伦敦街巷风土人情的文艺随笔，并且编集成册，题名《鲍兹随笔》。这些文字明快、内容写实的文章，引起了社会反响，也吸引了霍尔的注意，因此，他才慕名而来。初次见面后，此时的狄更斯，不论是外貌的年轻还是实际生活经历的简单，都大大出乎霍尔意料之外，但是狄更斯确实已经在人生的征途上经过了十几年艰苦卓绝的奋斗，从生活积累和写作技巧磨炼上说，都为文学事业做了相当充足的准备：他幼年家贫，很早就辍学谋生，先后做过短时期童工、律师事务所杂务和录事，又经过严格考核和竞争当上报馆记者。这些经历和职业，使他对人生的许多领域早有体验；同时由于他生性好学向上，嗜读如命，独立谋生后靠业余学习完成了自我教育，掌握了作家所必备的各种基础文化知识，并自然而然接受了欧洲和英国小说的精华和传统；三四年的记者生涯，又磨砺了他的笔锋。霍尔的约稿要求显然使才华横溢的狄更斯感到大受约束，因此他向出版人提出了一个反客为主的要求：允许他先按计划进行文字创作，然后请画家依文配图。协议顺利达成，创作随即开始，作品连续写了五十七章，约合中文七八十万言，在月刊上先后连载了二十个月，并很快成书发行，获得了出乎出版人和作者意料的巨大成功。就这样，这部狄更斯的小说处女作，不仅立即成为街谈巷议家喻户晓的畅销读物，而且日后成为英国文学史上一部不朽名作。

二

　　霍尔当初那个游猎俱乐部四出行猎的构想，对狄更斯显然还是有所启迪。作家将出版人设计的游猎俱乐部，改成以研究社会人生为宗旨的俱乐部，以总主席匹克威克先生的姓氏命名。应该说，狄更斯的提议不仅不是毫无缘由，而且十分明智。因为，凡是略谙英国历史和社会生活的人都知道，这个国家骑术、行猎都是中上等阶级的消闲娱乐，尚不为当时的狄更斯所熟悉，而研究社会人生，却已是狄更斯更了解的"专业"。在小说中，根据这个俱乐部会议决议，主席匹克威克先生受托，率领俱乐部三名会员——特普曼、斯诺格拉斯、温克尔到各地游历，在社会上广泛考察，并将他们沿途所见人物、风习、景色、社会团体以及个人经历和奇遇一一记录，然后向俱乐部汇报，以供讨论研究。这部小说，就是以匹克威克一行的游历考察为引线逐渐开展情节，全书就是这场旅游经历的汇报手稿。

他们从伦敦街区出发，旅行开始不久，匹克威克先生又收留了一名机灵干练的义仆山姆·威勒。他们遍游各地，足迹所至，有大小城镇、乡村庄园、旅店集市、法庭监狱……参加了宴会、舞会、阅兵、选举、婚礼、过节、打猎、滑冰、打球、斗牌等种种活动，甚至还曾经打官司、蹲监狱。经过两年旅游生活，匹克威克先生和他的同伴接触了各行各业形形色色的人物，总数不下一百四十余人，其中有闯荡江湖招摇过市的戏子，卖弄技巧包揽词讼的律师，装模作样名利熏心的贵族、名媛、政客、官吏，造谣生事的无耻报人，骗人妻财的无赖牧师，嗷嗷待嫁的垂老处女和中年寡妇；也有慷慨好义的乡村绅士，蕴藉多情的年轻小姐，风流俊俏的妙龄女仆，忠厚质朴的年长车夫，穷困潦倒的医科学生。他们与这些人深入交往，亲身参与他们的生活，亲眼目睹种种社会现象，并生出种种事端，从而形成一组组奇特有趣的故事。此外，他们还从沿途偶遇的朋友们口中先后听到长短不一约有十个故事，这些正是小说中的小说，是匹克威克先生一行直接耳闻目睹种种事件的间接补充。整个作品，就是由上述几个部分构成的一幅19世纪前期英国社会生活的鸿篇长卷风俗画。通过以匹克威克先生为首的一群"好人"与一路与他们作对的江湖骗子金格儿等"坏人"的争斗，以及好人最终得胜，宣扬了真、善、美必定战胜假、恶、丑的理想。从人物境遇结局来看，凡属正直善良的人，大都善终，凡属卑污邪恶之流，大致都遭恶报。青年时代的狄更斯，是十足的乐天派，他虽然常常看到社会的丑恶不公，但却仍以一颗天真善良的赤子之心，对社会人生抱有坚定希望，他的早期作品，特别是在《匹克威克外传》当中，那些"坏人"，除罪大恶极者外，大多能受到宽宥感化，得成"正果"。

三

出版人霍尔当初提出写滑稽幽默故事的设想，狄更斯显然也实现了。这部小说的故事和人物，从头至尾都是以漫画笔法写成。作为主要人物的匹克威克和山姆主仆，以及他们的三位同伴，在外貌、装束、脾性、行止等方面，都是属于漫画型。首领匹克威克先生矮胖、秃头、架眼镜，说起话来滔滔不绝，做起事来笨手笨脚，是个"逗乐儿的老宝贝儿"，而且因为过分书呆子气，常常遭人误解，更常遭坏人利用，使自己陷入尴尬。特普曼是四位朋友中仅次于匹克威克的长者，但是人老心不老，虽已大腹便便、下巴累累，却从未丧失一颗女性崇拜的缠绵之心。另外两位较年少者，斯诺格拉斯身披蓝斗篷，上镶狗皮领，生来多愁善感，常作无病呻吟；年轻的温克尔则是生性好动，一副运动员打扮：绿色猎装、花格领子、褐色短裤，虽是朋友心目中的神枪猎手，真正打猎时却开枪轰走了白嘴鸦，打中了特普曼。山姆本是作家塑造的社会下层人民正直、善良、智慧、纯朴品质的化身，但也不是个严肃的角色。他满口都是方言、俚语、俏皮话、双关语和滑稽故事，还喜欢调皮地眨眼，恶作剧地揶揄。他和匹克威克这一对主仆，已经在文学宝库中保持了永久席位，成为英国的堂吉诃德和桑丘·潘沙。作家还设定这四个活宝都尚未婚配，直到故事结尾，才使温克尔、斯诺格拉斯与山姆三人各得佳偶。因此，他们一路行来，更容易惹是生非，屡次身不由己地卷入种种真真假假的桃色纠纷和误会当中。这对天生情种特普曼本来不足为奇，对年轻的山姆、温克尔以至斯诺格拉斯，亦在所难免；出人意料且又令人失笑的是，年高德劭的匹克威克先生竟也在劫难逃，而且磨难更深，诸如遭逢寄宿女校及伊普斯威奇旅馆事件以及与巴德尔太太的纠纷等。这些事件，都被居心叵测的恶人或小人渲染成桃色或黄色，从而使他们无辜受损；就连在伊坦斯维尔选举会上匹克威克向波特太太打招呼，送了一个天真无邪的飞吻，也引起一阵戏弄嘲讽的风潮。诸如此类，都是这部小说幽默滑稽特点的浅层表现，令人感到似乎是在欣赏欧洲的传统通俗滑稽剧。狄更斯早年就酷爱戏剧艺术，善于演唱滑稽歌曲。他毕生在紧张严肃从事创作之余，还经常组织和参加戏剧演出；中老年后，还编选出自己的小说，亲自做巡回朗诵演出，风靡欧美。看来他这种才能，也深深影响了他的小说创作。

小说的人物具有滑稽剧的特征，或者说漫画化，在现代文学批评中，通常总带有贬义，《匹克威克外传》的人物具有这种特点，一方面固然可以看作这是作家早期创作的尚欠成熟，这主要是说，他的人物少有心理活动，缺乏深度；另一方面，正像绘画中的漫画一样，作为一种单纯、明快、夸张并易于表现人物、事件主要特征的手法，它也具有独到的审美价值和娱乐消遣作用。上述一些有关人物日常生活的琐细题材，固然是构成这部小说滑稽幽默性质的重要部分，这些题材，也能使人在消遣之余审视世风的卑下庸俗；但更重要的是，此书幽默滑稽的成分，还涉及很多比较重大的社会题材，尤其是社会政治题材。

四

狄更斯从开始创作之初，就是一个关心民众和时政，具有强烈社会责任感的作家。决定他这一特点的，则是他贯彻终生的民主主义和人道主义思想基础。民主和人道是狄更斯所处时代一种普遍的进步思潮，很易于被正直进步的中小资产阶级接受。狄更斯个人童年和青少年时代的具体家庭背景、生活环境、教养和经历以及他早期从事法界、报界的职业，都促使他自然而然地深受这一思潮的影响。因此，作为一个写实小说家，他并不满足于编写仅供有闲阶级消愁解闷的滑稽幽默故事。在继《匹克威克外传》之后创作发表《奥立弗·退斯特》一书的自序中，他写道："本书的一个目的，就是追求无情的真实。""我要描绘一群真实的罪犯，不折不扣地描写他们的变态，他们的痛苦，和他们肮脏悲惨的生活。我认为这样做是一件很需要的，对社会有益的事。""对于这一切不屑一顾的读者，我对他们的娇气同样不敢领教。……我写作根本不是为他们消愁解闷。"在《匹克威克外传》一书中已可看出，狄更斯极其善于选取生活中带有典型意义的重大题材，深入表现他的主题。他以相当的篇幅，特别是小说的后半部分，接触选举、新闻报刊、宗教活动等方面的现实社会生活，律师事务所、法院、法庭、负债人监狱（特别是其中的穷人部），更是着重描述的部分。狄更斯幼年，他那位在军队做小职员的父亲曾因欠债入负债人监狱，为探监他曾一度经常出入此地；以后他又在律师事务所和法院谋生，对英国法界的情况，多有了解，因此早具备了驾驭这类题材的生活基础。

有关伊坦斯维尔选举的记述，是全书极为醒目的一章（第十三章）。这本来属于严肃的政治生活题材，但是作家却采用了寓庄于谐的处理方法。他击中了现实生活中在这种场合可能，或确实发生过的种种荒唐可笑的事实和细节，夸张而又不失分寸地加以表达，使人在阅读中不断交替哑然失笑和捧腹大笑，从中看到一些所谓自由、民主的国度里，标榜代表民意的政党的卑鄙伎俩，标榜大公无私的政客的厚颜无耻以及自认为社稷之本、独立不倚的民众的愚蠢和盲动。

作家在这一章的开头就说明，伊坦斯维尔是一个查无实据的地名，他还明确指出，这是匹克威克先生为避免得罪某些人物而姑隐其真名。实际上，这个作家虚构的小小市镇，正是整个英国的缩影。大会上竞选人、候选人的讽诮争辩，可能就是年轻记者狄更斯在记录伦敦议会辩论时的亲身见闻。选举中代表蓝党活跃异常的《伊坦斯维尔消息报》主编波特，在第五十一章中继续表演，与同行冤家、代表黄党的《伊坦斯维尔独立报》主编斯拉克狭路相逢，鼓唇摇舌之余，又拳脚相加，充分暴露了这些道貌岸然、煞有介事的"无冕之王"的丑恶嘴脸。看来，做过多年记者的狄更斯在为他过去的同行画像时，是不讲手下留情的。

五

狄更斯的滑稽幽默，固然首先取决于内容，但是作为幽默大师，他还是十分讲究滑稽幽默的技巧。他首先善于穿插，也就是将现实生活中的素材巧做安排、制造误会、乱点鸳鸯。在匹克威克一行出发后到达的第一站罗切斯特（第二章），江湖骗子金格尔把温克尔推上决斗场，关键就是特普曼让他偷偷穿戴了温克尔的服饰；在撒拉森人头像旅馆，"搬弄是非的魔鬼"让波特和斯拉克不期而遇，才发生了那场始尔唇枪舌剑，继而大打出手的闹剧。这都是作家的巧妙安排。

狄更斯更善于运用类似动画片的手法表现种种滑稽可笑的场面：伊坦斯维尔的选举本来是那样纷纭复杂、哄闹嘈乱，靠狄更斯的运筹帷幄，却能表演得如此淋漓尽致而又有条不紊。这一章的开头，紧接在对该市政治背景（主要是党争）的简介之后，先是匹克威克一行下车伊始就看到竞选前夕街头巷尾的布置装饰，沿街选民摩拳擦掌剑拔弩张的赫赫阵势；随后，是他们先后在旅馆和波特府上听到过去选举中各党派不择手段，竞相采用的种种卑鄙伎俩。以上可以算作序幕。第二天，选举正式开始，表演渐入佳境。随着匹克威克等人步入会场，我们一路看到群情鼎沸的热闹场面：欢呼的人群，选民大众的游行，敌对候选人的双双出场，演到此处，突然出现了快摇镜头，在读者目不暇接之际，跳出了一系列爆发式的场面，匹克威克则在两派选民一场混战当中给人推推搡搡，揪来拽去，昏头昏脑地撮上了主席台。至此，表演进入最高潮，双方选民擂鼓奏乐，摇旗呐喊，展开舌战。再后，台上主帅两相交锋，台下小卒奋力鏖战，高潮达到顶点，最后则以简略文字交代了先举手后投票的过场，立即结尾。到第五十一章，这场选举大战中的大将波特和斯拉克宿敌相见，分外眼红，又一对一地短兵相接，其实正是前边那场大兵团作战的远程余波。前者发生在小说的前四分之一处，后者发生在后四分之一处，前后时间相隔一年有余，读至后者，忆及前者，似乎仍能令人心有余悸！一般公认，狄更斯小说的结尾，大多落入"大团圆"或说皆大欢喜的俗套，全本《匹克威克外传》的结尾，也没有脱离这一窠臼，而有关选举的这一段故事的结尾，则属例外。

狄更斯小说的结构技巧，颇受西欧18世纪以前流浪汉小说如《堂吉诃德》等的影响。通篇看来，这类小说往往结构不很紧凑，但在文学发展的长河中，这又是一种不容忽视的客观存在，我国明清时代的经典小说，大部分其实都是采取这种形式。《匹克威克外传》以及狄更斯前期和中期的其他小说，大都有类似的结构形式，如《尼古拉斯·尼克尔贝》、《老古玩店》、《马丁·瞿述伟》、《大卫·考坡菲》等。它的特点，主要是以主人公的活动为主线，将一些相对独立的故事连缀成串，构成一部完整的长篇。这类形式，松散之余，也有它的长处。它可以更广泛、丰富地囊括题材，更自由、自然地表现生活。《匹克威克外传》所以能如此广泛地反映世态人情，不能说不是得力于采用了这种结构形式；同时，作为长篇小说，借重这种形式，也可以将情节安排得疏密相间，张弛相得，起到更有效的愉悦作用。从中更可见其与《弃儿汤姆·琼斯史》显而易见的传承。

《匹克威克外传》作为滑稽喜剧式的小说，在大量喜剧故事和情节之间，还穿插了十分严肃，甚至带有强烈感伤情调和抒情色彩的故事，特别是那近十篇口述故事，如《流浪艺人的故事》

（第二章）、《释囚归里的故事》（第六章）、《狂人手记》（第十一章）、《教区书记的浪漫史》（第十七章）、《古怪讼师的故事》（第二十一章）、《魔鬼偷走教堂杂役的故事》（第二十九章）等，都是作家正襟危坐、满脸庄重、娓娓道出的插曲。从内容上说，它们大体都是反映社会下层的苦难和不幸，以及金钱、财产带来的罪恶，这也是这部大全景社会图卷一个重要的构成部分；从传统继承上说，这又是受 18 世纪开始流行的英国小说中感伤主义情调影响的结果；读来自然会使人联想到诸如《弃儿汤姆·琼斯史》中山中人叙述的情节。从结构上说，有了这样一些严肃和感伤色彩插曲的陪衬和反衬，整个小说中滑稽幽默的部分才显得更加色彩斑驳，不嫌冗繁。

六

　　作为英国最伟大的小说家之一，狄更斯确实也不愧为语言大师。它的每部作品都能舒卷自如地运用各类语言表达各种内容。《匹克威克外传》这部处女作，也显示了狄更斯的语言功力。除前述在表达情节、人物、对话、场面等方面之外，他对山川草木、四季变换、昼夜早晚、阴晴风雨等等，都能精确描述，而且能将它们与情节人物有机配合。另外，这部以滑稽幽默为主要文体风格的长篇巨著，也采用了与这种风格相对应的语言技巧。通篇运用了大量夸张类比，极尽讽刺、嘲弄之能事。诸如将选举场面中民众的阵阵欢呼比作"就像是大象摇铃通知要喂冷肉以后整个马戏班子里的吼叫"；小说结尾说斯诺格拉斯在朋友中间徒具大诗人之名而从未写诗，然后说这"就像许多大人物、大文豪、大哲人者流，也是在以同样的资格享有盛名的"；而第十三章介绍波特惧内的毛病时，则说"他对他妻子那种多少有点儿骄横的管束和辖制，表现得有那么点儿过于驯顺服从"，这当然是正话反说。在这部小说中，这类语言表达方式，或通过作家本人直接议论叙述，或出自山姆等人物之口，都是意味深长，妙趣横生；而双关语、俏皮话则更是俯拾皆是。

狄更斯就是以这样一些语言手段，将这部长篇巨著写得有声有色，情貌兼备。它的语言，幽默而不猥亵，滑稽而不油滑，通俗而不庸俗！即使写到欧美滑稽幽默作品通常不可缺少的男女之事，也都相当含蓄、委婉，从根本上有别于通俗滑稽作品。

七

在狄更斯的全部作品中，《匹克威克外传》也许并不算是最成功的佳作，但却是青年小说家一鸣惊人的处女作，它所包含的素质在各方面都为狄更斯前后共三十四年小说创作奠定了基业。纵观狄更斯小说事业的进程，大体是滑稽幽默成分渐趋减少，感伤成分渐趋增加，但是从每部作品看，几乎无一不是寓庄于谐，严肃滑稽兼而有之。小说所涉及的广泛生活内容，诸如婚姻、职业、财产、教育、贫富、法律、政治等等，他在随后的各部作品中都有进一步广泛深入的发挥。这部小说在人物塑造、情节构思、语言运用等方面的特色，在其他小说中也都有所承袭和发展，因此它在狄更斯的全部小说创作中占有十分重要的地位。仅凭这一部《匹克威克外传》，我们已可以看出，狄更斯是一位早熟的天才；再就它和狄更斯全部小说的继承发展关系来看，狄更斯更是一位创造力旺盛而又经久不衰的天才。

1985 年春节于北京海淀

何谓早熟天才?

——狄更斯的《奥立弗·退斯特》

几年前,笔者在一次访问英国时,到一位狄更斯同好家中作客,闲谈中主人提到,他们不久前在家中接待过一批美国来客,面对主人家中现代化的装修设备,竟然惊讶不已,其中一位连声慨叹:"哎呀,我想象当中你们这里还是《奥立弗·退斯特》当中所写的样子呢!"

这段小小插曲自然令人感到,这位富贵骄人的美国客人坦率当中透露的浅陋,但同时确实也反映出这部小说在读者当中影响之深、远、久。

即使没有读过这部书的人,对它的故事和人物也可能十分熟悉,因为由这部小说改编的电影,早已将它们更直接更形象地展示于人。早年,聪明的中国电影人还给它取了一个更适合我国公众口味的名字——《雾都孤儿》。20 世纪初,我国传译世界文学名著的先驱林琴南先生给这部小说中文本的题目是《贼史》。

我们从狄更斯的生平可以了解到,狄更斯是从记者到随笔作者走过来的小说家。他的小说,尤其前期创作,带有明显的纪实和流浪汉小说的性质。他的第一部长篇小说《匹克威克外传》,无疑更是半特写、半小说性的;《尼古拉斯·尼克尔贝》、《老古玩店》、《马丁·瞿述伟》以至《大卫·考坡菲》,实际也尚未脱离这种模式。唯独这部《奥立弗·退斯特》，却是匠心独运，其情节之精妙，堪与其晚期的《双城记》、《远大前程》相比；而其中所包含的强烈戏剧性冲突，更是狄更斯其他小说少有得以望其项背者——而狄更斯创作这部作品时，还只是一个二十五六岁的年轻人！也正因这部小说中所包含的特有戏剧素质，狄更斯生前，就亲自将它搬上了戏剧舞台。

从狄更斯青少年时代的经历可见，他是同时具有写作和表演天赋的人。机缘引导他走上了笔耕之路，并且促使他马不停蹄，行程万里，简直收不住脚。但是人到晚年（请注意，按维多利亚时代人们寿命的标准，四五十岁之交已属晚年无疑），小说家狄更斯已在公众中为人熟稔，狄更斯所创造的小说模式也已为跃跃欲试的后继作家力图突破，而狄更斯本人的经济生活又面临着入不敷出的窘迫，因此他重温旧日的演员梦，操起诵读、表演自己作品片断的独角戏演员生涯，而且风靡本国和欧美，产生了强烈的轰动效应。节选自己的小说作为独角演出的脚本，《奥立弗·退斯特》正是较早，也较重要的一部。据传记家们描述，狄更斯在表演此书选段《谋杀》一场时，可谓盛况空前：在爱尔兰，剧场内外给观众围得水泄不通，甚至不得不动用警察来维持秩序；在伦敦，狄更斯表演到最恐怖的关头，舞台下那些打扮得花枝招展的女性观众，个个面色如土，瑟瑟发抖，有人索性闭上眼睛，堵起耳朵。狄更斯生前，由他自己朗诵，取得如此轰动效应，如果说还夹带相当水分，是由于作家本人所引起的名人效应在推波助澜，那么，狄更斯逝世以后，由其他演员承袭这一传统，又取得同样轰动效应，而且经百余年代代相传，成为独角戏表演的经典，则更可看出作品本身净重的分量了。

笔者孤陋，仅在英美欣赏过三四次这类表演。一次是1994年，在伦敦的狄更斯博物馆。表演的脚本是该博物馆馆长大卫·帕克和戏剧导演约翰·格瑞克合作，演员是吉奥弗瑞·哈瑞斯，剧名《英格兰的精英》，叙述、独白、对话选自《大卫·考坡菲》、《双城记》和《奥立弗·退斯特》等书，包括《奥立弗·退斯特》第二十三章本布尔夜访科尼太太的一场滑稽剧。又一次是1997年，在加利福尼亚大学圣克鲁斯校园研讨会的余兴晚会上，表演者是英国有名气的女演员米丽安姆·马格利埃斯，节目又是本布尔和科尼太太的那场丑剧。两位演员在不同时间、不同地方、不同场合不约而同地选取了《奥立弗·退斯特》中的这一片断，当然不能视作纯属巧合，而是因为这一片断早已成为这类演出中的"保留节目"。

单人表演作为戏剧艺术的一个支脉，犹如戏剧本身，自然是比小说更能直接面对公众的一种通俗文艺形式。我们对狄更斯小说的全面印象，通常首先也总是其通俗性。《奥立弗·退斯特》的通俗性，对我们也是不言自明。故事开场在济贫院设置的伏笔、贯穿通篇时隐时现的主人公身世之谜，由主人公的遭遇所引发其他人物之间生死攸关的纠葛，小说最后皆大欢喜的结局以及自始至终充满幽默噱头和冷嘲热讽的风格，都富有市民文化的浓烈色彩。身为从伦敦贫穷市民中浮升出现的小说家狄更斯，自幼深受伦敦市民文化哺育，创作中，尤其在早期，深受这种文化的影响，本来不足为奇。他在《奥立弗·退斯特》之前出版的《鲍兹随笔》和《匹克威克外传》，都有更多市民文化的成分。但是作为天才的小说大家，平民的出身背景，早年遭受贫困的折磨，做学徒、记者的阅历，受英国及西欧民主、人道思潮的影响和写实小说传统的熏陶，他的创作始终保持了俗而不庸，寓庄于谐的格调；这一特点随着他创作事业的发展，越到后期越见突出。

《奥立弗·退斯特》中的谐，从本布尔与科尼太太调情的一段，已可见一斑。谐谑的成分，可见于此书的始终。狄更斯创作伊始，这种风格即已定格，从《鲍兹随笔》、《匹克威克外传》

中，均可领略。但是谐谑、滑稽并非目的，而是他针砭时弊、讥讽世风的手段。本布尔和科尼的调情，是在本可最适于表现人性美的恋爱场面，表现人性之丑，社会之恶，从而达到对社会更有力的暴露和批判。这部小说的全部内容，都是为此目的而设。

小说的主人公奥立弗·退斯特生在济贫院里，是个不知有父的非婚生子。母亲把他送到人世之后，立即含恨而逝。奥立弗在济贫院肮脏、野蛮、愚昧的环境里长大，从九岁开始，就从事劳动，而且终日忍受食不果腹的煎熬。在济贫院孩子同伴怂恿下，奥立弗代表大家斗胆向管理人员再添一点粥吃，立即被视作大逆不道，并被遣送到杠房当学徒。在这里，奥立弗又受到老板娘、仆人和年长学徒的欺凌侮辱，在忍无可忍的情况下，他私自逃亡，昼夜兼程步行直奔伦敦，尚未踏上伦敦街区，就被盗窃集团诱入贼窟，由贼头儿费金教唆，被迫行窃，首次作案即被抓获。失主布朗洛先生见他弱小无助，心生恻隐，将他带回家收养。奥立弗在布朗洛家生平第一次受到人道待遇，决心向善，但不久又被费金派女贼南希抓回，再随赛克斯等贼行窃，被主人家开枪射中。赛克斯等人弃之而逃，奥立弗被主家收养。但是歹徒蒙克斯已暗中查明奥立弗来历，和费金等人勾结，图谋暗害。南希偷听到他们的阴谋，冒生命危险给奥立弗的恩主罗斯小姐和布朗洛先生报信，被赛克斯发现，惨遭杀害；赛克斯在逃避追捕时，误将自己吊死，布朗洛等人根据南希事先提供的线索，抓到蒙克斯，逼他供实情：原来奥立弗是蒙克斯父亲非婚生子；蒙克斯母子为鲸吞他父亲全部遗产销毁遗嘱和证据，一心将奥立弗置于死地。布朗洛是奥立弗生父生前好友，罗斯是奥立弗生母的胞妹。真相大白后，奥立弗依法得到父亲遗产，与布朗洛和罗斯幸福地共同生活。蒙克斯移居美国，因本性难移，继续作恶，死于囹圄。费金和他的盗窃团伙，也受到法律制裁。

小说借财产争夺的公案，大胆揭开了英国维多利亚盛世的锦帷绣幔，披露了其内里的朽木败絮。小奥立弗生活中最为触目惊心的两个场所，一个是济贫院，一个是费金的贼窟。这都是当时英国社会最黑暗的角落，也并非社会的个别孤立现象。济贫院终日以赈济慈善为名，营私舞弊，鱼肉贫民，正是当时英国一些腐朽不公的政治、法律制度的必然产物。借用济贫院的形象，狄更斯直接攻击、批判了英国议会不久前公布的新济贫法。以费金为首的贼窟中暗无天日的生活，同伙之间的尔虞我诈，自相残杀，贼首对少年儿童身心的毒害摧残，已能充分表现社会贫困与人的精神堕落的共生关系。这些主题的表达，正是年轻的狄更斯，身为负有社会责任感的民主人道主义作家对社会剖析、批判的初步尝试。狄更斯的这一尝试，从创作伊始就是自觉地有意而为。请看他这部小说自序中的一段文字："本书的一个目的，就是追求无情的真实。""我要描绘一群真实的罪犯，不折不扣地描写他们的变态，他们的痛苦，和他们肮脏悲惨的生活。我认为这样做是一件很需要的，对社会有益的事。""对于这一切不屑一顾的读者，我对他们的娇气同样不敢领教……我写作根本不是为他们消愁解闷。"

这就是狄更斯，这位英国 19 世纪写实小说主帅义正词严的宣言。也是狄更斯创作意图和小说的本质。正因为狄更斯创作抱有这样严肃的目的和社会责任感，《奥立弗·退斯特》虽然具有通俗谐谑的风格，却与一般通俗滑稽具有本质的区别，也比他的第一部着重描摹嘲讽世态人情的长篇小说《匹克威克外传》在思想深度上大大前进了一步；与此同时，这部小说的人物塑造、情节处理也较《匹克威克外传》大有突破。小说的主人公奥立弗来历不明，身世凄惨，但是本性善良、纯洁，一心向善。作家是将自己对于社会上千百万孤苦无告的弱小者的无限同情和深切爱怜，倾注在了这个儿童角色身上。如果说狄更斯此时塑造成年人物还显得"干瘪"或谓"扁平"，趋于脸谱化，他已开始注意在人物外貌描绘的同时，探索他们的内心，女贼南希，就是一个突出的例子。这个自幼失去家庭和父母呵护的少女，完全是在贼窝里成长，但仍然良知未泯，有爱有恨，有同情心有正义感，正是一个陷于泥潭难以自拔且又不甘下流的悲剧人物。狄更斯的描绘，涉及了她内心世界的丰富多样，传达了她生活的真实。在狄更斯全部女性人物群中，这永远是一个闪烁着独特光芒的形象，与他那绝大多数确实干瘪的女性人物，不可同日而语。

对于其他重要反面人物，诸如费金、赛克斯、蒙克斯、几个少年犯以及寄生于济贫院的社会其他部门的恶棍流氓，狄更斯的描绘基本上是单线平涂漫画式的，但是给人留下的印象却是那样地过目不忘，鲜明突出，因为这种虽然并非精雕细刻的手法，实实在在地抓住了人物最主要的特征——这也正是漫画在绘画艺术中不可被取代的原因。

即使是对于像赛克斯这类侧重漫画化处理的次要人物，狄更斯也还是在一些关键时刻，例如赛克斯杀人后的出逃，作更精细的描述，从而使人物层次增多，情节也更真切。

通读狄更斯小说的时候，常常可以发现一些独具狄更斯特色的艺术手法，诸如精细巧妙地设计情节，大量的讽刺、幽默、诙谐和调侃，画龙点睛式的阐发哲理、深层心理、潜意识以及梦境的处理，等等。这些都是构成小说艺术大师不可缺少的素质，而且贯穿狄更斯创作的始终。这些艺术特色，越近狄更斯创作的晚期，发展得越臻完善，诸如在《双城记》、《远大前程》等作品中。但是阅读《奥立弗·退斯特》，只要稍稍留意，就可发现它们的萌芽，因此，人们也不禁要赞叹作者早熟的天才。但是作为狄更斯早期之作品，对作家来说也是少年之作，这部小说思想艺术上的明显肤浅，也无可回避。狄更斯作为英国 19 世纪前期小说家那种积极迸发、乐观向上，也给他的创作带来一种负面影响，那就是盲目乐观和虚张浮夸。小说结尾，作家基于整个善良的愿望和仁爱之心，为奥立弗最终"争得"一份遗产，对读者自是莫大的告慰。书中其他人物，也大多遵循善恶必报的原则，各得其所；就连凶残的本布尔夫妇最后双双流落到他们曾借以施虐的济贫院，也可谓以其人之道，还治其人之身了，与这一对狗男女下场类似的，自然还有诺亚和夏洛特这对从杠房起家的邪恶青年男女。比起光怪陆离、复杂错综的现实生活和人类命运，狄更斯的这些图景显然是太过稚拙了。再说，小奥立弗交上好运以后，还捎带对所有对他即使只有点水之恩的人也都涌泉相报，但是他幼年在济贫院的小伙伴狄克却无福消受这份好运！还有济贫院里其他那些面黄肌瘦、饥肠辘辘的孩子呢？贼窟里其他那些误入歧途、未老先衰的儿童呢？他们没有从天而降的遗产和机遇！热情但却天真的狄更斯没有为他们安排幸福惬意的生活。他们应该，不管他们懂与不懂，盼望社会的改革和进步。

　　狄更斯在此后的一系列小说中，继续积极地为孩子们寻求幸福之路，种种道路，平坦的，坎坷的，笔直的，曲折的……始终没有一条康庄大道。他们的理想之路，后人在继续探索。

2000 年 2 月于北京双榆斋

倦游笔更健，褒贬皆相宜

——狄更斯的《游美札记》

在我国通常流行的狄更斯肖像，是一位长髯老者，实际上狄更斯执笔写作《游美札记》的时候，只有三十岁，正当他明眸皓齿、雄姿英发的盛年。

这位自学成才的英国大小说家，1812 年出生，早岁在生活和创作道路上，经历坎坷，1842 年发表《游美札记》时，已先后发表了《鲍兹随笔》、《匹克威克外传》、《奥立弗·退斯特》、《尼古拉斯·尼克尔贝》、《老古玩店》、《巴纳贝·拉吉》等许多优秀作品，此时，年轻的狄更斯不仅在英国本土，而且在欧美各国，已经建立起声誉。特别是在美国这个历史、文化以至语言方面都与英国具有不可分割联系的国家，狄更斯赢得的读者更为广泛。不少美国读者，包括美国著名作家华盛顿·欧文，曾经写信给狄更斯求见。狄更斯在此之前一段时期，由于常年不知疲倦地从事写作而积劳成疾，虽已治愈，仍需暂时辍笔歇息，以便养精蓄锐，迎接将来更艰巨的创作生活。在这样的情况下，他欣然接受了美国朋友的邀请，于 1842 年赴美游历，这部作品，就是狄更斯此次访问美国的主要成果。

狄更斯在他的时代是一位激进的民主主义作家和社会改革家，毕生为谋求社会底层人民的福利积极行动。从他开始创作活动之初，就热情关怀和参与社会改革。他不仅通过自己的作品，而且通过各种集会、演说、交游和亲自创办报刊，为改革英国资本主义社会制度的种种弊端而思考，而奔走，而疾呼。狄更斯在出访美国之前的时期，就时常在国内各地深入下层，搜集创作素材，同时进行考察。《尼古拉斯·尼克尔贝》和《老古玩店》等优秀长篇小说中的一些素材，就直接取自他的社会调查所得。当时美国这个国家，经过1773年至1783年的民族解放战争，宣布了独立，到19世纪前半叶，还是一个十分年轻的共和国。在欧洲一般人心目中，这是一个没有君主，没有封建制度，又没有国教的自由平等的新型国家，这是一切民主主义、改良主义仁人志士心向往之的世界上第一个共和国。狄更斯曾经研读过《美国人家居情况》①和《美国社会》②等介绍美国社会生活的著述，他早就怀有到美国去的设想，用他自己的话来说，那是为了要去了解：在那里"纠正旧世界的欺诈和罪恶"的政治家们，"是不是把从政之路由尘土飞扬而变为一尘不起"，"把势位之途的污浊清理扫除"，"是不是只为公众的福利而辩论，而制订法律，除了为国为民，没有党派之争"。由此可见狄更斯这一次访美，不仅仅是为交友叙旧，更不是单纯娱乐性的游山玩水。这是一次目的明确的考察。狄更斯早有计划，要在访问归来后根据所见所闻写一部作品。《游美札记》就是这样的一部作品。

这是狄更斯首次访美③，也是他首次出国。他于1842年1月3日从利物浦出发，在大西洋上经过十七个昼夜的颠簸，才到达波士顿，登上美洲大陆，先后经过哈特福德、新港、纽约、费城、华盛顿、里齐芒德、巴尔的摩，穿过阿里根尼山到匹兹堡、辛辛

---

① 作者特罗洛普（Fanny Trollope）。
② 作者马丁诺（Harriet Martineau）。
③ 狄更斯晚年，于1867—1868年曾第二次访美，巡回朗诵自己的作品，归来后未就此写任何作品。

那提、圣路易、哥伦巴司，渡过伊利湖，至尼亚加拉大瀑布，然后到加拿大，最后回到纽约，于6月7日在纽约登舟回国。8、9两个月就写成了这部札记。在历时半载的旅游生活中，年轻的作家通过参观、访问、公众集会和私人会见，广泛接触了美国各阶层人士，上至国家总统，下至身穿号衣、排列齐整、专程前来欢迎的车夫。这部游记，按照实际旅行路线和日程，逐一记录了作家的经历、见闻和观感。狄更斯在这部书的结束语中说道："我一开始的时候就把后面这一句话当做我唯一的目标：那就是，我到什么地方，也把读者老老实实地带到什么地方，这个目标可以说达到了。"作家对自己作品的这一评估，看来是符合实际的。在这部二十余万言的游记中，天才小说家又一次发挥了他早年当新闻记者的才能，以准确、明快、流畅的笔触，驾轻就熟地描绘了沿途所见尚处于开发殖民之际的美国风光景物、城镇乡村、民情风俗，特别是美国社会结构和政治生活。我们开卷读来，会很自然地随着它的篇章逐页"旅游"下去，了解到19世纪中叶美国大陆多方面的情况。

美国是一个活跃热情的民族。在狄更斯访问期间，他们对他的欢迎真可谓盛况空前。狄更斯虽然在出国之前对这个所谓民主自由的新型国家怀有美好的向往之情，到达后又备受礼遇，而他在归国不久就发表的这部作品中，却并未因此而言过其实地一味称颂；但是他也没有像一些怀有某种政治目的或以个人好恶论事的旅游者那样，对他所访问的国家吹毛求疵地一概贬抑。这位正直的新闻记者和小说家是从具体的事实出发，在客观描述的基础上，发表个人观感，作出自己的评论。他每到一个城市，几乎都要参观那里的行政、立法、司法机构以及其他各种公共机关、慈善事业，并抽样了解普通人民的生活。按照各地区、各城市具体情况的不同，他在札记中分别加以描述，分别作出不同评论。有时还在这些情况和现象彼此之间进行对比，或将这些情况和现象与英国相类似的情况和现象进行对比，趁机呼吁改革英国某些不合理的制度。就用这样的方式，他所介绍的诸如波士顿盲人院等慈善机构、费城等地监狱的管理制度等等，才分别在读者头脑中留下优劣不一的深刻印象。

从总的方面看，狄更斯在这部作品中对美国一般社会生活各方面的报道是瑕瑜皆录、褒贬并存，做到了真实、客观。狄更斯访问之时的美国，尚属新兴国家，处处显得朝气蓬勃、蒸蒸日上，狄更斯笔下对这些方面所做的记述，恰与历史真实相符。游记中提供的大量资料，至今对我们研究美国社会发展的过程，仍有参考价值。

然而这个蓬勃发展、欣欣向荣的国家也并非尽如人意的理想国。狄更斯以他那天才作家和真诚记者敏锐的洞察力发现了它的弊端，并在游记中不留情面地予以揭露、鞭挞。

关于美国奴役黑人的现象及制度，游记中提到的次数最多，占用的篇幅最大。狄更斯在旅途中随时注意和关心这方面的问题。他第一次坐上美国的火车，从波士顿到洛厄尔参观，就发现了黑人坐车必须和白人隔开。在纽约监狱，他特别注意到监狱底层专门囚禁黑人的那些最不卫生的地方。在费城监狱，了解到黑人儿童和白人儿童待遇不同。后来乘车到里齐芒德，进入蓄奴区，看到"到处是萧条的景象，残破的面目"，并指出这些都是奴隶制度的必然恶果。他以无限痛惜的笔调描述黑人孩子们在门前的地上和猪狗一块儿打滚，被卖掉的黑人妇女带着孩子悲惨地和丈夫生离。在游记将近结尾的时候，狄更斯特辟篇章（第十七章），专论美国奴隶制度。他引用了大量报载的事实和数据，转述黑人所受到的割鼻、伤目、截肢、烙印等等非人的虐待，并进行了分析评论。在这一章里，狄更斯慷慨陈词，大声疾呼，对惨无人道的奴隶制度做出了强有力的鞭挞。这一章的意义，还不仅仅限于批判奴隶制度本身。它那字里行间饱含着强烈的人道主义，蕴含着对被压迫、被奴役、被凌辱的弱小者深切的同情，这正是全部作品的贯彻始终的思想，也是狄更斯一生的生活和创作贯彻始终的思想。由于这部作品以这一思想贯彻始终，因此比起一般游记，它的内容和主题更为深刻和突出。我们今天从研究狄更斯的思想着眼，这部作品可能比他的小说作品具有更为明显、更加重要的参考价值。

任何一部文学作品，从来都难得完全一致的评价。《游美札记》也不例外。这部作品发表之初，由于它那犀利的笔锋触及了美国社会的时弊，在美国立即激起一些人的反对，而狄更斯则泰然处之，不为所动。正如他写给波士顿市长的信中所说，作为一个坚持真理的人，他一定要说真话，如果因为他说了真话，一些喜怒无常、不辨是非的人就喝倒彩，那他只能嗤之以鼻。狄更斯不仅在当时采取了这种态度，而且在游美的次年，又开始陆续发表他的另一部小说巨著《马丁·瞿述伟》，在这部作品中，通过主人公小马丁旅美冒险生涯的描述，对美国社会的黑暗面作了进一步的暴露和批判。

《游美札记》从发表至今已近一个半世纪，它始终还是受到研究者、批评家和一般读者的瞩目；同时也受到了一切正直的美国人的赞赏。这部作品成书之初，也就是 1842 年秋天，恰逢美国著名诗人朗费罗去英国访问，狄更斯与这位诗人朋友一见面，就把一部《游美札记》送到他手中。这位诗人一口气读了下去，大受吸引，其中《奴隶制度》一章，使他尤为感动。朗费罗回国不久发表一首长诗《奴隶之梦》，就是受到这段文字的启发而写成。

在举世浩如烟海的游记作品中，《游美札记》不仅以丰富的内容和强势的力度见长，而且也以其叙述之流畅、描写之多彩、议论之雄辩和富有哲理而独具风采。其中关于美国自然风光的描写，特别是对尼亚加拉大瀑布声貌并重的勾画，对奴隶制度雄辩的论析和有力的鞭挞，都极为脍炙人口。有关这方面的一些篇章，至今仍被选入英美和其他国家（包括我国）的教科书中。即使是狄更斯沿途所见、寥寥数笔略加描述的一景一情一人一物，也都绘声绘色，妙趣横生。这些都与他小说创作中的文笔一脉相承，体现了这位天才作家不同凡响的才华。因此，这部作品对于我们今天深入研究狄更斯的创作技巧和艺术特色，也有一定的借鉴作用。狄更斯后来还写作发表过他记录旅居意大利见闻的游记《意大利风光》，同为旅游札记，这后一部则显得芜杂散漫，相形见绌。不过，由于《游美札记》毕竟只是两个月之内迅速完成的旅游随笔，在剪裁和叙述上亦见粗疏、冗杂，一些地方文字也嫌拖沓，因此有的批评家所谓的"乏味"，也并非全然无稽之谈。但是，这些星星点点的瑕疵，终不足以降低整个作品的价值。应该说，这是一部经受住了时代考验的文学佳构，不愧为一部游记名作。

1995 年 2 月 26 日据

1981 年 12 月稿修订于北京西郊

析产闹剧鞭人性
——狄更斯的《马丁·瞿述伟》

1842 年 6 月，狄更斯访美半载后回归故国，三个月后发表了长篇游记《游美札记》，次年 1 月，即开始发表《马丁·瞿述伟》，经过二十个月分期载完。狄更斯时年三十二岁，正当他人生的盛年；从他的创作生涯来说，这也正是作家渐趋成熟的"而立"之年。

我们现在常用的《马丁·瞿述伟》，实际上是一个简化了的书名。这部书的全称应是《马丁·瞿述伟的生平和经历》。1844 年这部作品成书之初，作家给它取的名字是这样一段文字：

> 马丁·瞿述伟的生平经历。他的亲戚、朋友和仇敌。包括他的意愿，他的道路；他所作所为，他未作未为，均照实记录；还有，谁继承了传世餐具，谁为银匙而至，谁为木勺而来。凡此种种构成瞿述伟家开门启户的全套钥匙。……

从小说标题来说，这样长串的文字似乎颇有繁冗累赘之嫌，但是作为点题的说明，倒确实易于使读者对这部作品一目了然。

这是一部以遗产觊觎和纷争为主要线索和中心内容的长篇小说。遗产，在私有制社会，是一桩多么奇妙的物质存在！呱呱坠地的婴儿，一生的荣辱、休咎，往往取决于他继承遗产的有无和多寡；毫无瓜葛的男女常常靠遗产而强订鸳盟，以致饮恨终身；穷途末路的庸人，有时因偶得遗产而绝处逢生，一步登天……正因遗产在私有制，特别是资本主义制度下，对人们的命运、前途具有特别重要的决定性作用，它对许多人也就自然产生了无可抗拒的诱惑力。对遗产的觊觎和争夺不仅经常在家庭之中出现，而且屡屡在社会上发生。不少关心社会问题的作家，因此不断在创作中涉及这一问题。狄更斯一生先后发表过十四部长篇小说，或多或少涉及这一题材的，即有近半之数，而以这一题材作为主线的，则以本书和较后期的《荒凉山庄》最为明显。这二者虽然题材近似，后者的主题却偏重于通过遗产纷争引起的长期诉讼，揭露当时英国社会法律制度的腐朽以及它对人们身心的戕害。这部书，正是马克思、恩格斯所说的"资产阶级撕下了罩在家庭关系上的温情脉脉的面纱，把这种关系变成了纯粹的金钱关系"（《共产党宣言》）这句名言的生动图解。从文体风格来说，《荒凉山庄》是严肃的揭露，迎头的攻击，正义的控诉；《马丁·瞿述伟》则多是嬉笑怒骂，旁敲侧击，夸张讽刺。

这部作品长达八十余万言，是狄更斯小说中篇幅较长的几部之一。全书中心突出，脉络分明。故事开场不久，富翁老马丁旅途染病，下榻客店。以裴斯匿夫为首的各路亲戚犹如群蝇逐臭，蜂拥而至，随后在裴府上演了第一场家族内部唇枪舌剑的闹剧，也摆开了这场对遗产觊觎纷争的基本阵式。这次家族晤会不欢而散之后，各路亲戚随即"八仙过海"，分头在或明或暗的角逐中各显其能，其中表演最为精彩的，自当首推裴斯匿夫（有他那待字闺中的二位千金相陪）和约那斯·瞿述伟（以一手将他培养成"人"的老太爷为伴）。

读过《马丁·瞿述伟》之后，掩卷回味，究竟有哪个人物能够胜过裴斯匿夫和约那斯·瞿述伟在我们脑海中抢先浮现呢？以年貌、性格、身份、经历而论，这两个人物截然不同，但又使人很快就直觉到他们之间那种难以分割的内在联系。粗略看来，约那斯·瞿述伟似乎比裴斯匿夫的形象更加丑恶。此人登场不久，作家就向读者直截了当地介绍：他从摇篮时期起，就遵从乃父教育，以个人利益为天经地义；学认字的时候，首先学的"利"字，其次学的是"金钱"。他刻薄下属，虐待妻子，为了提早独占遗产而图谋弑父，并将知情者暗杀。他时时处处表现出疯狂的自私和兽性的凶残，丑行毕露，令人作呕。这是狄更斯创造的又一个奎利普（见《老古玩店》），一个畸形的人，一个赤裸裸的魔鬼。

　　与约那斯·瞿述伟相比，裴斯匿夫却是更为复杂的文学形象。作者对他所做的概括性介绍是："裴斯匿夫先生是一个讲道德的人——一个一本正经的人，一个教忠教孝、立德立言的人"；"他嘴里吐出来的，即便未见得真是金刚钻，至少也是那顶顶亮的假宝石，甭提多么耀眼争光"。这显然是正话反说，是作家的讥讽挖苦。正直敏锐的西锁说他佛面蛇心；安敦尼·瞿述伟父子则直呼他为伪君子。此人性格上的主要特征就是虚伪。他表面上道貌岸然，虔诚敬神，最讲究浮文虚词；骨子里却是海淫海盗，阴险诡诈，恃强欺弱，唯利是图。狄更斯善于以他本人的言行对比来揭露他的本质，也善于将他置于关键场合，戳穿他的面目。作为一个文学形象，他比约那斯·瞿述伟更加充实、深刻。这是英国维多利亚时代资产阶级虚伪道德风尚的化身，也是当时虚伪的英国绅士的代表。在狄更斯的人物画廊和英国文学宝库中，他已成为一个不朽的典型。文学史家对此已早有定论。在《马丁·瞿述伟》全书当中，只有他才真正堪称独占群丑之首。在图谋老马丁遗产过程当中，他与约那斯·瞿述伟目标一致，因而以"和亲"为保障结成同盟，二人一阴一阳，互为表里，狼狈为奸，表演得真有异曲同工之妙。最后他们的罪行被揭露无遗，他们本人也身败名裂，相继退场。欣赏这两个人物，似乎只有相互参佐，方能领略其无限风味。

狄更斯是以幽默作品起家的作家,从他最初发表的《鲍兹随笔》、《匹克威克外传》开始,直至最后半部未完成的《埃德温·德鲁德》为止,绝大部分作品都或多或少具有英国小说传统的幽默成分,但他绝不仅是个幽默作家,他的幽默一开始就不是以单纯消遣为目的,他的作品寓庄于谐,讽喻有端,在他的幽默形式之内,具有严肃的思想政治内容。总起来说,狄更斯的作品越是靠近后期,严肃的成分越是有所增加。《马丁·瞿述伟》是处于他从创作早期转向盛期的作品,正是将幽默与严肃有机结合的杰作。小说中刻画以裴斯匿夫为首的群丑,运用了大量幽默、讽刺、夸张的笔法。特别是在裴斯匿夫及其两个女儿,还有约那斯·瞿述伟、甘泼太太等人物身上,真是尽情发挥了这方面的才能!但这并非单纯的写作笔法问题,狄更斯幽默、讽刺、夸张的天才,来自他观察、感受生活之敏捷锐利和他分析判断问题的准确精当。因此他在运用这些技巧时,才能使人物形象更加轮廓鲜明,使作品更加动人情怀,发人深思,因而产生积极的教育和感染作用。

《马丁·瞿述伟》是狄更斯小说中反面人物最多的作品之一。通过这些人物,作家针砭了社会生活相当宽广的范围。其重点则在中产阶级的各个阶层、各个行业。但是狄更斯这位英国 19 世纪前期批判现实主义的代表,这位对人生态度积极,对人类命运乐观的作家,他的着眼点不仅仅停留在社会阴暗的角落和污秽的场所。即使是这样一部以写反面人物取胜的作品,也不例外。在这方面,这部书出版时费兹插图的一幅卷头画,就很耐人寻味。对于这部小说来说,这幅卷头画正像一幕序曲对于全部歌剧的作用一样,它概括了全部作品的内容,是本书主要人物和故事的一览。这里有伪君子裴斯匿夫和他那经常幻化的各种面孔;有约那斯·瞿述伟和将他团团包围,向他讨债索命的幽灵;有小马丁和玛丽等几对终成眷属的情侣……但全幅画面上居于显要地位的却是汤姆·贫掐。在画的正中，他端坐琴前，神驰于自己演奏的乐曲之中。画家费兹无愧为狄更斯的莫逆之交和主要插图作者之一。他的插图，极能忠实地传达原作风貌，这幅卷头画更是如此，他以图画形象帮助作家突出了这部作品的正面人物。当然，贫掐并非这部小说的主人公，但却是狄更斯着意刻画、用心良多的人物。他出身寒微、品格高尚。他那羔羊般纯真温良的天性和舍己为人、助人为乐的品行，反映了作家本人的道德理想，他身上散发着那种圣灵之光，使裴斯匿夫之流相形之下愈见丑恶。爱憎分明是狄更斯批判现实主义的主要特点之一，他塑造贫掐时所注入的爱怜，绝不亚于他塑造裴斯匿夫时所注入的憎恶。贫掐是狄更斯小说中最有特色的男性正面人物。当然，这个人物起初憨厚得几近愚骏。比起他的挚友西锁和马克，他缺乏斗争精神。但他终究不是愚人、懦夫，在正义与邪恶的斗争中，他弃取得当，立场鲜明。在塑造人物的时候，作家的同情显然是在贫掐、马克、西锁等这些较下层人物方面，作家讴歌他们的可贵品质、坚强性格和乐观、进取精神，颂扬他们之间的真挚友情，支持他们（包括马丁祖孙）与裴斯匿夫和约那斯·瞿述伟等人斗争，为他们安排胜利的结局和幸福的婚姻。狄更斯创作时，常常以这种孩子式天真的热情给他喜爱的人物安排圆满结局。这是一个代表中小资产阶级的作家人道主义思想的反映，从艺术技巧上说，这样处理则使人难免生千篇一律之感。

与上述人物相比，书中男主人公小马丁，还有一个重要人物老马丁，给人的印象似乎略逊一筹。不过他们也仍不失为具有个性的真实形象。故事开始时，小马丁是一个自负、自私、任性、轻浮的富家子弟，由于"不肖"而遭抚养他的祖父弃绝，但他毕竟天性坦率、善良、聪明、正直，经过生活的磨砺，他日益成熟，终于以新的面貌重归祖父膝下。通过这一形象的转变，狄更斯做了他在很多部小说中都做过的道德宣教，那就是金钱财富和恶劣教育磨灭人的良知良德，而艰苦生活和良好教育却能改造人的劣根恶习，发扬人的善良品性。这是小马丁这个人物在本书中所起到的第一个作用；除此之外，他还起到另一作用，那就是作为小说主人公，他要四出活动，书中许多人物故事，都直接间接借他（还有老马丁）而铺叙引申。这是狄更斯受 16 世纪以来欧洲所流行的流浪汉小说影响的痕迹，也是狄更斯前期小说结构上的特点之一。这部小说的中间部分，小马丁偕马克漂洋过海去美国冒险创业，内容占有相当篇幅，其间作家借小马丁主仆耳闻目睹，介绍了当时美国社会种种风物人情，这正是狄更斯创作此书前不久访问美国的亲身经历；小说对这个新兴合众国社会各个阴暗面多有揭露、讥讽，也正是狄更斯在《游美札记》中所抒见解和观感的补充。狄更斯是记者出身，又是坚持不断从现实生活取材的小说家，他善于吸取，善于表达。《马丁·瞿述伟》中的大部分素材，都直接摄自狄更斯当代、当时英国社会的现实生活；由于他写作这部作品前刚刚访美，所得印象记忆犹新，因此他也像对待源自本国社会生活的素材一样，将部分美国见闻糅入作品，本不足为奇。如将这部分内容与《游美札记》相应内容对照研究，当更为有趣。

狄更斯是英国少有的小说创作大家，这部标志他创作上逐渐走向成熟的作品，不仅反映了他塑造人物的高超技巧，而且显示了他运用语言的多种才能。他善作景物和场面描写。小说中村野的霜晨，城镇的集市，夏夜的雷雨，大西洋的风浪，公寓生活的庸俗无聊，葬礼仪式的荒谬可笑，真是千姿百态，美不胜收。无怪有的批评家要称狄更斯为风景画家、风俗画家！小说接近结尾，揭露约那斯·瞿述伟和裴斯匿夫罪行的两章，虽具体人物、布景不同，却都颇类戏剧场面。狄更斯还善于以景、以物衬托人物心理活动：约那斯杀人之夜，如果作者没有对树木、星月、微风、浓荫遮蔽的林荫小路和宽阔明亮的郊外村野着意渲染，又如何能使我们充分了解他那惶恐万状的犯罪心情？西锁和露丝·贫掐那段平淡无奇的恋爱过程，如果没有圣殿喷泉的汩汩水声作为陪衬，又将会令人感到多么乏味？创作《马丁·瞿述伟》时的狄更斯年仅三十有余，这是他对生活和创作都充满激情的年代，作者把自己的激情寄诸翰墨，倾诸笔端。他自来多产，有时下笔千言，洋洋洒洒，但以这部作品而论，作者在大部分章节，特别是故事关键所在，还总是求精，丝毫不苟。狄更斯毕生从事小说创作，少有发表诗歌，但是激情所至，他的小说中经常出现散文诗的段落，本书中不管是扬善还是惩恶的章节，我们都可以找到这样的段落。他就是用这种浪漫主义手法，补充表达他对人物的爱憎。因此也有人说，狄更斯虽不写诗，但他也是诗人。这种手法使一个以写实为主的作家，风格更加丰富多彩；同时也反映了作家对生活和创作的赤诚。

在狄更斯卷帙浩繁的作品中，《马丁·瞿述伟》是常被忽略的一部，问世以来，在本土外邦皆然，译介到我国，也较其他大多数为晚。1983 年初版的叶维之译本，是经叶老先生积多年推敲切磋之功完成的中文首译佳作。由于他英、中两种文字和文学修养精湛，还由于他在创作中如原作者一样刻意求精，因此能用流畅地道的中文忠实地传达原文思想、感情、风格；而巧妙移译原文的幽默、讽刺、双关等妙语，则更属难能。相信我们在欣赏这部译作时，不论是对先生的翻译态度还是译文技巧，都能领会受益多多。

1982 年 8 月初稿

1983 年元旦修订于北京西单

沧桑尽历，宠儿非娇儿

——狄更斯的《大卫·考坡菲》

> 在所有我写的这些书之中，我最爱的是这一部。……我对于从我的想象中出生的子女，无一不爱……不过，像许多偏爱的父母一样，在我内心的最深处，我有一个最宠爱的孩子。他的名字就叫"大卫·考坡菲"。①

这是狄更斯自己在《大卫·考坡菲》作的自序里对这部小说的评判。

《大卫·考坡菲》确实是在狄更斯的作品中占有极为重要地位的一部小说，它也是长期以来就受到世界文学界和广大读者重视的一部作品。俄国最伟大的小说家托尔斯泰把它列为"最深刻"的世界文学名著之一。我国早在清末，著名的古文学家和翻译家林琴南就曾以《块肉余生述》为题把它介绍给读者，这部作品遂成为最早传入我国的西欧古典名著之一。后来，这部小说又相继出版过几种不同的中文译本，在我国广为流传。

正像天下父母，总是最偏爱自己最称心的子女，因为他们最能体现父母自己的思想、意志和理想。《大卫·考坡菲》也正是从

---

① 译文引自上海译文出版社 1980 年版，张谷若译此书《作者序》。

多方面体现了狄更斯思想和政治主张的杰作。这是一部九十余万言的长篇巨著，人物纷纭，情节错综，内容丰富，其中首要的是通过主人公大卫·考坡菲，塑造了一个具有人道主义、资产阶级民主主义思想的知识分子的正面典型。大卫出身自中产阶级，少孤，早慧，勤奋好学，敏于观察，对朋友诚恳，友爱，对社会底层的人们富于同情。他早岁饱尝艰辛，备受坎坷，但是他披荆斩棘，顽强奋斗，终于功成名就，在事业上和家庭生活上都得到了美满的结局。大卫这个人物，集中体现了资产阶级心目中的仁爱、正直、勤奋、进取、务实的精神。作为主人公的大卫这一形象的衬托和补充，狄更斯还塑造了另一个理想化了的女性人物爱格妮。尽管读者和批评家一般都感到这个人物过于空灵，有失现实之感，但在她身上，还是体现了温柔、聪慧、克己、独立、坚强等许多的优美品质。这两个人物都是狄更斯理想的正面形象。在这两个人物身上，狄更斯寄托了自己的世界观、人生观和伦理道德观点。不过这两个人物由于受到他们的创作者狄更斯本人世界观和阶级的局限，他们仍然仅只属于追求幸福和出路的小资产阶级知识分子的典型。

　　紧紧环绕大卫这一中心人物，狄更斯还刻画了形形色色令人喜爱的正面人物。在狄更斯那支带有漫画式夸张性的笔下，这些人物大都有奇特的个性或可笑的习惯，如贝萃·特洛乌小姐的乖张怪癖，狄克先生的疯疯癫癫，米考伯先生和米考伯太太的不善家计，特莱得的举止失措，格米治太太的怨天尤人，巴奇斯先生的爱财如命，等等，但是他们在品格上都有一些共同点，一些与主人公大卫一脉相通的优良素质，这就是善良、正直、嫉恶如仇、见义勇为。小爱弥丽图慕虚荣，以至失足，但他们的性格中也都有令人同情和爱怜的一面。《大卫·考坡菲》这部作品之所以至今仍有巨大的魅力，原因之一就是它给读者提供了很多栩栩如生的正面人物形象。

这部小说中的人物，还有一个特点，就是社会底层的人物形象（如坡勾提兄妹、汉等）淳朴感人。狄更斯在刻画特洛乌小姐、米考伯夫妇、特莱得等人的时候，往往带有英国式的幽默笔法。狄更斯疼爱他们，同情他们，但也讥讽和嘲笑他们的缺点，仿佛是在向这些亲朋进行善意但又尖锐的告诫和规劝。而狄更斯在提到坡勾提先生的时候，则是敛容正色，满怀尊敬。狄更斯更突出地赋予了这一人物舍己为人的品质。在小说接近尾声的部分，作家通过大卫之口这样说："如果说，我平生爱慕过、敬重过任何人，那我从心眼里爱慕、敬重的就是那个人。"[1] 狄更斯是最早开始使社会底层人民作为主要人物和正面人物跨入小说领域的古典作家之一，恩格斯因此而早就将他誉为"时代的旗帜"[2]。固然，狄更斯仅仅是一个社会改良主义者；他不主张积极的阶级斗争。因此，他在小说中，主要表现底层人民纯朴、诚恳、善良、正直的品质，但在恶势力面前，他们却只有容忍，退让，毫无反抗。因此，爱弥丽随史朵夫私奔之后，狄更斯才会让坡勾提先生亲至史朵夫府上为爱弥丽而乞求史朵夫老太太的正式承认。在急风暴雨的海上，汉和史朵夫双双殒命的一景，则更加耐人寻味。照故事的发展来看，照汉几次向海上张望的神色推测，他在失掉心爱的爱弥丽之后如果再与史朵夫狭路相逢，很有可能要以你死我活的搏斗方式进行复仇。但这又与狄更斯向来所提倡的以德报怨式的博爱主义大相径庭。这一结局究竟应该如何处理？狄更斯的安排确实出人意料：他们同时被狂涛巨浪吞没，他们的冤仇也就这样以不了而了之。单纯从艺术效果上来看，这一幕可谓韵味无穷，富有悲壮之美；但从其思想内容方面观察，我们虽不便贸然断定狄更斯曾有意识地寓以多么深刻的意义，但它至少也有意无意地

---

① 译文引自上海译文出版社1980年版，张谷若译此书《作者序》。
② 引自恩格斯《大陆上的运动》，《马克思、恩格斯、列宁、斯大林论文艺》，人民文学出版社1980年版，第1页。

反映了作家的世界观。狄更斯从事创作的年代，大约起于 19 世纪 30 年代，止于 60 年代，这时英国工业资本主义已经取得巩固地位，劳资之间的矛盾，开始走上尖锐化，并发展成为以无产者为主力军的宪章运动。但这一运动几经反复和兴衰，工联主义和改良主义又开始泛滥，狄更斯的改良主义，就是在这样的社会背景下提出的。他曾大声疾呼："人们应该作为良好的公民而融洽地生活在一起。"既然主张"融洽地生活在一起"，那么，在必死的时候，让汉和史朵夫不知不觉、心无怀恨地死在一起，也就丝毫不足为怪了。

　　这部小说反面人物的数量不多，但从其思想上以至艺术上所达到的深度来看，与前述正面人物相比也毫不逊色。贪婪阴冷的枚得孙姐弟，卑鄙狡诈的希坡母子，残忍自私的史朵夫一家，在外形和心理上都各具特点，他们的所作所为令人切齿，令人作呕，令人愤慨，狄更斯通过对这些人物的描绘刻画，暴露和鞭挞了社会的丑恶现象。

　　史朵夫这个有钱有势的资产者固然资质聪慧、风流俊雅，但在其美丽的外表之下所掩盖的，却是一个自私、虚伪、傲慢、任性的丑恶灵魂。与大卫相比，他同样具有才华，受过更完好的学校教育，但他习惯于在社会上享乐、寄生，从未考虑到为社会尽责，因此他凭借家势、财产，终日悠游嬉戏，滥用精力，结果既害了别人，又害了自己。主人公大卫出于友情至上，眷念他这个总角之交，这个他"从童年时代起就信任和崇拜"的人物，对他的毁灭深切哀痛和惋惜，把他作恶的根源单纯归咎于自幼缺乏严父的训饬，耽于母亲的溺爱，这反映了作家本人世界观的弱点和局限。但是，通过字里行间的细致描写，在客观上仍然对这个人物作了相当深刻的揭露和批判。我们今天在研究作家本人对这一人物的态度时，不应与研究书中大卫对这一人物的态度全然混为一谈。

　　《大卫·考坡菲》中形形色色的人物，包括主人公大卫在内，除个别情节和场景之外，大多是在平凡的日常生活中开展活动，也就是说，作家笔触所及，大体无非是他们的日常起居、求学谋生、交友恋爱、游历著述，这些都是人物个人命运的兴衰否泰、悲欢离合。这部小说没有安排更多惊心动魄的场面和轰轰烈烈的英雄业绩。开卷读来，仿佛是在欣赏一幅清新恬淡的风俗画卷——19世纪英国维多利亚时代社会生活的巨幅风俗画卷。但狄更斯所述，并非一些批评欣赏家所言仅供人消遣解闷的材料。狄更斯是一个思想倾向很强的作家，他所叙述的每一个故事，尤其是他后期的作品如《艰难时世》、《荒凉山庄》等，都是有所为而述。狄更斯通过这些故事，触及了当时存在的很多重大社会问题和政治问题，诸如腐朽落后的教育制度和司法制度，贫富之间的尖锐矛盾和不平等，劳苦人民（包括童工）的悲惨处境以及资本主义制度下万能而又万恶的金钱、财产所引起的婚姻问题，妇女问题，失业问题等。在这部作品中，狄更斯提出了上述一系列问题，而且就某些问题明确表达了他的改良主义的社会理想和政治主张。

　　大卫两度离家求学，反映了两种截然不同的教育状况和教育制度。大卫第一次求学所在的撒伦学舍，是当时英国学校教育之一斑。在这里，投机商人以营利为目的而紧操培育人才之大权，摧残青少年的身心是他们最大的快事。这里贫富之间等级森严，管理手段残酷野蛮，简直就是社会的缩影。天才的作家给校长配上一副沙哑的嗓子，给他的助手安上了一只木制的假腿，绘声绘色地传达了他们的劣迹恶行，从而暴露和鞭挞了当时英国腐朽落后的教育制度。与撒伦学舍的环境气氛恰成对照的是斯特朗博士的学校。这里的办学人斯特朗博士，是道德和智慧的化身，他天性温文宽厚，治学孜孜不倦，教学循循善诱，在各方面都无愧为人师表。狄更斯在他身上寄托了自己的社会理想。狄更斯一贯积极主张改革教育，提倡通过普及教育改造社会。他的很多作品都涉及教育问题。在本书，有关教育问题，也不仅限于对这两种学校的描写。大卫在成年自立之后，几度回顾撒伦学舍，每次都是对以其为代表的腐朽教育制度的再次鞭挞；枚得孙姐弟对童年大卫的虐待，主旨固然在于财产的纠葛，但同时这一对姐弟，也与撒伦学舍的克里克、屯盖一样，都是当时那种野蛮教育制度和方法的忠实执行者。

小说中关于博士公堂和众议院的章节，虽然在这样一部长篇巨著中笔墨甚微，但也约略触及当时英国司法和政治制度的一些症结。这些都是较为重大的社会题材。关于这两方面，狄更斯在《尼古拉斯·尼克尔贝》、《荒凉山庄》等其他作品中，都有更加集中和深刻的反映。

狄更斯身为下层知识分子出身的作家，他作品中的人物和事件，往往轻重不同地渲染了作家本阶级的色彩。小说中童年大卫那种田园风味的家庭生活，如醉如痴的恋爱与婚姻故事，充满了脉脉温情与纤纤感伤。如果从其社会意义和思想意义的角度衡量，这些描写初读似有拖沓繁冗之嫌，但狄更斯是一个关心社会生活和人类社会命运的作家，他的笔触所及，均关涉到一定的哲理和主张，并不一定都是为了单纯描写人情或追求艺术效果。

大卫童年与母亲和坡勾提朝夕共处的日子，弥漫着多么安谧、和谐的气氛，唤起人们对于美好童年生活的回忆，对于人与人之间诚挚无私的情爱的憧憬。这样一些令人珍惜的场景，又与枚得孙姐弟带来的阴冷和骚乱形成了多么强烈的对比！

大卫和朵萝的悲欢离合，也不仅仅是一曲细腻哀艳的悼亡悲歌。大卫与朵萝一见钟情，两相爱悦，私定终身，经历曲折，终成眷属，最后朵萝因病亡而与大卫永诀，笔触委婉动人，固然表达了真诚相爱，不为金钱、地位所左右的感情之可贵，但他们那番迤逦曲折的恋爱过程，也反映了一切都以金钱、财产为基础的社会中男女青年的不幸；而大卫与朵萝婚后的生活，实际上是一出青年男女由于单纯感官上的爱悦而结合、彼此缺乏更深刻的理解所造成的家庭悲剧。大卫与朵萝曾几经龃龉，令人不禁设想：如果朵萝未在如花似玉的年华早凋，他们的家事和夫妻关系会出现何等结局？作家以大卫最终与爱格妮幸福结合的故事，否定了以盲目爱情为基础的结合。在小说中，狄更斯一再重复的一句爱情和婚姻的箴言是："夫妻之间，最大的悬殊，莫过于性情的不合，目的的不同。"

在这部作品里，狄更斯写了很多组爱情和婚姻的故事，与大卫和爱格妮的故事同属一类而又起呼应作用的，还有特莱得与苏菲的故事、斯特朗博士与安妮的故事；而与这类故事对照的，则有贝萃·特洛乌小姐、大卫母亲、爱弥丽等人的爱情、婚姻悲剧，引起这些悲剧的根本之源，都在于金钱、财产以及阶级的差异。

如前所述，在《大卫·考坡菲》这部长篇巨著中，包罗的思想内容十分丰富，反映了当时多方面的社会生活。但狄更斯所选择的题材，除少数例外者，又都是平凡的日常生活和人物的个人际遇。这与狄更斯其他一些重要作品，如《艰难时世》、《荒凉山庄》、《马丁·瞿述伟》、《双城记》、《我们共同的朋友》等有所不同。但衡量一部文学作品思想内容的优劣高低，题材并非唯一的标准。我们绝不能因为狄更斯在这部作品里没有正面写到宪章运动，就低估它的教育作用和认识价值。因为狄更斯通过他所选择的题材——尽管相对而言有些不是十分重大的——触及当时社会很多本质的方面。因此，马克思那句评价狄更斯等作家作品的名言，同样适用于本书：他们"在自己卓越的、描写生动的书籍中向世界揭示的政治和社会真理，比一切职业政客、政论家和道德家加在一起所揭示的还要多"①。

---

① 马克思：《英国中产阶级》，1854 年 8 月 1 日《纽约论坛报》。中译文见《马克思、恩格斯论艺术》第二卷，中国社会科学出版社 1982 年版，第 402 页。

　　《大卫·考坡菲》诚然是狄更斯乐观主义的典型产品。他在小说中提出的很多社会问题,最后都以大团圆的方式一一得到解决,即使在英国本土无法解决,他也想方设法把它们移植到海外去解决。因此,在澳大利亚,穷困潦倒半世的米考伯先生终于得以施展雄才,受到沉重打击的坡勾提先生一家也得以旗鼓重整。就连卑微寒碜的麦尔先生、不可接触的玛莎,也都找到了令人宽慰的归宿。当时,在英国正处于资本主义殖民扩张的历史条件下,我们自然不能武断地肯定,这样安排情节都是小说家的无稽之谈,但是狄更斯所设想的,毕竟不是从根本上改造社会的普遍道路。狄更斯之所以把很多问题转移到海外去解决,也恰恰从另一角度证明,这些问题在当时英国社会制度下无法全然解决。

　　一个家庭中最受偏爱的孩子,往往又是在外貌和性格上最像父母的孩子。《大卫·考坡菲》所以最受狄更斯的喜爱,也是由于这部作品中的许多人物和故事,最接近作家本人的生活经历。这部小说最初是在狄更斯的好友,著名的狄更斯传记作者福斯特(J. Foster)倡议下,采用第一人称写作。有人说,这是一部大部分写狄更斯自己经历的书,是一部以他自己的心血写成的书。因此,一般公认这虽非传记小说,但在相当大程度上带有作家自传性质。

　　小说主人公大卫的性格特征及生活经历,大都是狄更斯本人的性格特征和生活经历。甚至大卫那清俊秀丽的外貌,也都是脱胎于狄更斯本人。狄更斯出身于海军军饷局一个小职员的家庭,虽然父母健在,但由于家计窘迫,双亲对他的教育和前途极为疏忽,所以狄更斯童年在家中孤寂的情况,不啻于孤儿大卫。于是狄更斯自然而然把自己活动的天地转向家中久被遗忘的储藏室里的书堆中——就像童年的大卫一样。狄更斯的父亲由于负债入狱,狄更斯不得不在十二岁就独立谋生,像大卫在枚·格货栈那样去当童工。随后也像大卫一样，在律师事务所做学徒，学习速记；当记者，采访议会辩论……小说中有的段落，几乎是作家全部从自传中移植而来。但是带有自传性质的小说并不等于就是自传。这正如《红楼梦》不就是曹雪芹的家史，保尔·柯察金也不就是奥斯特洛夫斯基本人一样。小说中的大卫，虽有很多方面酷似狄更斯，但也有很多不同之处。大卫是个遗腹子，母亲随后又去世，而狄更斯的双亲，则是在狄更斯成年，以至成名之后，尚双双健在。而狄更斯的父亲，倒是在出生当年就失去自己的父亲，后来由母亲一手扶养成人。

大卫那位与之伴随始终的老看妈坡勾提，仁慈、勤劳、笃实，是一个十分动人的形象。狄更斯恰有一位像坡勾提一样仁慈、勤劳、笃实的祖母，她是女佣出身，曾做过三十多年管家。这位老妇人还十分善于讲故事。由此我们也许更易理解，狄更斯为什么能将大卫那亲爱的老坡勾提描写得如此动人。

米考伯夫妇也是一对成功的典型。他们在贫穷和债务的苦海中载浮载沉，几经没顶，身世悲惨而又尴尬滑稽。狄更斯塑造这一对人物的时候，充分发挥了他的幽默天才。但他的幽默，并不含有嘲弄。他同情他们的遭遇，但又对他们的弱点加以温厚的讽刺。狄更斯正像大卫一样，对他们始终怀有深厚的感情。事实上，这一对患难夫妇的背景和身世，多少也脱胎于狄更斯的双亲。狄更斯的父亲约翰·狄更斯是个受过完好教育的贫苦小职员，狄更斯的母亲伊丽莎白·巴罗则出身自较高的门户。他们的婚姻，并未得到女方家长认可。因此，狄更斯的家庭与狄更斯外祖父的家庭之间，长期存有芥蒂，正如米考伯夫妇出国远走时都未得到米考伯太太娘家的谅解是一样的情形。

书中还有一些重要人物，如朵萝，在外形与性格上，都颇类狄更斯初恋的对象；而甜美、贤惠的爱格妮，则正像狄更斯的两个妻妹玛丽（Mary）和乔治娜·霍格思（Georgina Hogarth）。她们曾先后住在狄更斯夫妇家里，帮助他们理家育子。玛丽还是十七岁的妙龄少女时，就因病夭折，狄更斯为此深为悲痛，并终生悼念她。狄更斯正是由此体验到亲人亡故的悲哀，并写出了朵萝病逝时大卫的心情。

　　我们在这里将书中的人物与狄更斯生平交游逐一对比，是试图说明《大卫·考坡菲》一书的人物，虽如作家所说，都是"从我的想象中出生的子女"，但皆非出于作家的凭空臆造，而是多有所本。当然，我们也并非在这里提倡作家塑造形象时，只能写自己本人或自己的亲故至交。狄更斯创作《大卫·考坡菲》一书中的许多人物的成功经验只不过向我们证明，作家进行艺术创作的时候，应该写他最熟悉的东西，写他在思想上和感情上留下印象最深刻的东西。也只有这样写出的东西，才能真切、自然、打动读者，而不流于呆板、牵强。当然，作家在进行创作时，又要把自己在现实生活中体验最深的材料加以加工、组合，而不能原样照搬。这就是艺术来源于生活而又高于生活的道理。正是基于这一道理，《大卫·考坡菲》一书中的许多成功的人物才使我们感到，"虽然他们未必都是真的，但却都是活灵活现的"。狄更斯在给他这一作品写的序言里还说道，"绝没有人读这部记叙的时候，能比我写它的时候，更相信其中都是真情实况"。这里所说的真情实况，就是艺术的真实、由现实主义创作方法体现出来的真实。努力把握这种意义上的真实，这是一切伟大现实主义作家成功的秘诀。

　　《大卫·考坡菲》既是一部反映了社会生活广阔图景的巨著，为这一内容所需，狄更斯为小说的构思，也颇费了一番匠心。

　　从结构上看，大卫的故事，无疑是全书的主干。但据粗略的统计，小说中直写这一故事的篇章，不过仅占不到二分之一的篇幅。随着主干故事的开展，陆续出现了以其他人物为中心而开展的故事。他们都是与主干故事有直接或间接的关系,但又都各有其相对的独立性,有其各自的社会内容。这些故事虽都随主干故事的开展而逐一出现并逐渐展开,但它们并非一些机械地首尾相接的故事"串联",而是错综复杂地交织在一起,相互勾联,构成一部结构相当严密的作品。这正像一棵大树上相互交接的枝枝叶叶,形成一顶浑然完好的葱郁华盖。

如果以对近代长篇小说的一般概念去衡量,我们或许会感到这部小说结构尚欠紧凑,也难以从其首尾觅得最主要的高潮和低潮。但是我们从逐一分析各个故事入手,也就不难发现,这部小说也并非平静无浪的一池春水。主人公大卫一生否泰交替,悲喜互依,构成结构上的起伏多变。围绕主要故事开展的其他故事,也都疏密相同,张弛有度。这些由主要和次要故事组成的高潮和低潮,回旋跌宕,互相推动,读之令人时悲时喜,时惊时叹,啼笑不能自已。因此,这部小说虽然看来不如单纯以围绕主要人物开展单一情节的小说那样紧凑,但却同样引人入胜,给读者以高度的艺术享受。

长篇小说,自来大致分为两类:一类以刻画人物为主,一类以构思情节见长。一般认为以前者为特点的小说,更富有文学性,因而也更富有生命力。实际上,艺术效果最好的作品,则往往为人物塑造及情节构思俱佳者,即人物性格能随情节发展而发展和深化,故事情节能紧紧围绕人物性格发展而开展者。狄更斯的作品,如早期的《匹克威克外传》,就着重于刻画人物而情节比较散漫。以后随着作家在艺术上逐渐成熟,其作品则在性格刻画和结构安排上日臻完善。特别是其后期的作品如《双城记》,可谓人物性格和结构安排上都达到了比较完美的境地。《大卫·考坡菲》则是狄更斯创作中期的作品,这部小说,恰恰反映了狄更斯小说创作由早期逐渐走上成熟时期这个过渡阶段的特点。

这部小说之所以如此结构,固然与狄更斯创作经验的积累和现实主义深化有关，但同时也应看到，这也是狄更斯创作时具体环境所决定。狄更斯是一个靠艰苦奋斗白手起家的职业作家，即便在成名之后，他仍然需要以紧张的创作和工作来维持其个人和家庭的大量开支。他从开始创作起，常常是两部小说同时进行，按时定期分章分节在不同的杂志上陆续发表。在这种情况下，他就更需要精心设计和安排情节，以便保证全部作品顺利发表。由此我们也可以想见，狄更斯从 1835 年开始创作到 1870 年逝世，在这三十五年创作活动中，曾经付出多么紧张而又艰苦的劳动。实际生活中的作家狄更斯与小说中的作家大卫相比，真不知前者要比后者勤奋多少倍！

　　狄更斯不仅是一位善于塑造人物和构思情节的大家，而且也是一位善于驾驭语言的大家。这部小说的语言，明快流畅，这正是狄更斯语言的总特点；但与此同时，他又兼有多种语言风格：细腻的叙述，娓娓动人回旋不绝；不同人物的对话，真切自然，符合人物的身份、教养和性格；抒情遣怀，旖旎哀婉；运用方言土语则更增添了作品的质朴亲切之感；描写自然景物丰富多变，有时是那样恬静平和，有时又是那样磅礴雄伟……

　　狄更斯驾驭语言的能力，一方面要归功于他的天赋，另一方面也要归功于他深入实际生活和从事紧张采访写作工作所得到的锻炼。他在采访议会辩论的情景时曾提到，因为坐着记录那些冗长的发言，他磨破了膝盖；因为站着记录那些发言，站木了双腿。

　　如果说勤奋、进取、务实是大卫·考坡菲的一些主要性格特征，那么勤奋、进取、务实也是狄更斯这位伟大小说家的一些主要特征。他就是靠孜孜不倦而得以发挥其天赋的艺术才能；他就是靠艰苦奋斗和不断深入生活而取得艺术上的杰出成就。

1980 年 1 月于北京西单

咏史畅言志，怀旧寄前瞻

——狄更斯的《双城记》

狄更斯、雨果、卡莱尔、司科特

　　18 世纪末发生的那场法国资产阶级革命规模空前，在世界范围内影响深远。这场革命距今已近两个世纪，而我们回顾一下就不难发现，无论是法国本国还是其他各国，在严肃文学领域内，类似《双城记》这类涉及这一伟大历史事件的小说，似乎并不多见。仅以法国而论，它本是一个盛产小说的国家，在近一两百年小说发展的繁荣时期，真可谓大家辈出，竞领风骚，早在这场大革命过去不久，就出现了一位以写历史小说而声驰全球的大仲马。他虽也写过一系列以大革命为背景的作品，但那毕竟属于通俗演义，不过是从大时代中采撷繁衍的枝叶藤蔓。在法国历史小说中，最易使人与《双城记》发生联想的，或许应该说是雨果的《九三年》。不过《九三年》只选取了新生革命政权扑灭旺代地区反革命武装叛乱这段历史背景；《双城记》故事的时间跨度则长，上可追溯到革命发生前的二十余年，主要部分是革命发生的当时以及随后一两年那些如火如荼的日子。

　　狄更斯是一位以反映现实生活见长的小说家，他的作品，不仅是长篇，而且包括中、短篇，绝大多数都是以他所生活的当时当地为背景。他的长篇小说，仅有一部《巴纳贝·拉吉》时间设在 1779—1780 年，英国清教徒反对罗马天主教统治的高登暴动时期；仅有一部《马丁·瞿述伟》的部分地点设在美国；唯有这部《双城记》，是他既写上一世纪的历史，又写异邦的书。

《双城记》发表于 1859 年，是年作家四十七岁，就狄更斯这位少年成名而且享年只有五十八岁的作家而言，这已可说是他的迟暮之年；在狄更斯的长篇小说中，是倒数第三部（最后一部未完成的《德鲁德疑案》除外）。这又使人联想到了雨果的《九三年》。它也是雨果的晚年之作，又是雨果的最后一部小说作品。这恐怕并非仅属偶然巧合。起码，负有时代使命感和历史责任感的作家，经历过大半生的探索、追求、呐喊、奋斗，人到晚年，功成名就，继续操一支老练的笔，重新作一番历史的反思，在文学界本不足为奇；再者，雨果又是与狄更斯同时代的作家，狄更斯1846 年旅居巴黎时，曾受到雨果亲切热情的接待，这两位天才人物的倾心敬慕，出自天然，就文学问题，曾有交流，他们晚年在选择创作题材上似乎正是灵犀相通。

按照狄更斯自己在这部书序言中所说，创作《双城记》的念头，始自他作为票友和子女亲友一起演出柯林斯①的剧本《冰海深处》期间，那应该主要指 1857 年。由此可见，这部小说的诞生，不是作家乘一时之兴，而是至少进行了三年的酝酿。如果追溯狄更斯的生活和知识积累以及思想发展的历程，我们更可以看出，为了创作这部作品，狄更斯曾有意无意地进行过长期的准备。

狄更斯的第一部长篇小说《匹克威克外传》，甚至更早发表的特写集《鲍兹随笔》，就明显表现出揭露和批判的锋芒。在他前期创作《奥立弗·退斯特》、《老古玩店》、《尼古拉斯·尼克尔贝》以至《马丁·瞿述伟》、《董贝父子》、《大卫·考坡菲》等作品的时候，他触及社会尚嫌肤浅，主要是以他所处社会地位最易敏感

---

① 指英国小说家威廉·柯林斯（1824—1889），他是狄更斯晚年的好友和创作事业上的合作者。

地觉察到的那些不良现象为描写对象，诸如贫富悬殊，道德堕落，贫民所过的非人生活，妇女儿童所受的蹂躏摧残，等等。随着他在思想上和社会实践中不断探索，他的作品逐步深入地触及法律、劳资关系等比较重大的社会问题。他创作后期的《荒凉山庄》、《艰难时世》、《小杜丽》等，都包含着这类内容。到了创作《双城记》的时候，狄更斯对社会问题的思考已经发展到面对整个社会制度的阶段，统治阶级的奢靡暴虐必然导致激烈残酷的报复和社会制度的更换。这既是狄更斯进行历史反思的结论，也是《双城记》的第一主题。

　　狄更斯的那篇序言，还提到了卡莱尔和他的《法兰西革命》。在研讨狄更斯及其《双城记》等作品的时候，这确实是不可忽略的作家和著作。卡莱尔（1795—1881）是狄更斯的终身好友，又是忘年之交。他是英国历史上著名的思想家、历史学家、文学家、社会活动家和政治改革家，在 19 世纪中后期更是名噪一时。在1840 年的一次演说会上，已经崭露头角的青年小说家狄更斯初识卡莱尔，并受到他那滔滔雄辩的强烈感染。当时，卡莱尔的历史名著《法兰西革命》（1837）还是一部新著，狄更斯自从那次演说会之后，常将这部作品随身携带，反复阅读。次年，他就创作并发表了第一部历史小说《巴纳贝·拉吉》。我们将《双城记》与《法兰西革命》加以对照也不难看出，《双城记》不仅在思想上深受卡莱尔的《法兰西革命》的影响，而且小说中反映的历史进程和历史事件，大多也以此为据。无怪英国著名的狄更斯研究者切斯特顿（1874—1936）曾说：在《双城记》中，我们甚至会隐约感到另一位作家的形象或者说是影子，这另一位作家就是托马斯·卡莱尔。①

　　然而狄更斯创作《双城记》还有更加久远的历史渊源。虽然

---

① 见切斯特顿《〈双城记〉序言》。

他是一位自学成才的作家，但对英国的文学传统和欧洲的历史文化并不陌生。在他的青少年时代，著名的大不列颠博物馆就是他自学的课堂；他儿童时代阅读的经典文学作品中，曾对英国以及欧洲文学产生过重要影响的司科特的历史小说占有相当重要的地位。狄更斯自己在中年时代（也是他的创作盛期），还忙中偷闲写过一部《儿童英国史》。

英法是仅有一道海峡之隔的两个国家，其间最短距离仅为二十余海里。从中古开始，两国间就有频繁往来，两国作家彼此互写对方的历史故事，更是屡见不鲜。虽然狄更斯由于早年家境贫寒，没有受过当时上流社会青年必经的"游学"教育（Grand Tour），到欧洲大陆去开阔眼界，增长见闻，但他成名并成为职业作家之后，曾经不断旅居法国、意大利等欧洲大陆上的国家，在当时被视为世界"时髦"中心的巴黎，狄更斯更是常客。法国的历史、文化、名胜、风习、语言以至巴黎的街道、建筑，狄更斯都曾用心研习，从创作的目的来说，这些也都是必要而有益的准备。

法国大革命的是非功过

《双城记》是狄更斯晚年的力作，它的内容涉及既广，蕴蓄又深。笼统说来，狄更斯是以写法国革命来反映社会尖锐的阶级对立和激烈的阶级斗争，反映在这种阶级对立和阶级斗争中各式各样的人和所表现出来的人性。狄更斯到了创作《双城记》的时候，直接写大规模阶级对立和阶级斗争已非初次，就历史小说论，早在十八年前他就发表了《巴纳贝·拉吉》；就现实小说论，五年前他又发表了写宪章运动中工人罢工斗争的《艰年时世》。狄更斯像与他同时代的许多所谓资产阶级激进派一样，看到英国维多利亚时代社会的症结，但他们的中产阶级立场决定了他们仅仅提倡积极的社会改良，而不是激烈的阶级斗争和革命。面对三四十年代三起三落的宪章运动和1848—1849年风起云涌的欧洲大陆各国革命运动，他们忧心忡忡，纷纷以自己的著述（政论的、历史的、文学艺术的）揭露和抨击种种社会弊端，旨在提醒人们，不要被歌舞升平的表象迷惑，应该正视现实，积极从事改革；如果听任社会矛盾不断激化，人们会奋起以更加残酷的暴力对加诸其身的剥削、压迫和苦难施行报复。卡莱尔和狄更斯在《法兰西革命》和《双城记》中则又添加了这一句：看，法国大革命就是前车之鉴！

《双城记》实际上是狄更斯继《巴纳贝·拉吉》之后以历史小说的形式发表的又一部讽谕诗。无疑这是政治色彩很浓的书，它所反映的社会生活领域，也比他的其他小说更深更广。这部书也常遭批评家的贬斥和否定。有的说它歪曲历史，丑化贵族统治者；有的说他它从另一方面歪曲历史，丑化革命群众；有的说它是庸俗的政治宣传文字；还有的认为它陈旧过时。面对鲜明突出的政治性思想内容，批评家各持一端，自然会出现此亦一是非，彼亦一是非，盖皆人人政治立场各异，永远难得求同。

其实《双城记》绝非歪曲历史的作品。它虽然也像狄更斯的其他作品一样，人物多属虚构，篇幅大多被这些虚构人物在日常和平生活中的家居谋生、爱情婚姻、交友往来占据，但阶级对立和阶级斗争等社会政治生活，是其主要内容；即使寻常人物的日常生活和命运，也不同寻常地与社会政治生活紧密交织。狄更斯着重写了三组阶级矛盾的故事：一组通过马奈特大夫在革命前和革命中的遭遇来表现；一组通过德发日太太父兄姐姐一家人的遭遇和她的复仇来表现；一组通过加斯帕孩子遭埃弗瑞蒙德杀害以及他的复仇死难来表现。这些故事从多种角度，形象地反映了17世纪法国贵族统治阶级对第三等级的平民大众经济上、政治上、人身上、精神上的疯狂肆虐。这些事实有史记载，并非狄更斯凭空杜撰；诸如断送马奈特大夫前半生的那一纸御赐空白捕票，就是无法抹煞的物证。诚然，封建时代的法国贵族，一向讲究文明高雅，但他们在剥削压迫人民时，却野蛮而又凶残，这才是代表他们内心的本质方面。狄更斯刻画的埃弗瑞蒙德侯爵正是集文明与野蛮，温雅与凶残于一身的典型。为了以其文明高雅掩盖其野蛮凶残，他必然要随时装假，所以此人言谈虚伪，举止做作，这并非形象塑造的失败，而是作家有意所为。这个人物首次出场，狄更斯在描述其外貌时，就曾点出他的脸好似一副面具（第二卷第十三章、第十四章），这正是作家的暗示。在涉及其他贵族的场合，狄更斯也从未忽略他们的高贵气派和良好教养。即使在肮脏凄惨的牢狱中，在押赴刑场的前夕，他们仍然从容镇定，不失风度（第三卷第一章）。不论是表现他们的野蛮凶残，还是表现他们的文明温雅，狄更斯都并未有违历史与生活的真实，也未简单地作漫画化处理。

小说中与上层贵族统治阶级直接对立的，是巴黎近郊圣安东区的居民和埃弗瑞蒙德侯爵府邸周围的农民。这两组下层社会的贫穷、饥饿、肮脏、愚昧，足以概括当时法国社会第三等级最底层劳苦大众的处境。这些人，是封建剥削压迫最直接、最深切的承受者，是最坚决、最激烈的反抗者，也是最果敢、最无畏的革命基本力量。《双城记》以相当章节，反复交代革命爆发的种种背景和条件，直接叙述了城乡劳动者在革命前默默无声的酝酿，跃跃欲试的反抗（第一卷第一章、第五章，第二卷第八章至第十章、第十五章、第十六章）；详尽描绘了革命爆发时攻占巴士底狱和烧毁乡间府邸这两桩富有代表意义的事件，无疑是对这场革命首先作出肯定。

在法国大革命发生的时期，欧洲各君主国曾一致采取恶意敌视的立场，并组成反革命联盟，公开对革命进行武装干涉，英国就是这种国外反动势力中的主力之一。当时的英国公众，也有不少人支持政府的反动立场，一些文人也著书立说，公开反对这场革命，《双城记》中正在飞黄腾达之际的斯揣沃大律师在台鲁森银行内大放厥词，即可见其一斑（第二卷第二十四章）。即使到了狄更斯生活的 19 世纪，维多利亚王朝上流社会的绅士淑女对这场大革命的"恐怖统治"（the Reign of Terror）仍然谈虎色变。狄更斯在这部作品中首先肯定了这场大革命的历史必然性，肯定了它摧毁法国强固封建堡垒的赫赫伟业，这无疑正是《双城记》思想内容上进步性之所在，也是它在文学史上葆有不朽地位的基本立足点。

关于这场大革命的直接描写，实际上是到小说最后的三分之一处才正式开始，主要包括书中第三卷最后两章和第三卷的部分章节。城市暴动，首先从圣安东区掀起，狄更斯通篇将其比作海水，人的海洋，人声的波涛，像海水冲击堤岸，砰訇大作；乡镇暴动，狄更斯着重描写了火，府邸着起了火，万家点燃了灯火，星星之火，顷刻燎原。这两层描写，用意颇深，旨在说明革命的激情达到顶峰，会泛滥成灾，不可收拾。于是，从德发日太太在市政厅前手刃老弗隆开始（第二卷第二十二章），场院内磨刀石霍霍飞转（第三卷第二章），革命法庭将无辜者判处死刑（第三卷第十五章）。这一切是那样地阴森可怖，野蛮凶残！但是，狄更斯在他的作者自序中却明确声言，这些情况，"都是在对最可信赖的目击者确信无疑的情况下如实引述的"；而且，随便翻开一部记述这场大革命的史书，我们也可以为狄更斯的描述找到根据。就连在西德尼·卡屯之前处死的二十二人这个数目，都与雅各宾专政时期处死吉伦特派国民公会委员的人数恰相吻合。根据小说描述的他们在绑赴刑场时一路上的不同表现，甚至可以查对记载，隐约辨认出他们的真名实姓。小说中的那些描绘，在法国大革命那个历史时期，特别是在雅各宾专政实行革命恐怖的时期，都确有其事。当然，狄更斯并非史家，他创作《双城记》更非撰写史书，在这部小说中，他没有全面交代革命的来龙去脉和全部进程，甚至没有提到革命阵营方面任何一个真实的历史人物。他不过是通过艺术的概括，反映了革命的一些方面或侧面，表述了它最主要的是非功过。

法国大革命是一桩复杂的历史现象，事先曾经过长期酝酿，其间又经过各种曲折，矛盾纠葛错综复杂，代表各个社会阶层利益的各党各派政治势力纷纷表演，活跃异常。像这样一场规模宏大，波及深远，剧烈空前的群众革命运动，出现种种偏颇舛误本不足为怪，更何况，法国大革命既为反封建的资产阶级革命，其性质本身就决定了：处于社会最底层的城乡劳动者虽然对革命怀着巨大热情和献身精神，但是他们在文化上，思想上，政治上还都没有作好充分准备，因此不可能具有高度的觉悟和组织性，以致带有极大的狂热和盲动性。这场革命的性质本身就决定了他们不可能成为革命的领导力量，正像德发日夫妇和他们的"雅克"弟兄姐妹们那样，他们是鼓噪呐喊、陷阵冲锋的猛士，但是他们并未跻身革命的较高领导层次，左右革命的局势和前途。早在革命爆发前就死去的加斯帕正是有勇无谋、轻易牺牲的代表，在革命中流星般转瞬即逝的德发日太太，正是这场大革命中流血最多，付出代价最高的法国劳苦大众的悲剧的主角。

对待法国大革命中的革命群众，即使是对德发日先生和太太这一对志同道合、唱和相随的恩爱夫妇，狄更斯也并未一视同仁。德发日先生是小说中的主要人物之一，也是革命群众中最重要的一员。他是当时巴黎圣安东区一家酒铺的老板，仆役出身。在革命前的秘密酝酿阶段，他的酒铺是革命团体秘密联络的据点；革命发生后，这里又成了号召和组织群众的小小指挥部。他襟怀开阔、仁爱宽厚、沉着坚定、智勇双全，是劳苦大众中的佼佼者，也是狄更斯人物百科中较出色的群众首领形象。无论是革命前还是革命中，他的言论行为都合于分寸，不悖情理；他所坚持的革命原则性也并未使他的人性泯灭。特别是在对待革命过激行为上，他渐渐有所疑惑，与他太太之间开始产生分歧。在群众情绪渐趋白热化的时候，他虽然也偕同太太充当了夏尔·达奈的原告，欲将这个无辜者再次投入监狱并判处死刑，但是对于太太欲将马奈特大夫一家斩尽杀绝的密谋，他并未染指，而深解自己丈夫的德发日太太，也故意将他摒除在外。

德发日太太是那种苦大仇深，天生具有革命性的劳动妇女，也是七月十四日巴黎起义者当中一员勇猛的女将，但她自幼深怀家破人亡之恨，日日依靠复仇的乳汁哺养，没有受过文化陶冶和政治教育，再加上生性强悍固执，感情用事，在革命高潮万众鼎沸之中她完全丧失了理性，成为苦苦追索的复仇者和野蛮疯狂的嗜杀者。

狄更斯在他的小说中，塑造过各种身份、年龄和性格的女性形象，而给人印象最深的却往往不是他所置于女主人公地位的那些贞淑慧美的大家闺秀或小家碧玉，而是各种类型的下层社会妇女。德发日太太就是法国大革命非常时期应运而生的一个不同凡响的下层社会女性形象，在狄更斯的女性画廊中，几乎也是独一无二的。作家对她的外貌、言行、性格和心理特征，用笔都很精细。尽管作者和读者并不一定对这样的人物产生好感，但这一形象无疑具有比露西·马奈特多得多的艺术魅力。狄更斯在她的末日对她那富于哲理的概括（第三卷第十四章），更能发人深省。狄更斯通过她反映了那样一种非人的人性，体现了残酷的复仇和暴力，通过她的结局更加鲜明地表达了自己反对暴力的人道主义思想——这就是这部作品的第二主题。

在德发日夫妇周围，狄更斯还安置了他们的一些副将：几名雅克、复仇女、在革命中改行锯木的小个子修路工，虽然笔墨不多，但各有各的面貌、体态和行为特征，代表着更细分类之中的某一种属，几乎无一多余。从表面看，他们都粗俗鄙陋、褴褛肮脏、缺乏教养，但他们复仇时不怕牺牲（加斯帕），他们对革命事业忠贞执著（几位雅克和复仇女）。就文学形象说，他们既与狄更斯惯于刻画的那些恶人具有本质上的区别，又与《巴纳贝·拉吉》中那些心智不健全、充满贪婪兽欲的反叛者不同。他们并不唤起人们的恶感，在和平生活中，他们令人怜惜；在革命中，他们令人畏惧。他们的粗俗鄙陋、褴褛肮脏和缺乏教养正像狄更斯放在背景上以粗线条涂抹的那些轮廓模糊的群众一样，是封建压迫剥削的结果。不论是在这些人还是在德发日太太身上，我们都可以明显地看出，不理想的社会环境是怎样令人痛心地扭曲了人性。

叟候街角的回声

《双城记》既以较少篇幅直写法国大革命的场景和事件，它的绝大部分章节则用于记述马奈特大夫在革命前后的坎坷遭遇。

他是一位法国名医，一个正直的知识分子。还很年轻的时候他就以自己的医术医德赢得了比较独立的经济地位和社会地位。但是在大革命前法国的封建专制和封建等级制度下，他是属于第三等级的平民，他的政治地位与德发日夫妇等劳苦大众没有本质差别。由于职业的机会，他偶然目睹了封建贵族埃弗瑞蒙德兄弟践踏人格、草菅人命的暴行，因为抱打不平，反被犯罪者滥施特权投入监狱，在巴士底狱中活活埋藏了十八个年头。

狄更斯最初为这部小说定名的时候，曾拟过《博韦的医生》和《活埋》。仅此可见马奈特大夫其人，特别是"活埋"一事，在狄更斯心目中的地位。马奈特大夫这段在大革命前的遭遇，是在小说接近尾声的部分追述的。在故事起始，马奈特初次登场，即已是一具白发苍苍、形容枯槁的活尸，一架只会埋头做鞋的机器，完全丧失了理智和感情。他给人从狱中搭救出来，"死"而复生，逃离曾经那样亏待于他的法国，五年之后，已经在伦敦僻静的叟候街角安居乐业，往日遭受迫害，深陷囹圄的阴影仍频频进逼，骚扰他的梦境。这就说明，封建专制所施行于人的，远非皮肉筋骨之苦。通过马奈特大夫前半生的遭遇，狄更斯是在较深的层次，即心理和精神的层次，揭示了封建压迫对人性的戕害。在追述马奈特大夫早年遭遇的同一场合，狄更斯更着重追述了德发日太太的姐姐、姐夫、兄长和父亲的悲惨遭遇，但也重在揭示这一家人在人身、人格和精神方面所受到的蹂躏。她的兄长，那位不知姓名的农家小伙子奋起拼死向贵族挑战决斗，也是长期遭受深重压迫剥削的法国农民精神和人性觉醒的表现。大凡站在人道主义立场的作家，在这些方面都能作充分的表达，尚不能归作狄更斯的独到之处。

　　然而以马奈特大夫的全部活动来看，狄更斯把他作为主要人物，目的还不仅仅限于揭露压迫者。以马奈特大夫所处的社会地位来说，他本人并非存在阶级压迫的社会结构中最大的重力承受点，似乎有些出于偶然，他真切遭到了与德发日太太娘家一家人同等程度的迫害。可是他出狱后却不计旧恶，仅仅去国远遁，一走了之；他弄清了达奈的身世，发现了达奈与他和露茜的家仇之后，也能克制住病理性的精神痛苦，化仇为爱。他的见义勇为，克制忍让，踏实务实，都是狄更斯理想的道德标准中不可缺少的内容。马奈特大夫周围的亲朋好友，露茜、劳瑞先生、普若斯小姐和达奈，也无一不以自己具体的方式具备这些品德。尤其是达奈，虽然他秉承了母亲的遗训，接受了18世纪法国启蒙思想的影响，作了封建贵族阶级的逆子，但他所采取的仅只是消极的逃避，没有丝毫积极的行动。马奈特大夫和这些人物仅仅在革命高潮中由于偶然的原因才被先后吸赴涡流的中心，而他们平时主要活动的地点，则是远离法国的伦敦叟候街角，是一个能够反射回声的地方。狄更斯详尽描绘这里幽僻的环境，反复形容它所反射的种种回声，绝非文风絮聒，而是特有寓意：马奈特大夫虽然告别法国,欲与这个国家再无瓜葛,这里发生的事件却不仅将他吸引回来,而且使他一度似乎成为两种力量较量中维持平衡的支点。于是他也像那能够反射回声的叟候街角一样,成为从某些角度反映法国革命的一面镜子:首先,小说中关于大革命的消息从他这里传出;其次,大夫及其家人在革命前受难,在革命中遭殃的状况,反映了尖锐阶级对垒形势下,夹置其间的无辜者背腹受敌的处境;再次,大夫在革命阵营中奔走斡旋,营救达奈,反映了恕和爱对怨和仇的斗争。但是随着故事发展到几近尾声,大夫这个以恕和爱构架的支点却终难继续支撑:德发日太太利用大夫藏在巴士底狱中的控诉记录,告发了达奈,将他判处死刑;同时又密谋杀害露茜母女,就在达奈和露茜母女之死已迫在眉睫的时刻,大夫却已精殚力竭,再次陷入迷惘,这正是恕与爱的迷惘与脆弱,是狄更斯所崇尚的人道主义的失败。

《双城记》中所反映的狄更斯对法国大革命的人道主义立场,使我们再一次联想到《九三年》。那部作品所反映的雨果对待法国大革命的人道主义立场,与狄更斯的立场真是惊人地相似!那部作品的高潮,与《双城记》的一样,也是革命公益与个人私情的剧烈冲突;为了实现忠(公益)义(私情)两全的美好愿望,它也与《双城记》一样,以献出崇高人物的宝贵生命作为代价。然而就整个作品的气氛而言,《九三年》的热烈程度则胜于《双城记》,因为雨果毕竟是亲身参加过反路易·拿破仑的共和派战士,而狄更斯则是过着安逸生活的冷静的英国绅士。

失去的和找回的自我

在最后搭救达奈及其妻女当中,马奈特大夫的恕和爱也就是狄更斯的人道主义虽然失败了,这位作家却并未甘心,他再作最后努力,将这一重任交付与两位笔墨并不甚多的人物去完成;这就是西德尼·卡屯和普若斯小姐。

卡屯利用貌似达奈的条件，李代桃僵，打破了德发日太太疯狂的复仇计划，普若斯小姐在德发日太太追杀露茜母女时与她偶然遭遇，促使德发日太太丧命，露茜母女从而获救。卡屯和普若斯扶危济难、舍己为人的行为，是狄更斯在这部小说中完成爱战胜恨、善战胜恶之功的最后一簧。这两桩行为虽然都带有偶然性的契机，但却又都处于带有必然性的动机——爱：卡屯的性爱和普若斯的友爱。两者同样纯洁无私，其最高表现就是牺牲自我。

卡屯并非叱咤风云的英雄人物，但自始至终笼罩着一层神秘浪漫的悲剧色彩。他早年受过良好教育，因不长于计较个人利害而不得发迹，仅在法律界默默无闻地做些下手活儿。在平凡生活中，他不过是一个怀才不遇，彷徨迷惘的知识分子。他寂寞孤独，不修边幅，酗酒无度，落拓潦倒，常怀无用武之地的慨叹，唯独在老贝雷审判达奈的法庭上（第二卷第三章），他的才华才像电光火石般一闪而现，第一次解救了达奈，那是他日后搭救达奈的预演；那个闷热的夏夜，他在马奈特大夫寓所对革命风暴所作的预言（第二卷第六章），又展示了他的睿智。他虽被上流社会视为堕落，并在平素言行中表现出自甘堕落，内心深处却保留着一座圣洁美好的神龛，供奉着他钟爱的女子，珍藏着他的崇高理想。在这场大革命中，在马奈特大夫一家处于危机的关头，他得到了施展抱负的机会，一跃而为行侠仗义的骑士，以自己的生命换来了己之所爱的幸福。在某种意义上，卡屯是受到大革命暴风雨的冲刷而从迷惘中清醒过来，找到了自我——在他人身上找到自我。这就是狄更斯赋予卡屯这一形象的哲理。

普若斯小姐和德发日太太拼搏过后虽然全身而归，但这并不说明她不具备牺牲精神。她的舍己为人，主要表现在她平时对露茜及其一家的无私奉献上。狄更斯对她，用笔经济，但很早就作过哲理性的概括（第二卷第六章）。按照狄更斯的评述，她是生来就从他人身上寻找自我的人，因此她的牺牲精神更是出自天然。

通过卡屯和普若斯的故事，狄更斯传达了他的道德准则和社会理想：以爱战胜恨，以牺牲自己求得人与人之间的和谐。这是狄更斯的最高道德理想，也是这部作品的第三主题。狄更斯的很多小说，都有这类主题，他创作的许多重要典型如小耐儿（《老古玩店》）、弗洛伦斯·董贝（《董贝父子》）、坡勾提先生（《大卫·考坡菲》）、贾迪斯先生（《荒凉山庄》）、小杜丽等，都传达过这种理想。这是狄更斯这类社会改良派的道德理想，是民主主义、人道主义作家对欧洲文艺复兴以来道德观的继承，也是基督教国家中文学艺术家对基督教博爱主义的受纳和生发。这部小说中，无论是作家本人还是其中主要人物，都对上帝怀有真诚的虔敬。卡屯自从决计为己之所爱赴死，直至断头前的一刹那，基督教葬礼的那段祷词始终在他脑际萦回（第三卷第九章、第十五章）。这段祷词中关于复活和永生的概念，与第一卷再三出现的"起死回生"相呼应，纵贯了整个作品。

狄更斯的人道主义，又不仅仅限于伦理道德的范畴，这是他用来批判他所身处的现实社会的武器。在全书结尾处，他借西德尼·卡屯的遗愿表达了他反对一种剥削制度代替另外一种剥削制度的思想，从而使他的人道主义具体化为一种朦胧的、带有宗教色彩的空想社会主义理想。

简约、严整——狄更斯最好的结构

狄更斯为使普若斯小姐和西德尼·卡屯完成重大神圣的使命，在构思上确曾颇费匠心。为了安排那场拼搏，普若斯小姐要在巴黎马奈特大夫一家的临时寓所暂作留守，而且要在启程前先将克软彻打发走。经过多重布置，终于使普若斯与德发日太太单独相遇，从而演出了那场爱与恨、善与恶的决战。其最后胜负，则是由德发日太太自己那支早已通体发热，失去判别是非和方向的枪铳所决定。为使西德尼·卡屯混入监狱，救出达奈，狄更斯更是极尽心曲：早早交代了卡屯与达奈外貌的酷似，老贝雷密探的假出殡，克软彻先生的盗空墓，巴塞德的反复变节投靠，最后还有化学药物的利用，等等。从情节安排上说，可谓环环紧扣，毫无破绽。狄更斯早年就使用过这样一种侦探小说式的结构技巧，即在小说将近结束之处，将故事的千头万绪归诸一缕，然后紧紧抓住这一缕线索步步进逼，直至揭开最后的环扣。这能使读者读一部长篇巨著兴趣愈增，直到最终而不感厌倦。《双城记》的结尾，也属于这种模式。不过这部书的结构特色，并不仅见于结尾。它是一部通篇结构简洁完美的作品。这部小说包含着那样丰富的内容，其中有上至王室贵胄，下至市井小民以至偷坟盗墓者的种种生活，大至参政、革命，小到家庭琐事、起居细节；场面也是五花八门，有王宫、侯府，有贫民、农舍，有监狱、法庭，有银行、酒肆；人物仅有名有姓者就不下数十；时间前后有二三十载，地点包括了英法两个国家；但在篇幅上，它却是狄更斯长篇小说中最短的一部，与他最长的一部小说相比，仅及其二分之一或三分之一。它所以能以较少篇幅包容较多内容，首先要归因于结构简约。

狄更斯是一位深受流浪汉小说传统影响的作家。总体说来，他的小说，特别是前期小说的结构，明显带有松散冗长的特点。他的第一部小说《匹克威克外传》，几乎可以说就是以主要人物的游历串联起来的一系列短篇故事。随后的《尼古拉斯·尼克尔贝》、《老古玩店》、《董贝父子》、《大卫·考坡菲》、《小杜丽》，虽然都有由主要人物的活动构成的中心故事，但又都有很多独立成篇的漫衍小品。这些小故事对于中心故事来说，甚至并非不可或缺。《双城记》则集中突出地以马奈特大夫的遭遇为主要情节。虽然它也有附带的几则小故事，比如德发日太太一家的悲惨遭遇和仇恨,埃弗瑞蒙德的家族罪恶和族内矛盾,但他们无一不是马奈特大夫故事主线上必不可少的一个有机组成以至伏线,而且比起狄更斯的其他作品,这些小故事数量既少,其本身所占篇幅又有限。即使是马奈特大夫的故事这条主线,各个阶段也疏密不同,有繁有简,有详有略,重点突出。他十八年漫长的监狱生活,仅从巴黎圣安东区阁楼上鞋匠的形象和动作,已可见一斑(第一卷第六章);迁居伦敦后五年的生活,仅以几行文字就全部交代;埃弗瑞蒙德侯爵兄弟对德发日太太一家及马奈特大夫的迫害,也仅仅包容于万余字的一章叙述当中。经过这样省略或删削,自然节省出了大量可供精雕细刻的篇幅。

　　狄更斯这部作品的情节既然重点突出,删削果断,而仍流畅自然,不落斧痕,这又要首先归功于运用伏笔或谓设置悬念。小说一开始,就陆续设置了几条伏线,分别暗示:一、马奈特大夫与埃弗瑞蒙德家的旧仇;二、德发日太太与埃弗瑞蒙德家的宿恨;三、克软彻的双重职业;四、巴塞德的密探生涯。随着故事的发展,这些伏线也时隐时现地向前发展,故事几次出现高潮,它们升到了表层,渐与主线重合,随后戛然而止。伏笔增添了作品的戏剧性,能够引人入胜,这是小说家的重要结构手段之一,狄更斯在《双城记》中比在其他作品中运用尤多。除此之外,狄更斯又善用对比和呼应,与设置伏笔相辅相成。这部作品中有很多明显的对比:伦敦—巴黎,叟候—圣安东区,卡屯—斯揣沃,普若斯小姐—德发日太太;有事件与事件、人物与人物前后呼应:密探出殡后狂乱的群众—革命爆发后狂乱的群众,偷坟盗墓的克软彻—见义勇为的克软彻,神经错乱的马奈特大夫—神志正常的马奈特大夫—神经错乱的马奈特大夫,潦倒堕落的卡屯—侠义崇高的卡屯。这些对比和呼应,也像伏笔一样,都是作家精心安排,使整个作品的结构更加匀整协调。

　　《双城记》是一部反映严肃阶级斗争的书,但读来却饶有趣味，毫不枯燥。作者构思精巧，就是重要原因，虽然有的批评家也指斥它具有通俗情节剧（melodrama）的性质，但它毕竟不是单纯以情节取胜的通俗小说。它不过向我们证明了严肃文学作品中，结构也具有巨大的潜能。

凝练、精美——狄更斯语言之大成

《双城记》能以较少篇幅容纳较多内容，语言凝练是又一因素。

狄更斯的语言，并非一开始就被批评界普遍认同。英国，尤其是维多利亚时代保守的、刻意追求文词含蓄、节制、优美的文人雅士不欣赏狄更斯的语言。像特罗洛普（1815—1882）这样的作家，对狄更斯的语言甚至作过基本否定的评价，认为他的语言不合规范，有违语法，预言他的那种戛戛独造贻害无穷。尽管如此，特罗洛普还是承认他的语言受到广大读者欢迎这一现实。[①]

一般说来，狄更斯的语言确有粗糙、冗长的特点，这或与他幼年失学，未曾经过严格的语言训练，早年又从事记者工作有关，大约也正是由于他受教育上的这种缺陷和早年的经历，他的语言更加接近生活，通俗易懂，丰富多彩。也正因如此，他的《匹克威克外传》刚刚开始连载，就广为流传，家喻户晓；他后期以自己的作品从事巡回朗诵表演，才具有那样大的感染力。狄更斯在遣词造句方面，比前辈和同辈文学家确有很多突破，而历史也已经证明，正是他的这种戛戛独造，大大丰富了英国文学语言的宝库，成为后世一笔珍贵的文化遗产。如今我们翻阅英语词典，总不难找到引用狄更斯作品中的字句的释例。

狄更斯的语言风格，又是随其创作过程的发展而逐渐丰富完

---

① 见特罗洛普《自传》第十四章，1882 年。

善起来的。豪放、夸张、渲染、感伤、细腻、婉约、幽默、滑稽、讽刺等代表其风格的主要特点，在晚期作品《双城记》里，可谓应有尽有，无一遗漏。描述的具体对象（人物、场景、事件等）尽管与前不同，却具有相同或类似的语势口气。冲没巴士底狱那由血肉之躯组成的喧哗人海，使人想起雅摩斯岸边的狂啸大海（《大卫·考坡菲》第五十五章）；乡间侯府点燃的燎原之火，使人想起哈瑞戴爵士庄园的大火（《巴纳贝·拉吉》第五十五章）；露茜·马奈特对待父亲的脉脉温情，使人想到小耐儿和她的外祖父（《老古玩店》）；马奈特一家日夜兼程逃离法国，使人想到独身绅士一路追踪小耐儿祖孙（《老古玩店》）；圣安东区的贫民窟使人想到托姆独院（《荒凉山庄》第十六章）；外表凶恶内心善良的普若斯使人想起特洛乌小姐（《大卫·考坡菲》）；改恶从善的克软彻使人想到甘泼太太（《马丁·瞿述伟》）；小杰瑞深更半夜鬼鬼祟祟的跟踪，使人想到约纳斯月黑杀人后的逃跑（《马丁·瞿述伟》第四十七章）。

比喻、借用、反语、重复、双关以及阶级和地方的方言俚语等等狄更斯一向熟谙的修辞手段，在这部作品里更是比比皆是，令人目不暇接：克软彻先生和他那位"少爷"的满头铁蒺藜，多次在关键时刻崭露锋芒；劳瑞先生自谦为"开摇钱机器的人"；斯揣沃用办案的术语分析他与露茜婚配的可能性；皇家乔治旅店仆役出于对新到旅客那种庸俗的好奇而在走道上闲逛，被说成是"出于偶然"；德发日太太首次出场，作家就对她以"太太"称呼不迭，此后又多次直呼其为"太太"，令人对她敬而远之；对于露茜在巴黎阁楼上第一次唤醒父亲、女爱国志士坚决处死老弗隆、卡屯临终对未来世界的展望，这类表达强烈爱憎或希望的段落，则大量采用排比；对攻占巴士底狱的那段描写，则采用了历史现在时的语法形式，更加强了读者身临其境之感；法庭上检察总长和律师惯用的那套陈词滥调，则以不加引号的引语陈述，言者振振有词，听者只觉不堪。

狄更斯除为应景，没有发表过诗，在文坛上他向来不能算作诗人，但在他写到激情澎湃的时候，诗意的文句常涌自笔端，在这本书中，也不乏其例。让我们看看西德尼·卡屯在巴黎露面之前的一段文字：

　　和劳瑞先生呆在一起的那个避而不见的人——那件搭在椅子上的骑装的主人——究竟是谁呢？

　　劳瑞先生是从怎样一个新来的人那里走出来，激动而又惊讶地把他心爱的人抱在怀里呢？他提高嗓门，扭过头去对着他刚才出来的那扇门，看来像是重复露茜那颤抖着说出的："挪到了附属监狱，传讯明天受审。"这话又是对谁说的呢？（第三卷第五章末尾）

还有一类雄辩性、哲理性的语句和段落，在《双城记》中所占比重也比较大。小说卷首关于时代背景的一章论述，第二卷第七章对城中贵人的讥讽性评价，对前述普若斯小姐和德发日太太所代表的善恶两类人性的概括，小说结尾关于一种剥削制度代替另一种剥削制度的批判和关于剥削制度消亡的预言，都是凝重隽永的妙语华章。

作品的语言风格往往随作家年龄、修养、心理的变化而变化，狄更斯早年的语言，基调欢快、明朗，幽默滑稽是其有机组成，随着创作的发展和年事的增长，他的语言渐趋沉稳、老练。《双城记》的创作，又值发生家庭龃龉，最后导致夫妻分居的时期，这部作品的语言风格，也发生变化，欢快明朗的风格几近消失，轻松的幽默只存留在对普若斯和克软彻等少数人的描述上；另有一部分则为辛辣的讽刺所代替。作为成熟老到作家的手笔，这部作品遣词造句也明显地较过去考究，描写、叙述和议论的段落，用词都比较典雅，引经据典也较其他作品为多，这无疑又给这部作品增添了一层典雅的色彩。但是故意转文，过分夸张，牵强比附，多用噱头，也使个别段落流于庸俗饶舌。

象征、浪漫、心理分析——不仅仅是现实主义

狄更斯是现实主义小说家，这早已成定论，迄今无人提出异议。他为各部小说所作的自序，绝大多数的主要内容都是介绍作品取材的来源，说明它们都是来自现实生活。即使写历史小说，他也注重取材、描写的历史真实性。他的人物和行为，与司科特、大仲马那些充满浪漫传奇色彩的历史小说家的创作，具有明显不同。书中每一人物的衣食住行、言谈礼仪，甚至街道、建筑无不具有18世纪末法国和英国的时代色彩。然而理想主义又使得狄更斯永不排斥浪漫手法。在他的作品中，爱情描写往往是浪漫的，善战胜恶的斗争是浪漫的，人物的悲欢离合、生离死别往往是浪漫的。在《双城记》中，卡屯和普若斯在完成他们的高尚行为时，也极富有浪漫色彩，连克软彻在奋勇救人中焕发出的那种改恶从善的决心，也富有慷慨激昂、令人振奋的浪漫气息。

尽管在狄更斯生活和创作的时代，象征主义还没有形成流派，对英国的小说创作产生明显的影响。象征，这样一种文学创作上的表现手法，在狄更斯作品中却常有运用。焦煤镇那乌烟瘴气的煤烟（《艰难时世》）、伦敦上空那氤氲混沌的浓雾（《荒凉山庄》）、"哈莫尼监狱"那臭气熏天的垃圾堆（《我们共同的朋友》），都是常为批评界称道的象征性形象。《双城记》正是狄更斯运用象征手法较多的一部。第一卷篇名《起死回生》就富有象征意义，对英国绅士劳瑞先生来说，把一位长期因于囹圄的人解放出来，无异于起死回生；对"起死回生"的对象马奈特大夫来说，重获自由，平复创伤，再创新业，这是第二次生命的开始；

对最后在断头机吉洛汀下死去的卡屯来说，肉体虽然消逝，精神却永存在达奈夫妇及其子子孙孙心中，这更是一种永恒的新生。故事开始就陆续出现的憧憧夜影，时隐时现，最后实实在在地显现出来，这是逐步揭开的马奈特大夫和德发日太太一家受迫害之谜的象征。狄更斯以他高超的智慧和独出心裁的创造力创作了大量具有象征意义的形象——以不停编织毛线活的德发日太太象征命运女神；以圣安东区流淌成河的红葡萄酒象征革命爆发后流淌的人血；埃弗瑞蒙德侯爵回乡下山时的夕阳残照象征贵族统治的末日；小个子锯木工的嚓嚓锯木象征吉洛汀的砍头动作。这些形象的象征性，再加上侯爵府邸石头人面的叹息、眼泪和表情变化等哥特式超自然的神秘性又使这部作品增添了一重艺术感染力。

更深层次的心理分析，是这部小说的又一特色。一般说来，小说创作发展到狄更斯的时代，心理描写已经达到相当的深度，狄更斯也是善作心理描写的小说家，特别是表达儿童心理、爱情心理、恐怖心理、犯罪心理等方面，都能具体而微，这是仅就正常的心理范畴而言。他的许多作品中，还有一些非正常的人，他对这些人物的刻画，一般都停留在外貌、言谈、行为等较肤浅的表层，因此批评界对这些人物向来比较一致的看法是他们存在漫画化的倾向。在《双城记》中，马奈特大夫是一个精神和心理都不健全的人，狄更斯不仅刻画了他的外在表情、动作，而且深入他的内心，表达了他的潜意识活动、无意识动作，准确刻画了一个具有变态心理的人物的心态。对于正常人在特定情况下的特殊心理活动，《双城记》中也处理得十分精彩：劳瑞先生乘邮车一路上所做的梦（第一卷第三章），小杰瑞在墓地望见棺材后内心的恐惧（第二卷第十四章），达奈被秘密关押之初一度发生的精神错乱（第三卷第一章）以及赴死的心理状态（第三卷第十三章），马奈特大夫全家乘车逃离巴黎时的急切惶怵心理（第三卷第十三章），都生动真实地写出了人的意识流动。

复活和永生——《双城记》的今天和明天

在《双城记》的末尾，狄更斯通过西德尼·卡屯临终的意识流动重复了复活和永生的基督教箴言——这是《双城记》的最终主题。狄更斯可以说是在这部书中尽力发挥了他的最高艺术水平，成功地表达了这一主题。他那位散发着理想之光的卡屯——小说的真正主人公——璀璨鉴人，相形之下，那些晦暗、孤独、消沉的"现代"人物形象黯然失色。耄耋之年的我国著名作家巴金满怀深情地回忆起这一形象："……几十年来那个为了别人幸福自愿献出生命从容地走上断头台的英国人一直在我的脑子里'徘徊'，我忘不了他，就像我忘不了一位知己朋友。他还是我的许多老师中的一位。他以身作则，教我懂得一个人怎样使自己的生命开花。"①

狄更斯创作这部作品的时候，就有意识地要在艺术上有所突破，这部作品本身所取得艺术成就也雄辩地证明，狄更斯的这一意图已经实现。他在现实主义与浪漫主义结合上，在运用象征手法上，在进行细致心理分析上，在表现意识的流动上，使我们感到，这部古典现实主义作品与现代主义作品之间，并无不可逾越的鸿沟；相反，它们之间存在一股涓细绵长的暗流。

《双城记》从发表至今，已近一百三十年，无论在学术界还是在广大读者中间，它仍然是一部为人热爱的作品。诚然，伟大的艺术作品正像他所传达的"永生"思想一样，也会永生。

完稿于 1989 年春节北京西郊

---

① 《巴金六十年文选 1927—1986》第六卷，上海文艺出版社 1986 年版，第 329页。

老来生子也出众

——狄更斯的《远大前程》

　　狄更斯曾将自己的作品比作孩子，而且说《大卫·考坡菲》是他最宠爱的一个。这是他在《大卫·考坡菲》作者自序中所言。此书之后，他又"从我的想象中"生出了五部半长篇小说，还有不少非小说类作品和短篇小说。在整个这一时期，每逢作品新生儿降生，《大卫·考坡菲》这曾经最受宠的孩子无疑都会受到一次挑战；但是，根据狄更斯的朋友查理斯·肯特等人回忆，直至狄更斯辞世前，问起他最喜爱的小说是哪一部，他仍然毫不犹豫地回答：《大卫·考坡菲》。不过狄更斯也说过，对于他这些精神产品的子女，他"无一不爱"。《远大前程》在他的十四部完整作品中排行倒数第二，是这位活了五十八岁的大作家四十九岁时出版的作品，因此，也可以说是狄更斯的老来子。今天，且不管狄更斯当年为什么不像通常为人父母者那样，对晚生子女会有所偏心，仅以《远大前程》这部作品本身所拥有的素质，我们也仍然可以判断，它究竟值不值得狄更斯宠爱。

　　提起狄更斯，最易于想到的是他那些大部头。在他的十四部完整长篇中，有九部，以中译文计算，都是六七十万言以上的皇皇巨著。从《匹克威克外传》开始，《尼古拉斯·尼克尔贝》、《巴纳贝·拉吉》、《马丁·瞿述伟》、《董贝父子》、《大卫·考坡菲》、《荒凉山庄》、《小杜丽》、《我们共同的朋友》，莫不如此；

只有《奥立弗·退斯特》、《老古玩店》、《艰难时世》、《双城记》、《远大前程》，大约有三十万言以上的篇幅。这五部作品，大多出在狄更斯创作的后期，《远大前程》又是这几部较短长篇中的最后一部。

狄更斯是英国19世纪小说方面数一数二的领头作家，他在创作历程中所显现出的这种篇幅上的演化特点，也具有当仁不让的代表性——这是英国现代小说从18世纪"流浪汉"体那种滔滔四溢中有嫌冗长，向着收放适度后透出精炼的过渡的一种体现。

冗长，消磨人的时间，更见容于工业前社会悠游岁月消闲解闷的阅读习惯；精炼，才适应节奏日益加快的生活中的阅读需求。我们站在最近这个世纪的转折点，对这种阅读取向的改变，感受自然更加亲切。狄更斯自始至终都是文笔锋利，挥洒自如的写家，他总能将自己的人物与事件置于恰到好处的位置活动运作，即使是鸿篇巨制，也是主线勾勒分明，辅线穿插有序，快捷抓住读者，令人难以释卷。但是，冗长拖沓的篇幅，毕竟会使视觉心理疲惫，难以尽速竟读，不似他那些较短的长篇，仿佛是驰笔纵横，一气呵成，读来痛快淋漓。《双城记》和《远大前程》，都是最好的范例。当然这仅仅是就作品的篇幅和结构而言，除此之外，这两部作品题材、主旨和主要表现手段等等，都相去甚远。从内容看，在狄更斯小说中，只有《大卫·考坡菲》，虽然篇幅大约长于《远大前程》一倍，却常易引人两相比较，互作联系。

《远大前程》全书五十九章，可以依主人公菲力普·皮里普，即皮普生存的三个主要场所和时期分为三个部分：在故乡，身为父母双亡的孤儿，与姐姐、姐夫共同生活；受神秘恩主资助，到伦敦受教育、栽培；前程断送重归故土，复归自食其力的纯朴生活。显然这很像《大卫·考坡菲》的主线，是写孤儿成长的经历，又是采用主人公第一人称的叙述方式；而且书中两个主要的地理背景，伦敦和泰晤士河与麦德卫河交界处那片多沼泽的三角洲，也就是查塔姆和罗彻斯特及其方圆一带，又是与狄更斯出生直到终老密切相关的场所，因此，通常也视这部小说为像《大卫·考坡菲》一样带有自传性。但是，首先由于《大卫·考坡菲》毕竟篇幅巨大，叙事线索自然易呈多元性，从而整个作品自然形成人生浮世绘的格局；《远大前程》则是在其相对有限的篇幅内由唯一的主人公运作，成为个人命运的长画卷。其次，大卫和皮普在两部书中各为主人公，且同为孤儿，同样成长至而立以后，但是他们的出身背景、生活经历、前程走向、成败否泰，除个别细节略有吻合，总体上却是南辕北辙。前者，出身中产之家，遭恶人暗算而沦落下层，凭个人奋斗向上最终功成名就；后者，出身贫苦下层，凭天降奇缘而"厕身"上流，最后迷失幻灭重新做人。从这两个人物的成败浮沉，毕生力促文学教育功能的狄更斯似乎是以《大卫·考坡菲》为人生的正面教材；《远大前程》则是它的反面。它们正反同声告诫人们的是：正直善良是为人之本，自强务实是成功之源；虚荣怠惰不劳而获，犹如沙上建塔，最终不过一场虚空。

从大卫和皮普两个人物的外在表象来看，大卫也更近似作家本人，甚至这两个人的"前程"的最后落脚点，也是大卫更似狄更斯，同属小说家的行业；但是从他们两人成长经历的内在心路来看，大卫和皮普则正反互补，成为作家人生心路历程的双面镜。大卫的善良、正直、坚毅和激情，自然是狄更斯本人性格本质和世界观、价值观的体现。创作《大卫·考坡菲》时，这位未届不惑的作家涉世深度毕竟有限，心地相对单纯善良，气质也更近浪漫，加上个人文学创作事业蒸蒸日上，更助长了他对社会人生的乐观满足情绪，创作大卫以及他周围那远远多于恶人的美好向善的人物自然是得心应手。十一年后，狄更斯即届知天命，已经历沧桑，体尝忧患，目光更显深邃，心性更见求实，性格更趋理性，再加上夫妻反目、家庭失和直接引起的心理忧郁，如此等等构成的一个作家的素质和心态，体现在作品中，就是现实、理性和敷有冷色——自《荒凉山庄》以来狄更斯后期创作的基本色调。

成熟的、晚年的狄更斯在《远大前程》中创造人物，比起被E. M. 福斯特称为"干瘪"（flat，亦译作"扁平"）的他那些人物，已经渐渐"鼓"或谓丰满（round）了起来。原先好即是好，坏即是坏的那种泾渭分明，在这里已经变为亦好亦坏，亦正亦邪的混沌不清，除了乔·葛吉瑞、毕娣等少数传统的圣人式正派人物和康佩森、朱慕尔等同样传统的恶魔式坏蛋，其大多数人物莫不如此；而且，皮普也好，马格维奇也好，哈维仙和艾丝苔拉也好，由于性格内涵丰富，心理（包括病态和扭曲的心理）根源深厚，也比相对简单化的正面人物留给人的印象更深。晚年狄更斯就是导着这样一些人物演出了多重深层面的社会生活。

心理分析派说，狄更斯对社会阴暗面的热衷源自他少年时代做童工和父亲入负债人监狱的生活所遗留的心理阴影，这似乎将狄更斯艺术创作的源头看得过于狭窄。狄更斯从童年到成名，曾不断受贫困窘迫之累，少小失学，在律师事务所学徒，在报馆做低级访员，包括那几个月最黑暗的童工生活，都是他创作的丰厚储备，也是贯穿他全部创作思想的人道主义与民主精神的根源。

狄更斯从出版《匹克威克外传》开始，即以幽默讽刺家的角色面世，在随后一系列作品中，他的这种才能又不断有所崭露发挥，因此自然被定格于幽默讽刺家或喜剧家。其实这正如后来的托马斯·哈代，因早期以写地方色彩出名，遂被定格于写地方色彩的作家，这多少总要怪一些批评家以偏概全。绝大多数大小说家，总是以多才多艺的风貌留诸后世，狄更斯与哈代也毫不例外。狄更斯确实擅长幽默、讽刺、滑稽，这使他的一些作品轻松、通俗，易为读者喜闻乐见；但他也善于表达崇高、激越、优雅、严肃、伤感、凝重、冷峻。随着年事日长，修养日丰，阅历日深，他创作风格上由前者向后者的这种渐进演化，都已由他逐一创作的产品刻画出明显的轨迹。在《远大前程》中的，不管是从乔之类纯朴善良的仁人还是彭步秋之流的势利小人身上，我们都仍能看到那个尖刻俏皮、青春常在的狄更斯，但是在其余更多各色各样的人物身上，我们看到的却是深沉阴郁、老于世故的狄更斯；这后来的狄更斯，或许也为将早期狄更斯珍藏于心的读者所难以认同……

无论皮普给人留下的印象是深是浅是善是恶，他到底不失主角的地位：整个小说故事以他为中心；主要人与事都由他亲口直述。他与其他人物，主要组成三条连线：其一，皮普与乔、毕娣，贯彻始终，是暖色线，中间只有小段褪色、淡化，这条线包含了友情、恩义、忠诚、背离和忏悔；其二，皮普与马格维奇，是金色与黑色线拧成的双股线，包含着犯罪、金钱、感恩、期望与幻灭，从一个方向看去，金黑双色都是断断续续；其三，皮普与哈维仙小姐及艾丝苔拉，这是一条皮普魂牵梦萦而又虚实难辨的灰色线，包含着恩怨、情仇、失落、伤害与和解。这三条经线又贯穿着皮普与律师贾戈斯的一条纬线，是带有解谜性的中间色。通过这条线与上述三条线的穿插与开解，最后谜语全部摊开：马格维奇的身世，他与康佩森、毛莉、艾丝苔拉的宿敌、夫妻、父女关系，康佩森与哈维仙的既婚夫妇关系，都可一目了然。这种埋设暗线伏笔的手法，在本书以及狄更斯其他晚期作品中，包括那只写了二十二章就因作家长逝而成为永恒之谜的《德鲁德之谜》，都比在早期作品中更见功力。

从这些色调之线引出的结局，显然也不是明艳的色调。众多人物生离死别，主人公失意、自省、自我流放，使人感到压抑难当。在尾声——与《大卫·考坡菲》形式上几乎一模一样的尾声，已逾而立的皮普重振旗鼓，海外归来，与乔及毕娣重叙旧谊；但是同样为人所关注的爱情，却并未得出大快人心的结果。皮普与艾丝苔拉邂逅重逢在哈维仙小姐萨提府的废墟中，尽管雾散月出，彼此心曲已明，但那是冬日的黄昏暮色。

早已粉碎的破镜到底能否重圆？狄更斯的文学家朋友布鲁沃－里顿用意良善，力劝狄更斯在这部作品成书出版时，将原先分期连载时劳燕分飞的结尾改得更为喜幸，狄更斯似乎并未苟同，这似乎也更符合现代人以及心理分析派的口味；而且事实本来就是这样，即使这两个人影在形式上不再分离，但是两个躯体中那彻底伤透的心是否能贴在一起？看来，狄更斯晚年早已有了不落旧套，不媚俗习的洞见。

《远大前程》开场的教堂墓地和结尾的萨提府，都是带有哥特小说阴森肃杀之气的场景，另外还有书中几次出现的哈维仙小姐时光凝固的洞房、风雨之夜贸然而现的马格维奇、律师贾戈斯、女仆毛莉狰狞的面相和铁钳似的双手以及泰晤士河上残酷惨烈的追逃和格斗，都是狄更斯惯于使用的引人入胜的意境，更渲染了整个作品沉重压抑的悲剧气氛。有了那些过目难忘的人物，交错有致的结构，再加上这些令人惊悚的意象，这部小说自然拥有了电影艺术的许多重要素质，这正是日后由它改编的电影（中译名《孤星血泪》）一再大获成功的原因。

"我对于从我的想象中出生的子女，无一不爱。"狄更斯这样说。但是龙生九种，种种各别，狄更斯也承认他对子女有所偏爱……不论他本人心性意向如何，这部部头不算太大的《远大前程》却是秉承了成熟父母遗传基因的出众子嗣。

2003 年 5 月 9 日定稿于北京双榆斋

呼啸唤真情

——爱米丽·勃朗特的《呼啸山庄》

一

爱米丽·勃朗特

英国作家大都多产，像我国曹雪芹、蒲松龄、吴敬梓等巨匠，凭一部小说而享万世之名，似不多见。爱米丽·勃朗特，仅以一部《呼啸山庄》这样普通篇幅的长篇小说而占有英国小说史上不可删除的一页，则更为醒目。

勃朗特这一姓氏，中国读者早不陌生。通常在此姓下，有夏洛特、爱米丽和安三位，称"三姐妹星座"。她们高踞文学星空，

壮丽璀璨。在我国，爱米丽的知名度，较其姐夏洛特，也就是小说《简·爱》的作者，迄今尚逊一筹，然而这位女作家及其作品的"含金量"却似不应以一时草率权衡。

如果给爱米丽编制年谱，大约一页篇幅即已绰绰有余：她1818年生在约克郡的桑顿，比其姐夏洛特少长仅十八个月；和夏洛特一样，出身于英格兰苦寒山地一个多子女的教区牧师之家。

她不到两岁时随全家迁到同郡的哈沃斯，三岁丧母，像她的姐妹一样，在鳏居的父亲和终生未嫁的姨母教养之下成长。六岁开始，零星受过一些教会慈善性女子寄宿学校教育，十九岁在哈利法克斯劳希尔女子学校任教六个月。二十四岁时，曾到比利时布鲁塞尔一家女子寄宿学校求学八个月，专习法文、德文、音乐、绘画。她属于早熟天才的类型：十一二岁开始习作诗文，二十七八岁创作《呼啸山庄》，于完成后一年出版；此前一年还与夏洛特和安共同出版了一部诗歌合集。为避时人对"妇人而为文"刁难，三姐妹均以男性化名为笔名，爱米丽所署，是埃利斯·贝尔。她的诗与小说，当时并未赢得理解和赏识。她终生未婚，因患肺结核病不治，三十岁即辞世，生平事迹鲜为人知。

爱米丽·勃朗特像她的姐妹一样，在其短暂的一生，始终处于多重劣势之下从事文学实践。所谓多重劣势，主要包括家境清贫，常需为个人求学和生活出路忧心；生为女子，幼失慈母，常遭性别歧视和家务之累；此外就是穷困和疾病带来的早夭。在这些方面，如果说爱米丽和她的姐妹尚有不尽相同之处，那也只是程度更甚。另外两点，就是她比夏洛特短寿以及她比夏洛特和安都更赋有诗人气质和内在生活；而更为可叹的是，由于早夭，她那身后鹊起的文名，未曾给她那颗敏感孤寂的心带来些许安慰。

二

尽管据说爱米丽的祖父和收养他的叔父曾经有过希思克利夫那样的身世之谜，《呼啸山庄》却不像《简·爱》等勃朗特小说，它的主要情节不是以作家经历为蓝本，而是充溢浓郁浪漫激情的虚构。读书评论界对它的理解与阐释，也向来呈多元化。它通篇像是带血腥气的恩仇故事；也有人将它看作表现压迫与反抗的写实作品，或是交织激烈情感的爱情罗曼司。20 世纪以来，各种现代主义和现代主义后的批评，如心理分析、文本分析、女性主义、结构主义、解构主义、新历史主义，都从不同角度对这部小说做不同解释，使它成为恒温不降的研究热点，以至对文本中很多细节，如男女主人公究竟有无血缘关系、它的内容与作家本人感情生活的关系等，都曾大做文章。

任何一件文学艺术作品，本来就可有不同理解和阐释，越是珍品，由于其复杂性和特有魅力，就越易引发分歧。此处，以译者之谫陋，认为模糊文艺学的一些原理，确实可资运用。也就是说，鉴于作家本人艺术思维及其所表现生活的复杂性，作品中的价值相应就会表现为多义性、争议性，加之接受一方各人立场观点和审美素养有异，因此不可能，也无需要求对作品得出完整划一的理解和感受。如此，将各种理论、方法的理解互为参照，得出更全面准确的认识，反而可以避免接受上的片面化和绝对化。据此，我们反躬自问，对于《呼啸山庄》，尽管百家说说，这部小说引人注目之处究竟何在？窃以为，那就是一对两小无猜伴侣舍生忘死的恋情。凯瑟琳对林顿允婚后的两句话说得好："我爱他（指希思克利夫——引者注）并不是因为他长得漂亮，而是因为他比我更像我自己。"这种整个灵魂的合二为一，与我国民间常言的"你中有我，我中有你"，可谓分毫不爽。他们的恋情，爱与恨交织，欢乐与痛苦并存，但却屡遭摧残与阻挠而不熄灭，原因正在于此。爱米丽处理这一恋情，主要是以散文诗的笔触描述，以风景画的背景衬托，以奇幻的梦境渲染。这也就是这部小说的主要艺术特色。

如果穿过爱情故事的岩层继续深入，立即会接触到更深的一层，那就是有关人与自然的关系。凯瑟琳对保姆解释自己的梦境时说，天堂不是她的家，在那里，她一心只想回到荒原。她与希思克利夫所以相像得难解难分，正因他们同为荒原（也就是大自然）之子，他们同属于尚未被文明驯化、野性十足、保持了更多原始人性与情感的人。他们的恋情，与荒原上盛开紫花的石楠共生，浑然天成，粗犷奔放，顽强对抗虚伪的世俗文明，象征着人与自然的合一。凯瑟琳背叛希思克利夫而误嫁林顿，虽使世俗文明稍逞一时之威，却并未切断他们之间本质的联系。他们死后，肉体同归泥土，灵魂遨游荒原，代表了人向自然的归复，天人合一的永恒。这是爱米丽·勃朗特本人宇宙观、世界观的体现。

夏洛特和传记作者告诉我们，爱米丽生性独立、豁达、纯真、刚毅、热情而内敛。她颇有男儿气概，酷爱自己生长其间的荒原，平素在离群索居中，除去手足情谊，最喜与大自然为友。从她的诗作和一生行为，都可见她天人合一的宇宙观和人生观的表现。有人因此而将她视为神秘主义者。其实人与自然的关系，从来就是人类文明史上重要的命题，爱米丽不过是步历代哲人、隐者、科学家、艺术家后尘，通过生活和创作，身体力行地探索着与自然的关系。

三

由于爱米丽一生经历简短，她既未受完整系统教育，又没有爱情婚姻实际体验，人们对于她能写出《呼啸山庄》这样深刻独特的爱情绝唱也曾疑惑不解。对这一问题，早有人以"天才说"作出解释，而经过百余年的研究考据，传记记者和评论家又提出了更加令人信服的凭证。爱米丽以及她的姐妹，虽然生长在苦寒单调的约克郡，她们的父亲帕特里克·勃朗特却来自北爱尔兰，母亲玛丽亚·勃兰威尔是康沃尔人。这一对父母所属民族的祖先，同属具有冲动浪漫气质的凯尔特人，而且二人都不乏写诗为文的天分：帕特里克一向怀有文学抱负，曾自费出版诗集；玛丽亚出嫁前写给帕特里克的情书，也是文采斐然。继承了父母的遗传基因，又受到荒原精神的陶冶哺育，爱米丽的艺术天才无疑并非无源之水；而且她家那座荒原边缘上的牧师住宅，外观虽然冷落寒酸，内里却因几个才智过人的子女相亲相携而温馨宜人。他们自幼相互鼓励、切磋，以读书写作为乐。这一方面大大冲淡了物质匮乏之苦，同时也培养锻炼了他们的写作功力。爱米丽的写作，从诗开始，在着手创作《呼啸山庄》之前十六七年间，陆续写出习作诗文《贡代尔》传奇和短诗，如今所见，仅近二百首诗。姑且不论它们本身的艺术价值，这些文字起码也是创作《呼啸山庄》这部不朽之作的有益准备。换言之，她写《呼啸山庄》，是她写诗的继续。她的诗，真挚、雄劲、粗犷、深沉、高朗，这也是《呼啸山庄》的格调。

四

笔者十余年前在一篇文章①中曾提及，《呼啸山庄》是一部纯诗人写的小说，而不是哈代那样诗人兼小说家，更不是狄更斯那样纯小说家写的小说。就传统写实小说的基本要素人物和情节来说，《呼啸山庄》中的人物只有男女主人公最为突出，而且实际上是他们二人的感情特征最为突出——而人的感情又本应是诗的首要元素。小说中其他人物，则缺乏像他们一样深刻强烈的感情内涵，因此大多淡而无味，甚至不尽合乎常理。如伊莎贝拉之爱希思克利夫和小凯茜之爱小林顿，都似是作家自己牵强作伐，不过却也颇类似现今现实生活中耳闻目睹的一些莫名其妙的娇骄之女的婚恋做派。唯有希思克利夫和凯瑟琳，真实、天然，充满魅力，兀立于其他人物之上，紧紧抓住读者，令人无暇挑剔、苛责。在结构方面，作为小说主体的爱情故事，发展到二人诀别，凯瑟琳长逝，似乎高潮已过，随后希思克利夫继续经受感情煎熬并向林

---

① 见下文《〈呼啸山庄〉创作的源泉》。

顿、恩肖两家报复，应是从高潮至结尾的下坡路，到他五天四夜绝食梦游，则是一个回头浪，故事也就近于尾声，而这其间穿插设计了大量第二代人爱情纠葛，最后还布置了遥遥在望的大团圆，使本可精彩的结尾泛起了泡沫。爱米丽在这里似乎脱离了作诗而落入编写小说的迷阵。这恰从反面证明，爱米丽本为诗人，写诗，不论是以韵文还是散文，才是她的强项，《呼啸山庄》正是她以散文写的诗，它的巨大成功、突出魅力，以及其中一些败笔，都源出于此。

通过写诗走上小说创作，不少作家都是这条路上的过来人；而再通过小说而充分展露一向未得尽展的诗才，爱米丽却得说是一个鲜见的实例。昔人曾将波兰音乐家肖邦称为钢琴诗人，我们以此对应，也可将爱米丽·勃朗特称为诗人之外，再称为小说诗人。她超然物外，不计功利，在简短三十年的一生，仿佛只为写作而活，而且终于在写作中无意间实现了自我，也永葆了自我。她的时代，与我们已相去遥远，她的毕生因年轻而血气方刚，她的作品因诗化而夸张极端，这使即将跨入 21 世纪人也甚感惶惑、犹豫；但是，在物质文明不断进步发展的另一侧面，有识之士出于对物欲横流、人性扭曲破坏的忧患，则在一次次呼唤人间真情和回归自然，《呼啸山庄》的曲调，也总能与这常作的一代代新声和谐共振——这大约就是这部小说永远的"现实"意义。

1998 年 3 月 7 日于北京双榆斋

《呼啸山庄》创作的源泉^①

——爱米丽·勃朗特的诗

这里不是把爱米丽·勃朗特的全部诗作作为一个独立的命题来研讨。我只想讲她的一些诗与《呼啸山庄》的关系，也就是这些诗的意向、形象、情感、意境与《呼啸山庄》的一些联系，从而给欣赏和理解这部小说再提供一些线索。

爱米丽不像与她同时代的那些英国男女作家，如狄更斯、萨克雷、乔治·艾略特，甚至她的姐姐夏洛特·勃朗特，她没有享受到他们那种生前名噪、身后饮誉的幸福；她也没有像他们那样的多产。她有些像曹雪芹、蒲松龄、吴敬梓这些我国第一流的古典小说家，他们生前作品不能被理解或接受，本人甚至没有争得一安身立命之地，可是就凭一部小说，在身后留下了万世之名。正因如此，爱米丽·勃朗特生平和创作的资料自然有限，而她的诗——且不论它们本身独立的文学价值如何——几乎就是除《呼啸山庄》之外，唯一能反映她创作实践的现存第一手材料。

爱米丽·勃朗特只活了三十岁。《呼啸山庄》是她二十七八岁时的创作。她写诗，则始自少年。她的诗才，多半出自天然，同时也源于家学。她终生身居穷乡僻壤，物质生活清贫，但精神生

---

① 1987 年 11 月中旬，在上海召开《简·爱》、《呼啸山庄》学术讨论会。此文原为讨论会发言稿，有改动。

活却十分丰富。她和姐妹兄弟一起，自幼就在文学探索中互相切磋、互相砥砺，培养和发展他们文学创作的才能。她们青少年时代的习作《安格里亚》和《贡代尔》两种传奇，就是这种才能的体现。在姐妹兄弟中，爱米丽最富有诗才。正如美国的一位勃朗特学者芬妮·瑞契福德所说，"爱米丽的诗，既非为发表而写，也非为除她本人，或许还有她妹妹安之外的任何人阅读而作"①。正因如此，她的诗虽然只不过是一百多年前的作品，迄今发表也只有近二百首，但却几乎像莎士比亚的作品一样，给后代人留下了确实有些麻烦的收集、鉴别、整理、校刊、版本等问题。从手稿看，它们大多是兴之所至，信笔写下；有些字迹潦草，没有标题，不署年月，甚至写在一些残缺不全的纸片上。由于一些诗没有署名，他们姐妹兄弟四人的字迹又相似，这些诗最初发表时，曾有误编和遗漏。经过一个世纪的研究，至20世纪50年代，爱米丽的诗才趋于眉目清晰。在她的这将近二百首诗中，大约半数是抒发个人情感的抒情诗；另一半是包括在《贡代尔》传奇中的所谓"贡代尔诗"。

一　"贡代尔诗"的人物和主题

《贡代尔》传奇本来是用散文和诗两种体裁写出，散文部分已佚散，诗的部分，现存只是一些残稿。芬妮·瑞契福德将爱米丽所写的诗段（tanzas）鉴别挑选出来，参照三姐妹和勃兰威尔的诗文手稿和各种记载，把这个传奇的梗概重新勾画出来；又根据这一梗概，并参照有些残稿上标明的年月，将这些诗段重新安排，并在诗段之间配上散文说明，从而形成了十二章，包括八九十首长短诗的《贡代尔女王》。这部作品，虽然是瑞契福德的再创造，但它的情节、人物和诗段，仍是爱米丽的创作。比起爱米丽的其

---

①　芬妮·瑞契福德：《贡代尔女王·序言》，德克萨斯大学出版社1955年版。

他抒情诗，《贡代尔女王》在形式上更接近《呼啸山庄》。它的故事背景，设在古代北太平洋一个虚构的岛国贡代尔上，这个国家是联合王国，女主人公最初的名字叫若西纳，她本是联合王国一个成员国的公主，后来做了联合帝国的皇后，最后自己做了女王。整个故事从她诞生开始，以她死亡结束，表现了她一生如火如荼的爱情、轰轰烈烈的功业。她是美狄亚、克丽奥巴拉特、武则天一类的人物，美艳绝伦、精明强悍、野心勃勃，在爱情上游移似水、自我中心。她毕生的功业就是用武力征服别的国家和用美色征服男人，而且后者比前者分量更重。她能轻易将其他国家的国王或王子（不管有无情人、妻室）据为己有，让他们纷纷倾倒，争相为她战死、自杀、流放、入狱。她经过长年在武力和爱情上杀伐争斗，发现她真正爱过的男人只有一个朱吕亚，他是南太平洋上联合王国一个成员国的王子和国王，若西纳引诱他爱上自己后又和别人私奔，随后又回到他的怀抱，帮助他征服统一两个联合王国，登上帝位。在他们的极盛时期，若西纳的仇人合谋刺死朱吕亚，推翻帝国，若西纳怀着悲痛流亡异国他乡，她与朱吕亚唯一的女儿还在襁褓中就死于荒郊。度过十五个风雪弥漫的腊月，若西纳时来运转，重返故国，恢复王位，在权势、荣耀与伤悼朱吕亚中度日。一次她去郊外漫游，因疏于戒备，被仇人杀死。

　　《贡代尔女王》是一个充满浪漫情调的仿英雄传奇，但是它的女主人公本身是公主、王后、皇后、女王，是至高无上的巾帼英雄。她主宰自己的国家、政府和主宰别的国家，特别重要的是主宰一切男人，包括当国王的男人，而在传统英雄传奇中，女主角总是处于从属、服从、被奴役、被主宰的地位。爱米丽以女性为主人公，也许正是她身上所谓男性气质——阳刚之气的表现，或许也是她朦胧的女性意识的表现。

　　看了《贡代尔女王》，凯瑟琳·恩肖和我们就会距离骤减。无论《呼啸山庄》是现实主义还是浪漫主义作品，作为毕竟要比传奇故事现实的小说作品的女主人公，凯瑟琳虽然只是约克郡山村乡绅的女儿和妻子。但她的性格、行为也堪称奇特了，尤其是和维多利亚时代的那些平庸的女主人公或虽不平庸却被作家视为刁妇的女主人公相比，她美丽、高傲、强悍、暴烈、任性、率真，正像那位贡代尔女王，具有一种征服人的魅力。迪恩太太说，她长到十五岁的时候，就出落成了这一带乡下的女王了。而且她初入社交（在那样与世隔绝的环境中，闯入林顿家作客，自然得算是初入社交了），就赢得老林顿夫妇和小林顿兄妹的好感。迪恩太太说，因为她有很大的抱负。这些虽然是修辞上的比喻说法，但恰和我们说她像贡代尔女王所见略同。她不管在娘家还是婆家，都是她那小小天地的女王，真正的奴仆自不在话下，连埃德加、伊莎贝拉也都是她的臣仆、奴婢；她六岁上已经能骑马，她可以黑夜赤着脚在荒原野跑，她不怕恶狗扑咬，她两次失去希思克利夫大发狂躁，其强悍、泼辣也像那位女王一样。她的爱情游移不定、任性自私，但毕竟也有一种永恒的成分。她爱希思克利夫，正像女王爱朱吕亚那样；而在荒原上，也只有希思克利夫是唯一和她般配的英雄、国王。

《贡代尔女王》中反映的爱米丽女性主导的思想，还影响到她对《呼啸山庄》中其他几对男女的安排；欣德利和埃德加尽管性格上有天壤之别，对他们自己钟爱的女性却都是从属的，都是忠贞不贰地爱妻子，妻子死后都终生当鳏夫、当隐士；即使希思克利夫，虽然像"魔王"一样，对伊莎贝拉和小凯茜更是如此，但是对"女强人"凯瑟琳，他始终围着她转，直至凯瑟琳死后，他白天黑夜、醒时梦中，还是围着凯瑟琳的孤魂和坟墓转。

二　爱米丽诗中的自然

前面已经提到，爱米丽的诗约半数是直抒胸臆的抒情诗，而那些"贡代尔诗"绝大多数也不是叙事诗，而是抒情诗；只不过抒情的主体不是作者本人，而是故事中的人物——作者的代言人。这些诗实际上相当于念唱掺杂的歌剧中的唱词部分。句中人物＝诗人；一个唱段＝一首抒情诗。人的感情本是抽象之物，要写诗抒发，令人接受，就要有所依托，"咏物"就是一种重要的借助方式。爱米丽诗中的物，常常是自然：风、雪、雾、雨，日、月、星、天，冬、夏、秋、春，晨昏、深夜、荒原、草木、丘壑、川流……古今中外诗人吟咏自然几乎都离不开这些，但爱米丽诗中的这些自然景象，又别具一格，而且带有她家乡约克郡山区那种浓烈的自然特征。她外出求学时写的思乡诗中写道：

> 有这样一处地方，是荒山秃岭，
>   这里朔风狂啸，大雨倾盆，
> 但是那恼人的暴风雨一旦停息，
>   阳光重又温暖和煦。
>
> 家屋古旧，树木光秃
>   月黑之夜让位给黎明的穹窿。
> 但人世的一切都如此亲切——
>   使人如此向往——就像家中的壁炉。
> 鸟儿栖止石上，默默无语，
>   墙上苔藓苍翠欲滴，
> 荆棘枯萎，小径荒芜，
>   我爱这些——我多么爱这一草一木！

这首诗中荒僻、单纯、严峻的景物，在《呼啸山庄》中，俯拾皆是。可以说，逢到人物外出，一投入自然，爱米丽总不放过描写的机会。而这种景物的格调，恰是爱米丽诗的基本格调；爱米丽对这种格调的景物的热爱，恰是爱米丽本人格调的反映。

三　爱米丽诗中的爱情

夏洛特和传记作家都说爱米丽性格内向，外表冷静而内心激烈。她的诗，这种比小说更容易暴露内心的形式，恰正表露了她内心的强烈情感。除了贡代尔诗之外，她很少写有关男女之爱的情诗。这可能和她多半没有实际恋爱经历有关。

她在一首传诵较广的《爱情和友谊》中，把爱情比作玫瑰，把友谊比作冬青，推崇友谊在爱情之上，视友谊为永恒，爱情为易变，提倡用冬青——友谊，而不用玫瑰——爱情编织花环。实际上推崇的友谊在异性之间，也能发展成为一种同声相求，同气相应，不重肉欲的爱情，像凯瑟琳和希思克利夫之间的感情那样。爱米丽极少写他们俩做爱，也不写他们俩之间的性关系。这固然也受维多利亚时代文学上的禁忌的约束，但更重要的应是他俩感情性质所决定。《贡代尔女王》中那些情诗，感情都极其强烈。女王对朱吕亚的爱，在他死后更为炽烈。传奇第十章女王复国后怀念朱吕亚的一首[1]，表达了一种不注重形之于外的、比死更痛苦的、深沉永恒的眷恋，正像希思克利夫对死后的凯瑟琳那样。

爱米丽的个人抒情诗还写了大量人类之爱。1839 年写的以"黑夜沉沉"开头的一首，叙述一个人骑马夜游，看到一个小小精灵从天而降，扶危济困，使一切生灵起死回生。这首诗的最后一句是："被爱的将在荒原重逢。"而她在以"野外风怒吼"开头的一首思乡诗，结尾一句也是"到时候爱的和被爱的又会在群山重逢"。

爱米丽总是对爱寄予希望，而且总让爱落实到荒原、群山，

----

[1]　此诗曾单独发表，题名《长相思》。

也就是将爱融合于她所钟爱的故乡的大自然，因此把《呼啸山庄》中粗犷、深沉的爱情故事的背景置于粗犷、严峻的约克郡山区。

爱米丽诗中赞颂的这种更广博的爱——博爱、仁爱，在主要写男女爱情的《呼啸山庄》中也有反映，而且似乎对这部小说的构思也有影响。

四　爱米丽诗中的睿智、哲理及独特意境、形象

她生前发表的一组诗，如《信心与灰心》、《星星》、《哲学家》、《预见》、《囚徒》、《老禁欲者》等等，充满对人生意义的思考。她认为，现实的人生苦难重重，人与人冤仇难解，爱情、权势都是一场空虚，人死后才得和解，幸福在另一个世界。她的来世，比较抽象，并不一定指基督教上帝的天堂。《囚徒》和《老禁欲者》还表现出无神论的怀疑主义和追求自由的渴望。她认为肉体是灵魂的牢笼，超然物外，自然可获得自由。她那首著名的《最后的诗行》①，只有二十八行，内容却极丰富，表达了她对世俗和宗教观念的轻蔑，对无所不在的爱，对不死的生命和精神的强烈信念。从这首诗，我们可以更集中、更明确地看出，爱米丽·勃朗特，这位英国维多利亚早期的年轻女诗人，虽然涉世不深，见闻有限，但却具有多么大胆、新颖的心灵。

她的诗常常写梦，有一首题目就是《白日梦》，写她在阳光灿烂、生机盎然的白昼种种海阔天空的奇想。她那些贡代尔诗，就是由她童年和少年时代的家中做白日梦发展而来。《呼啸山庄》中也写了很多梦，而且多很精彩。故事开头，洛克伍德夜宿呼啸山庄，梦见凯瑟琳的鬼魂；故事中部，凯瑟琳说她梦见从天堂掉到

---

① 原诗无标题，夏洛特·勃朗特选编此诗时用此标题，并说明为爱米丽最后的诗，但据英美学者考证，爱米丽于此诗后，仍有诗作。

荒原中心；故事末尾，希思克利夫昼夜梦游，可称写梦三绝。这些梦，不是作家生编硬造，也不是离奇怪诞的迷信，而是人物潜意识活动一种非逻辑的浮现。爱米丽生活在弗洛伊德诞生前的时代，大概也不懂什么心理分析，但是她善于做梦，因此能凭自己的直觉把梦写好。

《贡代尔女王》中还有一个"黑头发"、"愁眉苦脸的男孩"，他是作过若西纳丈夫的一个领主抱养的孩子，又是这个领主前妻的女儿幼年的游伴，他俩长大后，童年的友情发展为爱情。若西纳作为此女的后母，却勾引她的这个情人爱上自己，使他名誉扫地又遭流放。后来他刺杀了朱吕亚，自己也当场丧命。这个深肤色男孩的身世、复仇和爱情关系，已有研究者指出，就是希思克利夫的原型。"他的卷发黑得像夜"，这也像希思克利夫的一样。

爱米丽的抒情诗《两个孩子》中，有一个是："从他降生……他的厄运从未微笑……守护天使，从不知这不幸的孩子……童年的愁苦，出现在更愁苦的成年"……她的其他诗中，也多次出现深肤色的形象。那位女王也是深色头发。

当时的欧洲人，重气质（humour）说，至今仍颇有影响。人们认为肤色、毛发代表气质，决定人的行为。爱米丽诗中的深色（dark）形象，都与凯瑟琳、希思克利夫属于同类，与林顿兄妹及他们的子女的浅色（brunet 和 brunette）相反，而且也像爱米丽自己。

综上所述，从爱米丽诗中可以看到：

深色形象，是爱米丽自我形象的再现；写梦生动是由于爱米丽自己善于做梦；诗中富有睿智哲理，是爱米莉丽独自在荒原游荡、思考的成果，是她的世界观、人生观的反映；

诗中强烈丰富的感情——男女之爱、人类之爱，是爱米丽自己潜藏情感的抒发；

诗中对自然景物的特殊感受，是爱米丽不重实际，不谙世故，超凡脱俗气质的表露；

传奇故事以女性为中心，是因为爱米丽本身是女人，而且是一个追求独立的自我，不受制于男人的女人。

总之，爱米丽的诗是诚实表达她自我追求和她内心世界的创作，因此她的诗真挚、自然；她生活经历简单，内心世界复杂而又活跃，因此她的诗充实、丰富，具有一种我行我素的独创性。只是诗中的追求跑得太远，超出了她同代人，甚至超出了她姐姐兼文学同道夏洛特所能接受的距离。

从爱米丽那样的性格和气质来说，她从事创作和追求不可能急功近利，要不是她那位比她现实而且富有才干的姐姐夏洛特偶然发现，这些作品难得会有哪些公开发表，而他们自费出版的那本合集①一旦未引起重视，它所造成的打击也可想而知。对爱米丽这样一个刚强的人，这一打击并未使她灰心退缩，反而激励她和姐妹一起奋而创作小说。可是爱米丽本质上是诗人，她的生活经历又决定了她的创作之源，主要不在身外生活，而在内心体验，所以她写小说，仍然是她原来写诗的路数，是她写诗的继续。《呼啸山庄》，从某种角度说，是诗人写的小说，而不是小说家（像狄更斯、夏洛特）或诗人兼小说家（像哈代）写的小说。英国批评家赫伯特·里德说爱米丽像爱伦·坡，似乎是有道理的。

《呼啸山庄》这部小说的人物，只有希思克利夫和凯瑟琳两个最为突出；实际上是他们俩的感情特征最为突出。而这种突出人物感情的写法，实际上是属于诗的。与传统小说人物相比较，他们的性格并不完整，凯瑟琳的待人接物、希思克利夫的发财致富，似乎都缺乏符合内在逻辑的性格因素。爱米丽所集中用笔的地方，主要在他们对爱情的强烈追求上。为了表达他们二人那种强烈的感情，爱米丽甚至不顾（或者说忘记了）世俗以至宗教的道德规

---

① 指 1846 年勃朗特三姐妹以柯勒·贝尔、埃利斯·贝尔和阿克顿·贝尔为笔名合出的诗集。

范。小说中其他人物，由于缺乏这两个主人公那种强烈深刻感情的内涵，大都淡而无味甚至牵强。伊莎贝拉爱希思克利夫，小凯茜爱小林顿，都是作家在一厢情愿地牵线作伐；迪恩太太这个忠仆、义仆的行为，也前后矛盾。唯有两个男女主人公，兀立于其他人物之上，真实、天然，富有魅力，吸住读者的注意力，使我们在其他人物身上和细节方面无暇挑剔、苛责。爱米丽是以诗人的感情来处理他们的，通过他们俩，爱米丽表现了她内心深处的自我。他们和爱米丽的关系，可以用这样的公式来表示：

爱米丽·勃朗特的凯瑟琳 = 希望爱的爱米丽·勃朗特

希思克利夫 = 希望被爱的爱米丽·勃朗特

死后结合的二人 = 实现爱的理想的爱米丽·勃朗特

这一公式，似乎可与《贡代尔女王》中情诗的意向、情调一致，也可与爱米丽哲理诗中的追求吻合。

爱米丽的小说和诗中反映的爱情和哲理，是一个坚强、独立的女性正常的感情和人生追求，毫无病态、猥亵的痕迹。毛姆等作家说《呼啸山庄》中有性虐狂，有俄狄浦斯情结的反映，恐怕这正是这些男性作家本人病态心理在作怪。

与传统小说结构相比，《呼啸山庄》也有很多不合常理、欠匀称之处。林顿和恩肖这两个与希思克利夫具有错综复杂恩怨关系的家族，硬给爱米丽画地为牢，圈在一处偏僻闭塞的小地方，无异人为地将小凯茜和小林顿送入希思克利夫的虎口，这种安排不能算是轻巧。作为这部小说主体的凯瑟琳和希思克利夫的爱情故事，发展到二人诀别，凯瑟琳死去，一般说就已越过高潮，从此以后应是从高潮到结束的下坡路。写希思克利夫继续经受感情上的煎熬和进一步复仇，写到他五天四夜梦游，应是一个小高潮、缓回流，故事随后就可以打住。可是在整个凯瑟琳死后这一部分，却穿插了大量第二代人世俗的爱情纠葛，最后还有一个遥遥在望的大团圆，把本来精彩的结尾塞得臃肿不堪。在这里，爱米丽似乎脱离了诗，施展起了通俗小说的一些手法。这也许是为补充、完善她前半部作品的主题：希思克里夫和凯瑟琳的爱情说明，现实世人残酷，人与人之间充满仇恨，无法沟通；第二代人之间的关系说明，仇恨虽应消除，但不会自行告退，小凯茜和小林顿的关系就体现了这一点，然而通过念书识字、文明教化，终究会沟通和谐，化敌为友。这正与前面提到爱米丽诗中的仁爱、博爱遥相呼应。

《呼啸山庄》像爱米丽的诗一样，主要是作家内心感情的产物，它的魅力和它的败笔，都能由此找到根源。

1987 年 11 月上旬于北京海淀

螺旋式的猜谜与破解

——《呼啸山庄》批评简史

  爱米丽·勃朗特是英国 19 世纪中期最富独特风格和神秘色彩的小说家和诗人。她出生于英格兰北部约克郡山庄桑顿，一年半后移居并终生居于同郡更为酷寒的山村哈沃斯。父亲是一位清贫而赋诗才的教区牧师，原籍爱尔兰。母亲亦颇通文墨，康沃尔郡人。姐夏洛特和妹安都有小说、诗歌传诸后世。爱米丽未满三周岁时丧母，幼年受教于其父。在她的短暂的一生当中，先后曾去本地区二三个市镇及比利时布鲁塞尔求学、任教，总共十余月，其余时间大多隐居故乡，以自学成才。她终生未婚，据迄今掌握的史料所载，也从未有实质性的恋情。读书，写作，操持家务和住宅外荒原漫步遐想，构成了她的主要生活经历。

  爱米丽·勃朗特十岁前就与夏洛特、安以及日后颇不成器的哥哥勃兰威尔在家中相伴试作诗文，第一部正式出版的作品是与夏洛特和安三人的诗选合集，分别采用了三个男性的笔名，题名《柯勒、埃利斯、阿克顿·贝尔诗集》（*Poems by Currer, Ellis, and Acton Bell*），其中有爱米丽（即埃利斯）的诗二十一首。《呼啸山庄》（*Wuthering Heights*，1847）是爱米丽·勃朗特创作出版的唯一一部小说。她的诗歌全集首次出版于 1910 年，克莱蒙特·肖特（Clemnet Shorter）编；另一部重要诗歌全集出版于 1941 年，

C. W. 哈特菲德（C. W. Hatfield）编。

一　批评在螺旋式的猜谜—破解—深入中运行

　　任何一部文学作品从问世开始，不论对其称颂还是贬损，千篇一律众口一词通常均属反常。人称英国维多利亚时代一部奇书的《呼啸山庄》连同其作者，更是一个极端的例证。

　　这部小说大约成书于 1845 年下半年至 1846 年上半年，其时作者约二十七八岁；书出版于 1847 年，至今已一百五十余年。其间，它被解读、接受的过程，大体上经历了起初的贬胜于褒，到褒贬并峙，再到褒胜于贬而跻列世界经典的过程。整个过程并非直线运作，其中各派批评的焦点是在几经重复中不断扩展、推进。又由于这部小说的思想艺术独特，或谓超前，而使作者起初出版此书隐去真名，生前身后一流的生平资料寥寥无几，自然使对这部书及其作者的批评形成了几经反复的猜谜—破解—深入的螺旋模式。解谜在不断探索与点滴发现中渐次完成，深度也随之不断进展，至今其终端仍呈开放型。在过去的一百五十余年间，大体可分为三个阶段：第一阶段，从小说问世至 19 世纪末；第二阶段，20 世纪前期；第三阶段，20 世纪后期。

　　在 19 世纪后期这第一阶段，批评话语的主要来源，是维多利亚时代已成定式的阅读接受趣味，这仿佛是用一套标准化的成衣去套穿一副构架、风格独特的体型，无论怎样拉扯整合，总不见妥帖合身。但是，文学欣赏的品位，毕竟古今有共同之处，《呼啸山庄》问世之初，批评家们在咄咄指摘的同时，也还是读出了它的独创性与震撼力以及其作者的天才。特别是在此时期的中后阶段，一些具有远见卓识的书评家和独创性的作家加盟评说，推进了对这部作品的关注。不过此一时期对这部小说的批评，始终处于褒贬并峙、各不相让的局面，而这些批评的历史作用则在于：它们所关注的焦点，诸如对男女主人公的激情描写的力度、他们的性格的非传统非道德评价、人物的心理分析和文学原型的追索以及这部小说的创作与其作者本人气质、经历的关系等方面，都已定格为留给后世继续深入评说的话题。

20世纪前期，《呼啸山庄》批评的螺旋式推进主要有赖于三种力量：第一，通过爱米丽·勃朗特传记作者坚忍的努力，给这部作品的批评研究提供了事实上是任何批评方法都不可无视的小说背景和作者本人历史的可靠资料；第二，文明的进步与社会的发展所促成的文学批评界流派纷呈的局面及各流派批评向《呼啸山庄》的介入，其中特别是"新批评"派方法的运用，取得了大量具有说服力的批评成果，心理分析的实践加强了对主人公及主要人物的鉴赏与理解，马克思主义的批评初步开拓了批评研究的新领域；第三，日益增多的与爱米丽·勃朗特气质、风格相类的作家批评家，以所谓印象批评或谓感受批评的方式发言，使《呼啸山庄》的经典地位得到确定无疑的认可，其中一些精彩文章阐发这部小说主题之淋漓，赏析其美学价值之精妙，堪称作家作品与读者批评者互动之榜样。

20世纪后期，心理分析批评、女权主义批评、西方马克思主义批评、结构主义批评、读者反应批评、文化批评等流派方法的继承或介入及其发展，又大大拓展了爱米丽·勃朗特及《呼啸山庄》研究批评的空间，这不仅深化了此前一百年间解谜的深度与领域，也大大推进了曾经大大推进批评进程与效果的爱米丽·勃朗特传记研究与写作以及爱米丽诗歌的研究；反之，爱米丽·勃朗特生平资料及作品的新发现，又给对这位小说家及其作品的研究批评增添了翔实可靠的依据。如此相辅相成、多元互动，更使爱米丽·勃朗特和《呼啸山庄》的批评研究至今意犹未尽。

二 批评在误解与猜谜中诞生、成长

《呼啸山庄》问世之初，尽管在英国本土和大西洋彼岸美国的一些重要报刊立即有所反响，其实那只不过是他们对待几乎每一部出版作品的通例。大体看来，当时的批评界对这部陌生作者的新书的态度，是冷落与误解。小说出版的第二个月份，一篇发表在《旁观者》报上的未署名短评，已包罗了早期贬抑这部作品的主要说辞："故事情节过于粗俗不雅而难以动人，那些最好的又是不大可能的，其本身就带有道德败坏的性质，邪恶行为所导致的种种结果，没有充分证明作者用以竭尽全力描述它的良苦用心。不过，技巧是好的，保证了作者一切相关素材的必要性，而且描写令人信服，真实无误。""我们不知道写在这部书扉页上的埃利斯·贝尔……和柯勒·贝尔有没有关系……但是这些作品具有某种相似之处。"[①] 当时见诸报刊与此类似的印象式总体批评，或长或短，几乎是异口同声地指斥这部小说的粗俗野蛮、离奇失真、混乱庞杂、阴森恐怖。诸如："这是一部生涩的书。从整体看，它是狂野、混乱、支离破碎、不大可能的，而且从效果看，那些构成堪称悲剧的戏剧性人物是比生活在荷马时代以前的人更加不开化的野蛮人。""在我们整个虚构文学领域里，我们从未见过对人性中最恶劣的那些形式做过如此令人胆战心惊的描绘。"[②] 但是，批评家们在低估、挑剔、指摘的同时，也还是被这部所谓不老到的、缺乏艺术性的作品所吸引，感受到其中蕴含的粗犷的力量、天生的想象力和独创性，还有人已经在印象批评之外，以追求文学原型的方法，发觉了希思克利夫身上那种"集一种美德和千重

[①] 《勃朗特姐妹》，米丽安·阿洛特编：《批评传统》丛书，拉特雷吉与奇根·保罗公司1974年版，伦敦与波士顿，第217—218页。

[②] 同上书，第220页。

罪恶于一身的"① 拜伦式主人公的影子。当时一位代表传统保守派的女批评家伊丽莎白·瑞格比（Elizabeth Rigby，1809—1893）认为，《呼啸山庄》与《简·爱》具有一家人似的相像之处，而《简·爱》恰正是一部"名噪一时的反基督教作品"，"简·爱和罗切斯特就其天生状态的兽性一面而言，像凯瑟琳和希思克利夫一样，也是令人作呕和厌恶的异教徒，即使英国读者中最腐败的阶层，也会感到不对胃口"。它所表现出的那种拜伦式的颠覆威胁，与曾经发生在欧洲大陆的"推翻政权、打乱一切世俗与神圣法规习俗的运用，以及在英国本土孕育出的宪章运动和反叛骚动，在精神上和思想上可谓如出一辙"②。

与这些批评明显不同的，是西德尼·多贝尔（Sydney Dobell，1824—1874）的文章（1850），其对《呼啸山庄》的作者在塑造人物、构思情节、景物描写、气氛渲染等方面的才能给予了高度评价，认为这部小说中有些篇章中那种"天生的力度在直到他们那个时代的现代散文中还很难找到出其右者"。从小说开篇起的很多章节，"是诗人的杰作，而非小说家的混血儿"。"那种美妙的天真坦率、那种信息强烈毫无装腔作势的神态、那种极端的真实可信与最为珍稀的独出心裁的绝佳结合，甚至对那些给人印象最强烈的超自然事物发生的可能性的精心设计，那种将旁枝末节组合在一起的挥洒自如的力量和本能，那种安排整幅作品中明暗对比时所运用的精妙绝伦而又毫无卖弄之意的技艺，还有那种令人毛骨悚然的地点、时间、天气和人物，都加强了那场难以抑制的情感爆发的悲怆莫名。"多贝尔对主人公凯瑟琳·恩肖的评价是"惊人地鲜活"、"特别地自然"，男主人公希思克利夫则是"无与伦比的创造物"，而且"小说中那些次要的地点和人物无不带有高

---

① 《勃朗特姐妹》，米丽安·阿洛特编：《批评传统》丛书，第230页。
② 同上书，第109—110页。

超天才的印记"①。对于 20 世纪才越来越成为关注焦点的第二代凯瑟琳、迪恩太太和约瑟夫，已都有所涉及，在分析这些人物时，也牵涉了心理学和医学研究的命题。

不言而喻，多贝尔文章大量最高级形容词和副词的运用，说明他代表了《呼啸山庄》批评史早期对作品充分肯定的一方。此时期著名批评家刘易斯（George Henry Lewes，1817—1878）在附和各家贬抑之词后，又对作者处理爱情题材中表现的天才及高超的语感大加赞赏（1850）。

《呼啸山庄》初始批评阶段有三个有趣现象：一是对其作者本人身份及其身世的认知、揣测与破解。这本来属于传记批评的范畴，但是由于这部书的女作家远离主流社会和文坛而鲜为人知，出版作品时为避免时俗的女性歧视又采用了男性的笔名，而这部作品在当时又甚是惊世骇俗，即使在她与共同采用各自男性笔名的姐妹已经站出来亮相之后，围绕着作者究竟是男是女，他（她）的创作意图及可能性等，批评家仍然争论不休。上述多贝尔的文章题名《柯勒·贝尔与〈呼啸山庄〉》，就是因为他错认三个贝尔实为一位"先生"；瑞格比则坚持认为必是男性无疑；在刘易斯的文章中才确认埃利斯是一个乡间牧师的女儿。但是在将作者身份与这样一部雄健刚毅风格的奇书相联系之后，一些批评家又质疑埃利斯——爱米丽的著作权问题，甚至认为此书，至少是其中部分章节，是其兄勃兰威尔的手笔。二是，由于勃朗特三姐妹起初共同出版诗集，随后出版小说时她们三个人的笔名也常常联袂出现，批评界从一开始就常以此三人为一整体进行评说，久而久之，甚至画地为牢地只作三姐妹高下之分的比较品评，在一定程度上限制了对她们各自及其作品批评的视野。第三个有趣现象是，由于三姐妹中夏洛特岁寿较长又居于长姐地位，而且文学活动的时

---

① 《勃朗特姐妹》，米丽安·阿洛特编：《批评传统》丛书，第 278—280 页。

间较长，范围较大，作品较多，她对其妹这部小说的理解，在早期批评中无意间的低定调，也在一段时期、一定程度上起到了限制其评价的作用。夏洛特在她两次为爱米丽诗及小说出版所写的著名前言中将这部小说定格于具有"不成熟但却真实的才能"之作，作家本人则是具有"独创性的头脑（尽管尚嫌青涩，尽管尚未得到充分的培养），而且在发展中有失偏斜"①。她认为爱米丽·勃朗特对小说中所描述的约克郡乡间民情特征的理解主观片面，根据这样的理解所创作出的希思克利夫、凯瑟琳、欣德利·恩肖这一系列人物也有失偏颇，而对于迪恩、埃德加·林顿等人物，她则视为慈爱、忠实、爱情专一的典型。对于希思克利夫，她给予了全盘否定，称他是一个因为有"恶魔的生命钻了进去才活了起来的人的皮囊"②。

　　从早期《呼啸山庄》批评开始至 19 世纪七八十年代，这部小说大致处于贬过于褒的批评状况，但无疑是在欧美文坛也日益受人瞩目。许多著名作家、诗人、批评家如罗塞蒂（D. G. Rossetti，1828—1882）、阿诺德（Mathew Arnold，1822—1888）等都对这部作品发生兴趣或好感。但是当时声震文坛的批评家莱斯利·斯蒂芬（Leslie Stephen，1832—1904）以其冷静客观的立场、理性科学的态度进行评论，分析爱米丽和夏洛特个人气质与创作风格的明显差异，肯定爱米丽的善于表达激情，认同《呼啸山庄》确为一部奇书之余，仍说"在我们的文学中，几乎难以找到一部作品堪与类比，除非是那些诸如《复仇悲剧》之类粗俗而又惊怵的伊丽莎白时代的戏剧产品"③。这位大批评家还认为，爱米丽那种自我的思想方式使得她感觉胜于观察，把握外在事物的能力很差，

---

① 夏洛特·勃朗特：《埃利斯·贝尔与阿克顿·贝尔生平纪要》，爱米丽·勃朗特：《呼啸山庄》，牛津大学出版社 1976 年版，第 361—362 页。

② 《编者（夏洛特·勃朗特）为新版〈呼啸山庄〉作序言》，爱米丽·勃朗特：《呼啸山庄》，第 368 页。

③ 《勃朗特姐妹》，米丽安·阿洛特编：《批评传统》丛书，第 421 页。

"以致使她这部作品成了一桩无缘无故的噩梦，我们读它的时候，如果不是说感到痛苦大于愉悦的得益，那也是心怀惊诧和令人烦恼的好奇"（1877）①。

凭依这些批评活动所处的时代和环境，它们都是在自由地各抒己见和针锋相对地展开争论中进行的，也正是在这种褒贬互动中，对爱米丽·勃朗特的研究批评得以深入。莱斯利·斯蒂芬的这篇文章，就是为批驳诗人斯温伯恩（A. C. Swinburne，1837—1909）的一篇长文《简论夏洛特·勃朗特》（1877）而作。在这篇作者自称为短文的近百页的文章中，斯温伯恩认为，作家有"天才"（genius）和"才智"（intellect）之分，前者以乔治·艾略特（Gerorge Eliot，1819—1880）为例，后者以夏洛特·勃朗特为例；爱米丽·勃朗特那种拥有巨大热情的天才当中，则隐含着一种不知不觉的本能，这是在她姐姐夏洛特和妹妹安的天才中所不具备的一种素质。一个人要想充分领略她的这部小说，就必须多少具有一些像她的那种本能。她正是以这种本能"在对自然景物做悲凉凄怆的处理时，也比夏洛特所做的更有劲、更显著"②。在斯蒂芬发表了那篇驳文之后，斯温伯恩又再详作专文（1883），阐发对爱米丽的盛赞。这位具有爱米丽那种天生本能的诗人将《呼啸山庄》与《李尔王》、《巴黎圣母院》等作品类比，认为它"就诗的最充分最肯定的意义而言，在本质上不折不扣地是一部诗"，也是一部悲剧，小说中"最精彩的部分，梦境和发疯的章节，就其出自想象的真情实景所表现的那种充满激情和栩栩如生之美而言，还从来没有哪一个诗人胜过她或者说堪与伦比"。而且"弥漫全书的气氛是那样高昂、雄浑"，甚至使得那些"活灵活现、令人毛骨悚然的场景最终也几乎给那种高尚的纯洁与冲动的

① 《勃朗特姐妹》，米丽安·阿洛特编：《批评传统》丛书，第421页。
② 同上书，第411页。

率真这一总的印象所冲和了"①。

　　与斯温伯恩同时代或稍后还有一批有影响的批评家和作家对《呼啸山庄》从不同角度加以肯定。彼得·贝恩（Peter Bayne，1830—1896），这位作家与报刊人从1857年就开始撰写有关三位"贝尔"身世及其作品的批评文章，晚年又从爱米丽·勃朗特的诗《哲学家》入手，详细研讨她的超验的信仰及《呼啸山庄》中的哲学思想（1881）。他认为："爱米丽·勃朗特的身世之谜可以从这部小说的字里行间参透。这首诗的主旨是爱米丽·勃朗特已经穷索寰宇搜寻上帝，而上帝却始终未向她一展真容，哪怕只是瞬间一瞥。《呼啸山庄》的要点则是恶的势力，这种势力将善引入歧途。"② 贝恩据此解释了老恩肖收养希思克利夫及老林顿夫妇庇护凯瑟琳·恩肖引来的家破人亡的灾祸。另一位著名的文人瓦尔特·佩特（Walter Pater，1839—1894）以其美学家的眼光盛赞这部小说高妙的浪漫主义精神。批评家安格斯·麦凯（Angus Mackay）则看到了这部小说戏剧性的力量和其中自然主义与非自然主义的融合，称"爱米丽是莎士比亚的小妹妹毫不为过……故事中的光棍村夫约瑟夫是莎士比亚那些小丑的血亲，还是他们中相当显赫的一员"（1892）③。与这些英国本土的名家一样，欧美大陆其他国家的批评家也对《呼啸山庄》倍加关注，比利时优秀的剧作家、散文家梅特林克（Maeterlinck，1862—1949）像斯温伯恩等诗人评论家一样，以一颗与爱米丽·勃朗特灵犀相通的心着重探微这位早夭女作家孤凄简短的一生和她的内心世界，认为"《呼啸山庄》是表现作者感情、愿望、创造、思索和力量的一幅图画"，"是她的真实的历史"④，书中那些前无古人的爱情表白都是

---

① 《勃朗特姐妹》，米丽安·阿洛特编：《批评传统》丛书，第441—443页。
② 同上书，第426页。
③ 同上书，第446页。
④ 杨静远编：《勃朗特姐妹研究》，中国社会科学出版社1983年版，第214—215页。

从她内心流淌出来的。

此时期联系作家身世、气质、背景的批评研究无疑也与《爱米丽·勃朗特》传记的出版（1883）不无干系。其作者是多产女作家玛丽·罗宾森（Mary Robinson，1857—1944）。这第一部详尽的爱米丽传记中，罗宾森将传主生前过从较多的女友提供的资料披露，在一定程度上打破了女作家的神秘感，消除了包括盖斯凯尔太太写的夏洛特传记中对爱米丽及其作品的不解和误解，指出这位深居简出、性格孤僻的牧师之女虽然生活简单而又短促，但那却正是她创作灵感的源泉；并非由于她不谙世事缺乏经验才使她将小说写成《呼啸山庄》那种样子，相反正是她那虽然有限而又反常但却精确真实的经验，而且是由于她的气质而变得特殊的经验，才使她将《呼啸山庄》写成了那种样子。她的想象是受生活环境的激发而生，她的人物的极端化甚至变态，都是从她那有限的生活中所提取的。这位女诗人兼评论家也以她那种直觉的本能对这部小说的独创性、想象力和描写的功力都作出高度评价，从而巩固了爱米丽·勃朗特及其小说的文学地位，同时也进而掀起了批评家对这位作家及其作品更深切的关注。斯温伯恩1883年的那篇批评，首先就是响应这部传记之作。另一位多产的女小说家玛丽·沃德（Mary Ward，1851—1929）于1900年为《呼啸山庄》所写的《导言》全面触及作家出身、教育、所受文学影响以及小说人物、语言、情节、风格等艺术技巧的诸多方面，认为《呼啸山庄》是作家所属凯尔特民族的气质、英国现实生活和文学传统以及欧洲大陆浪漫主义文学影响诸多因素相融合的产物。文中列举小说中公认的精彩片断，诸如洛克伍德的噩梦，希思克利夫偶然听到的凯瑟琳对迪恩的一番肺腑之言，希思克利夫归来后与林顿的激烈冲突，凯瑟琳的绝食、发疯、临终前后的种种激情场景以及希思克利夫和凯瑟琳之间的剧烈冲突，都具有浪漫主义文学这一类型（genre）和欧洲人情感的典型特征。对于小说艺术手法的总评价，沃德说："就大胆的诗情和轻松自如地掌握地方真实感的结合而言，就行文的凌厉和措词的恰当而言，就细节的新颖独创而言，英国小说中少有能与之匹敌……无疑，《简·爱》的第一卷纵令人钦慕，都很难达到《呼啸山庄》那种随兴之所至的挥洒自如和毫不费力的雄浑刚劲的水平。"[①] 沃德也提到小说的缺点：夸张和恐怖荒诞，结构上的一些笨拙。这位批评家似乎也想为爱米丽就此再行辩解，但又未能像畅谈其长处时那样尽情表达出自己的说服力。

三　经典地位在深度交锋中确定无疑

玛丽·沃德的《导言》对《呼啸山庄》提纲挈领式的全面评论发表于世纪之交，恰恰起到承前启后的作用。随着 20 世纪社会的发展，观念的演变，文学创作、理论、批评方法的多元化以及传记资料挖掘、整理、撰写取得的新成果，《呼啸山庄》的批评也深入地、多元化地发展。沿袭上个世纪的著名批评家，尤其是创作家，侧重于印象式批评的作家，可以列出一长串的名字：切斯特顿（G. K. Chesterton，1874—1936）、赫伯特·里德（Hurbert Read，1893—1968）、弗吉尼亚·吴尔夫（Virginia Woolf，1882—1941）、毛姆（William Somerset Maugham，1874—1965）等都异口同声地肯定这部小说及其作家的非凡天才，而且以自己实际创作的经验之谈生发了这部小说想象的空间。不过，由于他们的风格各不相同，批评阐释也是各执其词，流派纷呈。在切斯特顿重社会学和传统道德批评的视野中，爱米丽虽然是"伟大的作者"，她的想象力有时却是"超人性"，甚至"非人性"的。她把男人想象为怪物，如"希思克利夫，将他看作人，是创作上的败笔；而

---

① 杨静远编：《勃朗特姐妹研究》，第 244 页。

将他看作魔鬼，才是成功的"。以切斯特顿男性中心的眼光来看，这位女作家"像午夜的风暴一样毫不亲切宜人"。不过，他还是看出了日后女权批评中所关注的"爱米丽这类伟大的维多利亚女性内心都有某种躁动不安的成分"①。

　　切斯特顿这类传统的批评在"一战"过后受到了现代主义浪潮的强烈挑战。属于这类新浪潮的各派批评受新批评派方法的影响，无一不更加重视对文本本身的细读与分析。心理学派小说家、批评家梅·辛克莱（May Sinclair，1863—1946）在1912年就出版的批评作品《勃朗特姐妹》及据她们生平写的小说《三姐妹》（1914），是较早以弗洛伊德精神分析学说运用于研究《呼啸山庄》的成果。先于辛克莱的梅特林克，也应属于此列。他们已经初步涉及爱米丽·勃朗特的神秘主义问题。赫伯特·里德发表在《耶鲁评论》（1925年7月）上的论文《夏洛特和爱米丽·勃朗特》是该派批评开始时期的代表作。他从作家早年丧母的情结出发，引申出精神疾患导致她与文学结缘，进而以文学战胜这种疾患，精神得以升华，才创作了《呼啸山庄》这样一部"健康和谐的佳作"，才造就了爱米丽·勃朗特这样一位英国文坛上类似波德莱尔（Baudelaire，1821—1867）和爱伦·坡（Allan Poe，1809—1849）的最奇特的女才子。里德还"认出"爱米丽精神上两性人的典型症状，认为这种集男性刚硬与女性沉默寡言、内向腼腆于一身的特点，与小说中那种刚柔相济的风格恰相吻合。这种性别或者说性征探讨，较后发展到毛姆的笔下则达到了极端。这位趣味独特的小说家将《呼啸山庄》列入世界十大文学名著加以评述说："我想不出还有哪本书把爱情的痛苦、迷醉和狠毒表现得如此淋漓尽

---

　　① 切斯特顿：《维多利亚时代大小说家》，《文学中的维多利亚时代》，牛津大学出版社1955年版，第71页。

致。"① 其作者则被他形容为"奇异、神秘、朦胧的人"②，早年可能有过同性恋情感受挫的创伤。她写这部书是为满足自己迫切但又受压抑的性渴望。她是将自我投入了两个男女主人公，在他们身上关注了自己的狂怒、欲火、未得满足的爱的激情、对人的嫉恨、轻蔑以至残忍和淫虐狂。这派研究，包括下文提到的多萝西·凡·根特（Dorothy Van Ghent），套用精神分析的公式，甚至推论出希思克利夫与凯瑟琳实为同父异母兄妹，而这部书也暗含有乱伦的冲动。

此时期批评的流派纷呈也推出了另一部特殊的批评作品，就是桑格（Charles Percy Sanger）的《〈呼啸山庄〉的结构》（1926）。作者按照小说故事情节所提供的蛛丝马迹，编制了恩肖、林顿及希思克利夫家祖上几代人的编年史，一一说明其间发生的具体事件，其中所包含的错综复杂关系和时间进程以至法律程序的细节，都由这位作者做了精心安排。这种考据索引式的方法，在 20 世纪甚至 21 世纪开始仍在继续，虽然未入批评主流，也从一个侧面推动着爱米丽·勃朗特及《呼啸山庄》之谜的深层破解。特别是美国女学者芬妮·瑞契福德（Fannie Ratchford）和 1941 年版爱米丽·勃朗特诗歌全集的编者哈特菲德对爱米丽逸诗的发现及研究，也给她的传记作者和小说批评家增添了珍稀资料。

20 世纪 30 年代堪称年轻的批评家大卫·塞西尔（David Cecil，1902—　）的专论（1934）是新批评派评这部小说及其作者的代表作，在细读文本的基础上提出了一系列新见，认为"在维多利亚时代的小说当中，《呼啸山庄》是唯一一部即使是部分地，没有被时间的灰尘遮没光辉的"。它的作者"已经徐徐跻入了维多

① 毛姆：《爱米丽·勃朗特的〈呼啸山庄〉》，《十部小说及它们的作者》，威廉·赫恩曼出版公司 1954 年版，墨尔本·伦敦·多伦多，第 229—233 页。

② 毛姆：《爱米丽·勃朗特的〈呼啸山庄〉》，《十部小说及它们的作者》，第 229—233 页。

利亚时代的第一流小说家的行列"；但她是用与维多利亚时代小说"不同的方式、从不同的观点写不同的主题，而明显地独立于19世纪小说主流之外"，她"仅仅关心不受时间地点影响的生活根本方面"，她将人置于他们"与时间和永恒，与生死和命运和万物的本质的关系中看待"①。塞西尔还认为爱米丽是神秘主义者，她根据自己偶然看到的瞬间幻觉设想人类社会并以此描绘生活。通过分析小说的人物、情节、构思，他给爱米丽的宇宙观以一种近似宇宙意志的哲学的解释：宇宙万物都同样具有生命，包含着风暴与宁静两种精神元素，它们原本虽然对立，并不互相冲突，只在它们所赋形的世俗的拘束下改变了原来运行的轨迹，一旦摆脱了尘世的束缚，就会归于平衡。基于这种观点，爱米丽独立于人类社会的道德之外。她的人物的破坏性情欲和行为并非出于破坏性本性，而只是由于被拘，离开了原本自然的轨道，因此也无所谓恶。爱米丽的这种观点不是不道德而是道德前（pre-moral）的；她的小说中所表现的冲突，也不是善与恶，而是同类与非类的冲突。小说人物之间感情的亲疏，正是决定于这种同类与非类的性质。凯瑟琳与希思克利夫之间的强烈爱情的基础，就在于他们同为风暴之子，而林顿作为宁静之子，则属异类。"这类感情的性质和它的本源一样，是和普通恋人的情欲大相径庭。凯瑟琳的爱尽管强烈，却是没有性感的，就和潮水被月、铁被磁石吸引一样毫不包含肉欲。"② 同样基于这种观点，《呼啸山庄》中的生死观念也与众不同：个人的生命是一种精神元素的体现，仅仅肉体躯壳消亡显然不会使它毁灭，灵魂在这一个世界，而非基督教观念中的另一个世界也会永远存活。依照宁静与风暴对立、宇宙的平衡—打破—再平衡的规律，塞西尔认出《呼啸山庄》的故事背景，

---

① 塞西尔：《早期维多利亚时代小说家》，伦敦，康斯特伯出版公司1934年版，第147—150页。

② 同上书，第157页。

就是作家本人心目中宇宙的缩影。他又进而以此规律，针对以往认为这部小说结构笨拙、臃肿的批评，肯定它的流畅自然和谐完整。对以往否定桑格的结构说的批评，也做了反批评。

几乎可以说是响应塞西尔的批评，美国批评家根特在她的《论〈呼啸山庄〉》（1953）中以泛灵论的观点对塞西尔的论点又加以阐发。她认为这部小说中的人物具有祈祷者那种超然无我的特点，他们并不关注人类社会种种价值与非价值观念，而是以一种虔敬之心冥思宇宙。这种生活态度有如中国古代山水画的那种虚无缥缈，神秘莫测。小说整个文本贯穿着超然空灵的大自然的精力，这种原始状态的非人性的现实与文明的习俗、风尚和规范这种带约束性的现实的紧张冲突。根特据此分析了两代男女主人公的言行、原始模型、与周围人物的关系以及所置身其中的小说结构布局和其他种种意象的内涵，这又从另外的角度反驳了此前的见解：小说人物不可理喻和结构笨拙臃肿。

四　广汇百川，意犹未尽

从 19 世纪后期开始至 20 世纪前期共约一百年的时间里，对《呼啸山庄》及其作者思想艺术多视角多流派的批评与交锋循环往复，推进了对这部作品的逐步深入解读和鉴赏，它在文学史上的地位也得到日益恰当的确认，这自然也给第二次世界大战后的 20 世纪后五十余年的批评完成了极好的铺设。由于这部小说本身涉及阶级对立、阶级冲突的内容，马克思主义批评家拉尔夫·福克斯（Ralph Fox, 1900—1937）早先在他的论著《小说与人民》（1937）中就反驳过塞西尔、根特等人的超验、泛灵、纯粹的诗趣之说，提出这部小说之所以不同凡响，是由于它是从作者内心发出的对生活绝望的痛苦呻吟。另一位更年轻的批评家克里斯托弗·考德威尔（Christopher Caudwell, 1907—1937）则盛赞《呼啸

山庄》粗犷的阳刚之气和作为这种气概化身的希思克利夫
(1937)。这两位批评家的论点，都在苏联学者格拉日丹斯卡娅
（3. Гражданская）参与编写的《英国文学史》(1955)《勃朗特姐
妹》一章中得到响应，这位女学者还认为爱米丽是倾向于革命浪
漫主义传统的作家，希思克利夫代表了资本主义社会中渴望爱情、
友谊和知识的人所受到的摧残、扭曲而导致的孤独与道德沦丧。
另一位早期马克思主义批评家杰克森（T. A. Jackson）表示，爱
米丽突出之点是她的人道主义，她善于用现实主义来表现善与恶
以及被压迫者与压迫者之间的斗争。

　　第二次世界大战之后，西方马克思主义批评家相继评论爱米
丽·勃朗特和她的小说。大卫·威尔森（David Wilson）发表《爱
米丽·勃朗特：最初的现代派》(1947)，补充发挥了福克斯的时
代性的观点，将希思克利夫定位于 19 世纪 40 年代，即宪章运动
时期反叛的工人阶级，凯瑟琳则属于意识到自己必须与这些工人
联合的那一部分受过教育的阶级；对 19 世纪早期一二十年间的西
方思潮和社会心理浪潮做了寻微探幽式的发掘，指出小说的地理
背景，即约克郡山区工业地区，爱米丽生活其间既有地方特色又
具典型意义的哈沃斯一带，在工业革命及其后的社会动荡中的重
要地位。阿诺德·凯特尔（Arnold Kettle，1916—1986）在《英国
小说概论》(1951) 中明确应和了威尔森以社会批评及阶段分析
对这部小说时代、地理背景的批评，又进而通过文本分析，补充
了威尔森的著述，批评了塞西尔等人认为此书不属于爱米丽的时
代而属于永恒之说："《呼啸山庄》写的是 1847 年的英国，书里的
人物不是生活在虚无缥缈的世界里，而是生活在约克郡。希思克
利夫并非产生自拜伦的作品而是诞生在利物浦的一个贫民窟里，
奈丽、约瑟夫、哈顿所说的是约克郡人民的语言。《呼啸山庄》的
故事讲的不是抽象的爱情，而是活着的人们的激情，是产业所有
权、社会享受的吸引力、婚姻安排、教育的重要性、宗教的合法

性、富人和穷人的关系。"希思克利夫这个人"是站在人性一边的","是一个自觉的反抗者。他和凯瑟琳的关系的特殊性质正产生于他和凯瑟琳在反抗中的联合"。"希思克利夫的反抗……是那些在肉体上和精神上被这个社会的条件和社会关系贬低了的工人的反抗……后来他采用了资产阶级的标准(一种甚至连统治阶级本身也害怕的残酷无情的手段),于是他在早期的反抗中和他对凯瑟琳的爱情中所暗含的人性价值也就消失了。"[1]凯特尔及其后的雷蒙·威廉斯(Raymond Williams,1921—1988)都对日后所称的"感情结构"给予关注。凯特尔对照英国奇诗人布莱克(William Blake,1757—1827)的诗句,分析希思克利夫驳斥迪恩夸奖埃德加·林顿时所表示的对维多利亚时代的虚伪道德的轻蔑和反抗,是更高尚的道德情感。威廉斯认为,爱米丽·勃朗特对维多利亚时代资本主义人性危机问题的解决办法是,将一个人对另一个人的爱置于一种具有至高无上的价值的地位,这凌厉得就像以新生制度和种种新生优势向物质财富所做的某种冲击似的冲突(1973)。

20世纪西方马克思主义批评年轻一代的代表人物伊格尔顿(Terry Eagleton,1943—　)在《权力的神话:对〈呼啸山庄〉的马克思主义研究》中说,这部小说就神话"这个词的更为传统的意义来说,是神话性的:一个显然无限的、高度浑然一体的、神秘独立自主而又象征性的世界"。但是"本文的大部分篇幅正是要力求予以非神话化"。《呼啸山庄》的世界既非外在的,也非自我封闭的;它也丝毫未被内部的种种矛盾所分裂……这部书谱系式的结构在此也恰当贴切:家族关系立即就设定成了对抗性的实体,而且把这种实体铸造成错综复杂的样貌,从争斗倾轧、分崩离析的材料里沉淀凝固出紧密结合的形式。伊格尔顿通过对这部小说

---

① 杨静远编:《勃朗特姐妹研究》,第374、381、392页。

的结构、人物关系以及各具表征的意向、符号的详尽分析和论述顺理成章地得出这样的结论:"希思克利夫对老门户自耕农恩肖一家和农业资产阶级林顿一家的侵犯,是工业资产阶级的作用的一种隐晦曲折的表征。不过,由于希思克利夫也是企图再现一种惨无人道的社会的种种罪恶,他就体现了一个在精神上抗拒,在行动上合作的自相矛盾的统一体;而这确实就是希思克利夫这个人物的悲剧。"[①] 他对现存秩序的挑战,既因他的跻入其间而被扭曲,又因他拒绝接受强加于其身的自我约束的限制而变得卑鄙。

70 年代前后还有两种深入文本的研究,就是利维斯太太(Q. D. Leavis,1906—1981)的《初涉〈呼啸山庄〉》(1969)和弗兰克·科莫德(Frank Kermode)的《经典》(1975)。利维斯太太的文章重点放在以往大多数批评视为不重要的人物身上,将第二代凯瑟琳和林顿·希思克利夫与第一代凯瑟琳和希思克利夫做了精细的比较分析,对迪恩和约瑟夫两个仆人做了肯定性评价。科莫德的文章着重指出小说开放式的结尾,从而扩大了利维斯太太所缩小了的对文本的阐释范围。她认为在小说中读者所要分担的任务并不一定是非得要竭尽努力认知爱米丽·勃朗特的意图,而是创造性地应答文本本身所固有的,随着时间推移而可能扩展了的不确定的含意。在这里科莫德实际上已经以读者反应批评的方法,指出这部书对不同的读者会有不同的意义。若德·蒙安(Rod Mengham)则认为"将注意力从这部书产生的时刻——这正是马克思主义批评家们专注的所在——转移到它被接受的时刻,科莫德就是这样效法着爱米丽·勃朗特本人,因为她已经通过《呼啸山庄》的那些叙事人的一段段讲述提供了各式各样的阐

---

① 《爱米丽·勃朗特〈呼啸山庄〉》,林达·H. 皮特森编:《当代批评个例研究》,纽约,圣马丁出版社 1992 年版,第 339—412 页。

释"①。

　　科莫德的这一先见，确实也在当代女权主义批评家的笔下得到实践。她们正是从与以往截然不同的角度为《呼啸山庄》的批评开辟了新层面。桑德拉·M. 吉尔伯特（Sandra M. Gilbert）和苏珊·古巴（Susan Gubar）合写的《阁楼上的女疯子：女性作家与19世纪文学的想象力》（1979）一书，以特殊的女性经验揭示了更多的过去梅特林克、根特、毛姆等人猜测但尚待证实的有关凯瑟琳性方面的奋争。她们以早期女权主义者那种已成公认的偏激和颠覆性观点，坚持将批评集聚于女性人物，而将希思克利夫这个人物的作用贬低到只是凯瑟琳情欲的复制品。她们又以带有后结构主义那种在文本中强行纳入固定阅读程式所组成的程式化语言去表达某种象征意义的方法，进行分析，例如在希思克利夫携伊莎贝拉私奔前把她的爱犬吊在了花园墙壁拴缰绳的钩子上，就被解释为是对婚姻状况的隐喻。她们之后的美国女权主义批评家玛格丽特·霍门斯（Margaret Homans）在《〈呼啸山庄〉中母亲的名义》（1992）一文中推论这部小说对父权制话语的种种应答。例如"选择男性做叙事人就像选择（男性——引者加）笔名一样，使勃朗特有可能作为儿子来写作，也就是说，她就可能跻身19世纪小说所必须在其中来写的那种话语领域"②。这正体现了美国女权主义批评注重女性写作的特点。

　　20世纪最后的四分之一阶段，多元化批评的发展不仅在各个批评家各抒己见中继续，而且也在一些批评个案的兼收并蓄中有所体现。大卫·马色怀特（David Musselwhite）的文章《〈呼啸山庄〉：不可接受的文本》（1985）和詹姆斯·科维纳什（James Ka-

---

　　① 若德·蒙安编：《爱米丽·勃朗特〈呼啸山庄〉》，企鹅丛书，1988年版，第108页。

　　② 《爱米丽·勃朗特〈呼啸山庄〉》，林达·H. 皮特森编：《当代批评个例研究》，第345页。

vanash）的《爱米丽·勃朗特》（1985）一书都将后结构主义方法与知觉性别政治以及西方马克思主义的各种派别批评同时收纳。根据这两位批评家的见解，洛克伍德和迪恩这两个主要叙事者都有控制他们的叙事材料的意图，这样就大大提高了这两个被以往的批评完全忽略或置于次要地位的人物。科维纳什在书中揭示了大量迪恩操纵摆布她那两家主子情事和婚事的事实，从而证明这位管家实为恶人。对照 50 年代詹姆斯·哈弗雷（James Hafley）《〈呼啸山庄〉中的恶人》（1958）一书中曾遭时人诟病的观点又可见《呼啸山庄》批评螺旋式推进的一例。

　　80 年代末到 90 年代文化批评更加体现了《呼啸山庄》批评向新领域的开拓与深入。美国批评家南希·阿姆斯特朗（Nancy Armstrong）在《帝国主义的怀旧与〈呼啸山庄〉》（1998）一文中一反过去西塞尔等认为这部小说是比其他很多作品都更少受到有关政治事务思想污染之作的观点，否认任何一部作品能够完全独立于包括政治在内的文化渊源之外，认为这部小说也表现或谓再现了维多利亚时代中期所发生的很多事情。不管作品有多么村野原始的环境背景，多么罗曼蒂克的主题内容，它都无法脱离那个既被其权利结构所造就，同时也造就了其权利结构的社会，我们只有在悟出爱米丽·勃朗特写这部小说是源自 19 世纪三四十年代的那些素材，而且只有用这些素材才能展开一个故事，才能意识到《呼啸山庄》这样的一种文本是在做着一种"文化工作"①。对这部小说的所谓中国套盒式的叙事结构的自我封闭性，阿姆斯特朗提出相反的看法："小说中每个人都至少强行僭越了一道门槛，而且强占了神圣的领地。"她认为这部小说本身正像它那些人物一样都是一种入侵者，它以文化沟通了正统文学与民俗学之间的疆界。这种民俗学的研究，恰恰起自 19 世纪 40 年代中期《呼啸山

---

　　① 《爱米丽·勃朗特〈呼啸山庄〉》，林达·H. 皮特森编：《当代批评个例研究》，第 429 页。

庄》写作之前不久。她把这部小说看作像是民俗学者洛克伍德到约克郡偏远地区考察所得的记录；洛克伍德在很大程度上又像个摄影师，特别是"为观光者提供的那种偏远的、异国情调的、看上去极其凝滞的乡间景物"① 的摄影师。阿姆斯特朗还列举了爱米丽·勃朗特生活的那个民俗学走红的年代，一些摄影迷在英国偏远地区实地拍摄的景物、风俗和居民的图片作品，用以对照洛克伍德的描述，强调自己的论证：《呼啸山庄》作为一部小说，同时也是民间传说和图片，是一种文化的产品，而文化本身正是意识形态的产品，是观察世界的一种方式。关于小说中鲜明的地方色彩，这位批评家解读为：作家对约克郡偏远山区自然环境、民俗民性的描写，正是帝国主义时代面对这种自然单纯的风貌遭到文明破坏而生的怀旧情绪的反映。

2004 年 8 月于北京双榆斋

---

① 《爱米丽·勃朗特〈呼啸山庄〉》，林达·H. 皮特森编：《当代批评个例研究》，第 437 页。

成熟缘起

——乔治·艾略特的《牧师情史》

乔治·艾略特

19世纪是英国小说的辉煌时代，在男小说家叱咤风云之际，一批富有才智的女性也披挂上阵，屡创佳绩。但是这些初试锋芒的巾帼英雄，为避习俗对"妇人为文"的偏见，不得不效法女扮男装的花木兰，采用男性笔名发表作品。在乔治·艾略特之前，已有法国的乔治·桑和英国的勃朗特姐妹等为先例。但是勃氏姐妹在取得社会初步认可后，即显露了庐山真面；而玛丽·安·埃文斯女士在1857年出版了她的第一部小说作品时用了乔治·艾略特的笔名之后，则一直沿用，成为19世纪文学中一个广为人知的名字。

与简·奥斯丁和勃朗特姐妹等大多数女作家相比，乔治·艾略特涉及了远为宽广的社会生活，也具有更恢宏的气势，因此也更明显地脱离了闺阁气，可以当之无愧地称为"巾帼不让须眉"；但与一般男性作家相比，又确实具有女性作家特有的细腻、尖锐的洞察力，特别是在心理描写与分析上更见特长，成为英国20世纪心理分析小说的前导。

乔治·艾略特的处女作题名《牧师生活场景》，是由独立的三个中篇构成的合集，《牧师情史》直译为《吉尔费尔先生的爱情故事》，就是其中的第二篇；其余两篇为《倒霉的巴顿牧师》和《简尼特的悔恨》。

作家处女作的命运，通常有三种情况，一种因尚嫌幼稚或文学价值有欠，出版后反响寂然；一种本身堪称佳作，但遭遇势利眼的传媒和市场，知音难觅。这两种境遇随作家文名日上，总可重得饱受青睐。另有一种是一鸣惊人，处女作也是作家的成名作。乔治·艾略特有幸得此机遇，在《牧师生活场景》出版后，立即引起广泛注意。然而这种幸运也并非全凭天赐。作为小说家，乔治·艾略特是大器晚成者，她发表处女作时，已近不惑之年，此前，在英国的妇女解放运动尚处筚路蓝缕、进退迂回之际，她身为中下层社会一个普通女子，已经为生活和文学事业苦苦奋斗了将近十年。

《牧师情史》是一目了然的爱情故事。这位女小说家通过简单的情节、有限的人物、不多的场景，展现了一幅构图完美的英格兰中部乡间风俗画，着重表现了这一背景前不同阶层男女老少人物对于婚姻恋爱、成家立业、传宗接代的不同观念和心理。其中，乔治·艾略特的艺术特色，都已尽显规模，包括细腻深入的心理分析，浓淡适度的风光描绘以及对生活中的质朴与幽默流畅自如的表达。心理描写和分析，在这部小说中尤显突出，女主人公由爱生妒，由妒转恨以及大惊大悲过后的麻木和心死；吉尔费尔体贴宽厚、稚拙忘我的爱情所带给他的悲喜和失落；韦布尧自私、虚伪、怯弱的心理和行为，都写得淋漓尽致。对于热情的意大利性格与冷静的英格兰性格的对比和冲突，对于痛苦、疲劳、忌妒对人的生理、心理和行为的影响，也都做了恰如其分的探讨，从而使一部通常认为只是轻松讲故事的中篇，显得深刻而又富有情趣。从中也可以追溯到上承狄更斯、下启哈代，以至 20 世纪初一些传统写实作家处理心理构建的纹理。

乔治·艾略特并未明确提倡女权主义，但她与文人圈内的异性朋友或同事，曾有些不合传统习俗的感情纠葛。她与妻子久患精神病不治的名作家乔治·亨利·刘易斯相识以后，婚外同居二十余年，曾遭亲友非议、疏离。刘易斯去世后，她与比自己年轻二十余岁的男友结婚，同年（1880）去世。统观其感情及性生活经历，可谓开风气之先。但从她的小说，包括《牧师情史》来看，她似是向往忠贞不贰的爱情，憎恨游戏人生的负心汉。她的同情，始终施于两性社会中归根结底还是处于弱者地位的女性，特别是社会地位低下的女性。而在吉尔费尔身上，则深深寄托着女作家对理想男性的想望。大小说家哈代于 19 世纪 70 年代之初崭露头角之时，英国批评界曾有慧眼识出，其牧歌式风俗画情调颇有乔治·艾略特的气息。其实，他的文恩（《还乡》）、欧克（《远离尘嚣》）、温特伯恩（《林居人》）和裘德（《无名的裘德》）等近代痴情男儿，又何尝不都是吉尔费尔先生的子弟生徒？

1998 年 3 月 29 日于北京双榆斋

看这几朵小番花

——《牧师情史》及其他

少年时代自学英语的时候，我父亲（也是我的指导教师）为我选择了一些英国古典短篇小说作为补充读物。它们不仅帮助我巩固了学得的语言，而且引导我初识了英国文学的凤毛麟角，这可算是一点意外收获。也许是自己的性别使然，阅读中我尤为偏爱其中那些女作家的作品。记得初读《水手舅舅》的时候，开卷就被它那明快、质朴的文字所吸引，不禁低声吟诵起来。"浩劫"余波未息，先母染病辞世，我从大西北回到冷冷清清的家中，在幸存的残书旧稿中，又与《舅舅》邂逅。重读到小贝萃把远航归来的舅舅领到坟墓前，手指墓碑上母亲的名字说"妈妈在这儿"的时候，立即哽咽难继。在身旁倾听的父亲和我仿佛同时遭了轻轻一击，同时默默落泪。

说来落泪总不能算是健康的感情流露，文学作品中动辄催人泪下，也难免有伤感主义之嫌，研究英国文学当中，感伤主义更是维多利亚时代文学作品中常常遭人诟病的瑕疵。可是在那样一种特定的时风之下，这点感伤主义却帮助我在雪地冰天之中领略到一点温馨的春风。我情不自禁地把《舅舅》和其他"旧交"从尘封中引出，拂拭干净，摸索着移译成中文。《水手舅舅》、《老保姆的口述》、《牧师情史》、《友好冤家》等等就这样不知不觉地有了一些初稿。

雪融冰释，我流连于劫洗后新生文苑的茂林良葩之间，常常又想起这几朵曾经给我带来春风的小小"番"花。从世界范围来看，英国也许算不得短篇小说发达、一流女小说家众多的国家，但是在文学史上，毕竟出现过不少女性作者，简·奥斯丁、伊丽莎白·盖斯凯尔、勃朗特姐妹、乔治·艾略特都是其中杰出的代表。这些小说家，大多驰骋于长篇小说领域，都为后世留下了宝贵遗产。追溯中外文学史，女性作者涉足文坛，大都经历了比男性更为艰苦的历程，主要原因自然是旧时代女性的活动天地和接受教育的程度大都有限，其文学创作方面天赋的才能难以尽情发挥，因此从总的方面来看，女性作者以及她们创作的数量与男性作者相较，都有相当距离。但像上述几位出身中产阶级的女作家，则由于她们所处时代、所受教育和生活经历，而幸运地得以施展才华；玛丽·安·兰姆、玛丽·柯勒律治等人，则更因生在富于文学传统的家族而得天独厚。

过去我国封建文人谈及李清照，常有"虽妇人而能为文"云云。这实际上是一种寓贬于褒的评语。以往见此评语，每每为易安居士抱屈。我们如今评价这些英国女作家，也绝非从"虽妇人而能为文"的立足点出发。在文学史上，这些女作家与男作家并驾齐驱，作出过不可低估的贡献。当然，由于她们的生活经历毕竟有限，她们的创作题材大多仍未达到与她们同时代几位男性文学大师那样宽广的范围。时代在不断发展，妇女的社会地位在不断改变，她们的视野也在不断扩展，英国也和我国以及世界各国一样，女作家及其作品的数量和质量突飞猛进。因此弗吉尼亚·吴尔夫成为英国20世纪前期极有特色的重要作家，曼斯菲尔德则成为英国首屈一指的短篇小说大家。时至当代，女性作家的作品，题材更加广泛。近年来，只是偶有涉猎，我又随手翻译了若干，如伊丽莎白·鲍恩、缪瑞·斯巴克等，如今也都是已获世界声誉的代表性作家。

　　这些女作家的作品，大多数属于现实主义之作；也有少数显然采取了其他手法，但它们都各自从某一角度直接或者曲折地反映了社会、人生以及人的思想情感、精神面貌，并表达了作者对弱者的同情和眷爱，对正义的向往和声援。在这点上，它们与中外许多正直、善良的男作家的创作别无二致；但是这些以"女性作者的细致的观察"① 和温柔的情爱浇灌的艺术之花却又独具幽香，特别是其中对于妇女和儿童形象、心理的描绘，似更为某些男性作者所不及。或许，这正是它们更易催人泪下的原因。

　　细致和温柔，在我们的创作和生活中还是需要一点点的。

1981 年 8 月 30 日于北京西单

---

　　①　见鲁迅《萧红作〈生死场〉序》，《鲁迅全集》第 6 卷，人民文学出版社 1982 年版，第 408 页。

新时代的呼唤者:哈代

哈代

常言:人生能有几回搏?

一个人,在生命的旅途做了几次精彩的拼搏,那必定是伟人。

距今一百六十三至七十五年间,在大西洋北部那座地理位置偏远的小岛英格兰的西南海疆,就有过这样一个人。一个乡村手艺人的儿子和孙子,一个以建筑行学徒为谋生起点的少年,一辈子在生命之途寻求、探索,始终按捺不住心头怦然躁动的创作欲火,先以诗歌敲击文学之门而不得入,继以小说频频试探,终于打开通路;于是他奋笔急进,经历近三十度寒暑,建造出一座座赏心景点。曲径深处,他却又戛然转向,重振夙志,迈向坦荡荡诗歌之路,奋进不停,直至最后一息。在他生命的尽头,他曾欣然直面公众,仿佛在说:"看,这就是托马斯·哈代!"

在作为人类文明一个重要组成部分的文学领域之内,哈代属于大家之列,他以自己创作体裁之众多、题材之广泛、思想之深远、艺术之高妙而拥有不没的历史地位。由于他本身是以小说家出道,也由于他主要是以《德伯家的苔丝》、《还乡》、《三怪客》等长、短篇小说而引荐于中国读者,长期以来,在中国,哈代就是小说家哈代。而小说家哈代，就是写《德伯家的苔丝》、《还乡》、《三怪客》等几部小说的哈代。近二十余年，研究哈代、翻译哈代、出版哈代的同好同行大有增长，哈代，作为十四部长篇小说、近五十帧中短篇小说、近千首短诗、一部巨制史诗剧和一部幕面诗剧①作家的全貌，才在我们面前逐步展露。

小说——晶体的众多棱面

正如中国读者最熟悉的哈代的《苔丝》、《三怪客》等三五种小说一样，即使在哈代本国或与其同种、同语的一些国家和地区，从哈代生前，直至身后四五十年间，阅读、研究哈代小说的重点，主要仍只在《德伯家的苔丝》（1891②）、《无名的裘德》（1895）、《还乡》（1878）、《卡斯特桥市长》（1886）、《远离尘嚣》（1874）、《林居人》（1887）、《绿林荫下》（1872）七部长篇，也就是哈代为自己的小说分类时所说的"性格与环境的小说"；其余七部，即哈代所称"罗曼司与幻想作品"的《一双湛蓝的秋波》（又译《一双蓝眼睛》，1873）、《司号长》（1880）、《塔中恋人》（1882）、《意中人》（1898）和"精于结构的小说"《计出无奈》（又译《非常手段》，1871）、《贝姐的婚事》（1876）、《冷淡女子》（1881）以及他的中短篇，多被视为哈代的"次要作品"，其中有些甚至被列为"游戏之作"或谓"怪异之作"。20世纪后半期，特别是在哈代逝世五十年前后，随着时日进展，接受与研究方法和视野大为拓展，对哈代生平的相关资料又取得具有重大意义的发现，哈代身后形象也日趋多样。在欧美普通读者印象中，

---

①　幕面诗剧：流行于英格兰民间的一种古老戏剧形式，因演出时人物戴幕面饰而得名。哈代在《还乡》中对其演出有具体描述。

②　哈代小说多为先连载于期刊，载完后修改成书，且往往有重大修改。此文所标为成书年份。

哈代首先是写地方色彩的小说家，欧美和我国 20 世纪 30 年代的批评家称他为自然派，马克思主义的批评家将他归入批判现实主义作家之列，女性主义批评家特别关注哈代身为男性作家对女性人物性格、心理、行为和命运深切的兴趣和同情，精神分析派从哈代的小说中发掘出大量心理建构和潜意识因子，也有些学者坚持认为哈代完全属于维多利亚时代，或从哲学、社会学角度探讨哈代的不可知论、唯意志论、悲观主义以及环境—动物保护主义，等等，这不仅说明早期人们关注的焦点"性格与环境的小说"经受住了时间的检验，而且他那些久被视为另类的作品，也被换了时代眼光的人们所理解、领悟和发现，小说家哈代也愈益绽露出他那晶体般多层面、多棱角的全貌。

哈代将他的小说按前述三类划分并见诸文字，是在他的《1912 年威塞克斯版小说与诗歌集总序》。① 其时，哈代已封笔小说创作，分类，是他对自己这一门类小说样式创作的一种回顾和总结；但也正如他在该序言中所说："不能设想，在每一部作品的每一页上，都可以一清二楚地辨认出这些区别。完全可能发生混淆不清和可此可彼的情况，这是不可避免的。"原因很简单：文学艺术创作的成果，不是科学技术生产的产品。哈代只在完成全部小说创作后回溯反思自己的创作过程中才做此分类，而不是预先设定自己创作成果的类别，也恰与文学艺术创作的普遍规律相符。哈代对自己小说的这三种界定，也有明确的解说，其中最易于顾名思义的，自然是罗曼司与幻想作品，那应是属于浪漫主义之作。我们从用词上看，哈代只称它为 Romances and Fantasies，而不是循对第一类 Novels of Character and Environment 和第三类 Novels of Ingennity，称之为 Novels of Romance and Fantasy，虽然只是小小的一字之差，却也已悟出语义有别，暗示着这类作品中带有轻松之

① 引文据张扬译文，《文艺理论译丛》(3)，中国文联出版公司 1985 年版。下同。

作、游戏之作的性质，特别是其中的一些中短篇，诸如《贵妇群像》等等。对于哈代小说的第三类，按作家本人的解释，应是"其兴趣主要在于情节本身"，"它们含有实验性质"。显然，这是按其实验性的创作方式所做的分类，而不是按其内容划分，因此也似乎不宜译作"阴谋与爱情"的小说。

哈代小说的第一类，"性格与环境的小说"，如前所述，是哈代小说的重头，代表了作家创作思想、艺术和风格的最高成就，迄今仍是读书评论界最为关注的部分。"性格"和"环境"已是含有文艺和科学双重意义的名词，在当今媒体和口头出现率颇高，它们的产生和发展，却是源远流长。性格，通常指人处世为人所表现出来的精神素质特征，属于人性的范畴；在文学上，更是直接指代人物。作品中，关于人物性格的表达与剖析，至少可以追溯到千年前的古希腊时代。16世纪的文艺复兴，冲破中世纪封建、宗教的蒙昧，人文精神大大彰显，随之也带来人性的复兴，文学艺术作品对性格的表现，也达到空前的成就，从莎士比亚的戏剧，可见一斑。17世纪，英国更出现了"性格特写"一类作品，以托马斯·欧弗伯利（1581—1613）为代表，尤可见文学家对人性中此一重要部分的特别关注。这类作品，也给英国18世纪和19世纪写实小说的性格刻画开凿了先河。

环境——人所赖以生存的环境，包含自然的和社会的两个方面，本来也是人类文明史上一个古老的命题，19世纪哲学和自然科学，特别是达尔文和赫胥黎的生物学新论，则将对它的研究推升到一个更加理性、科学的地步。哈代小说创作大致起止于这个世纪的末叶，这也正是《物种起源》（1859）和《天演论》（成书出版于1893年，但此前早以讲座形式问世）等伟大生物学著作问世的年代，哈代身为求知若渴的小说家，沿袭并接受了他们的学说，将这种时代的新知融入了他的创作思想。他的性格与环境的小说，重点就在探讨人与环境的关系——磨合与冲突。他的人物，总是在这种强烈的动感中显现艺术特性，也总是在这种磨合与冲突中完成自己的命运。哈代在他自己的文学论文和序言中曾明确表示，自己是"真实坦率"地"反映人生、暴露人生、批判人生"①的作家，那么，表现人与环境的磨合与冲突以及在此过程中命运的完成，就是区别哈代与其他写实小说家最主要的特色。

哈代小说中的环境，也包含了自然和社会的两个方面，而从总体看，归根结蒂，还是表现人与社会环境之间的关系，后期作品如《德伯家的苔丝》、《无名的裘德》、《卡斯特桥市长》，在表现人与社会环境冲突方面所承载的震撼力，也是向来少有。只有较前期的作品，如《远离尘嚣》、《还乡》、《林居人》当中，自然环境才成为小说中也是相当重要的组成部分；但是其中表现人与环境的关系时，又多是自然与社会环境交互作用。不论是在表现人与自然还是与社会冲突、磨合等关系当中，这些性格与环境的小说往往表现的是人的卑弱与无奈，虽几曾挣扎、对峙，最终不得不悲怆地屈服以至湮灭。这也反映了从哈代自身经历和时代哲学中获得的理念，带有世纪末的宿命的悲剧色彩。

哈代小说的创作道路，也正如其人生的道路，充满坎坷、崎岖、回旋和奋争。身为出身下层、无资历、无财产、无举荐提携的刚刚出道的青年建筑师，他早年的诗作被拒之于诗坛阶下；他的第一部小说，也是真正属于哈代风格的社会讽刺小说《穷汉与淑女》又遭出版商拒绝而流产。在这种文学事业出师不利的情势下，他才不得已而改弦更张，创作了《计出无奈》这部以阴谋、爱情、凶杀、侦破为内容的通俗情节小说，成为他首部问世的处女作。这部作品固然情节紧张，结构精巧，富有悬念，人物刻画、描写等方面也都已初现哈代的水准，而且也确定了哈代小说创作社会批判性的主流趋势，但是此后哈代并没有沿着这条通俗小说

---

① 引文据张玲译《英国小说中的真实坦率》，《文艺理论译丛》（3），中国文联出版公司 1985 年版。下同。

的道路继续前行。从第二部小说《绿林荫下》开始，在他近三十年的小说创作生涯中，始终坚持着严肃的、社会批判小说的主道。他创作那三种不同类别的小说，也总是穿插进行，这更说明他不囿于单一创作方面，而是在不断摸索、实验中力求艺术创新。不过，无论哈代是运用写实、浪漫还是其他创新手法，地方色彩确实还是哈代小说一个贯穿始终的特色，这也正是至今读书评论界喜欢称他为写地方色彩小说家的原因。

　　哈代地方色彩所表现的"地方"，是指以他故乡多塞特郡及其周边的以哈代故乡为中心的英格兰西南部一带地区，北起泰晤士河，南至英吉利海峡，东以海灵岛至温莎森林一线为界，西达科尼什（即康沃尔）海岸止，恰正相当于英格兰中古威塞克斯王国的版图，因此哈代在小说中称这里为威塞克斯，并以这里为地理背景和人文背景，最后还以"威塞克斯小说"标明他的地方色彩的具体特征。这一带本属英格兰偏僻的草原丘陵农牧区，在哈代的时代，还少受工业化所带来的自然和人文环境的污染，至今也仍保存了山清水秀，空气明净，民风纯朴的风貌；但是哈代不是仅仅表现自然美的风景画家和民俗画家，他没有忽略作为偏僻落后地区，这里愚昧保守、因循苟且的种种痼疾，在创作中，他表现出的是爱恨交织、褒贬并施的乡情。这说明，哈代也不是抱残守缺的狭隘地方主义者，他的社会批判性，主要也是以这一地区为典型完成的。

　　哈代小说中大大小小的人物，绝大多数都是他那威塞克斯土生土长的土著，但是，在机器开进田间，普及教育扩展到村镇的情势下，他们的平静已经打破，一些人随旧时代而被淘汰，一些人——特别是其中的俊杰之士，起而迎接时代的挑战，追求和创造自己的发展和幸福；只不过他（她）们的起步点尚嫌太低（特别是那些来自下层社会的青年男女），新旧两种时代潮流的冲击令他们浮沉升落难以自持，往往酝酿、上演悲剧。哈代小说中的人物一性格，是带有"威塞克斯"地方特色的，但也正如他自己所说："在威塞克斯也有十分丰富的人类本性，足够一个人用于文学"；而且"虽然表面看来，这些人的思想感情都带有地方色彩，而实际上却是四海皆然"。从这层意义上说，哈代更不是狭隘的、猎奇的地方色彩小说家，他是寓世界于地方，通过地方，表现世界。这更加说明，哈代绝非狭隘的地方主义作家。

依哈代的身世和气质来说，他成为写乡土文学的作家本是顺理成章之事。他自幼生长在多切斯特近郊的偏僻乡村，住所紧邻荒凉的"大荒原"，也就是爱敦荒原的原型；本人又生性淳朴善良，亲近自然，一生中除早年有五年时间在伦敦寻求发展，大部分时间都是在他的故乡一带的村镇度过，因此在他从事小说创作的过程中，始终能够不断从故乡的泥土中汲取营养。

不过，哈代虽然长期生活在远离尘嚣的乡间，但他绝非孤陋寡闻的乡曲腐儒，伴随着他那紧凑多彩的创作生活，他终生都在研习、探索、游历并参与社交，从故乡之外的广大世界吸取新知并用于创作，他是以哲人的胸怀，预言家的眼光观照人生，并在自己的小说中注入了事实证明本应属于 20 世纪的意识。在他的小说中，常常出现现代或现代人（modern）一词，就是裘德、淑、游苔莎、安玑·克莱、苔丝等或多或少具有时代先进思想的一代 20 世纪现代人的雏形。哈代通过这些人物的超前思想言行，他们的想望追求，自觉地呼唤着新世纪的到来，但在当时毕竟和之者寡，甚至招来物议和非难。时至今日，这些小说出版已经超过一个世纪，我们在阅读时却仍能生种种现实之感；而哈代小说中这种思想的超前性，也是决定他成为跨时代作家的重要因素。

诗歌——才情的尽兴抒发

文学作品形式的分类，韵文与散文，犹可说也；如果论及小说、诗歌、剧本等等，其实从来并无明显界限。中外古今很多文学大师，都是说部、诗部、戏部等等的双（多）栖人物。有些人单一写小说，但他们的小说中包含了诗意、剧情；有些单一写诗，但他们的长篇叙事诗也可视作韵文体小说。在这两方面，哈代都是最具说服力的作家之一。

他少年时代就立志要成为诗人，他当时的习作，也是从诗歌开始，只是因为时之不利，他才重择小说之路起步文坛。因此我们能从他每一部作品，不论是写实的、浪漫的，还是情节的，体味到他那诗的激情与意境，因此在他从小说的战场上挂甲休歇，重整诗旗的时候，更似驾轻就熟，如鱼得水；另一方面，因为哈代又是天才的小说家，他在自己二十余年的小说创作实践中，无疑也有这种自我发现，因此，在他从小说转营诗歌的初期，小说创作意犹未尽，从他那些短篇幅的叙事诗中，我们仍可发现他小说创作的思想风貌。因此可以说，哈代总是这样诗中有文，文中有诗，诗与文浑然天成。至今各国哈代学的同行们仍常作争论，诗人哈代与小说家哈代究竟孰高孰低，似乎并无必需。但是他在诗歌创作上取得的成就和对其后产生的影响，则可谓双峰并峙，不可忽略。

他的第一部诗集名为《威塞克斯诗集》，出版于 1898 年，是在最后一部长篇小说《意中人》（又译《挚爱者》）出版后一年。从此，又历经三十余年，至 1928 年逝世，在与史诗剧《列王》创作出版并进期间，他又出版了《昔今诗集》（1901）、《时光的笑柄》（1909）、《境遇的嘲讽》（又译《命运的讽刺》，1914）、《瞬间幻影》（又译《瞬间一瞥》，1917）、《晚近与早年抒情诗》（又译《早年与晚期抒情诗》，1922）、《人世杂览》（1925）、《冬日之言》（1928，逝后），总共八部，加上日后陆续收集发现的二三十首逸诗，总共约千首。公众接受他的诗作，并非盲从于他那小说家的盛誉，而是这些诗作内在的品质。哈代将这些诗作的第一部送交出版人时更特加说明：如果预估这些诗上市不火，作者可以自费承担其风险——以其当时已稳立文坛，成为虽有争议但却闻名遐迩的小说家身份，却仍像他早年呈《计出无奈》试涉文坛时一样谨慎、谦和，亦足可见这位文学大师的君子之风！

上述哈代诗集的这些中文译名，其实大多是一些缩写版。如译全名，很多都有后缀或前缀的一串文字，诸如《威塞克斯诗集及其他》，《境遇的嘲讽，抒情诗和幻想曲》、《瞬间幻影及杂诗》、《人世杂览、遐思、歌曲及小调》、《各种调门与节拍的冬日之言》，如此等等，由此即可见哈代各部诗集中，都有不同内容、不同形式作品辑录。这些诗集虽然出版时序明晰，但是其中写作时序，却杂错纷然，而且很多写于早年的诗，经长久尘封，出版前多有修改；再加上哈代诗个人性极强，涉及隐私，发表时往往是"真事隐去"，因此，像他的小说那样，按通常采用的依时序着手编排研习，确属不易。其实，依作品内容和形式给哈代诗分类，也不顺畅，因为一方面，诗也如小说一样，都并非科技产品；另一方面，哈代诗内容形式丰富多彩，各类诗中的不同诗组常呈杂错、重叠，界限划分难以明晰确定。仅从哈代自编自辑各部诗集目录，我们可以大致看出，他对自己的诗，有些是按题材或谓内容分类，如爱情诗、战争诗、杂诗等；有些是按写作时间分类，如昔今之诗、1912—1913 年诗；有些是依诗歌采用的样式分类，如抒情诗、叙事诗、歌谣体诗等。为方便解说，我们仅从叙事诗、抒情诗、战争诗、感悟哲理诗等方面略说一二。

在哈代的第一部诗集《威塞克斯诗集》中，叙事诗占有很大比重，在随后几部诗集中收集的早岁诗作，也多有此类。从性质上说，叙事诗本来就是浓缩的韵文体小说，哈代这类诗，更是如此。其中有些篇幅稍长，有景物描写，有情节叙述，有人物对话，表达的是一个完整的故事，如《贵妇人的故事》、《替身》等。有些恰与他小说的内容呼应，如《军士之歌》（用于《司号长》）、

《生客之歌》（用于《三怪客》）。这些诗除具有通常叙事诗的特质之外，又有哈代叙事诗别具的特点，就是借事抒情，通篇可以完全只用平常表意的中性词，但在娓娓道来之中，却传达出强烈的爱恨情仇。

哈代的抒情诗，包括爱情诗、悼亡诗、友情诗以及亲情诗。这些诗虽归做一类，却又各具风格。大体说，他的悼亡诗、亲情诗和友情诗更接近传统上的同类诗作，只是在表达上，更显得善于抓住现实中的细微事物构成意境。1912 年其前妻爱玛逝世后他写的大量悼亡诗，以及《威塞克斯高地》、《最后的手势——悼念威廉·巴恩斯》等友情诗即是。但是他那些纯写男女情爱的诗，却明显地反传统：少有浪漫、激情和对美好幸福的憧憬，而多现实、低沉和对阴暗冷峻的直面，如《灰调》（或译《灰暗的色调》）、《她之死及身后》、《怀念费娜》以及《常春藤老婆》等等。在这类诗与哈代本人感情生活的悲欢遭遇之间，大有蛛丝马迹可循，也比小说中更直露、更充分地表达了哈代那种超前的、现代人的阴郁、无奈以及玩世不恭或愤世嫉俗。这类诗固然是非常个人化的抒情，然而它们抒发的那种浓烈、强化的情感却又具有十分通常普遍的性质，令人并不感到陌生；而对历经沧桑的人，则更易生肺腑之感。这也正是哈代这位五十八岁方出道的诗人不同凡响之处。

在《昔今诗集》、《瞬间幻影》、《威塞克斯诗集》等集中，都有标题或不标题的组诗或独自成篇的战争诗。这类诗从内容说，基本主调有二：其一，反战——这是哈代身为人道主义者、环境保护的先驱者终生不贰的立场，也就是坚决反对涂炭生灵、破坏自然和人类文明的不义战争。《昔今诗集》中的战争组诗，直接针对英帝国入侵南非的"布尔战争"，显而易见是这类诗的典型。但是，对于奋然而起以暴抗暴的战争，他则表现了明确的关注、支持和热烈的颂扬以至参与——这就是哈代战争诗的基本主调之二。

《瞬间幻影》中的《战争与爱国主义组诗》发表于第一次世界大战期间，是一组艺术性极强而又具有强烈爱国情绪和昂扬斗志的战歌。《威塞克斯诗集》中追忆、缅怀历史上英国反拿破仑战争的百余行叙事诗《警报》和史诗剧《列王》，也属于贯穿这种爱国情结篇的作品。另有一些与战争相关的诗，诸如《他杀死的那个人》、《海峡炮声》、《1924 年圣诞节》等，可见哈代这位跨世纪的时代见证人，对战争这一大规模杀伤性、毁灭性、非理性暴行的日趋否定和厌恶，以及他身处第一次世界大战硝烟甫散之际，又听到为另一次大战磨刀霍霍之声时，那种痛心疾首的悲愤。

哈代诗中另有一类，这里姑且称之为感兴诗。所谓感兴，是指诗人日常对于或触目所及，或回首偶忆某人某物某事或某种内心活动有所感悟而生发的诗作，包括诗人对人生、对命运、对自然、对宇宙、对自我的臆想和哲理性的认识。诸如哈代第一部出版的诗集中那首著名的《运数》（又译《偶然》），写于二十六岁，是青年哈代对自我和人生命运的思考；《大自然的诘问》是诗人对宇宙的思考，也可谓英国的《天问》；《昔今诗集》中《健忘的上帝》是对基督教中万物主宰上帝的质疑，它们所表达的基本思绪，是怀疑、否定、不知所之的无可奈何。这种思绪，与哈代小说所表达的，一脉相承，上通古人，下贯 20 世纪以来的现代人，至今仍能引发我们强烈的震撼和共鸣。

又有一些哈代写于中老年的诗，如《暮色苍茫听画眉》（又译《黑暗中的画眉》）、《身后》，是哈代对自我人生的感悟或总结。也像他的《运数》等诗一样，哈代善于运用人们平素熟悉的普通事与物做比喻、隐喻，构成一种鲜明的意象，表达一种强烈的哲理性思绪，类似中国古代的讽谕诗。那首著名的《两强相遇》（又译《会合》），副题"写于泰坦尼克号失事"，与早年的《运数》、《健忘的上帝》等遥相应和，但已更进一层，不仅从个人主观立场出发诘问大自然和质疑上帝，而且更客观，也更宏观、更全面地诘问和质疑宇宙，表达了一种对人类与自然和宇宙关系深切而又冷峻的观照，富有叔本华式的唯意志论色彩。这在他的史诗剧《列王》中，更有具体、强烈的表现。从这类诗，我们可以看出，哈代是以意象发言的哲人。再读他那些讽刺诗，我们更会发现，他又是以意象表情达意的讽刺家。

讽喻装配了锋芒，就成了讽刺。哈代的讽刺性，犹如他的哲理讽喻性，在他的小说中，早就频崭峥嵘，而他讽刺的客体，也不是局促于一人一物的凡庸之属，而是同样深蕴哲理，只不过由于锋芒锐利而更加透辟淋漓，更易发人猛省，诸如《时光的笑柄》和《境遇的嘲讽》等集中的讽刺诗，均属此类。其中那首《啊，是你在我坟上刨土》，对世态炎凉的讥讽，虽不敢妄称绝后，也可谓英国讽刺诗的空前之笔。

哈代诗的形式，有些模仿民歌，有些试用古老的十四行诗体，但从总体看，也像他的小说，是不拘一格，不断创新。身为建筑师出身的诗人，他用语俭约，言之凿凿，仿佛文字就是砖石，行文就是踏踏实实地用砖石一块块堆砌房舍；他在安排诗段，摆布诗行时，像写小说时讲究并创新结构一样，也常别做新样，以娱观瞻。我们仅以他那首杰出的悼亡诗《石上倩影》和《两强相遇》为例，英国早有评论者发现：前者，三段，共二十四行，各段诗行起止错落有致，从视觉上说，颇似欧洲和英国古典建筑的造型；后者，十一段，每段三行，各段相应诗行均有相同的起止位置和相等的音节，每个诗段形成一艘船形，和诗的主题一致，在阅读时，首先从视觉上，就引起一种特殊效果，这与一百年后这个新千年之交的一些创新诗作，也不无相似之处。

纵览哈代的全部诗歌创作生涯，也可见他是一位天生赋有诗人气质和才能的人。从少年时代起，他就在不知不觉中默默试笔写诗，迄今发现他写作最早的一首诗，题名《居所》，写于大约十七岁。他的八部诗集虽都是五十八岁以后结集出版，但从各篇的写作年代可见，在求学、谋生和小说创作的四十年漫漫人生长途中，他始终在试笔和积累诗作。早年，诗作发表遭拒而转为小说创作，中年以后，小说创作出版渐入佳境，在遭争议中取得稳定的社会承认后，他也从未放弃诗歌这一自己酷爱的文学形式。所以，如果说哈代的小说写作含有权宜的、功利的目的，他的诗歌写作，则更为发自本能，更少功利之心。大多数文学圈内人士，可能自幼都涂抹过所谓诗的长短句，其中一些人，一路顺风，少年成名；另一些改弦更张，另谋他途，老大后甚至与诗绝缘，因此给人一种印象：诗是青少年人之事。像哈代这样，连续发表小说佳作二十余年，在其生活的当日，已令人瞩目，却又戛然转轨，奋而找回自己的诗歌之路，以近花甲之年，却像毛头小子一样从头推出一部部诗作，而且仍然表现出才思泉涌的态势，细顾古今中外文学史上，这样的文学家，曾有几许？如果哈代是生就的诗人之才，不是骨血里具有世情俗物腐蚀不尽、剥离不开的诗气诗魂，这种晚年起步的诗歌事业，怎能成为现实？反而观之，哈代写诗，始于十余岁，一直坚持至八十有二，其"诗寿"竟达近七十年，也可谓长矣！正是这种长期磨炼而成的道行，造就了哈代那种深沉、醇厚、老到、隽永的诗品，绝非平常猛浪、虚浮的少年诗作所堪比附。

史诗剧——诗文创作之集大成者

英国文学史上，历来不乏文学（广义的）与戏剧双栖的作家。文艺复兴以来，早有莎士比亚、本·江森（又译琼生）、约翰·弥尔顿、亨利·菲尔丁，到哈代的 19 世纪，专写小说的前辈狄更斯，晚年自编自演由自己的小说改编的朗诵、说书脚本，也是一种戏剧参与；稍晚于哈代的王尔德等，也是多栖的重要作家。哈代由于天赋多种文学艺术才能，且具有强烈的挑战精神，再加上自早年深受古希腊和英国戏剧的哺育，晚年参与戏剧活动与写作，自然也不是勉力而为。他的小说创作事业结束不久，他即亲自改写自己的作品，如《德伯家的苔丝》、《还乡》、《三怪客》等，先在自己家乡多切斯特供业余社团演出，自然不在话下；他的小说在他生前以至今日，也不断为专业戏剧作家改编，搬上舞台、银幕和荧屏，这也只说明他的小说在情节构思、语言对话等方面富有戏剧因素；而他本人在创作出版洋洋长篇小说和诗歌的同时，又推出了长、短两种戏剧作品，史诗剧《列王》和《康沃尔王后著名的悲剧》，则也是他全部创作不可忽略的一个有机构成。

　　《康沃尔王后著名的悲剧》是一部幕面剧。这是英国一种古老的诗体（韵文体）民间戏剧形式，题材多为古代英雄故事，从小说《还乡》第二卷第四、五、六节对此种剧上演断断续续的描述，即可见一斑。《康沃尔王后著名的悲剧》故事情节，选自欧洲古老民间传说，是英格兰康沃尔的王后伊秀特、国王马克、国王之侄骑士垂斯川以及爱尔兰公主伊秀特之间的四角恋爱悲剧。在哈代之前，德国大音乐家瓦格纳曾编剧、作曲创作的二幕歌剧《垂斯坦与伊棱德》，于1865年首次公演于慕尼黑，是作曲家晚年作品。哈代自幼具有音乐天赋，一生喜爱音乐，1906年在伦敦欣赏过瓦格纳的几次音乐会后，曾在自传中记下他特别喜爱瓦格纳晚期的音乐作品，他的这出幕面剧，恐怕也不会不从这位音乐大师处获得灵感。

　　《康沃尔王后著名的悲剧》出版于1923年，五年后哈代与世长辞，作者先前曾见到它在多切斯特由非专业剧团演出。全剧不分幕，共十四场，另附序幕和尾声，由民间传说家喻户晓的术士莫林以精灵的形象出现，充当"致辞人"，为剧情增添了神秘气氛。整个戏剧进行当中四个主要人物的爱情、龃龉、误杀、殉情，则充满阴差阳错的失误和偶然的巧合，弥漫着宿命的悲剧色彩——这也与他的小说和诗歌中的一种情调相吻合。这部剧作也曾由专业戏剧家搬上舞台和屏幕，但在哈代浩繁的诗文作品中，只能算是小品一帧。恰巧，也是与他的第一部发表的作品通俗情节小说遥相对称。

当今的哈代普通读者对待《列王》，显然远不如对他的小说和诗歌那样热切、关注，但是从它的第一部出版至今的百余年中，它始终在陆续以节选或改编的形式被人移植上舞台。

按这部皇皇巨制扉页标题下的作者说明，即对其性质略知大概：

> 对抗拿破仑战争的一部史诗剧
> 三部，十九幕
> 一百三十场暨
> 情节所跨越的时间约十年

哈代从青少年时代起就从故乡亲人口中听到有关刚刚过去不久的这场战争的一些故事。稍长，又开始有意识地收集、积累有关的素材，孕育、构想自己的主题，19 世纪 90 年代停笔小说创作，与编辑、创作、出版诗歌同步，他开始动笔起草这部巨作，三部陆续成书出版于 1904 年、1906 年和 1908 年。剧中时间跨度为 1805—1815 年，从拿破仑乘在欧陆战场所向披靡的威势向英国宣战开始，到在特拉法加和奥斯特里茨海陆两个战场一负一胜，随后渐趋由盛而衰，最后节节败溃。第一部突出法英两国政治军事对垒；第二部主写拿破仑与英、奥地利、西班牙的政治交锋和军事行动，以及拿破仑在军事渐渐失利后为政治目的而休妻并与奥地利皇室联姻；第三部写拿破仑困陷俄罗斯腹地几近全军覆没，在欧洲各国节节败退，直至滑铁卢决战后彻底崩溃。作为史诗，哈代以高视角、全景观的大制作，面对 19 世纪初欧洲近代史上这场空前的大震荡、大灾难，通篇响彻人道、正义的主旋律。

　　哈代不是史家，也没有对这一历史阶段的整个进程全面负责，而只是撷取这一历史过程中一连串关键性的要事和细节加以艺术的敷陈、演义和剖析，所涉及的人物、事件及细节，都是以最接近历史真实的文献记录为据——这是哈代长期查找资料、研读典籍、寻访古迹和遗民以至尚存的英国参加滑铁卢战役老兵的收获，而不是凭作家一时心血来潮，信笔戏说，这是哈代学术地（academicly）对待历史题材的方法，也正是哈代从事文学创作时学者式（scholarly）态度之一斑。

　　哈代身为文学巨擘，拥有较通常文学家更丰富的资质：首先，他是精于结构、善于刻画、天赋诗情和同样驾驭散文与韵文的全才和高手，这是他能小说、诗歌、戏剧并举的先决条件；其次，他性格内向深沉，乐于思索探究而又视野开阔，具有悲天悯人的心地，这又是从事具有哲学意味创作所必不可少；再次，他从不自我满足，勇于艺术创新和擅做自我挑战。另外，岁寿绵长、体魄康健也给了他在漫长一生不断选择和转换创作方向，充分展示个人艺术才能和宇宙人生见解更多的机会。人至晚年，作为小说家他早已功成名就，作为诗人也充分实现了发自少年时代的宿愿；但是，作为一个见证世事沧桑、遍尝生活苦乐的老人，一个博览经史、饱经内省的哲人，他那些对宇宙人生独特而又超前的见解，虽在他的小说和诗歌中屡屡表露，但终似嫌意犹未尽，采用一种长篇巨制的形式，尽兴表达自己复杂的宇宙观和人生观，则势在必行。

　　按文学体裁分类，哈代将《列王》称之为剧，但以它这样的高视角、全景观、多幕场、多人物，其实并不适用于传统的戏剧舞台和导演手法。哈代自己对这点并非无所知觉。他在这部剧作的前言中早有交代：他当初的创作意图，并非为舞台演出提供脚本，而只是供人案头阅读时在心里演出。把握哈代的此一创作意图，恰可以更好地欣赏这部巨著的精要与魅力。

　　他将剧作的场景人物分为上下两界：上界，借用古希腊戏剧的格式，是超然人世的另一个境界；不过哈代以一个"意志"（will）代替"众神的主宰"，其下有岁月精灵、怜悯精灵、传谣精灵、凶险精灵、地球精灵、地球之魂、书记天使等虚无缥缈的人物和它们的合唱队。下界，则是以拿破仑为主角的欧洲参战国双方的帝王将相、后妃命妇、各路将领、军士平民、军人妻子、情妇、流浪汉、娼妓等等五花八门的苍生，以至战马、战场上的狗、兔、田鼠、蜗牛、蝴蝶等等小小有生之物的芸芸众生。全剧所用语言，主要有无韵诗（blank verse）、格律诗以及散文。正如哈代小说中包含诸多诗歌、戏剧成分，诗歌中包含诸多小说、戏剧成分，他的戏剧中也包含诸多小说、诗歌成分。但是在主题上，比起哈代诗的重于个人情感抒发和小说的重于个人命运阐述，这部剧作则更重于在重大历史政治事件，兼及个人命运——拿破仑以及奈尔森、约瑟芬和玛丽·路易丝两个皇后等具有代表性个人命运的演绎，而且也恰正应和了哈代创作当时，即第一次世界大战前的时代主旋律；同时也表达了英国人哈代的爱国立场。因此，这部本来仅供案头阅读时在心中演出的剧作，也曾在第一次世界大战期间为配合时事而部分地登上舞台。

　　在哈代的诗歌小说中，特别是那类哲理性的感兴诗中，明显地表达了作家本人那种颇受叔本华唯意志论哲学思想影响的宇宙观，而在这部高视角、全景观的史诗剧中，这种宇宙观则表达得更为淋漓尽致。他借用古希腊戏剧合唱队的形式将上界的主宰意志和众精灵具体化、拟人化，贯穿全剧的始终，操纵着下界帝王后妃、将相命妇、士兵平民以至鸟兽昆虫等芸芸众生的行为、思想和命运，给历史上叱咤一时，至今为之聚讼纷纭的乱世枭雄拿破仑及其相关人物，以哈代式的诠释。我们所说的"哈代式"，其实际意义就是：茫茫宇宙之中，沧海一粟的地球之上，区区个体之人，本来十分渺小，就人类自己看来，不论伟大渺小、贵贱高低，总受意志支配，个人则往往表现得无能为力，无可奈何。这就是哈代站在 20 世纪之初唱出的并不轻快的报春之曲。像这样以历史上的拿破仑战争为题材，状写宇宙尘世包罗万象的景物，预示 20 世纪现代人的思路，正是哈代文学创作总体风格的主要之点。

作为戏剧，《列王》的艺术特点，也与哈代的小说、诗歌如出一辙。在传统意义和标准上，《列王》不能算是典型的剧作，但是它也具备了优秀戏剧作品的众多特质，诸如紧张动人的场面冲突、精细点睛的人物心理、机智俏皮的对白独白，其中特拉法加海战，奥斯特里茨战役、滑铁卢战役等场景，拿破仑和他的两任皇后，奈尔森等各国将士以及普通百姓有关战争的对话，都因此而给人留下深刻印象。因此，从总体艺术效果来说，它是和哈代的小说、诗歌处于同一平台上，它是集哈代散文、韵文艺术之大成的作品。不过迄至今日，在我国除 20 世纪 30 年代中有过杜衡的一种不十分详尽的译名为《统治者》的中译本之外，尚未见它的新译。

哈代及其小说、诗歌、戏剧作品的数量和它们所显现的思想艺术的品味而被称为文学全才和大师，自然当之无愧。但是，正如他在小说《贝姐的婚事》和《意中人》的《自序》，以及借《无名的裘德》女主人公淑·布莱德赫之口一再表示，他出版的作品和创作的小说人物，早出了五十年，他的小说《德伯家的苔丝》、《无名的裘德》、《意中人》等屡遭出版龃龉的情况，恰在这一层意义上得到了最好的解释。然而即使在他晚年已享誉海内外，荣获来自著名大学阿伯丁、剑桥、牛津、布列斯特等的荣誉学位和国家功勋勋章，多切斯特荣誉市民称号，并荣任英国作家协会主席，但他的诗歌与诗剧在实质上也尚未获得读书评论界的充分理解和赏识。是时代的步步前进和文明的点点丰富，才使他在一代代的后来读者和学者中拥有了不断增多的知音——这正是真正的文学大师特有的幸运。在哈代 1928 年逝世后不久的 30 年代、逝世五十周年前后的七八十年代以及他诞生一百五十周年的 90 年代前后，都曾出现过研究、接受哈代的高潮，再次出版他的作品，出版研究他的新作，将哈代学步步推向更深、更广的层次，对哈代全部作品，包括小说中的次要作品，诗歌和戏剧以及哈代生平的研究，已都不断出现新突破。至今，哈代的图书、音像等作品，始终在公共图书馆、书店和家庭私人收藏中占有相当显著的席位，以雅俗共赏的方式阅读、研究、交流哈代学的组织托马斯·哈代学会（T. Hardy Society）和主要在网上联络的托马斯·哈代协会（T. Hardy Association）已经拥有英国、欧洲、美洲、澳洲、亚洲、非洲等世界范围的覆盖面，哈代的作品，已译成五十种以上文字在世界各地流通。哈代，作为文学大家，是英国和西欧文明发展到特定时期的产物，也是世界文化宝库中一份永远的珍藏。

我国接受哈代，始自 20 世纪 30 年代对哈代的翻译和引荐，《德伯家的苔丝》、《还乡》和《三怪客》等小说以及抗日战争胜利后出版的中译本《无名的裘德》、《卡斯特桥市长》等，数十年流行不没。80 年代至 21 世纪以来，又不断添上了小说、诗歌新译，中国学者研究哈代的论文和专著，也陆续出版，并与世界建立起沟通渠道。哈代的创作和生平，对中国读者以至现当代文学创作者，也有过不小的影响。如今这位宽厚、仁爱的文学大师对我们的慷慨遗赠会日久弥醇。

2003 年春节于北京双榆斋

晶体美之所在
——哈代小说数面观

　　一个偏僻乡村独立劳动者的儿子，一个以建筑行学徒为事业起步点的青年，在生活之途寻求、探索，始终按捺不住心头时时躁动的文学创作欲望，先以诗歌，后以小说，一次次叩击艺术之门，终于为自己开出了一条小说创作之路。他在这条道路上奋笔疾书，经历了三十余度寒暑，建造起一处处奇境胜景，却又戛然转向，凿通一条坦荡的诗歌创作之途。

　　在英国小说史上，托马斯·哈代是独一无二的；在世界范围的读者和研究者心目中，小说家哈代具有多种多样不同的风格和属性。地方色彩、自然主义、批判现实主义都曾是常置于他席位上的标牌；女性主义批评家特别关注哈代对妇女的性格、心理、行为和命运不同寻常的兴趣和同情；精神分析学派从哈代小说中发掘出大量心理构建和某些潜意识因子；还有部分哈代学者，坚持哈代完全属于维多利亚时代[1]；不久前一些日本的哈代爱好者则在孜孜研讨哈代的不可知论……哈代本人生前，恕笔者孤陋，似乎并未明确表示过自己提倡何种主义，或者自己的小说应该属何种流派。不过他在《1912 年威塞克斯版小说与诗歌集总序》中，曾将自己的小说分为三类，即性格与环境的小说；罗曼司和幻想

---

① 参见艾伦·霍斯曼《维多利亚时代小说》，牛津大学出版社 1990 年版。

作品；精于结构的小说。小说家哈代，就像一块结构复杂、棱面众多的晶体，能从不同角度反射日月的光华；也正像晶体一样，它的各个棱面不管多么复杂，内部结构都是有一定规律的排列组合，这样反映在表象上，才能既相互抵牾，又相互依托，形成一个完美坚实的整体，也就是我们所看到的"这一个"哈代。

通俗与严肃

哈代以严肃作家而闻名世界，名垂青史，他是一个有真正艺术气质的小说家和诗人。但是作为小说家，他却起步于通俗小说。为要说明这一问题，我们还得首先谈谈《计出无奈》，这第一部哈代发表的长篇小说。

哈代从 1869 年开始写这部小说，1871 年发表，时年三十一岁，已经在故乡多切斯特和伦敦的建筑行从业十余年，并一度在邻近多切斯特的滨海城镇韦默斯一位建筑师手下做助理，主司教堂修复工作。小说故事开始时的场景在蓓口，就是以韦默斯为底本。男主人公、青年建筑师爱德华·斯普林格洛夫，就有哈代本人以及他所在建筑事务所内青年同事的影子。这是一部由爱情、阴谋、凶杀、暴力、侦破事件构成的情节小说。相恋的男女主人公爱德华和西塞丽亚都年轻、漂亮、正派、善良，这活生生摆着是一双金童玉女式的美满姻缘，但是由于双方都家境贫寒，再加上贵族老小姐和她年轻的男管家设计离间，不得已各自都准备别娶另嫁。不久，爱德华与他并不真爱的未婚妻解除了婚约；西塞丽亚则与管家门斯屯在教堂完婚，但在他们即将入洞房的当晚，西塞丽亚被长兄和爱德华奋力追回。因为他们发现，人们原以为不久前刚在一场意外火灾中丧生的门斯屯前妻，尚活在人世。真相披露，门斯屯不得不暂时放弃西塞丽亚，经过一段时期，又将前妻接回，共同生活。可是不久人们又发现，这一女子并非门斯屯真正的前妻。经过侦察、追踪，终于真相大白：当初门斯屯得知妻子葬身火场，自己从此摆脱了不幸婚姻的束缚，正沉浸于重获自由的喜悦，他的妻子却活着回转家中。两人话不投机，从口角发展到动武，门斯屯失手将妻子杀死，然后掩尸灭迹。等到有人目睹门斯屯妻子在那场大火后还曾乘火车回家的事实揭露后，门斯屯又找到一年龄样貌类似妻子的女人作为替身。门斯屯被捕后，在监狱中自杀，他的女东家奥德克利夫闻讯，中风死亡。原来，门斯屯是奥德克利夫小姐与他人的私生子，而西塞丽亚则是老小姐青年时代相见恨晚的情人之女。老小姐一心将自己亲生骨肉与自己终生至爱者之女匹配，这正是她施展奸计破坏西塞丽亚与爱德华的姻缘的动机。老小姐与门斯屯死后，西塞丽亚成了他们法律上最近的亲属，她继承了此二人的遗产，与爱德华终成眷属。

为了说明这部小说的通俗性质和轰动效应，这里不惜滥用篇幅，介绍了它的故事梗概，从中也不难看出，作为通俗小说，它那情节上的特色，与当时还在英国流行的侦探、推理小说，如柯林斯的《白衣女人》（1859）、《月亮宝石》（1868），甚至狄更斯的《我们共同的朋友》（1865）和《埃德温·德鲁德》（1870）的部分情节，颇相类似。为了进一步刺激读者的好奇心，增进其引人入胜的效果，它也设计了一些类似哥特小说的神秘、恐怖，令人毛骨悚然的场景。从总体看来，这部小说的性质，与我们最熟悉的哈代一些代表作，如《还乡》、《卡斯特桥市长》、《德伯家的苔丝》和《无名的裘德》等，却有明显差异。

从哈代创作和发表《计出无奈》的背景来看，他写通俗小说，确实是有意而为，而且是不得已而为。哈代本来天生多才多艺，勤奋好学，他青少年时代即擅长音乐、绘画及写诗，晚年更专门从事诗歌和诗剧的创作，以成就辉煌的大诗人而终其一生。他的小说事业，始于青壮年之交。此时的哈代，不管是在生活体验，还是学识积累和艺术修养方面，都已日臻成熟，依照通常情理，哈代创作小说伊始，本可以思想上和艺术上都踞于较高的起点。事实上，在《计出无奈》之前，哈代确也曾写过另一部小说，题名《穷汉与淑女》，副题是《非情节性戏剧》。这部小说未获发表，而且久已遗散，但从残存的资料和旁证可知，它是继承了斯威夫特、菲尔丁、简·奥斯丁、萨克雷至梅瑞狄斯的英国讽刺幽默小说传统的一部严肃作品。但在当时英国维多利亚王朝时代那种等级森严、重名轻实的社会风习下，以哈代这样出身低微，既无正规学历，又无政治文化背景的门外青年，这样的作品很难一举为出版界和文学界受纳。哈代几经投稿，幸遇担任出版社审稿人的梅瑞狄斯，他慧眼锦心，特为哈代指点迷津，劝导他可从能够抓住读者的"情节"入手再试运气。哈代果然领悟，而且有过之而无不及，放弃了《穷汉与淑女》，着眼于情节，创作了《计出无奈》，初获成功。

这部小说本身证明，哈代在构思情节方面，确实具备第一流的智力与才能。《计出无奈》最突出的特点，就是情节紧凑、曲折。哈代后来为他的小说分类时，也将它划归精于结构的小说之类。它的各章各节标题，都是以年度、季度、月份、日期，甚至小时表示。这在哈代的小说中，可谓绝无仅有；即使在英国其他小说中，似乎也不多见。我们如果仅按标题顺序阅读下去，已足可见哈代时间观念之强以及他运用时间之经济。

这部小说开始有序章，结束有尾声，全书布局匀整。在叙述方法上，以直陈为主，也穿插分叙、悬念和倒叙，章法严谨考究。对细节的描写，哈代不吝笔墨，甚至失之繁琐。对于细节的前后呼应，哈代更是时时关注，从未疏忽，因此全书虽然结构庞杂，情节复杂多变，却始终张弛有度，合情合理。从这种处理情节的技巧，不难看出当时身为建筑设计、绘图员的哈代，具有多么精密科学的头脑。而这种构思情节的技巧本身，至今对小说的创作，仍然可资借鉴。

但是实质上，写作《计出无奈》时的哈代，并不仅仅具备通俗小说家的素质和水准。细读这部小说，我们自然会感到哈代在写作中游刃有余，具有小说大家的潜在才智。这部作品中已经粗具的哈代日后诸多杰作的长处，足可证明此说并非笔者出于偏爱而过甚其词。

首先，这部小说展示了作者把握人物性格的才能，因此而高出一般通俗小说。女主人公西塞丽亚不是呆板僵硬的木雕美人。她秀外慧中，刚柔相兼，形象鲜明生动。她虽少不更事，孤苦无告，但哈代紧紧把握住了表现她在重大原则问题上的不失主见。这主要体现在她坚持追求以真挚爱情为基础的婚姻关系上。虽然她也曾在感情方面迷失，险些委身于已经暗地犯罪的门斯屯，但那初始的原因却是为治疗哥哥的疾患。她身上这种顾念手足的牺牲精神，使人自然会联想到哈代最著名的女主人公苔丝，甚至还有那个并不十分引人好感的埃塞贝姐（《贝姐的婚事》）。

门斯屯也是具有一定艺术价值的人物形象。通过他，哈代再现了在非正常出生和成长环境中通常容易形成的独特个性：工于心计、城府深险、果断专横，但又情感炽热，怀有强烈的好胜心和占有欲，同时又不乏男性的魅力。他不是一个简单的坏人或模式化的杀人犯，是哈代后来作品中那些具有相当复杂内涵的反派人物的先导。

其次，在表现地方色彩上，这部小说是一个有水平的开端。哈代发表这部小说时，既未署真实姓名，又未采用他后来作品中常见的"威塞克斯"这一历史地理名称。但是小说故事的主要地理背景，多切斯特东北一带的乡村，也是哈代生长和长久居住的地带，正是哈代的"威塞克斯"地区的中心，他随后几部作品，如《绿林荫下》、《远离尘嚣》、《林居人》、《德伯家的苔丝》等，经常以此作为主要背景。哈代从这第一部发表的小说开始，即以语言为颜料，绘制这一地区山川景物特有的风貌。在这部小说中，哈代也用"图画"来形容这里的风物："她沿着大路走进一段林荫拱廊，那枝枝叶叶都密密匝匝地垂悬下来，使人一路走去，就像进了一个兔子窝。不一会儿就走到了园囿的旁门。这时已浓云四合，远较那位农夫所预告的要快；那群羊挨挨挤挤地向前走着，各按自己的调门咩咩乱叫。铅灰色的树荫，就像现代法国画家的图画那样，给远方那种阴暗的景色增添了一抹神秘色调，好像硬是要让人透不过气来似的。她还没走完园囿的一半，隆隆的雷声就清清楚楚地响起来了。"（第八章第四节）

除了景物之外，这部小说中榨苹果酒的热闹场面，佃农家圣诞之夜的欢快气氛以及乡民们带有浓重口音的闲谈，也都体现了哈代特有的地方色彩。

再次，哈代对偶然突发事件的艺术处理，或者说对巧合的独特安排，在这部小说中，也早见锋芒。这里仅以婚事的耽延为例加以说明：门斯屯前妻"死而复生"的消息，不早不晚恰在他与西塞丽亚举行过婚礼仪式之后传来，不能说不巧；而恰是这样一个巧而又巧的偶然，改变了很多人的命运。类似的婚事耽延阻隔，在哈代的大部分小说中都可以随手翻到：朵荪·姚伯与韦狄（《还乡》）、斯威森与康斯坦丁夫人（《塔中恋人》）、苔丝与安玑·克莱（《德伯家的苔丝》）、皮尔斯屯与第一代阿维斯（《意中人》）、裘德与淑·布莱德赫（《无名的裘德》）等等。耽延或阻隔的具体细节和原因各不相同，但对小说中人物关系和人物命运至关重要的影响，却无一例外。表面看来，偶然事件或巧合本来也属构思技巧方面，但它一旦与人物关系以及人物命运相互关联，则被赋予了一层哲理意味。这正是哈代作为严肃小说家，在处理情节时总比一般通俗小说技高一筹的所在。

最后，哈代小说惯有的，就宇宙、人生、历史、命运、爱情、事业的严肃思考和评说，在这部小说中也已开始显现它的功能。

西塞丽亚与爱德华的恋爱和婚姻开始之所以会好事多磨，最终之所以会吉人天相，既非作家凭空安排，也非全是由于其间有"小人拨弄"，而是深受发展过程中外在经济因素和内在感情的制约。小说中间偏后的部分，哈代谈到爱德华日益深陷对西塞丽亚的爱情时，曾有这样一段评说："斯普林格洛夫早已超过了陷入爱河的那条特别界限——如果确然它还不能称为全面感情投入的最初阶段的话——进入渴望拥有的阶段。这时候，这个女子在某个男子心目中，已经从仅仅接受赞赏发展为热望朝夕相伴了。在对她这个人本身已作如此设想的情况下，她的音容笑貌都大为改观。所有关于这个至亲至爱的人的一切，过去以'她'相称的，如今都以'我们'相称了。从前要加以征服的目光，如今要心存畏惧了；从前以讥诮嘲弄的方法加以探究的头脑，如今则要小心呵护了；从前跳舞时，要加以检测的步履，如今则要它不再受屈了；那一度备受挑剔的声调、仪表和服饰，也变得要优宠有加了。"（第十三章第十五节）

《计出无奈》中的这类文字，说明这部注重情节的小说的青年作者，具有相当深刻的人生理解和体验，也许还是切身的体验，同时也具有哲理、思辨的头脑。他能以这类论说为他的小说画龙点睛，提高他的小说的严肃性。同时这也更深一层地说明，哈代在这部小说发表后不过一年的时间，即以严肃小说家而登上英国文坛，也绝非偶然。

在整个这一小节当中，我们主要想说明的是，英国19世纪后期最大的小说家哈代也曾"通俗"过，而且是以通俗起家。但从创作动机来看，他以通俗的面目在文坛亮相，也是"计出无奈"。

为了步入文坛、立足文坛，他不得不设计制造轰动效应，也就是取悦公众。哈代大体上达到了目的。但是，他并未满足于通俗小说家的声誉，因为轰动效应只是他的手段，而非目的。几乎就在这部小说刚刚脱稿之时，他就着手创作另一部风格迥异的小说《绿林荫下》，并逐渐展露了严肃小说家的本质。不过此后哈代虽然放弃了单纯以情节取胜的通俗小说的创作，但却从未放弃过小说创作中对情节的精心处理。像菲尔丁、狄更斯等前辈小说大家一样，他在每部小说中都运用处理情节的精湛技巧，使它们更加引人入胜，堪为雅俗共赏。他的《贝妲的婚事》（1876）、《冷淡女子》（1881），还有《牧童所见》（1881）等中短篇，都属于"精于结构的小说"。他创作中期重要代表作《还乡》（1878）以及最后的，也是最重要的小说之一《无名的裘德》（1895），也都是富有紧凑戏剧性结构的杰作。哈代创作这类作品时，无论多么精心地绘制优美的牧歌式田园图画，塑造生动逼真的各种类型人物，阐述对宇宙、人生的严肃思考，他都始终不忘收紧情节这条绳索，因此他的作品，几乎每部都具有一种令人不忍释卷的力量。

乡土与世界

前文已经提到哈代的地方色彩，也就是乡土特色。在 20 世纪以前，关于哈代小说的早期评论中，乡土特色，几乎是批评家瞩目的首要焦点。所谓乡土特色，主要应指作品所表现的自然环境、风俗人情、文化语言等等具有地区性的独特色彩。哈代容易给人乡土作家的印象，细究原因，确也顺理成章。

原因之一：哈代发表的第一部长篇小说，就带有乡土特色，随后两部严肃小说《绿林荫下》和《一双湛蓝的秋波》以及再后的成名作《远离尘嚣》，都有浓郁的乡土特色；而他的全部小说，包括中短篇作品，几乎无一不或多或少地带有乡土成分。

原因之二：哈代在他漫长的生活历程和三十余年小说创作生涯中，除去前五年的伦敦建筑行生涯和间或外出旅游、访问，没有离开过他所土生土长的本乡故里，即多塞特郡的多切斯特及其邻近的城乡一带。也是哈代有幸，恰逢他所生长的这一带地区具有得天独厚的优越自然条件：气候温和，山川秀丽，环境幽僻，民风纯朴，为哈代的乡土作品提供了天然的优质模型；而哈代本人又恰恰生就了平和恬淡、亲近自然的气质，对于家乡的乡土特色向来具有一种审美性的鉴赏能力。

原因之三：哈代在小说创作中具有自觉的乡土意识，着意突出其作品的乡土气息。从他的第四部长篇小说《远离尘嚣》开始，"威塞克斯"这一古老的历史地理名称，即出现在小说本文当中。到 20 世纪第二个十年，他的作品集结成全集的时候，他统称他的作品为威塞克斯小说与诗歌，并明确界定了这一地区所属的范围：北起泰晤士河，南至英吉利海峡，东以海灵岛至温莎森林一线为界，西以科尼什海岸为边（《1912 年威塞克斯版小说与诗歌集总序》）。这一地区处于英格兰西南部，在英国中古七国时代属于威塞克斯王国（又译西塞克斯王国），分上、中、下、北、南、侧、外七个部分。哈代的十四部长篇小说以及四十余篇中短篇小说，主要场景都在这一地区范围之内，其中只有少数作品牵涉到伦敦（《一双湛蓝的秋波》、《贝姐的婚事》）、牛津（《无名的裘德》）以至海外（《冷淡女子》、《塔中恋人》等），但那些地点都只是陪衬背景，而且不是作者着意描述的对象，而"威塞克斯"地区起伏连绵的牧场农田、崎岖险峻的海岸港湾、古老幽深的园囿大厦，淳厚拙朴的乡音土语，才是哈代视作他的小说必不可少的构成部分。哈代常给他的小说标以副题，用以说明整部小说的某种本质属性。他的第二部小说《绿林荫下》，副题就是"荷兰画派的乡村画"。在这部小说中，自然风光、习俗民情的描绘，和人物事件相比，占了相当大的比重，而且具有相对的独立性，真像是在故事情节之间穿插了以散文语言绘制的风景插图。

英国小说史上，向来不乏表现地方色彩的作品。在哈代之前，有司科特的"威弗利小说"，有狄更斯的伦敦，有乔治·艾略特的英格兰中部农村；在哈代之后，有本内特的"五镇"，有劳伦斯的诺丁汉矿区，等等。而在这些表现地方特色的作家群中，哈代更似司科特和乔治·艾略特一类，重点在于表现乡村的自然和风情。

大自然本身，向来就是一个美的客观存在，她远远早于人类的存在，而且又是人类存在不可须臾离开的环境，很早就成为艺术文学模仿和再现的对象。古今中外也总有艺术家、文学家对大自然的山川草木、风花雪月情有独钟，又在再现这些内容时形成各种风格和流派。在绘画和音乐领域中，这一现象尤为突出。而在文学史上，早就出现过陶渊明（365—427）等的田园诗和王维（？—761）等的山水诗以及描写大自然的赋和散文名作；在英国，渥兹渥斯（1770—1850）要算是这方面杰出的代表。稍早于哈代，正是美国流行超验理论这个运动的年代，它再次提出归真返璞，回归自然。实际上这是对工业技术迅速发展、物欲横流社会现象的一种逆反。这一派文学家身体力行的代表，是梭罗（1817—1862），他的代表作《瓦尔登湖或林中生活》（1854）正是超验主义的代表作品，也是表现人的心灵与大自然沟通的难得佳作。哈代虽然并未明确提倡这类主张或加入这类运动，但他在个人气质上和创作实践上，都与这一理论和运动部分地相通。他在自己的小说中，就将"天生的音乐家、艺术家、诗人、先知和预言家"称为"把大自然的奇迹传统译为普通用语的人"（《贝妲的婚事》第二章），因此，他早年在繁华闹市伦敦谋生五年（1862—1867）之后，却在建筑行事业有成的关键时刻，因"健康原因"返归故里，继续他那"职业生活、学者生活、农村生活"① 合而为一的生活方式，直到终老乡间。哈代在自传里所谓的这种"健康原因"，当然也指体质健康而言，但似乎也应从心理健康方面去深入理解。他的重要作品《还乡》中的克林·姚伯和《德伯家的苔丝》中的安玑·克莱，或多或少也应说都有哈代青年时代这段生

---

① 《哈代自传》，麦克米伦出版社 1984 年版，第 36 页。

活经历的影子。

　　哈代不仅常将自然和地理环境作为小说中相当独立的成分加以处理，而且往往将它们推诸台前，赋予灵性。他的花草树木也会叹息低语，本来无声之物，听之也会有声（《绿林荫下》、《林居人》、《德伯家的苔丝》）；他的荒原，有一副带表情的人的容颜（《还乡》）；他的古塔废墟，能演义史迹和传说（《古堡夜会》①、《塔中恋人》）；连他的野蜂，也会醉酒（《林居人》第二十五章），奶牛也善解人意和音律（《苔丝》第三期第十七节）……只有像哈代这样天生具有破解大自然奥秘的高超悟性的作家，才能将景物处理得如此绘声绘色，出神入化："可以听见暴风雨像步兵巡逻队似的，不时围着古堡一圈又一圈——每圈足有一英里——呼啸着飞掠过去。""原在意料之中的闪电把周围照亮了，从古堡地下若干穹窿中——如果有穹窿的话——发出阵阵隆隆声，响彻整个古堡。……这种具有金属色泽的火焰，如此突如其来走进现场，就像一位主持其事的宣讲人走了进来，翻开地图，揭开图表，打开展柜，仅在揭示以前还一直莫名其妙地遮盖着的他那一学科的材料，就顿时全部改观了。"（《古堡夜会》）

　　代表哈代小说景物处理最高艺术的，自然首推《还乡》。在这里，景物本身不仅像在《绿林荫下》当中那样，与人物占有几乎等值的地位，成为小说中独立的构建，而且与人物交融，互为补充，或互为对比。这部小说第一卷第二节，题名《人物和愁恨携手登场》，女主人公游苔莎从天边映入读者眼帘的出镜场面，就是一段天人合一的精彩描写："那个人形在那里站定，跟下面的丘阜一样，一动也不动。""这片郁苍重叠的丘阜，让这个人形一装点，就显得又完整又美妙，它们所以应该有那样一幅规模，显然就是因为有这个人形。要是群山之上，没有这个人形，那就好像一个

----

　　① 哈代的短篇小说，最初发表于1885年。

圆形屋顶上没有亭形天窗一样；有了这个人形，然后那一些迤逦铺张的底座，才显得更没有艺术上的缺陷。那一大片景物，说起来很特别，处处都协调，那片山谷、那个山峦、那个古冢，还有古冢中那个人形，都是全部里面缺一不可的东西。"①

在随后许多章节中，荒原和各种人物之间，展现出各式各样神奇微妙的关系。雨冢上参加祝火庆典的土著乡民，与荒原浑然天成，鱼水相得；游苔莎这个具有"现代"思想和追求的妙龄美女，与荒原的古朴苍凉格格不入；红土贩子和他的篷车昼夜神出鬼没，更增添了荒原的神秘；荒原的沉静不变也能改变人物躁动不安的心情。英国小说家中，将景物人格化，甚至神化到如此程度的，除哈代之外也不易多寻。正是在这层意义上，称哈代为"自然主义"作家才见分寸。这显然与左拉的自然主义不尽相同。关于哈代本人对这位法国同龄人以及他的自然主义、实验小说的看法，我们在下文还要涉及。

但是称哈代为乡土作家，这丝毫也未减损哈代小说的品位。因为乡土或地方色彩，并非一个狭隘的地理概念或封闭性的艺术概念。艺术（包括文学），总是以其特有的色彩（包括地方色彩）加入世界文化整体的。哈代对此问题也有他自己的见解："人们有时认为，某些小说在一个范围有限的地方展开故事情节——许多小说（虽然不是所有小说）——因此就不像那些场面遍及很多地区，甚至遍及地球上四面八方的小说那样，在表现人性方面包罗万象。……小说人物涉足的舞台在地域方面所受的限制，并不是由环境绝对强加于作者，而是作者出于判断而把这种限制强加在自己身上的。我认为：我们从希腊人那里接受下来辉煌的戏剧文学，其中很大一部分情节在他们那片国土上找到了充分的活动余地，而那片国土同合在一起统称威塞克斯这个古老名称的五六个

---

① 译文引自张谷若译《还乡》，人民文学出版社1958年版。

郡比较起来，并大不了多少。在威塞克斯的穷乡僻壤，一如在欧洲的皇宫王室，普通家庭感情的兴奋搏动，也可以达到同样紧张的程度；而且无论如何，在威塞克斯也有十分丰富的人类本性，足够一个人用于文学。……虽然表面看来，这些人的思想感情都带有地方色彩，而实际上却四海皆然。"（《1912 年威塞克斯版小说与诗歌集总序》）哈代在一些小说中也提到，就在他所限定的这一范围有限的地区之内，有"默默无声的弥尔顿"、"锋芒未露的克伦威尔"（《德伯家的苔丝》第三期第八节）；而且"在热情地做着美梦的时候，培梅街①和威塞克斯的面貌大致相同"（《贝姐的婚事》第二十八章）。

　　哈代在这里所强调的，还只是带有地方色彩的人物的思想、感情具有世界性的普遍价值。其实风光、景物的地方色彩，它们那种与众不同的独特情调，正像风格独特的绘画、雕塑、音乐作品一样，恰最易于被世界上各民族、各国度所认同。哈代笔下的山川草木、民俗语言以及历史遗迹的乡土气息，对于厌倦了繁杂纷扰的都市生活的人，尤其具有强大魅力。早期的哈代研究者查理斯·G. 哈泼（Harper）曾说："一个在城市里长大的人，'感情麻木，精神迟滞，受城市喧嚣的压抑'② ……他可以跑到爱敦的农田上过一个时期的隐士生活，把已经饱尝的城市喧嚣滋味完全隔绝，然后再回到城市，那时他就精神重新振作，步履更加健康。"③ 当今世界，随着环境保护呼声日益高涨，随着旅游这一通俗文化的迅速普及和发展，哈代的威塞克斯已经与世界各个角落顺畅沟通，成为在一代新人中普及哈代作品，推动哈代学术研究，赋予哈代作品新生命的重要场所，这正是哈代的地方色彩所产生的不容忽视的效果。笔者从 1988 年至 2012 年数次到多切斯特参

---

① 　伦敦市中心一繁华地区，为俱乐部聚集中心。

② 　引自哈代诗《林中》。

③ 　哈泼：《哈代乡土志》第十五章，伦敦，A. &C. 布莱克出版公司 1925 年版。

加托马斯·哈代双年会，亲眼目睹，切身体验，对此感受尤深。仅据手头有限的资料即可知，当前哈代的小说作品不仅在美、加、澳等同语种国家有广大读者，而且在欧洲大陆以及亚洲的印度、日本、菲律宾以及我国，都有相当大的读者群和相应的翻译出版物和阅读、研究组织。对于哈代与对应外国作家，如法国的普鲁斯特（1877—1922）、阿兰·傅尼埃（1886—1914），美国的德莱塞（1871—1945）、福克纳（1897—1962）等进行的对比研究，也是哈代的世界影响日益深入的一个标志。

写实与其他

前文已经提及，哈代由于常以小说的大量篇幅为大自然作画，从而被称为自然派作家。哈代最初被介绍到我国的时候，也有人称他为自然派诗人①，而在 20 世纪 50 年代以后的三四十年中，我国读书界和批评界，通常视哈代为现实主义或批判现实主义小说家。诚然，即使哈代的那种浓郁的地方色彩，也是他的现实主义的一个重要内容。试想，如果脱离了威塞克斯的具体山川和人物，哈代的小说又从何说起？哈代在他那篇《1912 年威塞克斯版小说与诗歌集总序》当中直言不讳，列举了长长的一系列地名，交代了他在创作中如何将这一地区的真实地点景物一一移植入他的小说。当然这种移植还包括改造和加工，不是机械性的位移，而是艺术创造。早在哈代生前，对他的威塞克斯小说与诗歌的地理背景的研究，就已成为学者专门研究的课题，并逐步发展为一门集考据、舆地、文学以及绘画与摄影合而为一的边缘性、跨学科性学科，赫尔曼·李（1869—1952）和戴斯·凯－鲁滨森等人的著作，就代表了这方面的成就。

---

① 据《东方》杂志第 18 卷第 14 期《自然派诗人》一文。

　　哈代那些带有地方色彩的人物和事件，也大多源于现实生活和历史事实，带有明显的传记性质。他的许多主人公或其他重要人物，人物与人物之间的关系，特别是感情和两性关系方面的纠葛，不少与哈代本人、他的父母、祖父母、亲戚、朋友、乡邻以及他恋爱、婚姻的对象有关。如《绿林荫下》男主人公狄克·杜威和他的父亲、祖父三代乡村业余琴师，就是哈代和他的父亲、祖父三代人业余音乐生活的写照；《一双湛蓝的秋波》中埃弗瑞德是哈代第一位妻子爱玛和哈代表亲特莱芬娜的综合体，斯蒂芬·史密斯的家庭背景和职业有些似哈代本人，奈特则颇像哈代早年的好友兼导师荷拉斯·莫鲁，当时一位早夭的古典学者和文学批评家；裘德的奋斗和失败既有哈代早年经历，又包含莫鲁命运的影子；《冷淡女子》中男主人公、青年建筑师萨默塞特的职业活动，哈代也说其中融入了他本人的经历；苔丝早年的灾难，似哈代祖母少女时代的经历；《贝姐的婚事》中埃塞贝姐的伦敦冒险，部分地以哈代母亲婚前在伦敦大户人家做厨娘为本；而《卡斯特桥市长》中亨察德的命运，据说与哈代前辈作家安东尼·特罗洛普（1815—1882）父亲的遭遇类似。如今，就哈代出身、家庭背景以及个人经历进行考证、分析，也早就形成了哈代研究的又一重要分支，而且对于研究哈代作品，具有重要参考价值，但是也有不少学者和爱好者，出于种种原因，对于追溯哈代世系的探讨至今不以为然。

　　不过无论如何，以现实生活和历史上确有的地点、人物和事件为创作底本，仍然是写实作家不可避免的基本手法。哈代不仅在创作方面证明他确实运用这一手法，而且理论上也明确倡导。他在 1890 年写的《英国小说中的真实坦率》一文提到，严肃认真的小说应该"在富有思想的成年读者头脑中激起发人深省、经久不衰的兴趣"。他提倡"精准确切的描写"，反对"幼稚琐碎的编造"，认为"在再现世界时，各种情感都应像它们在现实世界的实际情形一样恰如其分"，要像"雅典人那些不朽的悲剧"那样，"反映人生，暴露人生，批判人生，人生既然是一种生理现实，要对它作坦率真实的塑造描绘，且不谈其他，必然要大量牵涉到两性关系，还要大量牵涉到以真实的两性关系为基础的结局，取代那种崇尚虚假粉饰的结局。……英国文学在朝向这一方向发展时，遇到了英国社会给它设置的难以逾越的鸿沟"。从这些论述不难看出，哈代一方面坚持对前人现实主义优良传统的继承，坚持再现世界、人生的本质；另一方面也对文学界现实存在的不良倾向——凭空捏造和歪曲现实的本质，提出了挑战。而回顾哈代的创作道路，他确实在身体力行地实践自己的主张。即使是他的第一部着力于情节，追求轰动效果，编织取悦公众的大团圆结局的《计出无奈》，也还是从现实主义起步，而且在人物塑造、情节构思等方面也都真切可信，达到了一定的深度，对社会和人生，也有一定的揭示和批判。在他的每一部严肃小说中，他更是将人物置于宇宙和世界的大舞台的正中，让他们去经历奋斗、挣扎以及种种感情的纠葛，最后揭开人生的真谛。

关于艺术之再现人生，哈代在 1890 年 8 月 5 日的日记中，又有这样一段论述："艺术是将事物实际之大小分寸、秩序条理加以改变，这种改变要达到使艺术家的特性对这一事物之中感觉最为强烈的某一点变得更有说服力，如不改变，则不能做到这点。这种改变，或谓之扭捩，可有两种：（1）是高级艺术；（2）是低级艺术。简而言之，想象的艺术并非逃避人生，而是以一种独有方式使之强化。"这就深入一步地指出了现实主义的艺术和人生的关系。哈代所指这种对于现实事物的改变和强化，恐怕也就是对现实生活本质的提纯和概括。这也正是哈代与自然主义的分袂点。

哈代最著名的女主人公苔丝，可以说就是经过这种改变、扭捩强化而成的一件艺术精品。她的外貌，据说取自哈代在乡间黄昏散步时偶遇的一位赶车姑娘，她早年的灾难，如前述与哈代祖母婚前遭遇类似，苔丝的结局来自哈代幼年观看执行绞刑印象的联想。哈代在1886年1月3日日记中对这种"强化事物"，又进一步说要做到"因其强化而使其心灵及内在意义明显可见"。苔丝这一形象的深度，也就来源于此。读者对她的了解和熟悉，并不止于外貌和行为举止，而在她的"心灵和内在意义"。苔丝从一个漂亮、单纯、幼稚的少女成长为美丽、坚忍、成熟的女人，经历过复杂深刻的心理过程，而能够将这一内在心理过程通过一系列人物外在行为举止真切自然地表达出来，哈代在这方面的造诣是第一流的。向来有人为苔丝重归亚雷·德伯怀抱惋惜，认为这是哈代的败笔，其实正因如此，苔丝才更像真实的凡人，而非圣者、天人。

既然艺术是对现实事物的扭捩和强化，艺术家在完成这一艺术创造中必有自己的准则和立场。下层社会出身的哈代，在创作中从未离开过这一立场。他在1883年所写的社会调查报告《多塞特郡的劳工》，就反映了他作为成名作家对当时生活在他家乡一带农业劳动者的深切关注。他的小说，也反映经济生活领域里劳动者、小人物和有产者、上层人物的差异和对立。阶级对立的双方，占上风的一方总是为富不仁、褊狭、自私、虚伪、荒淫者居多；而处于劣势的一方则以纯朴、真诚、善良、慷慨、仁爱者居多。斯普林格洛夫和温特伯恩（《林居人》）的破产和苔丝的灾难，根源在于受制度维护的贵族和有产者的为所欲为。不过就小说总体来看，哈代在这方面用笔并不算多。从马克思主义的历史主义和社会学的角度来看，这类人物，包括苔丝、温特伯恩、裘德、亨察德、游苔莎及克林·姚伯等的奋斗、挣扎，都反映了社会发展到哈代的时代，普通小人物要求摆脱旧有等级制度以及维护这些制度的种种陈规陋习，实现自我发展的愿望日益迫切。他们与环境冲突，也就是与旧有制度和陈规陋习的冲突。他们的悲剧命运，则反映了环境的险恶，旧有势力的强大，这是哈代所反映的时代历史条件制约的结果。但是哈代像他那个时代的大多数中产阶级知识分子一样，在他的世界观中，进化论、先验论、不可知论占统治地位。他以物竞天择、适者生存的进化论原则运用于塑造人物和构思情节，常把人物在人生奋斗中产生的悲剧归咎于人物本身性格的弱点，如苔丝父母的愚昧无知，裘德的情感软弱缺乏自律，亨察德的刚愎自用；在有些情况下，性格决定论也难成其为充足理由，则只好借助于性格与环境之外的第三者——命运，或掌握命运的那位始初之神——上帝。不过出于哈代的切身体验，他对于精神世界中、文化心理上的阶级对立，对于上层阶级对下层阶级的偏见以及与这些偏见相适应的习俗制度，确有本能的特殊敏感。在这方面，他与他同时代出身于中产阶级的小说家不同。阶级的和习俗的偏见给人们带来的悲剧命运，造成的婚姻不幸，常是哈代不断重复的主题，他从开始写《穷汉与淑女》，就确定了这一主题，并赋予它明显的阶级对抗性质。十分有趣的是，从残存文稿中，我们还可以看到哈代曾为这部小说制作过这样一个标题：《穷汉写的穷汉与淑女》。这多少也能说明作者哈代当时的立场。这部小说虽未发表，且已失散，但其中很多篇章已经融入哈代以后的几部小说，这也象征了《穷汉与淑女》——阶级对立的主题，贯穿于哈代的很多作品。

　　让我们回过头来再看《计出无奈》。爱德华·斯普林格洛夫和西塞丽亚这样一对穷苦无助的青年男女，已经敢于面对有钱有势、骄横跋扈的奥德克利夫小姐进行抗争。爱德华父亲的房屋被一场大火烧成灰烬后，奥德克利夫小姐乘人之危进行兼并，爱德华找到小姐门下，据理力争，就使小姐深深感到："这个受过教育的自己家佃户和下人的儿子，已经学着保持自己的独立性，并且以波希米亚式的观点看待社会……这样他就有了新一代人打破陈规的阶级界限的见解。"（第十二章第四节）西塞丽亚本来单纯柔顺，老小姐劝诱她与自己的私生子结婚时说："抓紧机会快赢牌！……

你拒绝一个男人的时候，就有永远再也得不到另一个的危险。"西塞丽亚听罢立即反唇相讥："你作年轻姑娘的时候怎么没赢牌呢？"在后来的连续几部作品中，范西·戴动摇于狄克·杜威和梅鲍德之间（《绿林荫下》），埃弗瑞德动摇于斯蒂芬与奈特之间（《一双湛蓝的秋波》），拔示巴动摇于欧克与特洛伊之间（《远离尘嚣》），格瑞斯动摇于温特伯恩与费兹皮尔斯之间（《林居人》），都受相关人物所处阶级地位制约；斯威森和康斯坦丁夫人那种超凡脱俗、不计利害的塔中恋情，终归也经受不住塔外世俗成见的冲击（《塔中恋人》）；埃塞贝妲招摇撞骗，不择手段地向上爬，首先应该责怪的不是她本人，而是上流社会对她的贫贱出身抱有苛刻的偏见，使她无法施展才能和抱负。

哈代生活和从事创作的年代，正是西欧社会主义思想传播并付诸实践的重要时期，他出生后的第一个十年（1840—1849）正值英国宪章运动高潮和欧洲共产主义运动兴起；他小说创作生涯之始（1870 年前后）又值欧洲共产主义运动高潮。哈代的出身和早年经历又是那样地接近社会底层，但他似乎始终未能与社会主义结缘。埃塞贝妲的长兄索罗门大约要算是绝无仅有的哈代寄予深情厚望的劳工形象（《圣经》中的所罗门王是以智慧为特征的），他有一定的觉醒意识，在劝阻埃塞贝妲不要玩火冒险时曾说："你走的道儿不对头。在我们国家没用的废物当中往上爬，如果来一场大火，这些废物就得先烧着。"（第四十六章）但在这里，哈代只是借助索罗门之口，客观地反映了社会这阶层人的一种看法，在这部小说以及哈代其他任一部小说中，索罗门的这一预言似乎从未实现——哪怕是略显苗头。索罗门本人的结局，最终还是与有钱的贵族结亲，在伦敦办了承包建筑的工厂。倒是哈代第一部发表的《计出无奈》，始终贯穿着穷苦平民与大户权贵的明争暗斗。这又反过来说明，尽管这部小说在艺术上与在它之前夭折的那部《穷汉与淑女》迥异，但在思想上，则是对它的继承。在

90 年代哈代小说创作顶峰期发表的、一般公认为哈代最重要的代表作《德伯家的苔丝》中，也也有一条明显的阶级对抗的线索，而且是以暴力作为反抗——苔丝杀死亚雷·德伯——而告终。但在这里，女主人公还是"计出无奈"，结果是她和她的压迫者同归于尽。到此为止，大约也是哈代的批判现实主义所迈出的最远一步；而在他最后的一部，也是又一部重要代表作《无名的裘德》中，他则又退回到视"阶级感情、爱国心、自救灵魂主义，以及别的道德……都只是卑鄙的排外利己思想"① 的地步（第五部第三节）。

哈代在他的创作探索中虽然未能踏上社会主义之路，但他确实是在探索中毕其一生。在他近三十年小说创作之途中，主线是写实—现实主义—批判现实主义的，但他又总是在边行边探索，有时又别辟蹊径，标新立异；不过又时时回到主线上，继续前进。他为自己的小说所作的分类，也可以说是他对自己创作的一个回顾和总结。如果仅以他那十四部长篇小说为例，以出版时间顺序和作品分类为标线，构成其创作路线的轨迹可显示如下：

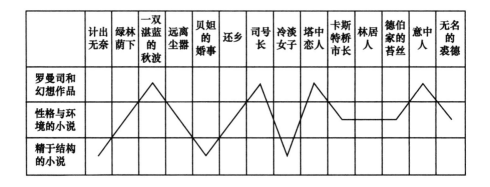

	计出无奈	绿林荫下	一双湛蓝的秋波	远离尘嚣	贝姐的婚事	还乡	司号长	冷淡女子	塔中恋人	卡斯特桥市长	林居人	德伯家的苔丝	意中人	无名的裘德
罗曼司和幻想作品														
性格与环境的小说														
精于结构的小说														

分析上图显示的折线，我们很容易就可以作出下列结论：

1. 哈代的创作道路不是笔直的，而是相当曲折。

---

① 译文据张谷若译《无名的裘德》，人民文学出版社 1958 年版。

2. 哈代在前期创作中，方向转换幅度很大，说明其探索性更强，到后期则比较平稳。

3. 哈代创作的重点，是属于性格与环境的小说，主要集中于后期完成。它们代表了哈代小说现实主义的最高成就。

当然，哈代也曾附加说明，他给自己小说所作的分类，只是一个大致的轮廓，就每一部具体小说而言，它们往往兼有各个属类的性质，只不过在具体小说中所占比重多寡不同而已。另外，我们虽说性格与环境的小说代表哈代小说现实主义的最高成就，这也并不排斥其他两类小说（尤其是精于结构的小说）中丰富的现实主义成分。但是哈代确实也有一些作品，尤其是属于罗曼司与幻想作品一类的长短篇以及归属于杂类的中短篇，从其主要倾向和风格来看，确实难以视为现实主义小说。

顾名思义，属于罗曼司与幻想作品的几部小说主要是写爱情故事和虚构的成分更多的故事。它们不同于其他两类小说中爱情故事的特点，首先在于它们那种超凡出尘、少市井气的某些素质和激情。《一双湛蓝的秋波》的地理背景是英格兰西端康沃尔面临大西洋的海岸，《司号长》和《意中人》的，是英格兰西南海岸著名海港韦默斯以及毗连的波特兰岛。这些造化独钟、鬼斧神工的奇妙海岸本身，就富有迷人的浪漫情调。这些小说的女主人公，牧师之女埃弗瑞德（《一双湛蓝的秋波》）也罢，磨坊主之女安·加兰（《司号长》）也罢，贫苦村姑阿维斯（《意中人》）也罢，都是一种天真未凿、空灵脱俗之美。《塔中恋人》的主要背景，空旷原野上凌空兀立的高塔，它那远离人寰，比肩星空的态势，都轻易造就了一种使人物超越时空，直接进入宇宙的境界。塔中那一对情侣，青年天文学家斯威森与康斯坦丁夫人的忘年之恋，更具超然物外的情怀。这一双恋人的秘密恋情、婚配和产子，还有《意中人》中雕塑家皮尔斯屯对阿维斯祖孙三代一往情深的情感，看来虽显离奇，但却别具深切感人的魅力，这正是浪漫主义作品所独有的审美效果。

即使是在"性格与环境的小说"中，哈代也未全然排除写景状物，塑造形象时采用浪漫主义的手法。《还乡》的很多场景以及它的女主人公是浪漫的、诗意的；苔丝和安玑·克莱的恋爱和结局也是浪漫的、诗意的。在这类小说中，哈代将浪漫主义的板块嵌入现实的整体，而且结合得不留痕迹，这又是哈代在艺术上炉火纯青的一种表现。

哈代那部少有的中篇《挤奶姑娘的浪漫奇遇》在他的浪漫主义作品中，更是不可忽视的一部，挤奶姑娘玛格瑞在感情选择中动摇于贵人（无名男爵）和穷汉（烧灰工吉姆）之间，这本是哈代现实主义小说中一个惯常的主题，但是对这一主题的处理手法不同，无形中就带来迥然不同的审美效应。挤奶姑娘的奇遇发生在夜深人静漆黑一片的树林之中，陌生的无名男爵穿皂衣，跨黑马，面无血色，表情怪异，但他拥有灰姑娘的仙姑的奇妙法术，对玛格瑞具有无穷魔力。他以满足玛格瑞参加舞会的愿望为条件，换取他可以随时召见她的权利，这又恰似浮士德与靡菲斯特订立的契约。全篇小说充满超现实的、哥特小说式的神秘怪异，把人带入奇妙的幻想世界。这部小说，如果从神话原型派的角度分析，也可以视作以《灰姑娘》为模式的现代童话。哈代的这一类浪漫主义小说，无疑也反映了哈代的诗人情怀。

哈代不仅是天生的诗人，而且是诗人中一种类型的奇才。文坛上通常的规律是，人在青年时代激情奔放，更富有诗的灵感，因此很多诗人成名于血气方刚的青年时代；而人届中老年，经历沧桑，锐气多有损耗，则更适于冷静地、理性地从事其他样式的文学创作。哈代的创作实践则恰恰相反，他先以小说家，后以诗人而成名；而他的诗作，仅有少部分写于早年。而他文学创作生涯的前期，又极富诗情，这说明他既善于长期贮存自己诗的激情，施诸后期的诗歌创作；又善于随时抒发这种诗的激情，借助前期的小说。哈代的浪漫主义小说，无疑是他那诗的激情的自然涌流。即使已知天命，他还满怀青少年的诗的激情，创作了那部独特的《意中人》（1892）；甚至以至耄耋，还创作了《康沃尔王后著名的悲剧》（1916—1923）那样的浪漫诗剧。

哈代还有一部分中短篇小说，如《耽于幻想的女子》（1896，又译《因情所感》）、《萎缩的胳臂》（1888）、《瑞乐舞琴师》（1893，又译《魔琴师》）、《格瑞布府上的芭芭拉》（1890，又译《破相败婚》）等，也都富有浪漫神秘和超自然的格调；《一八〇四年传说》（1882，又译《巧遇拿破仑》）、《三个不速之客》（1883，又译《三怪客》）这些根据民间传说写成的短篇，其实也应属于此类作品。在他们刚刚发表的时代，由于当时科学发展程度和人类认识水平限制，一般被笼统视为神秘、幻想、虚构的浪漫传奇作品，倒也未尝不可；19世纪末，先后在英国和德国兴起的新浪漫主义小说，也与这类作品颇多相似之处，而时代发展到一百年后的今天，不少学者也已经开始对它们的性质和含义另作新解。笔者不恭，也愿忝列其末，借下节少量篇幅略述浅见。

传统与现代

哈代诞生的年份（1840年），正是英国维多利亚女王继位的第四个年头。这位女王死于1901年，在位共六十四年。这是英国小说史上一个辉煌鼎盛的时期。40年代，正是狄更斯、萨克雷开始叱咤文坛的时期；随后，盖斯凯尔太太、特罗洛普、勃朗特姐妹、乔治·艾略特、梅瑞狄斯相继推出他们各具风采的作品。哈代自六七十年代之交开始小说创作，至90年代末基本结束小说创作生涯，此期间恰是维多利亚时代后半期，斯蒂文森、吉辛、王尔德、吉卜林、康拉德都继哈代而先后开始小说创作，哈代无疑是属于维多利亚时代的。在这个时候后半期作家群中，仅就时序而论，他居于群贤之首；而以时间间隔而论，他则更接近前半期的作家，这个维多利亚时代前半期，正是继承和发展从18世纪开始的英国近代小说现实主义传统至关重要的时期。哈代的现实主义—批判现实主义小说，正是对此大传统的继承。从哈代小说艺术的主流来看，他在处理人物和情节上、在运用叙述方法上，仍是现实主义的传统方法，但若将他的小说全部纳入传统，却又总觉得很难统统囊括。

让我们回过头来再看哈代那些浪漫主义的小说。在英国小说史上，不像在法国，出现过雨果那样有代表性的浪漫主义大家。18世纪后半期至19世纪初在英国流行的哥特体小说，也是一种浪漫主义小说，它对后世英国文学的影响，虽然难说深刻广泛，但却相当久远；而像爱米丽·勃朗特的《呼啸山庄》（1847）那样充满浪漫主义激情的爱情小说，在维多利亚时代似乎并不多见。哈代的浪漫主义小说，有哥特小说的影响，更有对欧洲浪漫主义小说的借鉴。但是如作横向比较，则与英国19世纪最后三十年兴起的新浪漫主义小说更有亲缘。新浪漫主义小说的代表作家是斯蒂文森和吉卜林，他们力求小说的奇险和异国情调。他们不同于前辈浪漫派作家的一个主要特点是探求和表达人物内心深层次的奥秘和人生深层的哲理。哈代的《意中人》就是在这层意义上颇为引人注意的作品。青年雕塑家重返故里，与他那青梅竹马的恋人阿维斯相见，并为自己的雕塑找到了理想的模特儿，但由于偶然的迷失而错过了与此纯洁美丽的乡村少女的姻缘；等他已届中年，再返故乡，阿维斯已红颜化土，他又将自己对她那久持不泯的爱情移植于她的女儿、第二代阿维斯身上，但此女此时已罗敷有夫。皮尔斯屯年近垂暮再返故园，又移情于第三代阿维斯。这是一个受过教育的少女，是比她母亲及祖母更具理想之美的化身。她在与老艺术家即将成婚之际，与年轻恋人私奔，后在伦敦成婚。皮尔斯屯欣然赞助这对青年成家立业，并与男方的寡母，也就是曾与皮尔斯屯曾有一夕之欢的情人马西娅结婚。但此时他再也不能从他的作品中看到完美之美，隐居乡间过起世俗平庸的乡绅生活。这部小说选择异于常人的艺术家为主人公，情节独特，风格也与他通常的长篇小说有异。它的副题是《一种气质的素描》，也就是对艺术家心理的探索，反映了他对永恒的美与爱的追求，很接近 20 世纪现代人的心理与追求。这部小说也极类似几乎与它同时发表的《道林·格雷的画像》。① 哈代不过是将永恒之美的化身从道林·格雷的画像上转移到了波特兰青山秀水间哺育出的少女身上。有的学者曾做过文学考据，认为皮尔斯屯与祖孙三代阿维斯的关系，是以哈代早年先后恋爱表亲斯巴克斯家年龄相差悬殊的三姐妹（包括前文提到的特莱芬娜·斯巴克斯）为底本②，小说所刻画的，实为作家本人的爱情心理。

　　哈代即使处理普通人物的心理，也远远超过了传统心理描写的手法，他十分注重心理分析，分析的重点，是那些代表时代（当然是哈代的时代）先进的思想潮流的人物，他最重要的两部代表作《德伯家的苔丝》和《无名的裘德》中的男女主人公，就都是在哈代的精细分析下从纸面上渐渐突现出来。苔丝、裘德、淑·布莱德赫，都属于哈代的小人物群。在这个小人物群中，各人参与生存竞争的方式各有不同。一类人，如玛蒂、温特伯恩、欧克，是处在较低层次的生命线，主要为起码的温饱而挣扎；另一种如裘德、淑、游苔莎、克林·姚伯、安玑·克莱、斯威森·圣克利夫、埃塞贝妲，他们主要的奋斗目的则在于精神上的追求，在于实现和发展自我。游苔莎就说得十分明确："我想享受到所谓人生——音乐、诗歌、千回万转的情肠、千军万马的战局、世界大动脉里一切跳荡和搏动。"（《还乡》第四卷第六节）这种语言

---

① 王尔德的长篇小说，发表于 1891 年。
② 据洛伊斯·肯迪《哈代的秘密恋情》，载玛格丽特·德拉布尔编《哈代的天才》，伦敦，魏尔德菲尔德出版公司 1976 年版。

显然也极近似 20 世纪现代人的语言。苔丝的奋斗目的两者兼有：她既要为自己和一贫如洗的父母弟妹寻求衣食生路；又要争取自己更好的出路和幸福的爱情、婚姻。她由于年幼无知而被动失身后，既不肯屈服于从一而终的传统观念，将错就错，继续与亚雷·德伯的无爱情的同居关系；也不肯以青春和姿色为资本，换取物质的安逸和享受，就是为了追求、实现和维护做人，尤其是做女人的独立生存、真实爱情和幸福婚姻的理想。她和裘德与淑一样，代表了一类开始接受时代的先进思想，自我意识渐渐觉醒的年轻一代，当然，在这方面，裘德和淑比苔丝带有更高层次的自觉性。哈代对他们的心理内涵的揭示，是伴随着精当的心理分析，特别是在他们的重要人生转折关头时的心理分析完成的。苔丝失身后重新回到父母的老家，离群索居，独自吞食那场劫难酿制的苦酒，内心经历了一段曲折复杂的反思过程，从而由幼稚无知的少女跃变为成熟坚强的妇人，并渐渐踏上向世俗陈习陋见挑战、抗争的道路。裘德这个形象，更是哈代从童年起就不断进行心理分析的产物。与苔丝不同的是，哈代不再是以作家这个第三者的身份进行分析，而是更多地通过裘德（有时也包括淑）本人，进行自我剖析，或是裘德与淑在交谈中互做剖析。对于他们这两个比苔丝具有更强的自觉意识的人物来说，这样处理也很有分寸。正因如此，他们（尤其是裘德），对自己的事业蹭蹬，婚姻龃龉，颠沛流离，生离死别，具有较明确的认识——皆因他们所主张并身体力行的心灵的自由选择，个人的自由发展，不受陈旧法规约束的两性关系，以及女权主义等，过于超前，与世俗成见水火不能相容；也正因如此，淑才会面对浑浑噩噩的芸芸众生说出："咱们不过比他们稍微先进点儿就是了……再过五十年，再过一百年"，情形就会大不相同（《裘德》第五部第四节）。哈代小说中反映的这类人物的内心世界，就哈代的时代来说，是崭新的、预言性的，那个难为当时读者理解的小时光老人，其实正是 20 世纪渐渐为人熟知的破碎家庭早熟儿童的雏形。而在当今世界上，像裘德和淑曾经试行过的生活方式早已不足为奇，小时光老人那种悲观厌世态度，以及自杀并同时杀死两个兄弟的行为，也已成为时有发生的新闻。像这类思想行为都走在时代前面的人物，在哈代设计的人生舞台上大多扮演着悲剧角色，因为当时他们是那样地势单力薄，根本无望突破旧事物的种种路障和禁锢，他们中一部分人，拼搏无效，最后以一死去殉自己的理想，像苔丝、裘德；一部分人经过冲杀，精疲力尽，败下阵来，在平庸中安度余年，像姚伯、淑和皮尔斯屯那样。

波拉·帕尔（《冷淡女子》）和埃塞贝妲是哈代小说中少有的成功者。帕尔（Power）这个姓氏本来的字义就是动力、能源。这位波拉·帕尔，对宗教和爱情都欠热衷的冷淡主义者（Laodicean），是曾承包英国著名铁路的总工程师和企业家的独生女儿和唯一的继承人，她懂得治理巨额遗产、发展事业，处理公私事务头脑冷静，亲自参与各种具体管理事务，还建造了当时少有的私人健身房，身着运动服在杠子上上下翻飞，十分类似现代社会的女强人。波拉在事业上和爱情上都取得了成功，因为她有雄厚的资财为后盾，因为她所从事的事业顺应了工业社会的潮流。哈代作为多愁善感的诗人和浪漫主义者，面对受工业资本主义巨大浪潮侵袭的古老而又美好的事物，常常唏嘘慨叹；但是作为同时又具有哲学和科学头脑的观察者，他也清醒地看到了社会发展的必然趋势；而作为一个具有艺术敏感性的预言家，他也隐约听到了由远及近渐渐传来的新时代的脚步声，因此他在这部他自己称为"当今故事"① 的小说中，自觉地传达了这种声息。埃塞贝妲则是另一类型的女强人，她没有波拉的家世和财势，出身微贱，身无分文，一心向上爬，而又带有招摇撞骗的性质，按照传统的观念

---

① 《冷淡女子》的副题。

习俗衡量，应是一个蓓基·夏普①式的女野心家、冒险家，甚至埃塞贝妲自己也站在她所力求栖身的社会圈子的角度这样分析自己和看待自己。哈代在描述她从最初带着灵性、颖悟和诗意寻求发展，一步步堕落为卖身投靠的纯功利者的历程时，紧紧抓住了她的心理过程，她的所作所为既是为她个人前途的选择，也是为了她那拥有十个兄弟姐妹的家庭；她强行斩断与年轻穷乐师的真切感情，在几个年轻有钱的追求者当中挑三拣四，最后嫁给有钱的贵族老色鬼，内心经历了一系列激烈而又痛苦的斗争。她长于谋划，机关算尽，欺骗和愚弄了各式各样的人。在尾声中，她仍孤军奋战，腹背受敌，但终于杀出一条道路，登上恩克渥斯大院权力的宝座，她自己的家庭成员也各得其所。对这部"按章节写的喜剧"② 主角，哈代采取了冷静、宽容的态度，而把喜剧式的讽刺大多留给了埃塞贝妲周围那些怀有深切阶级偏见、促狭庸俗的小人。故事接近结尾，贝妲已与蒙特克莱行罢婚礼刚刚步入恩克渥斯大院，就发现这个老勋爵还在府中养着情妇，贝妲当即再设计谋，准备暂时出逃，离开此府再与老丈夫较量。不料出逃未果，反而落入老谋深算的蒙特克莱的圈套。面对这一出乎意料的挫折，更为出人意料的是贝妲一方却不见吃惊、焦虑、眼泪以至晕厥，而是一阵歇斯底里的狂笑；而更出人意料的是，在蒙特克莱一方也不见愤怒、指责、得意，而是一阵"嘻—嘻—嘻"的笑声。像这样的一种荒诞不经、玩世不恭，是多么的"现代"！其实，哈代本来就有玩世不恭、嬉笑怒骂的一面。这不但在他的喜剧小说的高潮，而且在他的悲剧小说中的喜剧性穿插和结尾中也有所表现，他还有一部中短篇小说集，题名就叫《人生的小嘲讽》（1894），而在他的诗集和诗剧《列王》中，这种风格（或说特点）尤为突出。

---

① 萨克雷《名利场》中著名的女性人物。
② 《贝妲的婚事》副题。

　　哈代对于埃塞贝妲客观的、少含道德品评的态度，似乎又有些自然主义的方法；或许又是出于同类出身，对于白手起家、孤军奋战的甘苦感同身受。无论怎样，我们从中也可看到，时代变迁和价值观念的改变在哈代的意识中的反映。连蒙特克莱也认识到这种改变："现代的种种发展，已经把阶级搅浑，就像磨粉机搅豆子一样。"（第三十八章）安玑·克莱经历了不幸的婚姻后，认为前人评定的道德应该重新改正（《德伯家的苔丝》第六期第四十九节）。

　　现代（modern）一词，哈代在小说中很早就有运用，奈特的许多思考是"现代"的，格瑞斯的不幸在于"现代的神经和原始的感情同时并存"（《林居人》第四十章），苔丝的不幸是一种"现代痛苦"（《德伯家的苔丝》第三期第十九节），而"现代的年龄，却得用他阅历的深浅来计算"（《还乡》第二卷第六节），如此等等。这个词的本义，不过是此时的，表示当今和最近的时代，区别于久远的过去。哈代用此词，在通常意义下，是指他所处的当时。这种意义上的现代人，也就是不同于过去时代的、处于当时时代前沿的人，从当时的具体时间来看，自然已很接近 20 世纪。但是写具有时代先进思想的人，或是在作品中灌注了现代的思想内容，还不能说就是现代主义。哈代的小说，如前几节所说明的，基本上采用的还是传统手法，哈代只是在他的传统形式中，注入了现代意识。正是由于这些现代的内容在当时具有超前性质，难为时人理解，他的《德伯家的苔丝》、《意中人》和《无名的裘德》才遭物议，受攻讦；他的《塔中恋人》、《冷淡女子》、《贝妲的婚事》才难为时人理解。哈代对于表现超前意识是自觉的，所以他才让淑·布莱德赫解释她与裘德在时人眼中之所以怪僻，是因为他们早生了五十年甚或一百年。而且哈代在为 1912 年版《贝妲的婚事》作序时又说，此书早出版了三十五年。

　　此时我们再回头从"现代"的角度看看《耽于幻想的女子》、

《萎缩的胳臂》、《瑞乐舞琴师》这类作品：富于幻想的马奇米尔太太热恋一向未谋面的青年诗人，朝思暮想，情思昏然，因情所感，产子竟酷似此诗人；挤奶女工罗达被情人抛弃，夜梦将情敌胳臂拧了一下，日后这只胳臂果真渐趋萎缩，以至残废；乡村姑娘卡罗琳热衷跳舞，在流浪琴师伴奏下狂跳不止，以至抛弃恋人，随琴师私奔。这些有趣的故事，表面看来离奇荒唐，难以理喻，似乎仅仅是一些以娱乐为目的的幻想故事。其实，每一篇都蕴含着人的心理机制与生理机制之间复杂微妙的关系。如果沿着心理科学的途径，运用如今流行的心电感应、特异功能等假说去解释，也许会得到新的领会。在《无名的裘德》中，少年裘德向往基督寺而生的幻觉（第一部第三节）；裘德初到基督寺，心情激动，像孤独幽魂似地一个人在一座座古老学院的建筑物中间踽踽而行，浮想联翩（第二部第一节）；他咽气之前在半昏半醒中吐出的最后呓语（第六部第十一节）；以及淑重回她原来的丈夫费劳孙怀抱时对艾德琳寡妇诉说的心里话以及对费劳孙的忏悔，都是人物内心深刻复杂思想活动的外化。这些虽然并非意识流，但无疑确可看出哈代是在向着心理的深度努力。

那部属于罗曼司和幻想作品的悲喜剧小说《塔中恋人》，又可以说是以象征手法表现"现代"内容的作品。男主人公、青年天文学家斯威森代表了科学和"现代"；女主人公康斯坦丁夫人则属于旧世界。他们的爱情和婚姻经历了种种磨难和考验，最后虽各怀坚贞，却仍是生死茫茫，幽冥各异，说明新事物在成长、发展中不可避免地必须抛弃旧有的赘物，这是无可更改的客观规律，不以人的主观愿望为转移。康斯坦丁夫人的死亡，是悲剧；但斯威森在事业上获得了成功，他与夫人的爱情和婚配结出了果实（漂亮、健康的男孩），而且十分可能会与已成长为音乐家的年轻姑娘苔毕萨结合，这又似喜剧。如果哈代给这部小说以副题，我想那应该是《过渡的故事》。

　　不过，至此为止，我们所说的，也还都是哈代在他那传统的框架中所表现的"现代"内容，而不是哈代的现代主义。近年来，又有学者已将现代主义的目光投向了他早期的作品《一双湛蓝的秋波》，注意的焦点，又在该书的二十一章至第二十二章。① 在此两章中，埃弗瑞德与奈特在康沃尔海岸的峭壁悬崖间不期而遇。奈特一时疏忽，失足滑下悬崖，吊在距海面 600 英尺高的半空。此时，急雨瓢泼般自上而下地冲来，足下惊涛拍岸，像倒流的瀑布。他面对黑色岩石，鼻尖正对一只嵌入石中三叶虫化石的眼睛。在埃弗瑞德暂时离开去寻求救助的几分钟时间内，在此古今相对、时空混沌、生死攸关的当口，奈特浮想联翩，意识涌动不止。哈代在小说中，曾不止一次地提到人类超越时空的体验和感受：从下午到黑夜这段时间里，跑到爱敦荒原的中心山谷，举目四望，只能看到荒丘芜皋四周环列，感到周围一切都像天上的星辰一样，亘古未变，心中那种随着人间世事的变幻而漂泊无着，骚动不安的心境就会平静，有所寄托（《还乡》第一卷第一节）；晚上躺在草地上，眼睛一直盯着一颗又大又亮的星星，一会儿就会觉得灵魂不由自主地出了窍，飞到上千百里高（《德伯家的苔丝》第三期第十八节）；夏季黄昏纯净无杂的琴声，使人生莹然裸露之感，意识不到时间和空间（《德伯家的苔丝》第三期第十九节）；小时光老人就像老年的本质而硬装扮成童年的模样，好像洪荒以来人类所有的愁苦，都压在年龄还像朝日初升似的孩子的心头（《无名的裘德》第五部第三节）。像这样将往古和现今平摊在一个平面上，甚至凝缩为一点，看来真有些类似时序倒错的先兆；而像对奈特在生死攸关的瞬间所作的集中描述，确也近似印象主义甚至意识流的手法了。

————————————

　　① 参见［英］罗斯玛丽·萨默《从哈代到吴尔夫：通向现代主义之路》和［美］苏珊妮·约翰逊《托马斯·哈代和弗吉尼亚·吴尔夫：印象主义的真谛》二文，收入《不过插曲而已——来昂尼兹的一些文学访客》，帕顿出版社 1992 年版。

在哈代最著名的短篇小说《三怪客》中，我们似乎也可以捕捉到一点类似印象主义的印象。荒野中孤零零的草顶农舍，漆黑一团的风雨之夜，宴会上的主人和来客，都不过是一幅图画的背景。画面上真正的主体是陆续出现的三个来历不明的不速之客。前两人偶尔的一言半语，一唱一和亦真亦假的歌词，第三人出现后的眼神对第一人产生的影响，都在短促的刹那引起举座的不安，直到小说结束再来追味，才使人悟出当时其中包含了多么复杂的背景和人的内心活动以及人物之间的潜对话。这种含蓄、神秘的印象主义色彩，使人想起康拉德的《水仙号上的黑鬼》（1898）和亨利·詹姆斯的小说。

托马斯·哈代和亨利·詹姆斯，这是两个多么不同的作家！哈代在英格兰的乡间土生土长，作品以乡土特色而著称；亨利·詹姆斯却是先后拥有美英两个国籍的作家，他的作品内容也常是跨国的，但是在他们的作品中却也能找到共同之点，这大约只能归因于时代。亨利·詹姆斯的重要小说，大都发表于19世纪80年代至20世纪的最初几年之间，他与哈代从事小说创作，大体同步，时代的潮流冲得他们曾在一个节点上相逢。

回顾哈代的创作历程，可以说他是以因袭和继承开始，但又在继承中不断寻求创新之路。真正伟大的艺术家和文学家在某种程度上又总是站在时代前沿、放眼未来的预言家，哈代也是如此，他不时在小说中呼唤着未来。在为爱敦荒原细细写真的时候，他就说过："将来总有一天，整个的自然界里，只有山海原野那种幽淡无华的卓绝之处，才能和那些更有思想的人，在心情方面，绝对地和谐；这种时候即使还没真正到来，却也好像不很远了。"（《还乡》第一卷第一节）在哈代笔下，20世纪的脚步声，似已隐隐可闻。但是哈代尚未来得及给他这些"现代"的思想意识行为举止制作好合适的艺术外衣，他还只是在旧服饰上别作缝改，添置标记，不过后人只要稍加留意，定会从中汲取创作新样式的灵感。

　　哈代 90 年代写的三部小说发表后，都曾遭到严重的曲解和攻击，此后他放弃了小说写作。哈代本人，确也明确表示过："因为这番经验，把我继续写小说的兴致完全治得断根绝迹了。"① 他在自传中又曾说过："我何必站出来，让人当枪靶子射击呢？"一般也将此视为哈代辍止小说创作的唯一理由。后来又渐兴起一种见解，认为哈代创作了十四部长篇、四十余部短篇，素材已经写尽，因此罢笔。但是如果将哈代置于从传统到现代主义的这一过渡时期来回顾他的创作历程，就会体察面临过渡时期的哈代是多么地尴尬：他站在千帆竞发的渡口，切身体验到传统的"器皿"② 已难负载"现代"的全部种种内容。"现代"的时代鼓噪着小说形式的突破和创新，而此时的哈代，年届花甲，已经在文坛上以他久已形成的风格功成名就，是急流勇退，还是重整旗鼓，再作突破自我的拼搏？笔者相信，哈代的最后选择，颇有自知之明。

　　终于，他放弃小说，转而为诗。当然，诗是他的故技，是他的宿愿。

成稿于 1992 年 8 月北京双榆斋

---

① 哈代为 1912 年版《无名的裘德》所作《跋》。
② 亨利·詹姆斯用语，见《卡萨玛西玛公主·序言》，1908 年。

回归与逃离的颉颃

——哈代的《还乡》

　　《还乡》于 1878 年成书出版，是托马斯·哈代创作中期的重要成果。哈代这位英国 19 世纪末期的大小说家和 20 世纪初期的大诗人，久已为我国读者所熟悉和欣赏，他的小说和诗歌代表作，如《德伯家的苔丝》、《无名的裘德》、《还乡》、《卡斯特桥市长》、《三怪客》、《列王》等，从 20 世纪二三十年代开始，就通过中译本陆续介绍到了我国。哈代在他的创作生涯中，自觉地奉行文学"反映人生、暴露人生、批判人生"① 主张；同时又自觉地探寻艺术上的不断创新。《还乡》正是哈代创作中这种双重自觉性的体现。

　　哈代在进入 20 世纪以后回顾他的整个小说创作历程时，曾将他的作品划分类别，其中最重要的一种，名曰"性格与环境的小说"，其主旨在于反映在现实生活中与环境（包括自然环境和社会环境）的冲突这一人生内容。这是哈代接受了达尔文的进化论思想，并将其贯穿于小说创作的结果。进化论作为 19 世纪科学上的一项重大发现，对当时欧洲以至后代世界人文科学以及文学艺术都曾发生过不容忽视和低估的影响。它的核心是自然界物竞天择、适者生存的法则，将这一套理论引进人类社会，则成为当时具有

---

① 　哈代：《英国小说中的真实坦率》（1890）。

纳新意识的人文科学家以及文学艺术家的热门主题。《还乡》是一部具有代表性的"性格与环境的小说"。故事发生的场景爱敦荒原，以及荒原上固守传统习惯风俗的居民，就是整个人类生存环境的缩影。故事中男女主人公与荒原的关系，不管是克林·姚伯的回归荒原，改造荒原，还是游苔莎的厌倦荒原，摆脱荒原，都反映了哈代那个时代的"现代"青年与环境的剧烈冲突。而哈代出于他对当时现实生活悲观主义的理解，总是将这种冲突编导为人物失败与毁灭的悲剧。克林·姚伯年轻有为，从巴黎还乡，满怀由法国空想社会主义思想生发而来的善良意图，自愿抛弃繁华世界的纷扰劳烦、纸醉金迷的生活，意欲在故乡的穷乡僻壤开创一番小小的经邦济世、开蒙启智的事业，但他首先遭到的，是与自己最亲近的寡母和新婚妻子的反对。由于命运的捉弄，他又突患眼疾，进而为他的失败推波助澜。女主人公游苔莎与环境的冲突，是朝着与姚伯相反的另一方向。姚伯是生于荒原—走向繁华世界—复归荒原；游苔莎是生于繁华世界—流落荒原—意欲逃离荒原。他们二人虽都不满现状，都具有超出荒原人传统习俗、思想的"现代"意识，但是彼此格格不入。这样的一对青年男女，多半出于外貌上的相互吸引，再加上初识阶段彼此的误解，在一时的感情冲动之下结为婚姻伴侣，他们婚后的冲突也就更加激烈。又是命运的拨弄，这种冲突不仅难于因势利导致地得以排解、消减，相反却愈演愈烈，最后必然酿生悲剧。哈代的小说，尤其是他的"性格与环境的小说"这一类，绝大多数都是悲剧。但是哈代并非绝对的悲观主义者，他只是认为他所身处其中的"现代人生结局惨淡"（《还乡》第一卷第一节），出于他的进化论观点，他仍将人类的希望寄托于未来。在这部小说中，哈代这种着眼未来的意识，明确地表述在他描绘荒原面目的章节中，通过这些描绘，他盛赞荒原的卓越崇高，慨叹荒原的苍莽未凿，呼唤未来人对荒原的理解和开拓。在哈代后期的创作中，这种意识更有渐趋强烈的表述。在紧邻《还乡》之前创作的《贝姐的婚事》（1876）和《还乡》之后的《冷淡女子》（1881）这两部小说中，哈代更以喜剧或近似喜剧的手法表现"现代人"的追求，从中也可见哈代对未来人更美好生活的向往。

这部小说取名《还乡》，主要是以男主人公回归故乡为契机开展情节，但是女主人公游苔莎却是作家着墨更多的人物。由于她对繁华世界梦寐以求，由于她对爱情婚姻朝秦暮楚，通常总被视为轻浮虚荣女子的典型，更有研究者将她与法国福楼拜的《包法利夫人》（1857）的女主人公互作类比，其实游苔莎的形象内涵并非仅仅限于轻浮虚荣，追求淫乐，她比爱玛·包法利富有多得多的哲理、诗意和纯净之美，也比哈代的其他大多数女性形象更为深沉浑厚。她美丽聪颖，富有艺术气质，特立独行，勇于冒险和追求，同时又身怀运蹇命乖、遇人不淑的忧思和哀怨。荒原人视他为女巫，姚伯太太称她为坏女人，连克林·姚伯这样的"先进青年"也以局限的眼光褒贬她。但是哈代却对她少有道德批判，哈代以浓墨重彩将她描绘为绝世美女，将她塑造得明艳夺目，像女神般尊贵超凡。与利他、克己、圣者型的姚伯相比，游苔莎是利己、享乐的，是一尊具有凡人七情六欲的"异教女神"。哈代还为她设置了一位身居暗场的希腊乐师父亲，也确实是别具匠心。哈代赋予她本身的则是"现代人"的烦恼、叛逆与追求。通过游苔莎，哈代试图表现一种处于他的时代，但却近似 20 世纪现代人的雏形，表现他们对未来的向往、追求、困惑和希望的幻灭。哈代在其他小说中塑造的裘德和淑·布莱德赫（《无名的裘德》）、苔丝·德北和安玑·克莱（《德伯家的苔丝》），甚至喜剧小说主人公波拉·帕尔（《冷淡女子》）、埃塞贝姐（《贝姐的婚事》）、斯威森·圣克利夫（《塔中恋人》）等，都程度不同地带有现代人雏形的特征。

游苔莎作为哈代创作的具有深刻内涵的形象，也代表了哈代形象创作方面的艺术特色。《还乡》写作于 1877—1878 年间，这时电影这一综合艺术虽然尚未正式诞生，哈代塑造游苔莎所采用的手法，却恰似借助了电影的表达手段：在第一卷第二节，她只是远景中圆阜荒丘顶上一个小小的黑点。在同卷第六节，镜头渐渐推进，她变成一个界天而立的人影。镜头再继续前推，到第七节，才出现了她的特写镜头。至此，全部肖像完工。此后，随着情节逐步展开，才渐趋深入地对她作出心理刻画。哈代对小说中其他主要人物如克林·姚伯、朵荪、韦狄、姚伯太太等，基本上也都是采用这种由远及近，由表及里，逐步深入的手法，他的人物也因此才能凸现于纸上，形神俱备，亲切自然。《还乡》在塑造人物方面的艺术成就，正是他的小说艺术开始走向成熟的重要标志。

哈代从发表第一部长篇小说《计出无奈》（1871）开始，就显示出他那善于结构的高超才能。在他以后的创作道路上，随着他艺术上愈益成熟，他也愈益注重性格和心理的刻画，但与此同时，他始终没有放弃对结构的精心设计。正因如此，哈代的每部小说总能以严密匀整的结构作为载体，使故事既紧凑又合乎情理地向前发展，做到步步引人入胜，同时又反转而为人物性格提供更阔宽的展示天地。《还乡》在结构方面，也富有哈代一贯的艺术特色。小说开场后的三五节，由于对荒原场景的精细描绘和对女主人公形貌的淡抹浓涂，故事情节显得十分舒缓，但是到了六七章以后，人物间的三角关系一旦摊开，情节的运作就急剧调动开来，相关人物也渐次卷入纠葛，直至进入悲剧的高潮。小说第五卷卷末，游苔莎与韦狄的死亡悲剧本已可以使故事终结，哈代却像他在其他一些小说结尾时一样，借用传统悲剧的手法，又添置了一个欢愉团圆的尾声，目的不外乎给读者追加一点心理上的补偿。这本是此书初版发表后的续貂成分。

哈代向来又以乡土作家而著称。他毕生大部分时间都在故乡多塞特郡的乡间度过。他创作《还乡》时，正居于毗邻多塞特大荒原（即小说中爱敦荒原的底本）的一处偏僻村庄，荒原上晨昏四时、山川草木、日月风雨、鸟兽声籁的种种动静变化，哈代更可尽情领略。只有像他这样亲近荒原，而且天生具有破解大自然奥秘的有悟性的作家，才能将荒原描绘得这样出神入化，富有象征性和预言性。哈代对荒原的描写，早已成为英国文学中的散文经典，而他对荒原上种种遗风古习的描述，诸如 11 月 5 日的祝火晚会，圣诞夜的幕面剧表演，以及民歌、传说、巫术等等，更加丰富了这部小说的民俗色彩，使人在阅读中别生一番兴味。

1992 年 11 月 11 日于北京双榆斋

"性格即命运"的精释
——哈代的《卡斯特桥市长》

19 世纪 80 年代中期，哈代的又一部长篇小说新作问世，名曰《卡斯特桥市长》①，它的副题是《一个有个性的人的故事》。这是哈代一生出版的十四部长篇小说中的第十部，又是他那七部"性格与环境的小说"中的第四部。此时期的哈代，人届中年，事业有成；但是身为白手起家的小说家和人生、艺术的探索者，他的创作事业并非平步青云，他在此书出版之前几部小说的社会效应，从始而反响冷淡或平平（诸如《计出无奈》与《绿林荫下》、《一双湛蓝的秋波》），继而褒贬两极（诸如《远离尘嚣》、《还乡》与《冷淡女子》、《塔中恋人》），可见其至此终究并未取得稳定牢实的社会认可。《卡斯特桥市长》一书的出版，标志了哈代创作走向成熟的新里程，在此后约十年当中，他陆续创作出版了另外三部"性格与环境的小说"《林居人》、《德伯家的苔丝》和《无名的裘德》，从而完成了包括较早期创作的《绿林荫下》、《远离尘嚣》、《还乡》的"性格与环境的小说"杰作系列。

"性格与环境的小说"是哈代在《1912 年威塞克斯版小说与诗歌集总序》中给他的小说分类时所界定的一类作品，向被认为

---

① 这部小说在 1884—1885 年写作并连续在杂志上发表。

是哈代小说的精华。它们的主题富有理念，意在探讨人，即性格与环境，包括自然与社会的关系：摩擦、冲突；磨合、协调，人生命运成败否泰，尽在此过程中实现。哈代虽然将上述七部小说归属此类名下，但在具体表达性格与环境关系及其张弛程度时，各部作品又各有侧重。《卡斯特桥市长》从其文本即可一目了然地读出与其副题相关的内容，可谓名副其实，也就是性格与环境冲突中性格的命定性作用。

一个原本居无定所流浪江湖的农田打工仔，历经近二十年艰苦奋斗，成就为令人刮目相看的富商和一市之长，乍听颇似神话；然而生逢社会剧烈动荡，经济、政治生活的火山骤然爆发，将深埋久困的地下岩浆喷送至地表，正是值得珍惜的沃腴营养。《卡斯特桥市长》所设定的时间是 19 世纪前期，当时在面临社会剧变的英格兰偏僻落后农牧地区，正是可能产生这种现代神话之地。回顾英国工业革命前后的历史，随着社会剧烈变革转型，人的命运大起大落并不鲜见。哈代塑造亨察德这一人物据说也可能曾受安东尼·特罗洛普（1815—1882）《自传》（1883）中所述其父身世的启发。

编织过此种神话者，并非哈代独此一家。近在英吉利海峡彼岸，早在此前二十年，那位法国大小说家雨果，也曾使他的《悲惨世界》的男主人公成为这样的神话人物。冉阿让从一文不名的劳工和死囚犯而佩上市长绶带，和亨察德所经历的命运的腾达，几乎是同曲同工，本书中偶逢险情，临危救难和法庭对质、揭发隐私等幕，在《悲惨世界》中也能找到对应。但是由于两位作家不同的天生气质、身世背景以及创作手法等诸多因素，亨察德市长和马德兰市长这两个艺术形象又各具迥然不同的特色。雨果在创造过程中，始终高举浪漫的火炬，光焰炽烈，将他那位精力过人、正直果敢、无私利他的市长照耀得超凡入圣，令人眼花缭乱，看不到他身为凡人的瑕疵；哈代则是紧握写实的解剖刀，冷静洞彻，将他这位同样精力过人，而且颇具古道热肠的市长展露得毫发毕现，使人看到一个活生生的血肉之躯的精神弱点——刚愎自用，愚蛮冲动。正如这部书的规模远远逊于《悲惨世界》，亨察德的生活经历和范围也远远逊于冉阿让；但是也正如哈代在他那篇《1912 年威塞克斯版小说与诗歌集总序》中所说："在威塞克斯的穷乡僻壤，一如在欧洲的皇宫王室，普通家庭感情的兴奋搏动，也可以达到同样紧张的程度。"哈代所创造的这位亨察德，亦如他的游苔莎、姚伯、裘德、苔丝，虽为乡曲村野的普通小人物，他们作为人的内在精神活动，其规模和品质，其实并不亚于帝王后妃，因此人们也常以亨察德的故事，比作莎士比亚的《李尔王》式的悲剧。

哈代在创作亨察德这一人物性格与环境的磨合、冲突过程时，又不像游苔莎、姚伯、裘德、苔丝等人物，他们的命运，主要受制于环境，人物自身的弱点，只起次要作用；亨察德的悲剧命运，却主要取决于他自身的过错和弱点：早年，他酗酒卖妻，铸成决定他一生厄运的基因；他迷信巫术，错估天时，引发商业失算，又是他一生事业毁于一旦的关键；他处理与商业伙伴法夫瑞、继女伊丽莎白－简、情人露塞塔等人关系的失误，主要源自他自身性格上的刚愎自用、粗率愚蛮，而非客观环境。哈代创造这一人物过程中所表现的主流意向，似乎不在道德褒贬或社会批判，而在以探讨的精神，观照人类生存中性格与环境的关系；而亨察德的故事从客观的实际效果来看，也恰恰形象地印证了"性格即命运"的命题。这句最早出自古希腊哲人赫拉克利特之口的名言，两千五百年来始终是在争议中流传，参照哈代的其他作品，包括他的小说、诗歌、诗剧来看，哈代确实也并未将其视做绝对真理。就《卡斯特桥市长》这部作品来说，它充其量也不过可以说是用此论断诠释了性格与环境关系的一方面。从读者接受的角度来看，这种对人物性格深层的探讨，恰恰正可以引发读者自身的内省，同样可以得到积极的阅读效果。

现实生活中的人都不是孤立的存在，虚构作品中的人物，也同样不是孤立于作品之中。《卡斯特桥市长》这部"性格与环境的小说"虽然重点在于剖析、表现人物性格，但它始终是在与环境（包括自然、社会以及其他人）的摩擦、冲突中显现。小说情节的发展，也就体现在这一过程中。哈代是编说故事、构思情节的高手，从他第一部出版的长篇小说《计出无奈》开始到最后出版的《德伯家的苔丝》和《无名的裘德》等，无不显示了从传统意义上说，是所有优秀小说家所必不可少的这样一种特质；《卡斯特桥市长》不仅毫无例外，而且将情节发展中"哈代式的偶然性"表现得淋漓尽致。在这种模式中，巧合、误会、阴错阳差，像一副连环套，人物一旦陷落其中，就永远难以解脱。亨察德以及伊丽莎白－简、露塞塔、法夫瑞、苏珊等人，都是这副网套中的一介小小生灵，浮沉否泰，终不脱其窠臼。然而，由于在这部书中，哈代设计的网套过于精巧，人们也曾就其可信程度有所质疑。但是细审人生际遇的现实，偶然与必然往往并无固定界限，某种命定的必然，常常正是种种巧合的总汇，正如万川归海的过程，尤其是在人类文明的步伐日益接近现代，生活中的变革日趋频繁、剧烈的时代。

作为一部"性格与环境的小说"，哈代在着重探讨性格的同时，也精心设置了环境。卡斯特桥这座富有悠久历史和文明传统的市镇，原型就是英格兰西南近海处多塞特郡的首府多切斯特，哈代的出生地，就在这座市镇东方不过四五英里之遥的乡村。小说中亨察德从出现在通往韦顿－普瑞厄兹村的大道上，到定居卡斯特桥，以及他往来活动的主大街、石铺街、王徽旅馆、粮食交易所、河流、桥梁、罗马竞技场废墟等等，至今都能在这座城市找到它们的遗踪。

哈代作为写实和表现地方色彩的小说家，选择这座城镇作为地理背景，本属理所当然：这里是他自幼往来、求学的地方，也是他青少年学徒、谋生的市镇，日后又是他定居、创作、终老的所在。他毕生以出生地及其附近乡村、市镇为生活和创作基地，只有青年时期离开家乡在伦敦居留五年，三十二岁成婚后，又与妻子爱玛流徙于多切斯特附近的村镇以及伦敦和欧洲大陆，过着波希米亚式的艺术家生活，正是在创作《卡斯特桥市长》之前，才重返多切斯特定居。旧地重返，触景生情，哈代自然而然就将这一自幼熟知的地区移植到了小说当中。

这座具有悠久历史传统的城市，曾经见证过沧桑之变。哈代在本书中为此也曾多设笔墨，从而加重了作品的地方色彩。哈代将小说故事的主要时间设定在 19 世纪中叶，并且以稍前的近二十年作为序幕发生的时间，通过人物在这一时间段的活动，特别是亨察德与法夫瑞的性格、行为对比，彼此的冲突与各自生活、事业的成败，表达了资本主义自由竞争时期的信息，从而又赋予这部作品以鲜活的时代色彩。

这是哈代小说当中唯一一部主要以城市为背景的作品，又是写社会转型时期男人奋斗、立业、成家的书。古老市镇中心传统的集会场所，变成了熙攘喧闹的粮畜交易市场，卖出买进的价格、盈亏利益的计算是人们关注的焦点；男女主要人物之间虽然也有复杂的感情包括恋情、友情、亲情、婚姻纠葛，但是几乎没有哈代小说中常见的男欢女爱、温情脉脉的浪漫情调；而哈代在描绘剖析纠结于这些复杂关系中的其他人物时所达到的裸露、尖刻，则充分显示了这位写实大家讥刺、讽喻的才能。亨察德的失败与陨落和法夫瑞的成功与升腾，不仅仅是人物性格较量的结果，而且是审时度势，讲究理性、科学和实际的商品经济时代精神对墨守成规、感情用事以及带有骑士精神色彩的古老传统精神和家长制生活生产方式的取代。哈代看透这一不以人的好恶和意志为转移的客观演变，为以亨察德所代表的人及时代奏出了一曲挽歌。有所谓这是一部具有《俄狄浦斯王》或《李尔王》式的悲剧性的作品，这似乎应该是指它所达到的艺术效果而言。正像古希腊哲人亚里士多德对悲剧效果的界定那样，它引发人的怜悯与忧惧之情——引人怜悯，是由于一个并非"性恶"的人遭受了本不应遭受的厄运；引人忧惧，是由于这个遭受厄运的人和我们恰正处于社会急剧变革转型时代的一些人甚为相似。细读亨察德的故事，我们也会发现，哈代的这位主人公的艺术形象具有多么深厚的来自古希腊的文化渊源。

在哈代的十四部长篇小说中，《卡斯特桥市长》既体现了哈代创作一贯的风格，又独创了别具一格的艺术特色，由此也显现了一位大艺术家与平庸的多产作家本质的不同。至于这部小说的内容，在历史的和现实的社会认知方面，至今都有鲜活的意义。

2002 年 5 月于北京双榆斋

感天动地贫女冤

——哈代的《德伯家的苔丝》

贫家女儿，外出谋生，失足泥淖，遗恨千古，中外各国文学作品当中，此类题材屡见不鲜，正是恩格斯所谓"无产阶级姑娘被资产阶级男人所勾引这样一个老而又老的故事"[①]。《德伯家的苔丝》一书，概要看来，似乎亦未脱此窠臼，但它却又不论在内容上还是艺术上都独具特色，至今葆有强大魅力。

《德伯家的苔丝》是托马斯·哈代所写最后两部重要长篇小说之一，成书问世于 1891 年。此前哈代已发表过十余部长篇小说和大量短篇，获得声誉。这部作品不仅在作者本国，而且在世界范围，久为广大读者所喜爱，为专业研究人士所瞩目，为电影、戏剧界的艺术家们所礼遇。它发表至今已近一个世纪，早被公认为哈代最优秀的代表作品，并被列入世界古典文学阆苑。哈代逝世以来，每逢英国和其他国家举办有关哈代的各种集会，"苔丝"仍不失为种种场合的主角。但是，正像有些著名作家的优秀作品问世之初的情形一样，《德伯家的苔丝》发表之时，曾在维多利亚王朝时代的英国读书批评界遭到毁誉不一的待遇。小说发表次年，

① 恩格斯：《致玛·哈克奈斯》，《马克思、恩格斯、列宁、斯大林论文艺》，人民文学出版社 1980 年版，第 135 页。

即翻译成多种文字，它在各国的遭遇，也与在英国国内类似。

维多利亚王朝，是英国资本主义发展的鼎盛时期，在这个使很多英国人引以自豪的历史上又一个"黄金时代"，却有许多有悖人情常理的陈规陋习，诸如崇尚繁文缛礼，提倡虚伪道德。一个小说家，面对上流社会道貌岸然的衮衮诸公，竟然推出失身女人为小说的主角，而且竟敢公然断言她是一个"纯洁的女人"，这是何等地大逆不道！资产阶级和封建残余的卫道士们于是挺身而出，指斥哈代亵渎神圣，为文无行。四年以后作者又一部重要长篇小说《无名的裘德》问世，一个主教竟采取了中古罗马宗教裁判所处决布鲁诺的手段，将它（据说还有哈代的其他小说）投入火中焚烧。就连哈代夫人爱玛也因《无名的裘德》"不洁净"、"不道德"而嫌恶其夫，从此扩大了他们夫妻之间的罅隙。《德伯家的苔丝》和《无名的裘德》遭到攻击，也是促使这位杰出的小说家辍笔小说改从诗作的重要原因；但即使是在当时，一般读者和批评界对《德伯家的苔丝》（还有《无名的裘德》）的褒扬，也不弱于对它的贬抑。作品成书之前尚在杂志上分期连载时，许多醉心的读者就期期不漏地阅读；哈代还经常收到赞扬这部作品的读者来信，有人甚至在信中恳求作家给小说安排大团圆的结局；还有一些与苔丝遭遇相同的妇女读者则视哈代胜于亲人，向他致函倾吐积愫，申求同情与支持。较哈代成名稍早的同代著名作家亨利·詹姆斯和乔治·梅瑞狄斯等，都由衷承认这部小说那种质朴之美，那种天然魅力，认为它是哈代小说艺术的最高成就。

读者和评论者大多认为，这部作品最突出的成就，在于成功地塑造了女主人公苔丝的形象。文学史上塑造成功的人物或典型，自然都有其不朽的美学价值，但是他们的立足点，又无一能脱离其产生的历史条件。这部小说的时代背景是 19 世纪后期，当时资本主义生产方式入侵英国偏僻落后的农业地区，造成小农经济瓦解，古老秩序破坏，给以农业劳动者为主体的各阶层人们带来了不幸和厄运。英国这个老大帝国此时期正在经历由盛而衰的急剧转折，它原来在世界上所保持的工业垄断地位正在逐渐丧失，从70年代资本主义世界爆发了一场剧烈经济危机之后二十余年间，它几乎不断处于危机和萧条之中。在农村，70—90年代也相应爆发严重危机。苔丝的故事，就产生在这样一种总的农村背景下。作者所选择的具体地点，又是他自己的故乡一带，这是英格兰西南部偏僻落后的农牧业地区，是远离繁华城市，仍然保有古貌古风的所在。苔丝是这里土生土长的农家姑娘，根据小说中博古家考据，她是英国中古赫赫有名的武士世家德伯氏的嫡系后裔。但是她的家族，早在故事展开的"六七十年前就家破人亡了"①。而且，正像作家在书中所发的感慨那样："诺曼的血统，没有维多利亚王朝的财富作辅助，又算得了什么！"就连她"所有那种足以自夸的美貌大半都是她母亲传给她的"。苔丝的父亲是贫苦的乡下小贩，生性怠惰，愚昧无知；母亲过去是挤奶女工，头脑简单，图慕虚荣。他们都是听凭时代风雨恣意摧残的小人物、可怜虫。苔丝作为这样一个家庭中的长女，接受了一些当地农村小学最初步的教育之后，从十四岁就开始正式在饲养场、牛奶场和农田劳动，她是一个普通的农村劳动妇女；但是作为一个艺术形象，她又体现了农村姑娘美的本质：形貌出众、心灵手巧、勤劳、纯朴、善良、坚强。像作家所说"这样美丽的一副细肌腻理组成的软毂明罗"，理应得到健康成长，蓬勃发展，对社会尽其所能，同时也获得其应得的待遇，但她实际面临的却是环境的愚昧、经济的贫困、暴力的污损、社会的歧视、爱人的遗弃。她面对社会种种有形无形的邪恶势力迫害摧残，虽经抗争，最终仍成为可怜的牺牲。哈代为苔丝设计的人生舞台，时限极短，从她在家乡村野舞会上出

---

① 引文据张谷若译《德伯家的苔丝》，人民文学出版社1957年版。下同。

场，到她在标志死刑的黑旗下丧生，历时不过五六年，但她那短暂一生中的种种悲惨遭遇，却足以惊心动魄、荡气回肠。

哈代共写了十四部长篇小说，一般认为重要的，除《德伯家的苔丝》和《无名的裘德》外，尚有《远离尘嚣》、《还乡》、《卡斯特桥市长》及《林居人》。这几部作品，都属于哈代统称为"性格与环境的小说"，除《远离尘嚣》之外，都是以男主人公或女主人公惨死结尾的人生悲剧。悲剧的过程，也就是性格、人与环境（自然与社会）发生种种矛盾、冲突的过程。悲剧的原因，或以性格的因素为主导，或以环境的因素为主导，或是二者交互作用的结果。《远离尘嚣》中的拔示巴、《还乡》中的游苔莎和姚伯、《卡斯特桥市长》中的亨察德、《无名的裘德》中的裘德和淑·布莱德赫，都像苔丝一样，是生长于偏僻村镇中下层社会的普通男女，是受环境、社会摧残的小人物。人道主义者哈代对他所创造的这些人物，也像对苔丝一样，始终寄予深切同情；但他往往过分突出这些人物自身性格上的弱点，使之成为他们与社会抗争必然失败的关键。在这方面，苔丝的形象则独踞于这群人物之上。她第一次离家谋生时，是一个晶莹无瑕的少女，她毫无父母那种联宗认亲的虚荣和嫁给阔人的侥幸心理，只希望凭自己的劳动赚钱糊口，弥补家中死去老马的损失。更加难能可贵的是，她遭辱失身后不仅保持了固有的美德，而且更加勇敢刚毅，更加富于反抗精神。这不仅是出污泥而不染，而且是出污泥而弥洁。苔丝的形象，是哈代塑造的最好典型，也是英国文学宝库中最美的女性形象之一。以普通情理而论，好人受难，总能更多地引起同情，激起义愤。苔丝的不幸，是她所处经济、政治和阶级地位使然。像这样处理和反映人物与社会的关系，通过完美的正面人物形象不可避免的悲剧鞭挞揭露社会，看来正是《德伯家的苔丝》这部作品在思想内容和艺术形式上较哈代其他作品更胜一筹的主要原因。

苔丝的悲剧，还有其社会道德根源，主要就是男性中心社会中那种强固的妇女贞操观念。哈代在规定苔丝的思想行为时，始终与这一观念针锋相对，批判的矛头直接指向维护这一观念的社会和基督教教会。按照世俗的成见陋习，苔丝失身后，或顺水推舟甘当亚雷·德伯的姘妇，或想方设法进而使他们的关系合法化，方为良策，而苔丝却坚持宁可做令人侧目的"不正派女人"而不做无爱情的结合。她第一次逃离亚雷·德伯，从纯瑞脊回到家乡的路上，看到路边用血红色书写的宗教戒律"不要犯（奸淫）"，就脱口而出："呸，我不相信上帝说过这种话。"由此刻到她私自给非婚生婴儿洗礼，苔丝在思想上对世俗成见陋习和教会已经开始怀疑，尽管此时她还相信有上帝和地狱存在，并未彻底摆脱宗教迷信观念。随后，"陷淖沾泥"的苔丝离群索居，在默默承受身心的创痛之中，思想上那种离经叛道的变化也日益深刻。这正是她与这种成见陋习及其对自己的影响长期较量的战果。到苔丝第二次离家，与安玑·克莱相爱并决心与之结合，直至她历尽波折，最后激情犯罪杀死亚雷·德伯，与安玑·克莱潜逃，这全部过程清楚地说明，苔丝对世俗成见陋习的态度是从怀疑到否定，直到反抗，最后以自己年轻的生命付出了高昂的代价。

远在哈代同时的批评家，近至当代读者，都有人对苔丝再次失身于亚雷·德伯提出质疑，认为这样处理有损苔丝形象的完美。或许，这正是作家安排情节上的需要，哈代没有接受当时的好心读者对他所提那个大团圆的期望。他使苔丝的反抗达到流血、拼命的程度，如果事先没有这一情节作为铺垫，则缺乏说服力；而苔丝再次失身，又有其迫不得已的处境：苔丝甫为新妇，即遭遗弃，父母友邻对她疏远冷淡，议短论长，恶棍农夫对她欺辱剥削，流氓恶少对她继续纠缠，而她那命运与感情的唯一依托安玑·克莱却又对她心如铁石，而且长期音讯杳然……仅仅这些打击尚未使苔丝灰心丧气，严寒酷暑中的繁重劳动也不足以令她畏惧退缩，但她一向敬老慈幼，自身遭遇如此困苦，却仍时时关心父母弟妹的生活，她之苦斗挣扎，更多地还是为了父母亲人，因此只是在父死家破，一家老小无处安身，甚至露宿街头的情况下，苔丝才被迫答应与她平生最憎恶的人同居。至此，社会的残酷才得以更加淋漓尽致的揭露。

哈代不仅以苔丝的思想言行与世俗成见陋习进行抗争，而且有时亲自出马，径直掷出投枪。失身后的苔丝，在世俗眼中，简直已经失去了为人处世的资格，而在哈代笔下，"她的外表，漂亮标致，惹人注目；她的灵魂，是一个有了近一两年来那样纷乱的经验而完全没有腐化堕落的妇人那样的。如果不是由于世俗的成见，那番教育还得算是一个高等教育呢"。如果把书中诸如此类的议论放回到一百年前维多利亚王朝时代去体味，我们更不能不叹服哈代思想的"前卫"。正因他在塑造苔丝形象过程中，时时融进了这类思想见解，才赋予这一形象更加丰富的内涵和更加深刻的社会批判性。哈代在他随后所写的《无名的裘德》里，此类思想见解则更有进一步发挥。

哈代塑造的苔丝，绝非妙手偶得。这是作家生活上日积月累，艺术上千锤百炼而成的结晶。

托马斯·哈代是位出身下层社会的作家。他生于英格兰西南部多塞特郡一个偏僻村落，父亲原系石匠，后上升为包揽建筑的工头，他赋有音乐才能，并传给这位未来的作家。哈代少年时代即常在当地民众集会上一试身手。家庭中对哈代文学方面影响更大的，是他的母亲。她是一位女仆出身的普通家庭主妇，但是贤达明智，颇注重子女教育。少年哈代在故乡的普通学校毕业后，因无力进大学深造，便跟随本地一建筑师学徒。在文学和哲学上，他受到当地著名语言文学家威廉·巴恩斯的熏陶，开始写作诗歌。他还业余自修拉丁文和希腊文，并接受了达尔文的进化论思想，成为宗教上的怀疑论者。青年时代，哈代曾在伦敦继续学习并从事建筑行业，历时五年，随后回转故乡；他在成名后虽不断出入伦敦上流社会，也经常旅居欧洲大陆，但一生中大部分时间仍是在故乡度过。哈代的小说，大多以他故乡所在英格兰西南部地区的村镇作为背景，这一带正是英国古代威塞克斯王国建国之地，哈代遂沿用古名，统称他的小说背景为"威塞克斯"。哈代小说的人物，多以这一带地区普通男女作为原型，他们的言谈，也常常采用当地方言，这些小说因而极富地方色彩和乡土气息。由于哈代长期生活在故乡村镇，他熟悉和了解普通人民，思想感情与他们息息相通。正是由于这位作家与小人物具有天然联系，他的小说才充满了对这些人的至诚尊重和深切同情，对他们的厄运才饱含着那样强烈的悲愤。

哈代回顾自己的创作时曾经提到，他在苔丝以前所创造成功的女性典型，诸如拔示巴、游苔莎等，都有一部分是以他在故乡与之朝夕相处的普通妇女为底本。至于本书所写的塔布篱奶场里苔丝那三位亲密女友，哈代曾说，他少年时代，就常为乡亲邻里中像她们一样的姑娘代写情书。由于这些人物来自现实生活，所以才写得那样真切生动。

哈代塑造这些人物，虽然常以他所熟悉的真实人物为本，但也并非"依样画葫芦"，他们都是由许多人物综合、提炼、再创造而成。哈代对一个来访人谈到苔丝时曾说，一日黄昏，他正在乡间独自漫步，路遇一位赶车姑娘，哈代作为小说家，当即为其质朴美丽的形貌神态强烈吸引，以后就将她"摄入"自己的作品；而根据当代英国一位哈代的传记作者罗伯特·吉廷斯研究，苔丝的遭遇，有一部分正是取自哈代祖母的经历。

哈代的小说创作，大都故事紧凑，结构严谨。在这方面，《德伯家的苔丝》尤为突出。哈代是讲究结构的大家，一般认为这与他早年从事建筑，善于从建筑结构中取得借鉴有关。《德伯家的苔丝》全书章节形象配合有致，几乎很难找见繁冗累赘之处。全书中有限的主要人物当中，地位仅次于苔丝的自然是安玑·克莱。小说开始时他只走了过场，但他的活动却一直坚持到尾声，因此他仍堪称一个贯彻始终的人物。作为乡村虔诚牧师的儿子，他仅在本乡受过一般教育，后在博览杂收中对社会科学和自然科学均有所涉猎。按照他的自白，他厌恶那种"血统高于一切"的贵族偏见，认为人应该以自己的知识道德而受到尊重。他与自己从事教职的父兄大不相同，不仅在思想上"极力想要以独立的见解判断事物"，而且在实际行动上也极力摆脱中产阶级家庭的规范，自己探索新的生活道路。在哈代的其他小说，如《还乡》中的克林·姚伯，也与克莱相类，都属于具有"现代思想"雏形的知识分子。克莱不愿做牧师，毅然放弃进大学深造的机会，与农业劳动者为伍（尽管是短暂的），他的思想也从而进一步发生变化，对女子的看法，也在一定程度上脱离了中产阶级的偏见，认为"一个阶级里贤而智的女子，和别的阶级里贤而智的女子，真正的差别比较小；一个阶级里贤而智的女子，和同一个阶级里恶而愚的女子，真正的差别比较大"。这正是他能与社会地位卑微的苔丝热烈相爱，并拒绝本阶级的贞德淑女而娶苔丝为妻的思想基础。这一类在社会上单枪匹马寻求出路和幸福的青年，虽然也不乏成功之例，但也难免碰壁或失败。克林·姚伯和裘德的惨败虽各具原委，但大体上与克莱则同出一辙。安玑·克莱务农的计划，即以失败告终。在爱情婚姻方面，他虽然"有先进的思想，善良的用意"，但在真正考验到来的时候，"却不知不觉还是信从小时候所受的训诫，还是成见习俗的奴隶"和帮凶。因此，他在新婚之夕听到苔丝坦白身世后，虽然自身也并不"纯洁"，却不肯对苔丝报以同样的宽宥，进而还将她遗弃。克莱是参与酿制苔丝悲剧的人，同时他自己又是悲剧的当事人。哈代立足于发展，最后使这个人物发生了转变：克莱远离了他那成见深重的国家，去到原始蛮荒的巴西腹地，在比较纯朴自然的环境中，在不断追忆往昔与苔丝耳鬓厮磨的种种情景中，本性纯洁的苔丝复苏了，被世俗成见歪曲了的苔丝淡化了，克莱的转变完成了。这样的转变，看来比较合情合理。小说家在这里作如此安排，既是对克莱过去遗弃苔丝的批判，也是对世俗成见的进一步批判。苔丝杀人出走，与克莱前隙冰释，潜逃途中又与克莱绸缪缱绻，凡此种种描述，更是对世俗成见的大胆挑战。从安玑·克莱的整个形象塑造来看，他也真实自然，具有特定的时代色彩。

　　善良仁慈的哈代在小说尾声中把苔丝的妹妹交给了安玑·克莱，从小说的故事方面来说，这是苔丝的遗愿；从英国当时禁娶妻子姐妹的律令来说，这是作家的挑战；从作家本人的心愿来说，这又是对读者的告慰。但是，仅此一缕温煦和风，并不能融解全书凄凛的悲观冰雪。哈代并非哲学家，他在前半生也不曾承认自己是悲观主义者，但他经常通过小说（还有诗作）抒发悲观主义思想。仅从前述哈代几部重要小说来看，绝大部分都具有浓重的悲剧色彩。《德伯家的苔丝》这部代表作，也不例外。全部作品的悲剧性质和悲观气氛自不待赘述，小说第一期苔丝姐弟凌晨赶集时的沿途对话，正是哈代悲观主义世界观、人生观简明、通俗而又形象的表述；随后在苔丝围场遭污、故园隐居、举家迁徙，最后刑场殒命等情节中，都夹杂了作家感伤主义的今昔之叹，兴亡之感。据此似乎不难证实，哈代将苔丝这样一个单纯质朴的农家姑娘特定为一世之雄的德伯氏末代苗裔，也自然有他明显的寓意。哈代及其他作品中的悲观主义，来源于他对现实生活的认识和叔本华等人悲观主义哲学的影响。
　　哈代是英国 19 世纪后期现实主义作家的重要代表，他的作品，是英国现实主义小说最好的继承和发展。仅就《德伯家的苔丝》而论，它不仅在人物塑造和情节构思方面，而且在叙事、议论、写景、抒情等方面，都是继承、发展这一传统的优秀范例。它对人物心理和故事细节表达之细腻传神，在描绘山林牧场和男欢女爱方面所发挥出来的盎然生趣和诗情画意都有独到之处，有时也能令人捕捉到狄更斯和乔治·艾略特等作家的影子。《德伯家的苔丝》在这些方面的艺术特色，我们在读《还乡》、《林居人》等作品时，也能尽领。有人说，《德伯家的苔丝》是19世纪后期英国最好的小说，即使我们不把断语下得过于绝对，也应说它是那些小说中最好的之一。

哈代基于他那悲观主义思想，在他自己解释他那些人物的悲剧时，常常归咎于"命运的捉弄"；他在具体安排细节时，也常常运用偶合和预兆。通常说，必然正是无数偶然的总和，预兆往往是事发前必然出现的迹象。文学创作中运用偶合和预兆，本来自古有之，更何况，真实的人生，本来充满机遇和偶然；但是表现过繁，也会令人感到结构牵强，不够自然。从哈代最初发表的小说《计出无奈》开始，不少作品中的一些情节，往往给人留下这种印象。《德伯家的苔丝》中的偶合和预兆，则运用自如，恰到好处。那些偶合，使整个故事更加紧凑，引人入胜；那些预兆则多能发人联想，渲染气氛。这也正是本书比哈代的其他作品艺术上更加成熟的一个方面。

从哈代生活和创作的年代来看，他是一个跨世纪的文学家。但他在19世纪末就结束了小说创作，继而专事诗歌创作。从创作形式来划分，可以说他是英国19世纪最后一位大小说家，他又是20世纪最初一位大诗人。他的小说创作虽在19世纪末被迫停笔，但他的诗歌和诗剧在思想上与他的小说一脉相承，继续对旧世界进行批判。他的小说和诗作，都对现代和当代思潮及文学创作发生了重大影响，因此也应该说，哈代又是一位承前启后的伟大文学家。到哈代晚年，对他的作品，特别是《德伯家的苔丝》和《无名的裘德》的毁誉之争胜负早决，他受到了英国人最高的推崇。

随着时代的发展和进步，哈代及其《德伯家的苔丝》等作品在世界范围的影响也日益广泛，各国读者对哈代及《德伯家的苔丝》的理解也日益深刻。到目前为止，尽管我们对哈代的介绍、研究主要尚停留在哈代几部重要小说，特别是《德伯家的苔丝》上面，但是仅仅从这一部代表作品已足以看出哈代的先进观点，深邃思想，正直品质，他是一位以小说和诗歌为武器向旧世界宣战的勇士。本小说原书第一版弁言最后所引箴言，正表明了他这种大无畏的斗争精神："如果为了真理而开罪于人，那么，宁可开罪于人，也强似埋没真理。"

1977 年初稿　银川西大滩
1982 年改稿　北京西单

天鹅绝唱

——哈代的《无名的裘德》

托马斯·哈代从 1892 年着手创作《无名的裘德》（以下简称《裘德》）并陆续在杂志上连载，于 1895 年成书；一年后，他虽又发表了另一部长篇小说《一往情深》（又译《意中人》），但那只是他创作于 1891—1892 年的一部连载小说的修订本；此后，哈代重续他在开始小说创作之前早已开始的诗歌创作，并成为 20 世纪初期英国诗坛的执牛耳者。就时间次第论，《裘德》是哈代最后的一部长篇小说；而以其思想艺术成就论，称其为天鹅绝唱是否名实相符，却非轻易可做决断。

哈代出生并长期生活在英格兰西南部沿海的多塞特郡多切斯特市附近的乡村，父亲出身于石匠。哈代本人十六岁开始在建筑行业做学徒，后任建筑师，在半工半读中，刻苦自学，博览群书，并习作诗歌；年近而立，开始小说创作。在当时那个维多利亚王朝，社会等级森严，以哈代的家世和学历背景而欲跻入作家之列，并非易事。他是先以一部爱情—阴谋—凶杀—侦破为内容的情节小说《计出无奈》打入文坛，不久转为专业创作，先后共发表长篇小说十四部、中短篇小说四十余篇。他不如 19 世纪前期英国小说家狄更斯、萨克雷等那样幸运，作品甫问世，即能得到交口称赞。他的小说，大多面临毁誉不一的待遇；但又总是始而毁多于誉，继而毁消誉长，渐受肯定。这一规律，对于《裘德》，更加符合。形成这一现象的主因，在哈代以无名小卒而渐成著名作家之后，则不能再归咎于评论界和读者群的势利眼光，而在于作品内容和形式本身与当时的时代精神及普遍的阅读口味一时难以协调。

类似《德伯家的苔丝》、《卡斯桥市长》、《还乡》、《远离尘嚣》等相当部分哈代小说，《裘德》主要反映中下层社会人的生存奋争和精神追求，探讨在这些重要的人类活动中，人与环境的紧张关系。哈代在本书第一版的《原序》中，对这一意图阐述得十分明确。

这部小说明显地贯穿着两条线索：裘德对事业的追求以及他和淑·布莱德赫对爱情，或称理想的两性关系的追求。小说表现了他们为实现这两种人生重大理想与当时的社会制度和风习所进行的坚忍不拔的抗争。但是这两条线索在小说中又并非齐头并进平行发展，而是时时交错纠缠，从而深入一步揭示了事业与爱情在当时社会条件下难以调和的冲突，以及主人公为缓解这种冲突而在自身内部所作的灵与肉的斗争。这种双重线索间的复杂关系，又大大加深了这部小说比哈代的其他大多数小说复杂费解的程度。

在哈代所有的长篇小说中，《裘德》又是时间跨度较长的一部。故事开端，男主人公仅十一岁，父母双亡，贫困孤苦而又多愁善感，但幼小心灵中已深深埋下了求索上进的宏志大愿。他初为乡村面包店小厮，后为石匠学徒，在艰苦劳作之余，摸索自学，排除重重障碍，来到他视为知识圣地的基督寺（影射牛津），但却只能以石匠之身久久徘徊于高等学府广厦深院的大门之外，甫届三十，壮志未酬而身先死。裘德的这番经历，是英国 19 世纪后半叶乡村教育逐渐普及后有知识的一代青年劳动者要求改变自身地位的图影。淑作为继承父业的圣像工艺师和受过师范教育的青年女子，社会地位与裘德大同小异。不过身为女性，她的思想言行更体现了当时英国已经萌动的女权运动，而在气质上，她更比裘德多一番接受新思潮的敏锐激进，逊一筹抵挡恶势力的勇敢执著。在现实生活中，这一类型的青年男女，经过自我奋斗，向来不乏成功之例，但终属凤毛麟角；在通常情况下，总是受当时社会条件制约，即使付出高昂而又惨痛的代价，也终难如愿。哈代以他自称的"诚挚派"小说家的态度，塑造了这一对失败者，这本身就具有一种社会批判的力度。

恋爱、婚姻以及两性关系的追求，通过裘德与艾拉白拉和淑的三角关系这一古老模式所体现。裘德与淑之间"心灵相感相通"的关系以及他与艾拉白拉之间纯肉体的关系，二者高低、雅俗泾渭分明，特别是淑与裘德再加上小时光老人共同实践的不受宗教、婚姻制度束缚的成年男女与儿童的生活组合，在哈代所处的时代，又是一种崭新的、具有划时代特征的探求。它与当时的社会风习、婚姻制度、宗教观念相抵牾，最终以生命（在裘德方面）和终生遭受折磨（在淑方面）为代价，其社会批判的力度，也更为突显。

事业与爱情的矛盾，在男性中心的社会与观念中，又称"女人祸国"。这在中外文学、历史与现实生活中，本来也是一个极其古老的命题，但悠长的人类文明早已证明，它并非绝对无可避免的普遍规律。《裘德》一书中，这一矛盾的无可调和，则具有其社会的和阶级的必然性：如果裘德起初不是一贫如洗而又缺少教养的孤儿，多半不至于懵懂之间与艾拉白拉成就那种低级粗鄙的婚配，一时中断了他的学业，并毕生阻碍了他的前途；如果裘德和淑在两性关系方面的实践不为习俗与宗教视作非礼和罪恶，他们与众不同的生活方式也不会导致失学失业、流徙不居，更不会促成下一代——小时光老人以及其他两个幼儿——那场耸人听闻的惨剧。对于这一矛盾，男女主人公最终都有自觉的认识，在小说最后一部的倒数第二节和第三节里，他们曾异口同声地说过他们人生悲剧的根源在于他们思想行为超前了五十年——这正是以推理反证方式对当时现实社会的否定与批判。

灵与肉的斗争，是文学艺术中与人类现实生活中又一个古老的命题，而且从它一开始进入古典哲学与宗教哲学的领域，就赋有神秘甚至迷信的色彩。时至近代，人类才对它逐渐更多地朝向二者的结合而不是斗争的方向去思考和实践。裘德短暂一生所作的灵与肉的殊死斗争，主要表现在他与艾拉白拉反复再三的离合之间；其次也表现在他与淑初期转闪腾挪的恋爱和同居关系上。这些情节，实际上也表现了一定时期固有的观念意识，对人类天然本性的压抑和束缚（在裘德与淑之间）以及由此压抑束缚派生的扭曲（在裘德与艾拉白拉之间）。这又是这部小说社会批判的一个补充方面。

哈代始终是一位不断探索、力求创新的小说家，因此他的长篇小说和中篇小说，都具有独特多变的风格。他将自己小说的背景，统统置于英格兰西南部中古威塞克斯王国一带，并号称自己的小说为威塞克斯小说。在威塞克斯小说总集出版时，他又将自己的作品分门归类，其中最重要的一类，他自称为"性格与环境的小说"，除《裘德》之外，还有《德伯家的苔丝》、《林居人》、《卡斯特桥市长》、《还乡》、《远离尘嚣》、《绿林荫下》，总计七部。它们都是在探讨人生与社会的关系，特别是冲突关系及悲剧结局中实现哈代所明确提出的"反映人生、暴露人生、批判人生"的创作意图。但是由于受哈代世界观和艺术观中命运决定论的影响，他在这些作品中，将悲剧的罪责归咎于现实社会之余，往往又添加了一个"冥冥之中的主宰力量"。《裘德》则超越于这些小说之上，通过男女主人公之口，对当时实际存在的社会制度、风习屡作明确的谴责。正因如此，这部小说发表之初，那些满足于维多利亚时代实际存在秩序的"有识之士"，竟视这部作品为大逆不道，有位激烈反对此书的主教，甚至将它付之一炬。

哈代在他的文学笔记里曾称《裘德》在他所有小说中，与他个人生活关系最少。其实这只是说，书中的具体情节，并不取自他本人的生活事件。哈代的传记作者和研究者则认为，此书带有相当大的自传性。裘德自学攻读希腊语文，刻苦钻研古典文学及宗教哲学，正是哈代早年刻苦自学的体验；裘德的爱情婚姻悲剧，则是哈代婚前与表妹特莱芬娜·斯巴克斯和他晚年与几位社交界女士感情纠葛，以及他与第一位太太爱玛不幸婚姻生活的折射。由于哈代对主人公身世具有感同身受的基础，因此能使这部小说又显出别有一番的质朴淳厚，与《德伯家的苔丝》、《林居人》、《还乡》等那些从传统手法看来艺术上已臻成熟的小说相比，《裘德》少有哈代着意表现的地方特色、描绘人物外形、渲染浪漫情爱的那些缤纷色彩以及嘲讽人生的诙谐幽默。但是作为一个学识渊博、见闻深广、技巧纯熟的年近七旬的小说家，主要通过塑造裘德和淑这样一对比哈代大部分主人公拥有更丰富文化素养和时代先进思想的青年男女，以极平实的白描和陈叙，再加上关键时刻的作者点评，为这部作品注入了前所未有的丰富深刻的文化内涵。正因如此，它所涉及的不仅仅是一般的教育、等级与婚姻制度和宗教问题，而且还有两性生活方式、妇女权利、破碎家庭、早熟儿童等等很多与 20 世纪相关的新课题。也正因如此，有些评论者认为这部小说沉闷、冗繁，有掉书袋之虞；一些哈代同时代的读者和评论者更视其超前思想可厌可憎，荒诞不经。而当代的文学史家则将它视作哈代最伟大的作品。或许，哈代对这部小说发表之后的遭遇早有预见，期刊连载之初曾为它取名《傻角》，其中的反讽意味一目了然。哈代不仅在本书通过男女主人公之口说出他对自己作品中超前意识的自觉，而且在 1912 年为他的另一部小说《贝妲的婚事》写序时，还曾明确提出那部小说"早出版了三十五年"。如果将此视作预言，哈代的这则预言，也当真达到了神奇的地步。试想，他 1912 年道出此言后的三十五年是何年？再按前述哈代通过本书男女主人公之口所说他们的思想言行超前了五十年，约略也似指这同一时期！无怪有英国学者论述现代主义文学时要称《裘德》为"哈代最伟大的小说"，将其树为首先的地标，并且说："这是一个很好的起点。"①

像其他许多基本属于传统的哈代小说一样，《裘德》也有首尾一贯的情节和布局完整的结构，但是与他那些过于注重设计曲折情节和巧合事件小说不同，这部作品更为注重整体构思的匀称。仅仅主人公一生活动的六个主要场景（其中的基督寺是二度使用），就像剧本的分幕一样，简捷地解决了全部作品的起承转合。随着人物的辗转流徙，情节也运作得自然流畅。哈代往常偏好的巧合事件，在这里的利用率也低。对话与内心独白的运用，更使这部小说显出接近戏剧作品的特点，同时这也是心理描写与心理分析的重要手段；而裘德与淑这一对心心相印的情侣之间的对话，更是内心独白的一种外化。少年裘德登上"棕房子"远眺基督寺时亦幻亦真的观感，他初到基督寺徜徉神游大学城街头所做的白日梦，等等，也都是作者表达人物深层意识活动和潜意识活动的尝试。而有关裘德与艾拉白拉、淑与费劳孙以及裘德与淑之间多种类型两性关系的处理，哈代所采取的坦率直露态度（其中并不掺杂任何低级淫秽的成分），更大大超过了他的同时代作家而接近 20 世纪。这些，又给我们一种启示：产生于 19 世纪最后五年中的这部名作，不仅在思想内容上渗透着"现代"意识，而且在艺术上也向现代主义试探着伸出了触角。

1994 年春节于北京双榆斋

---

① 《新编剑桥世界近代史》第十二卷第二十章《1895—1939 年的文学》，剑桥大学出版社 1980 年版。

难姐·难弟

——苔丝、裘德

在文学批评和欣赏中，常把内容或风格近似的作品称为姐妹篇。《德伯家的苔丝》（以下简称《苔丝》）和《无名的裘德》（以下简称《裘德》）就是姐妹篇。他们一奶同胞——是英国19世纪后叶小说家托马斯·哈代最后发表的三部长篇小说中的两部；它们相差四岁——分别成书问世于1891年和1895年；它们篇幅近似——均三十余万言，前者七期五十九节，后者六部五十三节；它们故事相类——都是当时社会贫苦青年在爱情和事业上追求、奋斗、遭难、幻灭，最终夭亡的悲剧。

两部小说分别以主人公的名字标题。《苔丝》的主人公是女性，《裘德》的主人公是男性。这是一对不幸的难姐、难弟，他们都降生在偏僻乡村的贫苦人家。苔丝出场时年方二八，已经做了养鸡、挤奶女工；裘德初次露面，年仅十一，即已帮人做面包糊口，后成为石匠学徒。不知造物主究竟是出于偏爱还是出于戏弄，既然为这一对男女从出世就安排下种种不幸，却偏又赋予他们很多优良素质和秉性：两人都聪明敏感、诚实善良、勤劳刻苦。在外貌上，苔丝无疑是天生丽质，裘德也"端正清秀"。然而，诚实善良却给坏人恶事提供了可乘之机，勤劳刻苦只能使他们倍加辛苦，美丽清秀更招致心怀叵测异性的纠缠玷污，而聪明敏感则使他们精神上的创痛更加深重：早逝成了这对难姐难弟共同的必然下场。

苔丝和裘德像哈代精心设计制造的两枚人造天体，沿着同一轨道一前一后地运行，从始至终，都经历过以下三个阶段：

第一阶段：初战失利（苔丝成了不容于社会的"失身女人"，裘德成了盲目、草率婚姻的奴隶），惨败而归（苔丝回归她父母家中，裘德回归他单身汉的生活）。

第二阶段：再上征程（苔丝身为女性，为此付出的身心劳动比裘德更大），幸福在即（苔丝在牛奶场重新开始独立生活，并获得安玑·克莱的爱情；裘德找到了自学成材的门径，并与淑·布莱德赫结成意气相投的爱侣）。

第三阶段：重陷泥淖（这是生活与感情的双重泥淖，他们身在其中越是挣扎，越是深陷），终至没顶（苔丝是在杀死仇人，与至诚热爱的人短暂团聚后，从容赴死，死得壮烈；裘德是在壮志未酬，爱人背叛后含恨而死，死得凄惨）。

哈代既为小说家，又为诗人。小说创作，是他文学家生涯前期的主要事业。他把自己的小说分为三组，即性格与环境的小说、罗曼司和幻想作品、精于结构的小说。其中最重要的六部——《远离尘嚣》（1874）、《还乡》（1878）、《卡斯特桥市长》（1886）、《林居人》（1887）以及《苔丝》和《裘德》，都属于性格与环境的小说。而《苔丝》和《裘德》又是公认的哈代小说最优秀的代表作。

从哈代小说创作的主流来看，作为一个小说家，他属于英国具有民主主义、人道主义思想的现实主义传统之列。他力主小说创作"反映人生、暴露人生、批判人生"①。小说的题材是"人性与环境"，"小说应尽可能接近现实"②。《苔丝》、《裘德》以及其余几部性格与环境小说和很多中短篇，正是他这些文学主张的

---

① 引自哈代《英国小说中的真实坦率》（1890）。
② 引自哈代《小说科学》（1891）。

忠实体现。它们都以哈代故乡英国西南部多塞特郡及其附近一带地区为背景。因这里正是英国中古5—9世纪威塞克斯王国建国之地，哈代借用古名，统称这一地带为威塞克斯，统称他的小说为威塞克斯小说；其中人物，也多以当地中下层社会的男男女女为原型。这一带原为英国偏僻落后的农业地区，到19世纪后叶，大工业生产侵入，原有的小农经济瓦解，古老秩序破坏，人们的生活和思想都受到了剧烈冲击。哈代的这些小说，特别是《苔丝》和《裘德》，真实反映了这一时代背景下，这些普通男女的遭遇、感受和命运的悲剧。但是这些小说主题与形象的内涵，又不仅仅限于这一小小地区和社会范围。哈代自己也曾说过，"在威塞克斯的穷乡僻壤，一如在欧洲的皇宫王室，普通家庭感情的兴奋搏动，也可以达到同样紧张的程度……表面看来，这些人思想感情都带有地方色彩，而实际上却都是四海皆然"[①]。

　　《苔丝》和《裘德》，大部分是以爱情、婚姻作为题材，作家"反映人生、暴露人生、批判人生"的重点，则非"威塞克斯"当地，而是普遍存在于当时英国社会的婚姻、宗教、法律、教育制度以及与这些制度相辅相成的世俗成见、陈规陋习。《苔丝》的故事，初看并未脱出"无产阶级姑娘被资产阶级男人所勾引这样一个老而又老的故事"[②]的窠臼，但其思想内容并不肤浅陈旧。它的女主人公起初就毫无大多数类似题材小说中女性人物的虚荣轻浮，失身受害完全出于年幼无知；她也没有像许多姑娘那样，事后希望顺水推舟，千方百计与对方结婚，或者将错就错，从此沦落风尘。她宁肯蒙受耻辱，遭人侧目，触犯教规而不与自己所不爱的人保持关系，她敢于当众抚爱自己的私生婴儿，在婴儿病

---

　　①　引自哈代《1912年威塞克斯版小说与诗歌集总序》。

　　②　引自恩格斯《致玛·哈克奈斯》，译文据《马克思、恩格斯、列宁、斯大林论文艺》，人民文学出版社1980年版，第153页。

死前私自代行牧师职责为他洗礼，更敢于不仅在行动上而且在思想上彻底否定世俗和教会强加于人的成见和戒律。最后她虽重归德伯，却不安于奢靡享乐，终于杀死破坏她名节和幸福的人。她是以生命作为代价，不自觉地把人的感情、人的尊严、人本身的价值提升到高于金钱、物质的地位。裘德（包括淑）的追求，已经超出了单纯生活出路的范围。作为当时下层社会的知识青年，裘德和淑既具有较高的智力水平，又接受了较多自由、平等、博爱思想的影响，他们除温饱之外，还要求接受更高的教育，得到更好的发展；同时也要求摆脱不合理婚姻制度的束缚，得到以真正爱情为基础的幸福结合。为了求学和求得发展，少年裘德克服重重障碍，艰难跋涉，实在令人感佩。为了达到自己的爱情婚姻理想，他所进行的斗争也真可谓勇敢顽强。直到最后，"种种遭遇，使他对于人生、法律、风俗和教理各方面，见解更开朗了"，他已自觉到他们的行为思想是反抗人，反抗不合情理的社会环境（原书第六部第三节）。

苔丝（包括安玑）与裘德（包括淑）的追求，当然都是个人追求，没有汇入坚强有力的集体行动，更没有与当时西欧久已兴起的无产阶级寻求解放的运动相联系，从理论上说，他们的失败，属于必然；而就当时英国以及欧美国家的社会现实来看，下层社会的青年谋求自身发展和幸福，虽也不乏成功之例，但失败更为普遍。因此他们易于苦闷彷徨，他们易于感到人生如梦、世事无常。苔丝（包括安玑）、裘德（包括淑和小时光老人）头脑中都不同程度地存在这种现代悲观主义的思想，他们也是哈代头脑中现代悲观主义哲学思想的体现者。

哈代本人出身下层社会，靠自学成材。如果追溯家族谱系，哈代这个姓氏和苔丝的姓氏德伯一样，也属于英国中古征服者威廉（1027—1087）时代赫赫有名的武士家族，而到哈代祖辈，则久已败落。哈代父亲最初也像裘德一样，是农村石匠，后来才成为承揽建筑的包工；哈代的母亲也出身贫苦。这个家庭的亲族，大多属于社会较低阶层。哈代早年迫于家境，没有受过完全教育，他在故乡的农村普通学校毕业后，即在当地做建筑学徒，青年时代到伦敦学习并从事建筑行业。他也像裘德早年一样，自幼好学，对文学、哲学、戏剧、音乐、绘画都有浓厚兴趣，在博览群书中接受了古希腊罗马文学及英国古典文学的传统，并养成深于思索的习惯。进入建筑行业之后，他仍自学不辍，并接受了当时流行的进化论等自然科学，成为无神论者，同时受到叔本华等人悲观主义哲学的影响。哈代的一生虽为下层社会青年取得成功的突出范例，但在当时社会，终属凤毛麟角，而现实生活中以至哈代身边亲朋好友中，贫苦青年男女苦闷彷徨，走投无路以至夭折毁灭，哈代则多有耳闻目睹。一个真正伟大的作家，毕竟不会仅以个人浮沉际遇衡量人生，哈代的创作实践也说明，他的悲观主义思想早已形成。他从《还乡》以后所创作的性格与环境小说，还有很多短篇以及后半生创作的诗歌（包括巨幅史诗剧《列王》），都是悲剧。

《苔丝》与《裘德》等性格与环境小说，主要通过人物（性格）与社会（环境）剧烈冲突，最终人物失败构成悲剧。人物之所以在冲突中成为失败的一方，固然其本身存在弱点也是因素，如裘德在关键时刻对酒及女性之难以自持，淑与安玑之思想不坚定，等等，而带有根本性和普遍性的因素，却在社会方面。苔丝与裘德的失败和不幸，也在于当时社会种种制度太荒谬，社会邪恶势力（在这两部小说中主要表现为世俗成见和陈规陋习）太强大。这两部小说固然都有与苔丝、裘德直接对立的人物，如亚雷·德伯之于苔丝，艾拉白拉之于裘德，但他们已不像有些古典作品的反面人物那样简单，纯为魔鬼的化身。在这两部作品中，世俗成见、陈规陋习等社会习惯势力只部分地体现在亚雷·德伯、艾拉白拉身上，另外还体现在马勒村居民①、葛露卑农夫②、奥尔布里坎③居民和基督寺房东④身上，甚至还体现在苔丝、安玑、淑这些人身上。这两部作品当中的人物，思想纯正、行为果决者当首推裘德，他虽最后承认失败，并走向慢性自杀，但至死仍把胜利的希望寄诸后世后人。苔丝在与环境斗争过程中也能同时与自己头脑中的偏见习俗较量，并屡占上风。安玑则由于开始未能克服头脑中的偏见习俗，给苔丝造成比失身更大的不幸。淑更是在连遭打击之下首先思想败北，继而行动上彻底背叛了裘德以及他们二人的思想，在客观上成为结果裘德性命的主力。《苔丝》与《裘德》这些小说是通过人物与人物之间更复杂的关系，更深刻地提示了人与社会的关系。淑面对三个儿女的惨死悲痛地说："我们身外有一个声音在那儿说'你不要怎样怎样！'头一次它说：'你不要学习！'以后它又说：'你不要劳动！'现在它说：'你不要恋爱。'"（第六部第二节）这个声音，显然不是发自某一个人，而是发自"社会"之口。苔丝和裘德还都说过，人类生存的地球是个有毛病的地球（《苔丝》第一期第四节），现今社会机构里有毛病（《裘德》第六部第一节）。这些人物对社会的观点，也就是作家本人的观点。然而哈代在写作这两部作品的当时，还没有发展为一个彻底绝望的悲观主义者。他把眼光投射到未来之时，又给人们透露了些微渺茫的希望："我们这种情况，可完全是走在时代的前头！时代还没成熟到我们那种程度哪！我们的看法，早了五十年……"（《裘德》第六部第十节）这就是当时哈代通过裘德之口传出的未来世界新信息。在这里，哈代很像一个寓言家；但他绝不是（我们也不应要求他是）一个身体力行的改革家、革

---

① 苔丝故乡。
② 苔丝劳动所在棱窟槐农场农夫。
③ 裘德与淑寄寓之地。
④ 同上。

命者。

《苔丝》和《裘德》两部作品，也像它们的主人公一样，在时代前头跑得太远了一些，英国维多利亚时代旧秩序的卫道者岂能对它们保持沉默？他们以伤风败俗、亵渎神圣之罪加诸其身，提出种种刁难和指责。英国有位主教甚至将《裘德》一书投入火中，似乎是想让它代替作家接受"宗教裁判所"的惩罚。哈代的妻子爱玛也认为自己的丈夫写了"不洁"的作品，二人之间感情的罅隙从而扩大。这两部作品在当时的遭遇，对哈代的文学生涯也发生了重大影响——促使哈代发表《裘德》之后不再从事小说创作在而专事诗歌创作。从这两部小说的遭遇来看，它们当时也真像一对"难姐""难弟"！但是伟大文学作品的生命毕竟不决定于少数人的爱憎，《苔丝》与《裘德》问世至今已近一个世纪，它们从开始到现在，始终拥有广大读者，得到极高的评价。至今为止，《苔丝》在世界和我国所受到的欢迎，比《裘德》更为普遍；而在近代文学批评中，也有人认为《裘德》是开现代小说先河之作，它也许是哈代最伟大的小说。[1]

哈代结束小说创作之后，即专门从事诗歌创作。做一诗人，本是哈代少年时代就有的宿愿。这位作家经过近三十年（1898 年发表《威塞克斯诗集》到 1928 年逝世）辛勤耕耘，在诗的国度里也如在小说的国度里一样，取得了丰硕成果。哈代不仅是英国 19 世纪最后一位大小说家，而且也是英国 20 世纪最初一位大诗人，他是一位多才多艺的跨世纪伟大作家。由于他拥有丰厚的生活基础和文艺修养，在小说创作上，他能以诗画入文，以戏剧雕塑入文，以建筑、音乐入文。《苔丝》与《裘德》不仅是哈代小说思想上的顶峰，而且也是艺术上的顶峰，而《苔丝》似乎更能全面

---

[1] 参见《新编剑桥世界近代史》第十二卷第二十章《1895—1939 年的文学》。

代表哈代小说的一般艺术风格。

《苔丝》的艺术成就，首要在于它为英国小说人物画廊增添了一个光彩夺目的人物形象苔丝。哈代不止一次地提到，他所创作的人物形象，大多以他故乡一带的真实人物为本，但是他的每一形象又并非仅取某一真人作为原型。苔丝的外貌，取之于哈代在乡间散步时偶遇的一个赶车姑娘；当代英国的研究者又发现，从苔丝的遭遇可以隐约看到哈代祖母身世的影子。①

刻画苔丝，哈代多用"工笔"，线条和色彩都极精细。苔丝的身材面貌，是依照她从少女到少妇的不同时期和她在欢快和受难的不同场合，以多幅不同的肖像画来表现的。作家不仅采用绘画手法对她加以描绘，而且采用雕塑手法从不同角度加以塑造，因此这一人物的举手投足一颦一笑，轮廓都清晰突出。这一人物，仅就外形来说，就是丰满（"圆形"）而非干瘪（"扁形"）的。而在着意外形描写的同时，作家又同样注重精神世界和心理活动的描写，赋予苔丝这样一个美的形体以美的精神世界，使苔丝的整个艺术形象富有生动的活力，不是一个画面上或底座上静的人物，而是一个舞台上或银幕上动的角色。苔丝在山穷水尽之际写给安玑那封著名的信（第六期第四十八节），文字质朴通俗，恰合人物的身份教养，但却凄楚动人。因为它准确细腻地传达了人物对爱情的忠贞热烈和她那几近绝望的弃妇心理。哈代少年时代，常做给农村姑娘代写情书的"枪手"，因此能准确了解她们的心理状态。

从哈代的家世和经历来看，裘德这一形象塑造，显然是受了哈代父亲、叔父以及哈代本人经历的启发。作为苔丝的"胞弟"，这一形象也极成功，但哈代对他的刻画，略偏重于"写意"，外形方面，仅在几处关键场合略做粗线条的简括勾勒。他的精神面貌，

---

① 参见罗伯特·吉廷斯《哈代前传》第二章及《哈代后传》第六章，企鹅丛书，1980 年版。

主要通过对他心理活动的细致描述和裘德本人的语言行动来表达。小说第一部开头小裘德在麦田赶鸟儿，与小鸟儿"谈话"，玩忽职守遭到殴打的情节，把一个幼童仁慈善良、多愁善感的气质传达得有声有色。随后，他步行山野，屡次瞻望基督寺，在大路旁盼望语法书等等情节，进一步表现了他对知识和理想执著追求的性格。"从小看大"本是我国一句民谚，现在用于此处，意思是说，哈代在小说开始对主人公幼年时期性格气质主要特征的描绘，为他随后对主人公性格发展的描绘，铺好牢实恰当的底色。

这两部作品中除去苔丝、裘德以外的许多人物，不管笔墨多寡，大多具有生动独立的个性，同时又能鲜明烘托或反衬主角，达到主角、配角交相辉映，星月灿烂。苔丝的劳动伙伴和朋友玛林等人，就是哈代创造的优秀配角。不过在小说故事进程中，哈代的笔触总是牢牢把握主角活动的主线，仿佛戏剧舞台上的追灯，对准主角紧追不舍，使他们得以最充分的表现。次要人物的活动，如安玑去南美，艾拉白拉往澳洲，都仅作为"过场"，以数笔带过，并未干扰、割断主角活动线索。

哈代早年从事建筑，设计建筑结构，对他构思小说，也有重要借鉴作用。《苔丝》、《裘德》的情节发展虽然细致多变，有时又出人意料地节外生枝，但整个布局工整严谨。他的情节与人物是有机的一体。随着情节起伏跌宕，主角时而自然冲向波峰，时而落入波谷。最后主角退出人生舞台，故事也戛然而止。苔丝越过重重障碍，经过多次反复，终于在新婚之夜向丈夫坦白身世，安玑的感情立即由沸点降到冰点；苔丝在棱窟槐农场身心两方同时苦斗挣扎，给安玑写出那封深情而又绝望的信，不久即再次落入亚雷·德伯之手；裘德携淑及子女在节日盛典中重返基督寺，三个子女出其不意地同时惨死，淑腹中的胎儿也早产夭亡，淑随后背离裘德，这类章节，都是这两部小说由高潮转向低潮时"落差"最大的段落。

哈代小说偶然和巧合事件过多，曾遭訾议。《苔丝》中的两封"信"——苔丝婚前向安玑坦白身世的信和她在棱窟槐写的信，两次未能顺利到达安玑之手，都出于偶然，却在决定她命运的紧要关头起了极坏的作用；裘德与淑悲欢离合的数年岁月，也充满偶然和巧合。这恰在这一定程度上反映了哈代人生无常，世事乖舛的观点。冤家路窄的公式在这两部作品中也常运用。苔丝被遗弃后再遇亚雷·德伯；裘德在困境中几次再遇艾拉白拉，重回基督寺时裘德与淑遇到费劳孙，等等，都太过凑巧！现实生活当中，确实经常发生种种偶然和巧合事件，而且一桩必然事件，往往正是许多偶然事件促成，但同类的偶然和巧合事件安排过多，则难免有欠自然，令人絮烦。在这方面，也许是哈代借用戏剧手法过多所致。

哈代较早创作的《远离尘嚣》、《还乡》、《林居人》，向以画面生动、诗意盎然引人注目。《苔丝》在这方面，也不逊色。大凡以苔丝为首的主要人物出场、活动，多以作家精心制作的"诗配画"为背景。随着人物境遇和心境变迁，这些诗画的格调或明朗，或恬淡，或沉郁，或阴暗。苔丝这个钟天地之灵秀而生的村野女儿生长所在的故乡，是群山环抱、水草丰腴、古朴淳厚的山村。这个白璧无瑕的少女首次出场的舞台，是幽谷之内绿草芊芊的舞场。决定她终生不幸的那一番"陷淖沾泥"，发生在林深月黑的古苑林中。她在大气清新、春风和煦的塔布篱牛奶场重整旗鼓，在阳光灿烂、芳草连天的夏日与安玑相爱。在那乐极生悲的婚礼之夜，他们在荒凉寂寞的古宅旧邸共处。苔丝遭被弃之变以后，背景多在黑夜、严冬、雨雪之中。她最后谋生的棱窟槐更是一处苦寒贫瘠的所在。与这些画意相配的诗情，也都是凄婉的调子。在《裘德》中，哈代对场景也像对人物一样，不大注意重线条的精细和色彩的层次，但对有些重要场景，即使稍加勾勒，也颇显功力：通过裘德儿时天真、虔诚的眼睛，哈代将基督寺这处古老的最高学府描绘成灵光四射的圣地仙界；小裘德面对它所作的祈祷，不啻是渴求知识和理想的抒情诗。在司陶童山镇农业展览会上（第五部第五节），裘德与淑心神感应，琴瑟和合的情形，都发生在明快的背景前，连淑的衣着，都是轻盈活泼的色调。《苔丝》中的景物，大都由作家本人眼见口述；《裘德》中的上述景物，一处是天真儿童眼见，一处是充满好奇与嫉妒心理的艾拉白拉目睹，画面更加富有表现力。这种处理更是别具匠心。

这些富有诗情画意的场景描写，也像哈代的形象塑造一样，并非出于作家凭空臆造。哈代在他的各版小说序言中不止一次说明，这些小说景物，都以实物作为基础。既然它们都由哈代摄自故乡一带，无疑也多是他自幼熟悉的地方；而像《苔丝》中的悬石坛这种较远所在，哈代也曾亲临拜谒，并于深夜仔细观察体验了那里的夜色和声籁。不过，小说中这一场景的效果，也确未辜负哈代的良苦用心。那富有神秘色彩的风声和发人思古幽情的石柱，首先经过苔丝和克莱的听觉触觉让我们领略一番，随后，雾消夜尽，旭日初上，苔丝受尽折磨的身影从一块躺石上冉冉而起。安玑曾按照英国传统的说法对苔丝解说，这里是古代祭祀太阳神供献牺牲的地方；且不管从历史和考古的角度来说这一解释是否科学，在小说中，哈代确是借用这处著名古迹作了祭坛，他奉献的牺牲是苔丝这只可怜的羔羊，他祭祀的神明就是荒谬的社会。

《裘德》的结尾，却又别是一番光景：一年一度的基督寺纪念节开始赛船活动，街上一派节日的欢腾，裘德久卧病榻，气息奄奄，口中叨念着淑的名字。室外传过来一阵阵欢呼，他口中吐出一声声诅咒，等到在外游玩的艾拉白拉兴尽归来，裘德已含恨而终。这里场景对于人物已非顺向的烘托，而是绝对逆向的反衬，使悲剧更悲。这使人不禁想到《红楼梦》里《林黛玉焚稿断痴情，薛宝钗出闺成大礼》的一回。

从《苔丝》、《裘德》以及哈代其他一些小说的人物刻画、情节构思、风景描写来看，哈代承袭并丰富了英国小说的现实主义传统，他是这一传统中一位后起的艺术大师；而作为一位思想深刻的作家，他在他那些艺术性很强的作品里，又蕴藏了在当时看来是相当新颖深刻的哲理。在《苔丝》中，这些哲理曾几次由作家本人出面直陈。在另外一些场合，哲理又是通过苔丝等人物——没有受过高深教育的人物——之口传达，而且用的还是夹杂了方言土语的"大白话"。哈代到了创作《裘德》之时，仿佛从偏重感情的青年全然变为冷静理智的老人，文采、激情已经不是他着意追求的目标，因此描写、刻画、铺叙、抒情大大压缩，更多的笔墨留给了思想哲理的表达，但是作家的影子在全部小说中更加隐蔽，思想哲理主要通过人物对话表达出来。裘德和淑从相爱到同居期间的思想交流和观点辩论（第二部第五节、第三部第四节、第六部第三节等处），都已远远超出一般卿卿我我的谈情说爱。裘德在基督寺街头所发滔滔不绝的即兴演说（第六部第一节），都有许多蕴含睿智哲理的警句格言。《裘德》真真是小说家哈代的晚年之作，作家在其中主要是通过人物之口，表达了多少他对宇宙人生、对宗教法律、对爱情婚姻的看法！这一作品虽包含大量思想哲理，但毕竟夹杂于生动的人物、紧凑的情节之间，以凝炼精纯的语言传达，因此似乎并不令人感到沉闷冗繁或带说教意味。《裘德》成书出版之后，哈代不再写小说，但仍在诗歌中继续发挥他曾通过小说发表的思想，而在《裘德》这部小说里，就事先孕育着许多哲理诗的因素。

涉世不深的青年，一般易倾心于《苔丝》；饱经沧桑的中年或者老人，或许更喜爱《裘德》。这两部"姐""弟"篇，确实是以相反的主次组合宴飨读者：《苔丝》主要以其艺术形象而辅以睿智哲理，发人遐想；《裘德》则主要以睿智哲理而辅以艺术形象，引人深思。两部作品虽有相似的内容风格，但又各有重点特色，并非彼此复制、翻版。真正伟大的文学艺术家，在自己独特的创作历程中，固然会形成个人的思路、风格，但他们的佳作又都并非其前作的简单重复，而是各有创新和别趣。

1984 年春于北京西郊双榆树

转轴拨弦，曲调自成

——哈代的中短篇小说

哈代于小说创作中后期，亦为其小说创作成熟期，孜孜于长篇巨作之余，小试中短篇，多供报章贺岁消闲，后陆续结集，共成四册。写来既嫌匆匆，成章亦属急就；唯其身为小说大家，诚如白氏乐天形容浔阳江上琵琶女弹技所云："转轴拨弦三两声，未成曲调先有情。"哈代此类作品，虽向为人视做"次要"，且非篇篇珍稀，字字珠玑，却大多章法有致，抑扬杂错，余韵不绝，与其著名长篇《德伯家的苔丝》、《无名的裘德》、《还乡》、《卡斯特桥市长》、《远离尘嚣》、《林居人》等异曲而同工。

哈代的长篇小说，工于人物剖析，精于故事结构，富于地方色彩，擅写聚散欢悲，喜作兴亡慨叹。其中短篇小说，或谓之"长篇浓缩"，以陈述故事为主，辗曲折奇幻，妙趣横生；于人物、风光、评说、慨叹方面，虽笔墨大有减省，而其十之八九，则仍不乏哈代长篇小说中上述素质。已稔哈代长篇读者，读此中短篇，可做参照对比，反复追味；尚未涉其长篇者，亦可从中略窥哈代小说创作之一斑。

哈代擅讲故事，其中短篇小说发表首集，名《威塞克斯故事集》（1888，如《神魂颠倒的传道士》、《一八〇四年传说》、《三怪客》、《萎缩的胳臂》、《德国兵团郁郁寡欢的轻骑兵》），顾名思义，系中古为威塞克斯王国领土即英格兰西南部地区民间故事汇集；其余三部，曰《贵妇群像》（1891 年，如《汉普顿郡公爵夫人》、《忠贞的劳拉》、《格瑞布府上的芭芭拉》、《悬石坛侯爵夫人》），曰《人生的小嘲讽》（1894，如《瑞乐舞琴师》、《耽于幻想的女人》、《儿子的否决权》），曰《浪子回头》（1913，如《婚宴空设》、《路标边的坟墓》、《古堡夜会》、《羊倌所见》、《浪子回头》），其中作品，亦多以作家自幼耳熟能详的故乡民间传奇为梗概。《三怪客》（1883）一篇，本以其悬念恍惚隐约，地方色彩斑斓而脍炙人口，更在其反映其时英国司法之严酷以及庶民与之周旋抗衡所显现机智、坚韧、生命力、幽默感之余，又寓深层隐喻：牧人孑然兀立之村舍，喻人生驿站，人行生活之途，可于此处邂逅同席，酬对唱和，推杯换盏，却不仅未必真有沟通，且恰为冤家路窄，从而崭露作家颇具“现代”意识之哲人眼光；且篇中对逃犯举手投足、眼神歌声之轻描淡写，浸入潜意识、潜对话诸多成分，虽稍纵即逝，终令人过目难忘，大有印象主义风味。如此寓哲思与理念于有趣故事之深层，似更可视为此短篇堪称英国短篇小说经典，令人百读而不厌之根蒂。《神魂颠倒的传道士》（1879）与《一八〇四年传说》（1882）两篇，故事发生既非久远，又兼与哈代祖上营生、经历密切相关，可谓素材直接源自家庭传说。前者，述海疆边地良民穷极无路，世代法外营生，境遇之艰险、凄切。女主人公年轻孀妇纽伯瑞太太之姣好、多情、机敏、果敢、干练，则为哈代女性形象册页又添一帧佳作。按作家哈代原意，纽伯瑞太太与年轻俊雅传道士之恋情，本以悲离告终，而 1879 年小说初版，则织成“有情人终成眷属”。哈代 1912 年编此作入《威塞克斯版小说与诗歌集》时，特为此篇附加后记，云此结局“纯为……符合当时礼数”，从中亦可见作家创作途中徘徊于求真与从众间之良苦用心！《一八〇四年传说》一篇，题材涉及欧洲拿破仑战争，海战交通要枢地带英格兰居民言称曾亲见波拿巴秘密登陆英伦，虽属无稽之谈，但以轻松描述毕现村野草民对战争国运之关切和参与意识，以及丰富想象力。

哈代长篇小说，主写婚恋、人生、命运，此集各篇主题，大致不出此范围。《忠贞的劳拉》（1881）、《格瑞布府上的芭芭拉》（1890）、《汉普顿郡公爵夫人》（1878）、《悬石坛侯爵夫人》（1890）四篇同涉贵族少女私恋、婚变、命运，而故事发展、结局则悲欢迥异。劳拉故事可一言以蔽之曰始乱终合。哈代以"忠贞"为之定性，盖劳拉之忠，忠于真情，故能鄙弃邪恶，翻然悔悟，其始初虽有朝秦暮楚之瑕，终不掩其情之忠贞，犹如苔丝之虽二度失贞，因其忠于真情，仍不失其纯洁，故哈代亦以"纯洁女人"为其同名长篇作副题。芭芭拉故事则更可见为贵为富者暴虐贪婪之占有欲，写男性贵族之身心双重虐妻行为，更具特色。篇中多心理描述探索，富哥特小说式浪漫恐怖情节气氛，或认为《贵妇群像》中之上乘。《汉普顿郡公爵夫人》及《悬石坛侯爵夫人》两篇，在与前两篇同写女性虽贵及公侯，仍难逃厄运之余，意在讴歌人间真情——而此真情，则于下层民众中较上层显贵中更易求得。此四篇中爱德蒙·威娄斯、埃文·希尔等位卑而人格高尚之男主人公，则与哈代长篇小说中著名男性人物温特伯恩（见《林居人》）、欧克（见《远离尘嚣》）、文恩（见《还乡》）等堪为伯仲。

《婚宴空设》（1888）虽亦以爱情、婚配为主题，却侧重于婚姻龃龉、蹉跎所决定之人生命运，作品中流露出作家半似无可奈何、半似嘲讽玩世态度。此篇后虽收入《浪子回头》一集，实际仍为一"人生之嘲讽"，其中多处情节，诸如婚期耽延于婚仪现场、情人久别重逢于途中、失足女人之悔过乞恕，均可于哈代多部长篇中寻得对应，而其于本篇中，又均能顺应情节发展，与前后具体场景榫接，不落斧凿痕。其中男女主人公一对凡俗情侣，初始若即若离，中经苦难磨砺，终于超越普通情欲、物质利害，以至时空局限，升华出富有诗意及哲理之情谊，已远远胜于普通爱情作品，亦可视作哈代为世俗失败婚姻指示之出路及作家对爱情婚姻之最高理想。《德国兵团郁郁寡欢的轻骑兵》（1889）一篇，虽写"涉外"、"军民"恋情，其中透露作家对人类为杀伐征战而扼杀真性情之深恶痛绝，亦在《路标边的坟墓》（1897）、《一八〇四年传说》中，有或直白或委婉之表达；而《路标边的坟墓》一篇于此含义之余，又涉父子亲情、代沟，机缘舛误莫测等人生悲剧，亦属文学创作之永恒主题。《儿子的否决权》（1891）揭示儿子受社会等级偏见驱使，横加干涉寡母再婚，于当今中国读者，当可生强烈共鸣。

　　哈代于小说创作近三十年漫长途程，虽始终把握写实主线，亦常另辟蹊径，做浪漫、象征、心理描写分析等诸多探索。《萎缩的胳臂》（1888）、《瑞乐舞琴师》（1893）、《耽于幻想的女人》（1893）、《羊倌所见》（1881），虽题材仍不出婚恋情仇，其艺术手法则带有实验创新意味，从而将想象、隐喻及心理探索成分注入传奇旧套，赋离奇荒诞古事旧闻以新意，既脍炙人口，又与20世纪现代小说遥相呼应，且于音乐、诗歌都有相当精彩描绘、论说；《羊倌所见》曾为哈代列入"精于结构的小说"之类，盖作家在其小说创作中，曾作戏剧手法尝试，颇类《计出无奈》（又译《非常手段》）、《贝妲的婚事》等长篇，也是别出心裁。《古堡夜会》（1885），虽为借一地方博古学家行止所做"人生小嘲讽"，篇中十之八九文字，尽写作家夜访美登古堡见闻感受，声情并茂，实为写景散文极品。

　　《浪子回头》（1900）中，孟布瑞上尉弃武而从神职，其舍己救人善举，源自哈代同乡挚友之父莫尔牧师大疫年事迹，此篇为哈代发表小说倒数之二。作者毕生借艺术创作探究人生，从其最后的小说作品似可读出：最有价值之人生，仍在利人。此篇艺术特色，似显平平，而哈代最后中短篇集偏偏以之命名，则足可见其中用意矣！

　　　　1988 年 8 月 1 日哈代故乡多切斯特一稿
　　　　2002 年 4 月 1 日北京双榆斋三稿

乡土的蕴含与魅力

"停一下，听，听!"

向导一说，众人在坡地小树木的入口应声站定，倾耳静听。此地是英格兰西南部多塞特郡多切斯特市东郊的上博克安普顿村。这里的林间小道直通林后的一座草顶农舍——哈代草堂。每逢举办有关哈代的学术研究和旅游寻踪活动，这是经常出现的小小场景。

"是不是听到了树的声音?"向导又问。

众人点头称是。接着，向导打开手中的小书，开始念道："在久居林地的人心目中，每一种树木几乎都有它们各自的声音和状貌……"（当然，他读的是英文原文。）

这是哈代发表的第二部长篇小说《绿林荫下》开头的一段。熟读它的人群中顿时发出一片赞叹。

这里并非是要描述此类旅游寻踪和现场阅读，而是企图引发我们的读者产生一种直觉，那就是哈代小说中的地方色彩，或者说乡土气息所独有的魅力。

哈代曾将他的小说（包括中短篇）依本人创作意图分为三类，即"性格与环境的小说"、"罗曼司和幻想作品"和"精于结构的小说"。综观这些作品，它们兼有写实、批判、讽喻、哲理、悲剧、浪漫、象征、心理、现代等诸多素质，我国读书评论界，通过其中已翻译和介绍的重要作品，诸如《德伯家的苔丝》、《无名的裴德》、《还乡》、《卡斯特桥市长》、《远离尘嚣》、《林居人》、《贝姐的婚事》、《意中人》及近二十种中短篇，已经多有领会和阐析，但是在英美及其他许多国家和地区，人们谈及哈代，往往不约而同地首先提到他的地方色彩，一些权威性的论著及资料，索性将他列为地域性的作家。

地方色彩或地域性，并不是复杂的概念，顾名思义，是指作家以某一地区和居于其间的人作为故事的基本，而这一地区通常多指乡镇和外省，涉及这一地区的自然环境、土著居民、风俗习惯、语言文化、历史传说、名胜古迹，颇类似我国兴起发展于20世纪二三十年代，四五十年代以来流派纷呈的乡土文学。在英文中，地方色彩和地域性分别为 local colour 和 regionalism，移译成中文往往通称为地方色彩，但在具体用于归属分类时，又有程度轻重之别：前者多指某一作家或某一作品带有地方色彩；后者则专指某一作家和他的作品以表现地方色彩为主要或重要内容。哈代应该说二者兼而属之的作家，而且像美国的威廉·福克纳、苏联的肖洛霍夫、哥伦比亚的马尔克斯，都属于最优秀的地方色彩作家之列。

先以前述他那几部我们最熟悉的长篇小说为例，它们的地理背景，主要都在多塞特郡及其周围一带，其中那些著名的主人公，包括苔丝·德北、裴德·范立、游苔莎·斐伊和德格·文恩（《还乡》）、迈克尔·亨察德（《卡斯特桥市长》）、拔示巴·艾沃迪思和加布里埃尔·欧克（《远离尘嚣》）、贾尔斯·温特伯恩（《林居人》）等，都是这一带土生土长的平凡小人物，包括挤奶姑娘、石匠、打草工、小农人、牧羊人、小商贩等等。他们腰系粗布围裙，口吐方言土语，满心深怀淳厚天然的喜怒哀乐，浑身散发干草牛奶的芳香。哈代向来熟悉和欣赏这片乡土和居于其上的乡民，在创作时自然而然地皴染了他们的色彩，无疑他是具有地方色彩（local colour）的作家。

再从哈代的创作历程来看，他的第一部（并未发表）的社会讽刺小说（《穷汉与淑女》）和第二部以爱情、阴谋、凶杀、侦破为内容的情节小说《计出无奈》以及第四部浪漫爱情性质的小说《一双湛蓝的秋波》，都带有鲜明的地方色彩，而从他的第五部小说《远离尘嚣》开始，他采用了"威塞克斯"作为他的小说故事的地理名称。威塞克斯本是英国古代的七个王国之一，位于英国西南部一带。哈代借用了这个古老的名称，并且在1912年麦克米伦公司出版的他那《威塞克斯版小说诗歌集》总序中，将这一地区界定为："北起泰晤士河，南至英吉利海峡，东以海灵岛至温莎森林一线为界，西以科尼什海岸为边"；同时还详述了他在作品中所移植地名的原本。哈代的全部长、中、短篇小说故事的空间范围，除个别章节涉及伦敦以及欧洲大陆上的城市，几乎全部限定在这一地区之内；它们主人公和其他重要人物，也多是当地土著，外乡人不仅屈指可数，而且多是电光石火般的浪游者或回头浪子。根据这些特点，又可以说哈代确是不折不扣的地域性（reginalism）作家。

表现地方色彩的作家，对于他所再现的地区和人，往往是生于斯、长于斯，正如我国各个时期最有代表性的乡土作家鲁迅、沈从文、刘绍棠等一样。哈代与他的威塞克斯，是生长、生活并终老于斯的绵长关系。他出生并成长于本文开头所提的那座哈代草堂，祖父和父亲两代人都做过石匠，他们祖孙三代又是远近闻名的业余提琴手，哈代少年时代还是为挤奶姑娘们代写情书的"枪手"。他在本地小学受教育，当学徒，青少年时代除五年时间在伦敦建筑行学艺，一切恋爱、谋生、进修、写作、成家、立业的活动，都未离开故乡和附近的地区。他晚年在多切斯特近东郊自己设计建造了寓所麦克斯门，并在此定居。逝世后，他身为伟大诗人和小说家享有在伦敦威斯敏斯特寺诗人角安葬骨灰的殊荣，但是按他本人遗愿，他的心脏仍葬在故乡父母妻子骨殖的近旁。

并非一切具有哈代这种经历的人,包括古今中外最优秀的作家,都擅长表现本乡土的特色。能够完成这一任务的作家,不仅需要一般观察—体验—记忆—再现生活的能力,而且需要生就画家那种观察自然和色彩的眼睛,隐者那种淡泊致远的性情以及术士那种破解大自然奥秘的本能。哈代正是这样的人。地方色彩对于他,不仅是普通的地理背景和烘托气氛的装饰,而且是作品中独立存在,有声有息,必不可少的活体。《绿林荫下》当中声情并茂的梅鲁斯陶克乐队以及浓密的耶鲁伯里树林看守的林间空地和农舍,《德的家的苔丝》中绿草如茵的布蕾谷五月妇女游行会以及塔布篱牛奶场里的男女老板和挤奶工,《还乡》中苍莽阴郁亘古不变的爱敦荒原以及居于其上的乐天土著、融融祝火、壮丽古冢,《司号长》和《意中人》的雄奇险峻、涡流激荡的波特兰海岬,都是哈代自幼熟知并永感亲切的事物。在哈代笔下,它们各有自己的声息和灵性,能传递作品中人物的思绪情怀。

地方色彩又是具有高度审美价值的一种小说艺术素质,因为构成地方色彩重要部分的自然环境本身,就是客观存在的美,自古至今,它总是绘画、音乐、文学诸多艺术的对象。在更重表现人生和人性的小说当中,它虽远不及在诗歌、散文中的地位重要,但也确实仍有不少小说家对它以及与它最贴近的事情有独钟,并将它们作为自己着重,甚至独立表现的对象。《还乡》中对爱敦荒原的处理,就是这方面一个突出的例子,其中四时更迭,风云变幻,日升月落与人物的哀思愁绪息息有关,达到了和谐的情景交融。中国只有沈从文的《边城》一类富有诗情画意的作品堪与媲美。哈代写的第三部长篇小说《绿林荫下》,虽然是由梅鲁斯陶克乐队的兴衰和车老板之子狄克·杜威与守林人之女范西·戴的恋爱、婚配两条主线扭结成篇,但却是以表现地方色彩为主的作品,哈代给它的副题就是《荷兰画派的乡村画》。代表哈代乡土特色某些方面的中短篇,故事发生的地点,都是哈代的威塞克斯,故事的源本，大多是当地民间及历史传说。诸如《羊倌所见》，属于哈代"精于结构的小说"，其中因果报应的程序，正是民间传说的典型构架，马勒伯瑞丘陵地带著名的古迹魔鬼之门附近上演的夜间谋杀悲剧，老少羊倌以及他们搭在接羔角的小棚屋，也都有独特的色彩和构图。《一八〇四年传奇》是拿破仑战争时期地近海战前沿阵地科夫海湾牧民杜撰的一个小小插曲，讲故事的老羊倌坐在客店厨房的大壁炉前，边抽烟斗边追述往事，就像我们儿时坐在乡间的炕头上，听年长的人活灵活现地讲老辈子的事一样感动亲切；其中提到的走私贩酒、守夜接羔、操演练兵以及小羊倌半夜醒来，朦胧中看到了身边站着敌国首领拿破仑等情节，都极富有民间的幽默和机智，表现了草芥村夫的勇气和主体意识。《三位不速怪客》，通常译作《三怪客》最早是作为社会小说译介到我国来的名篇，我们的读书评论界，多将着眼点置于它对英国议会改革前严酷法律的暴露和批判，而故事上演其间那所孑然独立于丘陵牧场上村舍及其周的天气、环境，羊倌家洗礼命名庆会上热诚淳朴的待客之道，酒席宴前陌生来客意味深长的歌唱、眼神和合唱帮腔，无不散发着清新的气息。《萎缩的胳臂》借用了痴情女子负心汉的套式，涉及梦境、心灵感应等一些神秘的心理和病理现象。主人公富裕农夫洛奇和挤奶女工罗达，在英格兰西南部农牧混交地区都是有代表性的土著。格特鲁德为医治萎缩的胳臂而采用巫师提供的偏方——触摸余温尚存的绞刑犯人尸体，其令人毛骨悚然的性质，极似鲁迅《药》中为华小栓治病的人血馒头。《悬石坛侯爵夫人》源自有关当地古老世家的秘闻，着重于写人性及心理，反映了贵族的为富不仁和普通人的质朴、高尚，这也是民间故事常有的主题。《奈蒂的房产》和《在西部的巡回裁判》是写威塞克斯地区普通女子的性格心理。后者开头提到的"城中最具英格兰中古时代风格"的大教堂，无疑是指著名的索尔斯伯里大教堂，这座城镇中心广场上喧腾热闹的集市，是这座城市至今保留的古老传统之一。贯穿这篇小说情节的主要线索是衣食足而渴望爱的哈尔安姆太太为她所庇荫的乡下姑娘安娜代写情书，从而促成了这个目不识丁的漂亮女孩与伦敦城里"白领"青年的婚事。安娜与奈蒂这类普通乡下姑娘都是略施小技而赢得了丈夫（奈蒂是通过赢得房产而赢得丈夫）。哈代是以略带幽默嘲讽的态度表现了她们那种精明、机巧而又略带狡黠的特性，这与哈代泛着理想主义光晕的著名女主人公苔丝大有距离，但却别具一种动人的亲切与真实。《瑞乐舞琴师》也是一篇涉及心理及心灵感应的传奇，表面看来是个始乱终弃的故事，但是哈代通过细腻的表述，写出乡间具有艺术气质和天赋的少女卡罗琳和流浪乐师出于对音乐天生特有的理解，而彼此感应和沟通的过程，至今在这一带地区仍可常常遇到这类男女民间艺术家。

求新与独创向来是艺术创造的血液。表现地方色彩的艺术无疑具有天生接近这一艺术创造目标的优势。因为将地方的风土、人物、文化、古迹、历史、传说加以审美的再现，令读者耳目一新，心神愉悦，这就像观一幅风景民俗画，听一首民歌民乐，看一场土风民族舞，自然具有很强烈的娱乐性，以至刺激性，但是像哈代这样的优秀地方色彩作家，并非艺术创造上猎奇者。他们表现地方色彩的最终目的，还是推出地球上和生活中的一隅，展现其中蕴含的普遍意义。诚如哈代在他的《1912年威塞克斯版小说与诗歌集总序》中所说："人们有时认为，某些小说在一个范围有限的地方展开故事情节……因此就不能像那些场面遍及很多地区，甚至遍及地球上四面八方的小说那样，在表现人性方面包罗万象。我认为……在威塞克斯的穷乡僻壤，一如在欧洲的皇宫王室，普通家庭感情的兴奋搏动，也可以达到同样紧张的程度；而且无论如何，在威塞克斯也有十分丰富的人性，足够一个人用于文学。""虽然表面看来，这些人的思想感情都带有地方色彩，而实际上却四海皆然。"哈代看来，他的威塞克斯通向世界之路，畅通无阻。

哈代在实现这种地方与世界的沟通上，确实卓有实效。从上个世纪末开始，他的小说读者中就有人开始跋山涉水深入这一偏僻落后的农牧区追寻哈代的笔踪墨迹。一向乐于寻根究底的英国人并相继展开对于哈代作品故事、环境、历史、文化的探究，形成集地域、考据、绘画、摄影于一体的交叉学科。赫尔曼·李、戴斯·凯-鲁滨森、高登·毕明菲尔德、乔安娜·布朗都是这方面卓有成就的研究者和艺术家，20世纪的科学技术将人类带进更高级的文明，同时也对人类与自然造成了负面影响。疲于尘嚣喧哗的人，厌恶和畏惧来自各方面的污染，向往返朴归真，亲近自然，这也是当今旅游业蓬勃发展的原因之一。哈代的作品恰恰成了高格调的文学向导，岁岁月月将成千上万的各地旅游寻访者带到了威塞克斯。伴随这种寻访的现场阅读又大大加深了读者对威塞克斯作品的接受。中国读者，不论目前有缘无缘加入这一行列，如果暂且深入哈代这些短篇小说所构建的景点稍作探索，也可聊解自己生活之旅的疲劳。

1995 年 10 月 21 日定稿于北京双榆斋

写非常人的健康书
——霍尔的《孤寂深渊》

一 一部小说的公案

将近七十年前，也就是 1928 年的 11 月，伦敦鲍街的违警罪法庭推出了一场轰动性的诉讼。原告是当时的英国内务大臣威廉·乔恩森－希克斯，状告小说《孤寂深渊》，作者是拉德克利夫·霍尔，出版人是乔纳森·凯普。起诉书宣读后，几乎没有传唤听证，法官就断然判定该书为"淫秽"，应予立即销毁。

霍尔

"抗议，我强烈抗议！我就是这部书的作者！"拉德克利夫·霍尔小姐面对诽谤，拼命喊叫起来，但立即被强行制止，重新落座。判决后提出的上诉，也迅即遭到驳回。

一部小说就这样给查禁了。这是经过作家数年酝酿、两年苦作才完成的作品，出版仅四月有余，而且颇得读书界好评。

其实，对这部小说的问难，在它出版后的第三个星期即已开始：正在伦敦报刊纷纷发表评论，交口称赞这部小说在主题和艺术方面的特点时，《星期日快报》的编辑詹姆斯·道格拉斯却撰文，强烈谴责这部小说，并建议出版商立即予以撤毁。他在文章中写道："我清清楚楚地知晓，性倒错和性反常现今存在于我们当中，是可怕的事。他们这些人越来越厚颜无耻地招摇过市，更加盛气凌人地大肆炫耀。那些耸人听闻、令人作呕的恶行劣迹，绝大多数都是他们干的。这些颓废主义的鼓吹者再也不遮掩他们的堕落和潦倒……他们不忌抛头露面，而且一反其道，刻意追求这种机遇，并以他们的风流艳遇为乐。其结果则是这种有害的东西正在浸淫年轻人的灵魂。"

伦敦违警罪法庭所指控的"淫秽"和道格拉斯文章中所指斥的"有害"，都是针对这部小说所涉及女同性恋的内容。

小说女主人公是富有贵族之家唯一的继承人。她的父母菲利普·戈登爵士和安娜夫人婚后一直切望给自己的莫顿庄园添一个男性继承人，而且早就给他取好了男性的教名斯蒂芬。但是事与愿违，出世的却是女儿；更加出人意料的又是，这个女婴四肢修长，宽肩窄臀，男相十足。随着年龄增长，斯蒂芬的言谈举止、兴趣爱好，更异于寻常女儿。她的父亲首先发觉了她生理和心理上的反常，是唯一能理解和引导她成长的人；她的母亲则自始至终不肯正视这一严酷的现实，而且对自己的这个亲骨肉深恶痛绝。斯蒂芬在孤寂与受敌视的环境中长大成人。在一次社交场合，结识了一位加拿大青年马丁·哈拉姆。二人一见如故，意气相投；但在马丁向她求婚时，她却本能地反感，他们之间的友谊就此戛然而止。不久，父亲因一场偶然事故而去世，斯蒂芬在继承了大笔遗产的同时，也陷入了绝对的孤寂。一个偶然的机会，使斯蒂芬结识了乡邻克罗斯比的太太安吉拉。此女出生于美国南方没落的农场之家，婚前为美国酒吧歌女，商人出身的丈夫常使她感到厌倦、乏味。孤寂无聊将斯蒂芬与安吉拉连接在一起，她们之间反常的恋情为双方的家人及乡里所不容。在斯蒂芬发现安吉拉欺骗和背叛了自己之后，毅然离开了她挚爱的庄园故土。

斯蒂芬携其少年时代的女教师帕德从莫顿庄园来到伦敦独立生活，依父亲生前引导，开始写作小说。处女作发表后，初获成功。为了扩展生活范围，继续发展创作视野，她接受性倒错戏剧作家布罗克特的劝告，与帕德去国东渡，定居巴黎。在帕德的敦促下，她继续写作，力争以笔为武器，保卫自己，立足社会。与此同时，初步接触以同性恋社交明星瓦莱里·西摩为核心的巴黎同性恋社会群落。

第一次世界大战爆发，斯蒂芬像普通正常人一样，满怀爱国热情与责任感，参加了前线的战事服务，成为女子救护队司机。她在烽火硝烟中表现得智勇过人，并光荣负伤，获得了军功十字奖章。女子救护队中有一女孩名叫玛丽·卢埃林，一度作过斯蒂芬的助手，她是威尔士人，父母早亡，一无所有，但年轻漂亮，天真热忱，温婉宜人。斯蒂芬与玛丽在枪林弹雨中出生入死，相互关照，相互帮助，发生了超乎友谊的感情。

战后，斯蒂芬邀玛丽重返巴黎，正式同居。在巴黎这座独领新潮的世界大都会中，她们二人结识了很多主要以从事文艺创作为生的男女同性恋者，有时还出入于巴黎同性恋群落的下等酒吧、餐馆，亲眼目睹了这类人的真实生活。斯蒂芬继续笔耕不辍，希图以自己的文名取得正常人社会对她与玛丽关系的认可，但在埋头写作时，又忽略了与玛丽相伴，陷入一种恶性自相矛盾的境地；而她们欲取得社会承纳的种种试探，又屡屡受挫。斯蒂芬不忍目睹玛丽以一正常人而陪伴自己虚掷青春，心理负担日益沉重。此时，久违的马丁·哈拉姆出现在巴黎。他始终未婚，来此是为医治参战留下的创伤。斯蒂芬将玛丽介绍给马丁，她与玛丽的生活选择也得到了他的充分理解。与马丁交游，又给她们的生活增添了活力和安全感。相处日久，斯蒂芬突然悟出，马丁与玛丽已互有非只泛泛的好感，深为痛苦。与马丁面对面做了一次大丈夫气概的交谈，彼此坦诚表明对玛丽的情意。尔后，斯蒂芬经历了剧烈的内心斗争，强抑对玛丽的爱，对马丁的妒，对失去玛丽的怕，做出最后的决断。她佯装自己对玛丽已经厌倦，并已另有新欢，刺激玛丽愤然离开了自己。在她眼见玛丽投入马丁怀抱的时候，似乎觉得有大批性倒错者向自己涌来。她立即溶入这群人当中，并虔诚地祈祷："上帝，起来维护我们吧。在全世界面前承认我们，也把我们的生存权利给我们。"

评介小说作品，叨叨于讲述故事，通常是一种愚蠢做法。笔者不避其嫌，不惜占用篇幅，原原本本介绍情节，不过是试图引起读者诘问：如此一部小说，通篇又没有具体性行为描写的只言片语，究竟与"淫秽"有何瓜葛？

当时的英国读书界，就这部小说所遭到诽谤错待，早有反映。是年8月，道格拉斯批评文章一发表，论战即已开始。《泰晤士报星期副刊》上最有代表性的评论说，这部小说"真实、坦诚、勇敢无畏、意向崇高，而且许多地方很为优美"。当时担任牛津大学学院院长的塞德勒著文，称这部小说是"杰作"，"泼辣、生动、感情深刻，是卢梭《忏悔录》之属，是将心理研究寓于小说的散文佳作"。著名性心理学家哈夫洛克·埃利斯（又译蔼理士）专为此书扉页所写的赞辞，更在学术上给予它极高的评价。

在这部书的诉讼案进行前后，当时知识界名流曾给予热切关注和支援。热心公益的老作家阿诺德·本内特《在星期六晚报》上发表文章说："《孤寂深渊》是大自然恶作剧的一个受害人的故事，哈夫洛克·埃利斯支持它……我不能不同意他的观点。"萧伯纳接受访问时表示："如果这类事发生而没有对之提出抗议，在英国就不会再有任何书出版了。"H. G. 威尔斯发表声明说，他对此书遭查禁是否合法表示怀疑。共有四十余位著名文人联名写信表示声援，作家当中除上述三位外，还有 E. M. 福斯特、T. S. 艾略特、休·华尔甫尔（1884—1941）、弗吉尼亚及列奥纳德·吴尔夫夫妇、罗斯·麦考利（1881—1958）、阿兰·赫伯特（1890—1971）、塞克维尔-威斯特（1891—1962）、斯托姆·詹姆森（1891—1986）、里顿·斯特莱切（1880—1932）等，还有记者兼编辑戴斯芒德·麦卡锡（1877—1952）、学者兼作家朱利安·赫胥黎（1887—1975）、画家兼作家劳伦斯·豪斯曼（1865—1959）等，以及美国的海明威、多斯·帕索斯、菲茨杰拉德、德莱塞等著名作家。

令英国出版当局更为始料不及的是，判决查禁引起了适得其反的效果，促成了这部小说的广为流传。精明的出版人乔纳森·凯普在审判之前已摸清了官方对这部书的不利意向，立即致函《泰晤士报》，公开声明停止这部书的印刷和出版；同时又通知他的印刷所，将此书铅版的模型运往巴黎一家专门出版英文书刊的新出版社；随后自己又亲自奔波在英法、英美之间，与巴黎和纽约的出版印刷商洽谈。判决虽已宣布，法、美方面都迅速传来了此书在彼处畅销的好消息。好奇的英国读者，千方百计想得到此书，他们去法国或美国旅行的时候，归国途中，行李箱内往往夹带一本，从而使它在英国本土仍然流传。一个法国出版商还曾建议，出版少量此书手抄精品版，高价出售。还有一个法国女演员曾亲自与作者及其代理人商讨，准备将此书改编成剧本，搬上巴黎舞台。美国还有一个女同性恋群落，欲以拉德克利夫·霍尔的名字给她们的俱乐部命名。这些闪亮的创意，当然都遭到作家本人否定。直到1949年，也就是作家死后六年，这部小说才在英国重新出版。此时的英国出版法章，已早有修订。从此时直到20世纪90年代，这部书在英、美、法、德、澳等国，每隔十年左右，总有新的一轮出版、发行。它的法、德、意、西等语种的译本，也早在欧美大陆流行。有关这部小说及其作者的传记、回忆录和研究著作，在六七十年代以后，也陆续出版。以作家日常生活中的别名"约翰"为名的剧本，在80年代中期果然搬上了美国的舞台。

这样的一部作品，当初在英国朝野之间，为什么会引起这样天壤之别的分歧？

这主要得归因于时代——时代对同性恋的态度。

二　时代是友也是敌

在人类文明史上，同性恋也是一个十分古老的命题——一种始终存在的生理、心理及社会文化现象。经过专家学者考证，在中国史简中，已将此种人生存现象的记载，上溯至三千多年前的商周时代。即使通常较为人知的所谓"龙阳之兴"、"断袖之癖"，先后源发于战国及西汉，距今也都已有两千多年。荷兰著名汉学家高罗佩（R. H. Van Gulik）在他的著述《中国古代房内考》中指出，中国封建时代一夫多妻制所造成的后宫女同性恋现象，已非仅有个别事例。据我们所知，关于这种后宫女同性恋，至少在西汉已有记载，名曰"对食"①。在西方，文明古国希腊的同性恋现象，早已为后人发现。著名女诗人萨福（前 628—前 568）对她女弟子刻骨铭心的爱恋之情，在她的作品中，已有遗证，以至她出生并长期居住的海岛的名称勒斯波斯（Lesbos），已经演化成为代表女同性恋的专用名词（Lesbian）；从其后柏拉图（前 427—前 345）《对话集》之《斐德若篇》中所谈的所谓师徒之爱，也可追寻到男同性恋的蛛丝马迹。但是，西方社会由于基督教的禁欲主义，对同性恋的拒斥变本加厉。《圣经》的很多章节都记载有同性别的人相交为有罪的律令。从《旧约·创世记》开始，反复提示所多玛（Sodom）与蛾摩拉（Gomorrah）二城因犯淫邪之罪而被上帝降火与硫磺焚烧一光，并引以为戒。那里所指的淫邪，在

---

① 据《汉书·外戚传》。

《新约·犹大书》第一章第七节等处又明确指出，就包括"随从逆性的情欲"。由于从宗教方面的提倡，又由于中世纪长达一千多年的封建禁锢，对于同性恋现象及其文化——尽管在特权圈内又当别论——始终是抱仇视、拒斥、压制、打击的态度和手法。十四五世纪以后，人文精神兴起，人对自身及自身的价值认识日益明确，但这只是限制在正常人的范围之内；同性恋者，仍被视为"异类"，理所当然地被划除在外，实际上不被当做真正意义上的人。直到19世纪后期，工业革命逐步完成，科学技术快速发展，心理学脱离哲学而成为一门独立学科，对它的研究，与同代生理学、医学、神经病学相互结合，对人的生理、心理（神经）机制有了较为客观、科学的认识，从而也向对同性恋抱有的成见提出质疑和挑战。他们的学说，主要是正视和承认了性异常、性倒错这样一些客观存在，但是从他们的这些取名即可知，他们仍然是承袭长期以来的异性恋中心观念，视同性恋为不正常、反自然。20世纪更是一个心智洞开、气象万千的时代，起初出现的弗洛伊德学说，就人的性格和情欲提出很多新见，起码说明了这些问题的复杂性。特别是六七十年代的性解放运动，使社会对于同性恋有了进一步的宽容。生物学家不断从遗传基因和染色体组成方面为同性恋提供新的科学依据，到90年代初，生物学和医学界甚至提出了人至少有五种性别分类的见解。欧、美、亚洲的一些国家也先后在法律上明令同性恋非刑事化。同性恋者当中的艺术家、文学家又以他们的生活和艺术实践向世人提出挑战。当前，在世界上一些发达国家和地区，同性恋者不仅要求被承认和宽容，而且要求得到与异性恋同样平等的对待，这已经成为一种世界潮流。从生物、生理、心理、历史、社会、文化方面对同性恋进行综合研究已经成绩斐然；对《孤寂深渊》一书及其作者的研究，在八九十年代又掀起一阵小小的高潮，也都是受潮流的驱动。

　　《孤寂深渊》创作并出版于第一次世界大战之后的第一个十

年。这次战争固然给人类和平宁静的生活造成巨大冲击和毁损，但也同时带来意想不到的正面效应。在英国最明显的就是打破了维多利亚时代遗留的陈规和禁锢。思想解放、女权运动乘势而起，文学艺术、科学文化事业也焕发出新的生命力。T. S. 艾略特以他那一曲里程碑式的《荒原》（1922）揭开了现代主义的大幕。小说方面，乔伊斯，还有吴尔夫和她的布鲁姆斯伯里团体的作家，都正处于他们创新小说事业的巅峰。此时另一引人注目的事件就是，继奥地利的犹太医生弗洛伊德和这部小说中也提到过的克拉伏特－埃冰（1840—1920）之后，上述英国的科学家哈夫洛克·埃利斯在他那部七卷本的皇皇巨著《性心理学研究》（1897—1928）的第一卷，专门研讨了女同性恋。这位心理学家像弗洛伊德一样，以一位多年行医的医生而放弃本职，转而从事临床实验，经过长期反复的摸索，才得出性倒错是先天使然，而非后天人为的结论。这正是霍尔理直气壮地设定这部小说主题的科学依据。

然而这些科学结论在当时还是具有石破天惊的性质，这是由于一种新事物、新见解骤然出世，往往很难立即为大多数人认同。20 世纪 20 年代的英国，就宽松气氛而言固然较前大有改观，但也仍然处于渐进的过程。在《孤寂深渊》这部小说出版的三十三年前，著名戏剧家兼小说家奥斯卡·王尔德因同性恋，依英国 1857 年的法律而遭缧绁之祸；就在这部小说发表的八年前，英国上议院还曾就性犯罪法案展开辩论，试图将女同性恋定为有罪。《孤寂深渊》一案，虽有很多社会名流关心，并亲自到庭旁听，但当时的笔会主席、老作家约翰·高尔斯华绥等，就以工作繁忙，不宜出庭为由，拒绝为他的会员的作品作证；更可引以为憾的是曾为此书特作赞辞的大专家哈夫洛克·埃利斯，由于本人亦有同性恋倾向，认为自己少说为佳，而没有站到证人席上，当众表示自己对此书的支持。因此，霍尔的权威传记作者，生于加拿大的出版人兼作家洛维特·狄克森（Lovat Dickson，1902—1987）曾经论说，埃利斯是一位学者，但不是斗士，他的脊梁上缺少一根铮铮硬骨。再以当时叱咤英国文坛的布鲁姆斯伯里团体主要成员弗吉尼亚·吴尔夫及 E. M. 福斯特为例，他们虽然素以勇于创新、思想前卫自诩，而且前者在《孤寂深渊》稍后，也出版了以女同性恋为题材的小说，后者本人亦有同性恋行为，并写有男同性恋小说《莫瑞斯》（1913 年写，只在私下传阅，1971 年作家逝世以后正式出版），也仅止于以维护创作自由为由，反对官方的查禁，而对此书本身的价值，避而不谈。相形之下，拉德克利夫的勇气和斗志，则更加可贵。

三　走出一本书作家的误区

　　通常辞书传略上，常称拉德克利夫·霍尔是因一本书《孤寂深渊》而留名文学史的作家。其实她早年先以诗而闻名，共出版诗集五部：《尘世与星空之间》（1906）、《诗札》（1908）、《今昔之诗》（1910）、《三郡之歌及其他》（1913）、《遗忘之岛》（1915）。她共出版长篇小说七部：《未燃之灯》（1924）、《锻炼》（1924）、《周六生活》（1925）、《亚当的面包》（1926）、《孤寂深渊》（1928）、《房屋的主人》（1932）、《第六福祉》（1936）；一部短篇集《奥格威小姐找到了自我》（1934）。她的诗，以抒发爱情为主要内容，感情诚挚、率真，富有节奏和韵律。其中有些被谱成歌曲，广为流传。她的小说，重在写人物心理，写家庭及社会生活中人与人之间心灵的碰撞，富有哲理和宗教色彩。其中《亚当的面包》曾获"妇女幸福生活奖"和"詹姆斯·退特·布莱克纪年奖"。1930 年，她本人又获得"艾歇尔贝格人文金质奖章"。发表诗歌时候，以玛格瑞特·拉德克利夫–霍尔署名，这是她的本名；发表小说后，才以拉德克利夫·霍尔署名。而在日常生活中，她为自己取名约翰——一个最普通的英国男性用名，这是因为，在性别上，她不是一个普通正常的女性，而是有男性生理、心理、意向和行为的女同性恋者，早年即向社会公开宣称，自己是天生的性倒错者。

她的一生，比她的作品，更富传奇色彩。

这位女作家是一对英国父亲和美国母亲的独生女。按家族谱系追根溯源，在她的父系方面，是莎士比亚女儿一族的后裔；在她的母系方面，则是 16—17 世纪著名的印第安公主玛托阿卡（Matoaka）、英文名波卡汉特斯（Pocahontas）的后裔。1880 年，玛格瑞特·拉德克利夫－霍尔生于英格兰南部汉普郡沿海西克利夫附近的萨里·隆。她的父亲，拉德克利夫·拉德克利夫－霍尔，牛津出身，受过良好教育，但只是英国社交界有名的花花公子，一生无所事事，仅靠其父的遗产优哉游哉地享受当时上流社会的种种声色犬马之乐。他的父亲，查理斯·拉德克利夫－霍尔，之所以遗留大笔遗产，是由于他聪敏好学、精力充沛而又勇于开拓，是名医和结核病专家，又是早期催眠术的探索者。玛格瑞特的母亲与她的父亲结婚前，是一位寡妇；因夫妻感情不和，玛格瑞特落生仅数月，父母即告离异，因此她是个不受欢迎的孩子，从小跟随母亲生活，先在伦敦，靠母亲离婚时所赢得的财产维持生计。三年后，其母再嫁伦敦皇家音乐学院的声乐教授阿尔伯特·维塞蒂，全家迁居肯辛顿区。这里地近王宫，是伦敦著名的中上阶层聚居区。

霍尔的童年，全在孤独中度过。在家庭中，她是忙于课徒的继父和耽于冶游的母亲所忽视的孩子；在学校邻里中，她是离过婚的美国女人的孩子。她只见过生父两次，第一次，已经十五岁；第二次是三年以后，在她父亲临终的病榻旁。父亲死后，按照遗嘱，她成为父亲及祖父财产的主要继承人。同年，她进入伦敦国王学院，并到美国游历寻根，此时她已明显地显示出性异常现象，迷恋上跟从她继父学习声乐的年轻女歌手。霍尔二十一岁时，依法正式继承了全部应得遗产，成为经济上独立的人，立即与母亲、继父分居另过，伴随她的只有从童年就抚养照看她的美国外祖母。此时的霍尔已经完全长大成人。她生得秀骨清相，颇似俊秀少年，又酷肖生父。她开始屡作欧洲大陆游学，盘起秀发，穿上男服，走路雄视虎步，而且坚持要人称呼她"约翰"。她时而住在伦敦，时而照当时富人的习惯，居于乡间别墅。她选择的地点是小说中提到的伍斯特郡莫尔文潭的村舍，并参加了那里的狩猎俱乐部。此时她从父亲方面秉承的音律天赋开始崭露峥嵘，从二十八岁开始，陆续发表诗歌。

诗歌赢得的文名，将她带到文艺家赞助人梅伯尔·贝顿面前。她是英国驻印度殖民地官员的遗孀，爱尔兰人，社交界有名的大美人，俗称蕾蒂，比霍尔年长二十三岁，初遇霍尔时，已徐娘半老。起初她只是视霍尔为一颗文坛新星，对她加以支持和引导。经过一阵疑虑、犹豫与克制，二人还是切实地坠入了情网，而且不顾舆论反应，正式同居。在与蕾蒂共同生活将近十年中，霍尔在艺术欣赏、文学创作，甚至生活情趣、待人接物方面，都受到蕾蒂的影响，意想不到地弥补了她早年家庭教育之不足。也是由于蕾蒂的影响，霍尔皈依了天主教。

在与蕾蒂相伴的第九年，霍尔遇到了另一位年轻灵秀的贵族女子尤娜·楚布瑞吉。她比霍尔年轻七岁，是一位很有前途的雕塑家。她也是爱尔兰人，还是蕾蒂的表亲。与霍尔相识前，已是英国海军上将恩内斯特·楚布瑞吉续弦的妻子，生有一个女儿。但是天生的性异常（双性人）常使她对异性爱的夫妻生活感到生理和心理的不适。她与霍尔一见钟情，如鱼得水，结识次年，蕾蒂病逝，不久，尤娜与丈夫离婚，正式与霍尔同居，从此成为她终生的伴侣，又是她文学创作事业上的支持者和助手。她们二人出则同行，入则同宿，形影不离，经常出席各种上流社会的午宴、晚宴，参观画展和歌剧音乐的首展和首演式，以其不同凡响的服饰和风采而成为十分抢眼的一对。蕾蒂病逝时固然年事已高，尤娜骤然介入她与霍尔之间，自然是直接诱因，故此蕾蒂逝世，在霍尔心中永远留下一种难以弥补的歉疚。像中国的汉武帝和唐玄宗在他们的宠妃李夫人和杨玉环死后不断请方士招魂降灵，以求与亡人重逢一样，霍尔也一度热衷于灵学研究。这在当时的欧美各国，正是流行广泛的热门伪科学，霍尔为从事此项研究而加入灵学会，并曾当选为一任理事，还发表过有关这方面探讨和体验的论文。

自从出版最后一部诗集《遗忘之岛》，中途经过蕾蒂逝世及与尤娜结合，先后这七八年时间中，霍尔没有从事写作。她在早年从事诗歌创作的同时，也曾试笔短篇小说，并由蕾蒂推荐给出版人威廉·海默门。他是一位很有眼光和见地的鉴赏家，从不对初试笔锋者滥加过誉之辞。在他宴请霍尔与蕾蒂共进午餐当中，却对这些短篇小说大加赞扬。但是等霍尔心怀忐忑试问他是否会出版这些作品时候，他的回答却是：“我不想将你作为短篇小说作者推出来……你应该立刻开始给我写一部长篇。等你把这部书写好，我就给你出版。”海默门的这一要求，并未在她与蕾蒂生前得到回应，但是从1924年开始，霍尔连续不断地出版了几部小说。在它们早期版本的扉页上常常印有这样的献词：“献给我的三个自我。”

通过写小说和参加文学圈的活动，霍尔结识了许多作家同行，成为笔会成员。著名女作家梅·辛克莱、蕊贝卡·威斯特、罗斯·麦考利、埃维·康普顿－伯内特和法国女作家茜朵妮·柯莱特，与她都非泛泛之交。爱尔兰诗人叶芝、美国诗人庞德和德国小说家托马斯·曼等，也都与她有所过从。她的小说不仅在英国，而且在美国、法国、德国、加拿大等国也同时出版，其中的《未燃之灯》、《亚当的面包》、《孤寂深渊》等，还先后译成德、法、西班牙、意大利、捷克等多种文字。《孤寂深渊》在英国遭禁后，诉讼的轰动效应使霍尔与尤娜声名大噪。霍尔除继续写作，还携尤娜继续在国内外旅行，所到之处，受到文学同行和同性恋圈内朋友以及社会上广大读者的欢迎。到1932年，她的又一部长篇小说《房屋的主人》出版，报刊评介虽仍热烈，实际销售却并不理想。此时，她与尤娜都已步入中年，精力体力均不复往昔，在社交场中的特殊魅力，也日渐消减，孤寂之感渐渐袭来。一向纤巧细瘦的尤娜，更是缠绵病榻。1933年，她们二人在法国旅行期间，尤娜病重，她们从巴黎医院中请来一个年轻看护。她名叫叶甫金尼亚·索林，是旧俄将军的女儿，才貌平庸，霍尔却莫名其妙地迷恋上了她，并成为她的情人。此后将近十年，索林经常与霍尔、尤娜三人同住，时而在意大利，时而在法国，时而回英国。1943年，索林不辞而别，不知下落。次年，霍尔发现自己已身患癌症，不久，在伦敦与世长辞。她将身后的10万镑遗产及版权，全部遗留给了尤娜。1963年尤娜去世，又将这笔财产捐献给了天主教的慈善机构；霍尔作品的全部版权，根据尤娜的遗嘱，赠给了洛维特·狄克森；一大摞霍尔的私人信函和尤娜的九大本日记，则赠给在法国的英文版霍尔作品出版人。狄克森受尤娜生前之托，写出霍尔的第一部传记《拉德克利夫·霍尔在孤寂深渊》，于1975年首先在美国出版。

四　走出另外两个误区

由于霍尔在当时英国社交界是知名度很高的女同性恋者，更由于《孤寂深渊》一书涉及女同性恋而曾遭查禁，至今人们提起这部作品，通常总称它是写女同性恋的小说。

从上述小说主要情节可见，它确是以女同性恋为题材，而且，据考察，还是第一部英语文学中的女同性恋小说。它以女主人公斯蒂芬·戈登一生的活动为主要线索，展示了一个女同性恋者的成长过程、生活经历和心路历程。她初生即显示出异常的形貌，初谙世事又表现出特殊的心理。童年时代对纳尔森将军的崇拜和充满尚武精神的白日梦，对女仆柯林斯的痴情与对其情人的嫉恨，对骑术和击剑的爱好，对女装和女性社交的尴尬，与马丁·哈拉姆富有阳刚之气的友情和对他向自己谈婚论嫁的厌恶，与同性别女友安吉拉的恋情，直到与玛丽·卢埃林的相遇、相爱、同居、分手的全过程，都写得准确可信，细腻传神。小说中也写斯蒂芬与自己的同类或异类的交往与冲突；与深切理解自己的父亲和孤陋愚顽的母亲的关系和谈话，与安垂姆太太及子女的冲突，与布罗克特和瓦莱里·西摩的交游与戏谑玩笑和严肃对话，更是对同性恋问题生动有趣而又带有一定深度的研讨，表达了作家本人对这一问题既有切身体验，又有真知灼见的观点。小说第五卷，斯蒂芬与玛丽战后在巴黎共同生活的阶段，作家一反往常单线直述的方法，繁衍出一些几乎可以独立于主线情节之外的章节，着重描绘其他一些巴黎女同性恋和男同性恋群落的生活场景，诸如音乐研究生杰米和巴巴拉的生死之恋、巴黎同性恋者聚会的上等和下等酒吧、餐馆的夜生活等等，它们既是斯蒂芬和玛丽生活感受的有机组成部分，又是有关这些被歧视、受排斥的异类向来鲜为人知的一些独立画面。只有以这些情节和画面作为补充，小说全幅图卷才更加富有层次和透视感，更加全面、深刻地表达了这类人的苦闷、困惑、恐惧、沉沦、毁灭和奋争。作家在表现手法上，能够达到那样怵目惊心的程度，除了依靠她身为天生小说家的才能之外，正是由于她的在创作中以同类者的身份积极地主观介入，真正体现了感同身受。这也正为一般非同性恋作者站在旁观者的立场所难企及。

霍尔在一些小段落中，也纯写非同性恋者的生活和情感，特别是处于社会下层的普通人。在霍尔笔下，他们大多善良、纯朴，赋有更丰厚的人性。诸如斯蒂芬幼儿时代的法语教师迪福小姐及其盲姐朱利虔诚恬淡、安贫乐道的生活方式；巴黎侍女阿德尔与让纯真、温馨的婚恋。这些描述都反衬了所谓异常者的孤凄与不幸；而安垂姆太太及其子女、马西夫人母女等对待性倒错者势利、狭隘、冷酷、刻薄的态度和精神上的虐待，则正是社会成见的代表。

　　题材对于小说的性质，固然重要，而作者如何看待和处理题材，对于它的品位的贵贱高低，尤为至关重要。正如同样以异性恋为题材的小说，有些可以写得雅洁优美，赏心悦目，有些可以写得庸俗低下，不堪入目。我国长篇小说开始盛行的明清两代，主要写男同性恋的小说，亦有多种流传，诸如《龙阳逸史》、《弁而钗》、《宜春香质》、《品花宝鉴》等，另在《红楼梦》、《金瓶梅》、《聊斋志异》、《三言二拍》等名著中及一些名著的续书中，更有不少有关男女同性恋的情节。这些作品当初也屡遭禁毁，除其中一部分（主要指那些名著）牵涉政治、民族纠纷，主要是由于其中多有具体而微的性行为描写和污言秽语，因此至今难登大雅之堂。至于欧美各国，仅以笔者之孤陋所见，从 19 世纪末到 20 世纪初，以同性恋为主要题材的小说，已经出现。奥斯卡·王尔德的《道林·格雷的画像》、美国亨利·詹姆斯的《丛林之兽》、法国纪德的《无德者》、德国托马斯·曼的《魂断威尼斯》、英国 D. H. 劳伦斯的《恋爱中的女人》、E. M. 福斯特的《莫瑞斯》、法国普鲁斯特的《追忆逝水年华》第四部《索多玛和蛾摩拉》等，都或明或暗表现了男同性恋。今日，美国学者又就英国 20 世纪重要作家狄更斯、哈代等人小说中所涉及的同性恋开始发掘。而就在《孤寂深渊》出版同一年的几个月之后，就出版了两部撰写女同性恋的小说：其一是弗吉尼亚·吴尔夫的《奥兰多》，另一就是康普顿·麦肯基《奇女子》。这些书，都出自名家之手，虽然风格不同，表现手法各异，但都是将同性恋现象置于历史和社会的大环境中，作为一种文化现象而加以表现，是将其视作严肃的课题加以处理，而不是以表现低级情欲取悦猎奇读者，因此而形成现代主义文学的一个分支旁系。

纵观霍尔的小说创作，她也是一位很有修养的严肃小说作家。她向以雅洁优美的文字构建她的作品。在《孤寂深渊》中，她主要写人的恋情及对偶生活，虽然属于同性恋范围，但也像异性恋的优秀小说一样，真切自然、细腻浪漫、如梦似幻；其涉及具体性欲及性关系以及"闺中"之事，着笔都很含蓄、委婉。作家本人为女性倒错者，站在自己同类人的立场，身负为她们代言、为她们请命的重担，这又使她的作品，赋有一种高蹈劲健、清丽脱俗的格调，毫无糜腐粗劣之态。又由于霍尔善作高瞻远瞩，以其自身经历深揭此类人的命运一时难以更改，从而身怀孤愤，使她这部作品通篇敷有苍凉悲壮之气。这样一部作品，对于与其主人公具有类似身世的读者，正像哈代的《德伯家的苔丝》当初对于"失身"女读者那样，自然会引起强烈的共鸣。因此，在社会和家庭中对同性恋问题大多尚且讳莫如深的时代，就像斯蒂芬所处的环境那样，这部小说一俟出版，心中久蕴难言之隐的女同性恋者以及他们的父母亲友，就要如饥似渴地暗中披览，从中寻求慰藉、启示和勇气。美国研究霍尔的学者在就此书进行读者调查中发现，确有不少长期隐忍的性倒错读者，是在读过这部书之后，挺身而出公开了自己的身份，开始顺其自然地过起这类人的正常生活。也正因如此，这部书长期以来又被视为女同性恋者的圣经。

霍尔的小说创作事业，始于她四十岁以后的中年，历时十年。这通常是一个人在人格、心理、思想及生活阅历等方面已臻成熟的阶段。在此之前，她曾尝试音乐，后由音乐转而为诗歌，同时试写短篇小说，随后又曾涉足灵学探讨，但她一生中最宝贵的岁月，却集中奉献给了小说创作。《孤寂深渊》是她七部长篇中的第五部。在此书之前，她先以普通异性恋人为题材，写他们的生活、心理、感情及人际关系，借此取得文名后，特别是在第四部小说《亚当的面包》获奖后，她着手创作了《孤寂深渊》，此时，她正处于自己创作的巅峰之上。根据尤娜记述，这部小说，正如其中主人公斯蒂芬所表达的创作意向一样，曾经霍尔长期孕育，是作家心怀深切的使命感有意而为；而它所取得的社会效果则说明，霍尔有幸，已经圆满地完成了她为自己郑重设定的使命。这种使命感本身，就带有明显的挑战性，这使她不仅得罪了有关当局，触犯了刑律，而且也不得意于她那些当时正在孜孜于艺术创新的文学同行。他们虽然也曾站在坚持创作自由的立场，反对当局查禁这本书，但是由于力主艺术的目的就是艺术本身、艺术创作的非理性化，而对负有使命感的"主题小说"不以为然，从而对这部小说的艺术成就避而不谈。吴尔夫的《奥兰多》和麦肯基的《奇女子》由于在艺术上多下功夫，仅以幽默和讽刺的笔法反映女同性恋的生活，因而与《孤寂深渊》的命运，否泰有别。

时代的脚步真是迅猛得出人意料，经过六七十年代的性解放运动，写女同性恋的小说陆续出版，此题材已不足为奇。就当代西方激进的女权主义者和年轻一代女同性恋者看来，像《孤寂深渊》这样的作品，已嫌过于传统和保守。小说最后的悲剧结局，也遭到那些视自身价值高于一切的现代读者否定。他们认为，像斯蒂芬那样沉郁、悲壮的自我牺牲，实在是大可不必。这种对作品的接受态度，与当今我们的社会那些过分强调自我价值，否认崇高英雄行为的议论，可谓东西方同出一辙。

从整个小说的情节安排、人物刻画、情理抒发、景物描述来看，这确是一部很传统的小说，它以主人公生活的五个时期，从出生长成、离家独立、去国流寓、投笔从戎，到重新生活，共分五卷，构成一部流畅的人物生活史。霍尔写儿童生活和心理，写父母和女儿三位一体中各人不同的心理活动，写热恋中的人的激情澎湃、无私忘我，是狄更斯、乔治·艾略特、爱米丽·勃朗特、哈代的传统；写斯蒂芬自始至终对故园莫顿的眷恋，是英国乡绅固有的情怀；她写英格兰乡村宁静安逸的美景和西班牙海岛奥罗塔瓦异国情调的生活，显示了她那诗人的气质和技巧。小说第四卷篇幅稍短，但也写出了军旅生活紧张热烈的气氛；她表现战争和战争如何净化人的灵魂，都极有阳刚之气，很易使人联想到瓦尔特·司科特那种恢宏壮丽的场面。从这一章里，我们也看到了一个没有经历过战争生活而将战争写得有声有色的作家的才气。霍尔赋有一个非同寻常女子的特殊才能，运笔凌厉、视角高远，将拟人、比喻、象征以及排句、骈句、警句等修辞手段运用自如，毫不牵强，这使她的作品具有一种传统史诗式的气势。作为一个传统小说的继承者，她在这部作品中充分表现了小说大家的风范。

《孤寂深渊》出版的年代，正是现代派乔伊斯、吴尔夫、福斯特等一批作家独领风骚、大谈实验创新的时期，他们以"前卫"而颇为世人瞩目；霍尔不为新潮所动，坚持自己的道路和风格，也是一种具有独特意义的反潮流。不过霍尔的固守传统也并非拒绝创新。这部作品中，她也采用时新的科学名词和艺术手法表达时新的思想潮流。成年斯蒂芬回忆童年、思恋故乡时，常常出现意识流和镜头的回闪；而且，小说中不仅有人的意识流，还有马的意识流、狗的意识流。她还从负面写家庭中三位一体；从女权主义立场写男性中心社会对女人的种种束缚，而在她笔下，首先奋起反抗，挣脱这些限制和束缚的，不是那些正常人中的淑女贤妇，而是像斯蒂芬这样半男不女的人。霍尔运用新手法表达思想时，只不过没有故作奇奥艰深、神秘莫测，也不刻意矫揉造作，立异标新，而是紧贴现实，顺应情节发展和人物刻画信笔直书。

由于霍尔这种主要以主人公生活轨迹为线索的写法，更由于主人公的特殊身份与作家本人相同，而且作家在写作过程中，主观介入很多，通常认为这又是一部自传性的小说。其实，稍将作家生平与小说的内容对照，即可见它并非自传性质的小说。主人公是女同性恋者，后成长为小说家，确与它的创作者本人一致，但是主要人物斯蒂芬的父母、贵族世家出身的乡绅夫妇，和霍尔的花花公子父亲及浅薄庸俗的美国母亲大相径庭；倒是从卑琐无聊的安吉拉身上，或许能看到霍尔母亲的身影。斯蒂芬初恋安吉拉时神不守舍、寤寐思服的情态，也许来自霍尔少年时单恋继父女学生时的感受；斯蒂芬在与安吉拉初始往来、接触时的踟蹰进退和负罪感，可能正是霍尔与蕾蒂早期交往的投影。但是斯蒂芬的恋人安吉拉、玛丽与现实生活中霍尔的恋人蕾蒂、尤娜，更有天壤之别；特别值得注意的是：蕾蒂与尤娜都是爱尔兰人，而小说中斯蒂芬的母亲安娜也是爱尔兰人，这也提示我们留意作家在移植现实生活于小说时，提高和理想化小说人物的思路。小说中的次要人物，女教师帕德可谓是由霍尔的外祖母幻化而来，但二人的文化素养与气质也大不相同；其他如剧作家布罗克特、社交明星瓦莱里·西摩以及她周围那些性异常的艺术家、学者、文人，固然都能从霍尔及尤娜在伦敦和巴黎的生活圈中找到原型，但也都经过了作家整形、转化和重塑。英国研究者克劳迪娅·弗兰克斯在她 1982 年出版的《〈孤寂深渊〉之外》中提出，与其说这部小说是自传性作品，还不如说它是写作家成长的书，确实不无道理。在这部书中，从主人公童年开始，作家就对她的资质、天赋作了精细的描绘。对她在思考、阅读、感受等方面所做的创作前准备，也叙述备尽。主人公的文学创作生涯开始以后，又真切表现了她在写作道路上的探索、惶惑和成功，事业与爱情生活的矛盾。即使像狄更斯的《大卫·考坡菲》那样写作家成长的作品，也没有像这样详尽具体地涉及实际创作问题。

《孤寂深渊》全书四十余万言，是霍尔小说中最长者之一，在

20 世纪小说篇幅日渐短缩的趋势下，从篇幅方面说，这也十分传统。正是在这样传统的篇幅中，以上述传统的方法，霍尔给她的这部作品注入了远远超出同性恋小说和自传性小说所能涵盖的内容，对于非同性恋者具有同样启示、激励的作用。至少，在一个人由于自身生理、身世、历史等主观因素或环境背景、政治、种族等客观因素而成为异类，陷入与斯蒂芬·戈登同样苦闷、惶惑、恐惧的困境之时，阅读这部小说后他会相信，振作精神，奋争不息，永葆高尚情操，避免沉沦和毁灭者，早有人在。

1997 年 8 月下旬美国加州尔湾初稿
1997 年 11 月上旬北京双榆斋定稿

绅士前的作为

——布莱恩的《向上爬》

布莱恩

　　一个矿区出身的青年，仅仅受过普通中学教育，战争期间身为一名中士，表现平平，花钱时一先令一便士地计较，面对女人满脑子邪念，与铁哥们在一起举止粗豪不驯，满口方言俚语，仅仅由于生来魁梧英俊，胆大妄为，竟做了有钱有势的企业家的乘龙快婿，爬到了社会上层，而被他抛弃的情妇则半自杀性地惨死。这种评论家所谓"攀龙附凤式婚姻"的故事，并非英国小说的专利。司汤达的《红与黑》、莫泊桑的《俊友》、德莱塞的《美国的悲剧》等等经典名著早有类似的情节。但是这部小说又并非对传统的因袭。

　　布莱恩（1922—1986）笔下的兰普登是第二次世界大战后英国社会一个普通常见的青年。他贫穷寒酸，但还不是分文皆无；他愤世嫉俗，但也不总是锋芒毕露；他对金钱和异性充满邪念，但又有负罪感和愧疚心；他善于说谎、权变，但也还没有达到一味钻营的地步。总之，他还不能算是于连、杜洛阿、克莱德一类纯粹的"坏蛋"和杀人犯；而他的对应人物爱丽丝、苏珊也不是纯洁的天使和羔羊，老布朗则更非德高望重的君子。他们在观念、性格、行为、言谈方面都与兰普登有那么多的共同点。尽管作家本人曾明确表示，他写此书并无意于揭露和批判，这部小说却以它极其真实自然的表述更深更广地揭示了它所涉及的那个世界是多么普遍地缺乏理想、道德和情操。尽管这部小说发表之后，批评界仁者见仁、智者见智，意见纷呈，任何一个读者在读过这部小说之后，似乎总可以得到这样一点起码的提示。作为现代第一流作家和第一流作品，布莱恩和他的《向上爬》（1957）至今并未绝对站稳脚跟，但它确是一部富有时代特色和地方特色的作品，而且被公认为"愤怒的青年"派的代表作之一。这一全凭自发而形成的英国文学流派的作品都有这样一些特点：有共同出身于中下层社会的作家和主人公；这些作家和主人公一致对他们的社会和时代不满和对抗。但这种对抗既缺乏传统的道德凭借，又不是"垮掉的一代"的那种激烈狂放的玩世、厌世。因为这些作家和这些人物毕竟已经（或正在）从他们的出身之点上升为温柔敦厚的英国绅士，在不酗酒的正常时刻，他们十分冷静客观，他们并不表现真正的愤怒，而只不过是怨而不怒。他们这样地充分留有余地，自然也就给自己开出了后路。正因如此，这些作品，以《向上爬》为例，通常留有颇费思索的开放式结尾。

　　从艺术表现上说，这种创作态度恰好也成全了作品结尾的不落俗套。本来，愈是接近生活真实的作品就愈是如此。这部作品简括隽永的文字、充实坚实的内容，多层面地镂刻的各色人物，也颇似一位寡言罕语、脚踏实地的英国绅士。同时他也运用时间倒错、内心独白、潜意识活动甚至幻觉、幻象描述等表现手法。看来，这位英国绅士还不算守旧，他看重时代潮流。

1990 年于北京西郊

心灵的城堡之王
——苏珊·希尔五题

不幸？幸运？

"二战"之后崭露峥嵘的小说家中，她是后起之秀。

她诞生在烽火连天的年月（1942），比起前辈和同辈很多女小说家，没有显赫的家世和文化背景。双亲在战乱中匆匆结合，婚后为夫的即投入皇家空军，出国远征。她一直长成十四岁的少

苏珊·希尔

女，才得见父亲音容。母亲在身怀这位未来的小说家时，移居北约克郡的斯卡伯勒，并在那里将她引进人世。这座偏僻美丽的滨海小城使她躲过了战争的血雨腥风。随后，母亲以自己的精明强干，由一个普通裁缝发展成为颇能适应时尚的服装设计师。她因此而有幸受到较完整的教育。她日后身为作家所必备的聪明才智，至少也部分地来自母亲的遗传。

战后的不列颠，普通人和妇女接受教育和发展自我的机会大有改观。苏珊·希尔一帆风顺地经过初级和中级的教育，进入伦敦大学国王学院的英文系。在整个求学阶段，她是屡占鳌头的学

生；大学肄业期间，曾发表两部小说试作。毕业后又在为报刊自由撰稿中继续磨砺笔锋，并走上小说创作之途。从 1968 年到 1974 年，她先后创作出版长篇小说六部，短篇小说两集，形成她小说创作的高峰；这八部书中有四部曾获得英国各种文学奖。包括《一男数女》（1968）、《我是城堡之王》（1970）、《信天翁及其他故事》（1971）、《夜鸟》（1972）。1972 年，她被推选为英国皇家文学学会会员。70 年代后半期至 80 年代，她在成家、育女的同时，继续撰写评论、广播电视剧、阶段性自传、儿童读物及通俗读物。90 年代以来又有小说新作问世。迄今，她已出版长篇及短篇小说集共十五六部，近作《高空与众天使》（1991）应说是她的后期力作。她的非小说类作品，总计也有近二十种。

像她这样从家庭走进学校，又从学校步入社会的"三门"经历，以传统规律来看，对小说创作并非幸事。古今中外不少男女作家，包括苏珊·希尔那些世世代代的同胞女前辈，由于本人经历（包括外在和内心世界两方面）有限，往往导致创作上的局限。希尔却以她平淡无奇的经历而早年成名，相当多产，则真是令人羡慕地幸运！

然而这种幸运也并非无根之萍。

她在回顾自己的时候，对青年时代那种一发而不可收的激情和创造力，也不禁愕然。①

凡具有这种激情和创造力的人，可以说是天生的作家坯子，但是未经剖解琢磨的玉石不能成器。她固然先天承袭了母亲的聪明、才智，可能还有审美能力，但后天也受到母亲勤奋、刻苦以至博览群书的品行和习惯的影响；求学期间又广泛探求本专业以及哲学、自然科学等各方面的学识；同时，她也自幼亲近大自然，注意体验普通的人生，特别是人的内在生活。② 在事业成败之途，

---

① 参见苏珊·希尔《家》第一章，哈蒙滋渥斯出版公司 1990 年版。
② 参见苏珊·希尔《神奇的苹果树》，企鹅版，1982 年。

天、人之功总是并驾齐驱，命运否泰，际遇浮沉，于人并非一成不变，关键还是人如何假乎以用，合理弃取。苏珊·希尔的明智恰在于她认知自己有限的生活广度，从而在这有限范围之内向其深度努力挖掘，并将自己的艺术创作定位于心理。英国从19世纪初的女作家简·奥斯丁就开始试作这方面的定位选择，尔后，爱米丽·勃朗特是突出的一例，20世纪的弗吉尼亚·吴尔夫更可谓在处理心理方面达到了极致，晚近与希尔在这方面最类似的作家，应属玛格丽特·德拉布尔，不过这位年长希尔三岁的学者型女作家的主题，更多地限于"高层文人"。

预言？世情？

她的十余部小说中，知名度最高，也最为中国读者熟知的，应首推《我是城堡之王》。

这是她出版的第五部小说，出版次年曾获萨默塞特·毛姆奖，写的是一十岁出头的男童胡帕和金肖的故事。胡帕是名门大户之家一线单传的苗裔。祖父死后，父亲继承了祖传庄园沃瑞英的产业，暑期携子前来度假。祖父弃世之前，父亲就斩钉截铁地告诉自己的独子："沃瑞英庄园将来归你所有"，"祖父遗留的一切归你所有"。鳏居的父亲招聘了中年寡妇金肖太太到庄园当管家，她随身也带着自己的独子前来度假。这一对年龄相当的旷夫怨女先是忙于各自的公务、家政，后又添上了日夜盘算彼此的再婚结合，对于那原本就与自己颇为生分的孩子更为隔膜；而正在双方父母切盼他俩成为异性兄弟，并主观臆断他俩已能融洽相处的时候，一对未成年人却背着大人展开了龃龉摩擦，明争暗斗。性格内向、失怙贫穷、寄人篱下的金肖步入沃瑞英庄园后心怀忐忑，处处提防，屡屡妥协退让；独霸庄园的少主胡帕从开始就对这个与自己同年的"入侵者"无礼无情地拒斥、冷落、恐吓、侮辱。金肖先是感到恐惧、孤独、委屈，胡帕则穷追不舍一味侵犯、欺凌、折磨，使金肖渐渐产生厌恶、愤怒、仇恨，略试还击而不能，只好先是退进自己卧室的小天地，随后又一次再次逃出庄园，最后淹死在庄园附近杭伍德林间的河中。

读书评论界常将这部小说与早它十六年出版的《蝇王》类比。仅仅两书的题名"蝇王"和"城堡之王"就使人易于首先产生联想，而且，苏珊·希尔像威廉·戈尔丁一样，都是以儿童为主人公，又是男童。（在《蝇王》中，全书似乎没见一个女性人物；《我是城堡之王》中，两个男童占去大部分篇幅，其余人物只有他们俩的单亲父母、少数男女仆人以及庄园附近农户的孩子菲尔丁和他的父母。）再者，两部书所写男孩子的故事，又都可纳入"顽童闹学"的原型——也就是儿童在暂时排除父母师长等成人管教之下的恶作剧，以及从中表现出的种种自私、野蛮、冷酷、残忍之类的人性之恶，因此两部小说的内容又同属心理的范畴；而在写孩子们相互争权夺利、勾心斗角、攻守进退当中明晰地影射成人和成人社会这个方面，两部作品又有异曲同工之妙。

但是《蝇王》的故事，是某个不确定时期原子战争中的一个小小插曲。一群五六岁至十余岁的儿童和少年为躲避战乱而疏散，途中遇飞机失事而流落到南海的一座荒岛上，始而效法成人实行民主自治（这本是在英国那种教育制度下长期培养而成的习惯和经验），渐渐因受权势欲望、贪婪、野心与自私的驱使而分帮结派，开始破坏环境，滥杀野兽，以至相互残杀，直到空降救援人员到来，岛上浩劫才告终结。小说中笛福、斯蒂文森式的荒岛、具有号召力的海螺、围绕篝火的狂欢乱舞、唱诗班的孩子涂抹鬼脸后变成的狰狞"猎手"，鲜血淋漓的屠宰野猪，都远离当今文明社会的实际日常生活，富有虚幻神话色彩，充满象征和隐喻，蕴含深层的哲理，因此，它被人称为幻想、寓言、哲理小说。《我是城堡之王》的故事，则主要上演在距伦敦不远处的普通英格兰乡间庄园。小说中穿插的杭伍德林和雷德鲁古堡废墟两场，略显超凡出世，但毕竟近接尘嚣，而且两个孩子和其他人物所组成的小小社会，一切衣食住行娱乐交往都是活生生的当代现实生活，有关两个单亲家庭的重新组合以及孩子、父母就这一事件的心理活动，书中顺便涉及的独生子女教育、父母子女两代人之间的关系等等，也都是典型的当代世态人情，这些内容，与《蝇王》的荒岛流亡生活，更是大异其趣。

常人？异类？

由于她早期最著名的长篇小说《我是城堡之王》描写儿童心理，还由于她那些脍炙人口的短篇中有不少也写儿童，诸如《哈罗润的孩子》中天生残废的早夭女孩，《他心中之恶》中眼见父亲淹死而无动于衷的自私麻木男孩，《红绿珠串》中笃重友情的驼背少年，《象人》中养尊处优难以适应普通社会的幼童，等等，苏珊·希尔因此给人以善写儿童和儿童心理的印象。她在创作这些作品的时候，自己还是个二十余岁的青年女子，尚未成家，也未生育，但是出于天然的敏锐母性，再加上女作家自己对童年的记忆，这可能就是她对儿童的行为和心理活动有一种过人的了解，也是她那准确精细的儿童心理表达技巧的基础。

《我是城堡之王》中有短短的一句话："我没要你到这儿来。"金肖初到沃瑞英庄园，胡帕就暗地丢给他一个写着这几个字的纸团。以后这句话又两次出现，贯穿始终。在整个暑期两个孩子各自活动和彼此交往中，这句话仿佛无声的咒语，始终支配着他们的言语行动，并将金肖一步步逼向死亡。两个孩子在树林中迷路后，胡帕仍对金肖纠缠不休，使金肖无法摆脱，这时他对金肖说："你不必想你能把我怎么样。你只是上这儿来了，这不是你的地盘儿，你不得不照我所说的干，因为你妈给我们干活儿。""她是个用人，就是这么回事儿，她拿工钱，她就得照我爸爸说的干，这就是说，你得照我说的干。"这正是在改变了场景——环境——之后对上边纸条上的那句话的诠释。两个孩子口角时常骂对方是"吃奶娃娃"（baby），胡帕向金肖吹嘘说，他父亲总给他买昂贵的表，金肖则摆出无所不知的口气回驳道："市上根本没有那种价钱的表。"胡帕追问金肖来庄园前住在哪里，为什么没有自己的房子，最后逼得金肖终于说出自己父亲已死，他们母子穷愁潦倒……这些问答，尤其是胡帕的话，听来与世上成年人中促狭小人的语言同样刻薄刺耳，但以其莽率天真的性质而言，却只有幼稚无知的孩子才说得出口。

再看两个孩子勾心斗角的过程中使用的"布景"、"道具"和"效果"：胡帕在夜间将死鸟标本丢在金肖的床前吓唬他，又先后将他锁在过去祖父的标本室"红屋子"里和荒田野地上的茅草小屋中，胡帕故意玩弄毁坏金肖制作的城堡模型，金肖被逼陪胡帕玩跳棋，两个孩子随父母去雷德鲁古堡废墟玩攻占游戏，他们在树林中迷路后渔猎、生火、游泳、避雨、听雷、过夜，等等，都是些地地道道的儿童游戏。通过这些"孩儿话"和"孩儿游戏"，希尔具体而微地反映了两个孩子整个的心理过程。这些素材或者说是意境，是全部汲自作家主观想象和观察所得，还是部分地来自希尔记忆中自身的童年境遇和心情？

如前所述，她曾经写过阶段性自传，她也写过带自传性的小说，如《春日时光》（1974），但恕笔者鄙陋，苏珊·希尔对她的童年、少年和青年时期的身世，迄今似乎并未详尽披露。她从出生到少年时代，生活在事实上的单亲家庭中，经济既不算宽裕，社会地位又不算高贵，在英国那种即使已是"二战"过后却仍注重等级和家庭背景的社会和学校中，希尔的童年生活是否曾在她的心灵深处留下阴影，并在有意无意之中成为她创作的部分源泉？在这里我们尚不应早下结论。希尔写金肖少年失怙，还给他安排

了一位做飞行员的父亲，恰与自己相似；在她新作《德温特太太》
（1994）中，女主人公大姑子的儿子也是一位参加过"二战"的
飞行员，而且曾在战争中致残毁容；另外，希尔虽然常写男童，
却大都属于心细如发之类，不是《蝇王》中拉尔夫甚至杰克率领
的那种粗野刁蛮的"野小子"。如果试给希尔的男童胡帕和金肖留
起发辫、改穿上裙装，也许会使人更容易将他们的心理行为联系
女作家本人的童年和少年的遭遇和心境做种种臆想。

　　穷追作家经历身世往往有"对号入座"之嫌，而且也有无视
其天才之虞。希尔不仅写儿童，也写老人，写残疾，写弱智者和
超天才的精神病人。在她另一部艺术成就较高的作品《夜鸟》中，
她写了一对单身男性朋友：天才诗人兼精神病人弗朗西斯·克拉
夫特和古埃及学学者哈维·劳森。这部小说的重点在于探索和再
现弗朗西斯的才华与疯狂这两个极端的心理现象的奇妙混合。小
说的另一个重点则是哈维对弗朗西斯远远胜于其父母亲人的、真
正基于理解、赏识而产生的无私友情和奉献。归根结蒂，这还是
人与人之间心灵沟通的问题。希尔将这部书献给一位名叫威廉·
普劳莫的人，其中两个主要人物，或许也许有某些近似希尔的影
子，但是他们的年龄（中、老年时期）、性别（都是男性）、经历
（诗人和学者）毕竟都与希尔相距甚远，但她却采取了第一人称的
叙述方式，而且叙述得极其投入，使人几乎忘了这是出自一个年
轻女作家的手笔。

　　希尔的短篇小说中有相当多异于正常人的老弱病残者。《来点
歌舞》写难以摆脱亡母影响的老处女卡莉，《哈罗润的孩子》主
要写聋哑棺材匠，《小小姐》写弥留之际的老妇，《红绿珠串》写
孤寡老贵妇与驼背孩子。希尔自幼经常出入于教母伊文思主持的
妇幼医院，这也许可以为她熟知妇女和儿童提供一定的根据。她
的长篇《春日时光》写新婚不过两年、年龄不过二十一岁就失去
丈夫的乡间女人露斯丧失了世界上最亲爱的人之后陷于痛苦和绝

望的困境，犹如为自己筑起了心灵的城堡，最后终于解脱出来的心路历程。

在这部书的扉页上，作者说明它是为纪念大卫而作。这是与她共同生活十余年之久的男友，最后死于心脏病。希尔经历了艰难的精神痛苦，终于摆脱困难，继续自己的创作事业，并在与莎士比亚学者斯坦利相遇后结婚，建立起幸福的家庭。

这些小说，自然都体现了希尔写实的基调。对于这些老弱病残者和不幸者，她已远远超过一般的同情，她是深切地理解，是感同身受，因此，她的作品不是普通意义上的动人，而是具有强烈的震撼力。

客观？批判？

她的文字一向平缓、淡泊、澄明，正像英格兰南部蜿蜒于寂静牧场和林中的小河。她不大对人物做道德批判，但对自然、世事和人生的真伪、善恶、美丑有自己的明断。

《我是城堡之王》中那对为人父母的成年男女，不过只被希尔轻描淡写了一番；到沃瑞英庄园后，金肖太太的裙子越来越短，两人驱车到伦敦办事途中，他把手放在她的腿上，她"感到舒服"；夜晚二人在同一屋顶下各自的卧室内胡思乱想……这些段落虽仅三言两语，却都极尽挖苦之能事。

在写两家孩子的时候，她貌似冷静客观不动声色，但很显然，她将自己的同情与偏向自然而然地放在处于弱者、劣势、被动的金肖一边。

杭伍德林中的五章不过仅占全书篇幅的四分之一，但它在全书中的分量却远远超过这个数目。这里与象征当代人类社会的沃瑞英庄园相比是天然的环境（尽管前者的阴影紧追不舍，时时透过树林投向空地），在这里，以及后来的雷德鲁古堡废墟，我们看到了一个较为自由、更能发挥自我的小金肖。他表现出了自己的勇敢机智、独立自主以及对同类和对野生生命的同情心和责任感；与此相反，小胡帕在失去家庭环境给他带来的优势之后，却显现了怯懦、无能，而且仍然自欺欺人自以为是、强横霸道。在现实生活中，不仅在儿童世界，岂非同有此情此景？

走出杭伍德林后，全书渐渐进入高潮。胡帕不念金肖在林中救他性命，反而恩将仇报向大人诬告他伤害自己；在登雷德鲁古堡时胡帕自己不慎失足摔伤，又将责任推向金肖；胡帕先生动手打了金肖，金肖随后得知母亲即将嫁给胡帕先生，自己又不得不去上小胡帕的学校，他意识到自己已被逼进死角，才最后逃亡，毙命。对这些情节以及与这些情节相应的心理过程，希尔只是一路客观表现，但已说明由于世人，包括男和女、长和幼、幼与幼之间的难以沟通而产生的误解、不和、错待以致不公是多么地令人震惊。希尔没有直接对这种难以沟通作理性的说教，但是她透过对几个人物自始至终一系列的行为及心理活动的描写已进一步揭示出，世人的难以沟通，归根结蒂，是基于各据自我的或谓自私的立场，各持自身不同社会地位和文化背景所形成的见解，而缺乏真正对他人，包括对至亲骨肉的爱与容忍，更无需侈谈牺牲。希尔在揭示人与人的这种关系，特别是心理方面的这种关系上，尖刻得几近无情。

在写下层普通人和不幸者的短篇中，希尔以更明快简洁的笔触继续发挥了这一主题。《哈罗润的孩子》中的棺材匠内特·屠梅又聋又哑，被人视为不祥，村中唯一与他交往并有思想感情交流的是哈罗润的病残女孩儿杰妮。在她垂死之际，他满怀悲苦到哈罗润家诀别，随后，希尔有这样一段叙述：

　　　内特立即转身走出屋子，他的脸直发烧。但是在他的脚刚踩上楼梯的时候，屋子的门开了，哈罗润站在那儿，身背后是阳光灿烂的花园，像是一幅画上的背景。

内特想这个人要打他了。他脸色阴沉，显出很多红色的小血点儿，而且还攥着拳头。可是这时候他明白了哈罗润是以为那孩子已经死了，不然的话棺材匠怎么会在这儿，正好站在通向她卧室的楼梯口呢。他伸出手来，想拍拍哈罗润的肩膀。他回头指着楼梯上面，笑着摇头，他是想说："我看见她了，她跟我说话了。我看见她了，她没有死，她没有死。"

……

然后哈罗润开始大声喊叫。不过内特只能看到他大发雷霆，看到他的嘴一张一合，嘴角抽搐，就这样他简直弄不懂这人在说什么。

小说结尾处，女孩儿已死，内特真来给她量棺材的尺寸，走下楼梯。悲伤过度的父亲真像雷击一样给了他一拳。但内特在缓过气来之后只是默默地从地上爬起来，迎着落日款步走回他的作坊，默默地开始做那个小小的棺木。

简洁的笔墨，将人与人之间咫尺天涯的关系写尽！

《我是城堡之王》中两个大人、两个孩子四人之间都无法沟通；《夜鸟》中天才的疯诗人弗朗西斯·克拉夫特与父母兄弟骨肉至亲无法沟通；短篇小说《孔雀》中朝夕相处耳鬓厮磨达二十年之久的伉俪无法沟通；《春日时光》中露斯与公婆、小姑以致整个村民无法沟通；《红绿珠串》中神父与他的忏悔人无法沟通；《高空与众天使》（1991）中吉蒂觉得是自己又不是自己，常常自问："我是谁，我是谁？"这意味着甚至达到了自己与自己无法沟通。这本是引起当代文学家共同兴趣的主题。希尔看重这一主题，并能娴熟地处理它，很可能如前述与她从早年就潜藏在心底的阴影有关，但作为有创造性的艺术家，她对此问题并不全抱悲观态度。《我是城堡之王》中毕竟还有身心健康、通情达理的农家少年菲尔丁；《春日时光》中露斯也有善解人意的小叔周，而且她本人内心深处还有一种乐于助人的良知，这使她帮助遭情人遗弃的小姑艾丽思渡过了难关，同时也使自己走完了悼亡心路的最后一步。《夜鸟》中哈维和弗朗西斯的相知相亲，短篇《普劳德姆先生和斯莱特先生》与《我还能活多长？》中一对老光棍与一对老姑娘相依为命，《红绿珠串》中残废少年马塞尔对孤寡贵妇古维耶夫人的温情至死不渝，这些故事还是多少反映了"人间自有温情在"这一普遍的定律。

苏珊·希尔少孤（在某种意义上），早慧，靠个人奋斗从中下层社会凫上了水面，她的早期创作可能带有早年心灵创痛留下的伤痕，但对人生世事还是充满希冀和期待。她是90年代以后作为享有温馨家庭生活与和谐亲友关系的中年成功女作家，不仅自身体验到人与人之间并非尽是难以逾越的鸿沟，而且也就这种体验详尽录入她的自传《神奇的苹果树》和《家》中。她近期的长篇小说《高空与众天使》写一位在剑桥任圣职的学者托马斯·凯文迪什对一个十六岁的少女吉蒂一见钟情的永恒爱情，虽以悲剧告终，但是吉蒂的"我是谁？"毕竟得到过托马斯"她是谁？"的对应。这暗示了一种人与人不计年龄、经历、身份、地位的试图沟通。

模仿？ 创造？

在经过70年代前期暴雨激流般的小说创作高潮之后，希尔曾经有过一段停滞——忙于成家、生育，尽人妻人母之责。但她仍在继续撰写评论、自传、儿童读物、通俗剧，还编选了一部哈代中短篇小说集和一本故事集。这些作品，笔者虽无缘尽览，仅以其中的回忆录或称阶段性自传为斑，也可管窥她艺术功力的深厚。

她善于轻松地拾掇常人易于忽略的生活琐事，以简洁的文墨加以生动、诗意的表达，因此能使她的"非小说类"作品像她的小说一样引人入胜。

《神气的苹果树》记述她结婚生女之后移家牛津附近小小村落巴利的一段乡居生活。她那所名为明月的农舍，门前古老的苹果树，四周的山川牧场，一年四季变幻莫测的时序，农家邻里与希尔一家愉快宜人的往来，构成了色彩斑斓、宁静恬淡的田园长卷；同时又是流畅、优美的散文。希尔小说中那种散文诗似的风格，以及她对大自然敏锐的感受力和由衷的热爱，在这里可以找到很好的佐证。

《家》是纪念她那早产后来仅活五周的次女伊莫金的记述，也约略提到作家的父母以及她自己早年的一些片段。其中娓娓道出的家常琐事，他们一家三口以及医生、护士、朋友、病友为延续一个小生命而百折不挠的努力和彼此的理解与支持，都是对生活和生命的热情礼赞。她的小说中所表现出的处理心理和情节的技巧，也使这部尽写结婚、安家、怀孕、保胎、流产、生育、哺乳等等女人私事的纪实作品更有深度和魅力。

希尔的小说和非小说类作品，几乎都是心理的，她没有背离19世纪简·奥斯丁、盖斯凯尔太太、爱米丽·勃朗特、乔治·爱略特的心理描写和心理分析，更有20世纪多萝西·理查森、弗吉尼亚·吴尔夫、多丽斯·莱辛的韵味。她那散文诗式的行文和风格，会使人想到她在《夜鸟》中曾提到的屠格涅夫；她在表现乡土气息方面又使人相信她所推崇的哈代确曾对她产生过影响；她处理短篇小说时的凝练、机巧和令人震颤的效果，又使人愿将她的名字缀于莫泊桑、契诃夫等人之后。

希尔这一代受过系统、完全专业教育的小说家，将自己的生活、体验、学识、修养熔于一炉，因此，构成她作品的成分丰富多彩。她能创造普通人、老弱病残者和不幸者，但她在写《夜鸟》和《高空与众天使》中那些代表人类才智精华的高级知识分子之时，也同样自然贴切，游刃有余，而且像她写农村乡景时充满泥土气一样，富有书卷气。她是世界文学和英国小说传统哺育的成果。

然而，她又是具有独创个性的小说艺术家。她的晚近作品《高空与众天使》可供我们浅作解剖。

这部近三百页的小说写剑桥学者托马斯·凯文迪什的爱情，或者说是单相思悲剧。独身的凯文迪什牧师毕生治学，五十五岁时即将接任一所学院的院长之职，又是本地一位富有、漂亮的单身女人觊觎的佳偶，但是在春季大学城传统的赛船节上，他偶然瞥见剑河桥头伫立着一个白衣少女（她名叫吉蒂，年仅十六，刚刚辞别在印度工作的父母回国求学），这位德高望重，前程远大的学者即时感到平生从未有过的激动，随后他与这位少女无拘无束但又纯洁无邪的交往招来了满城风雨，从此凯文迪什牧师身败名裂，在不时回忆这段短暂幸福时光中度过残生。对于凯文迪什数十年青灯古斋一朝春风入怀的感觉，希尔把握得准确而又细腻。他眼中少女吉蒂如烟似云的形体，每次念及他浑身的一阵震颤，喉头的一阵紧缩，都写得精微生动。他对少女感情的真实清纯，他们远离人群单独面对行不及乱的情景，她都表现得优雅飘逸，迥异于当今的流俗，这也是希尔的诗意所在。

她的诗意还表现在她善于创造意象：吉蒂白色的幻影、梦境、水上舟中，还有《夜鸟》中的乡景、夜景、带有神秘色彩的猫头鹰，都能将人带入如幻似梦的情境。《我是城堡之王》中母亲项上的绿色珠串在她亲近金肖时常常使他感到冰凉。《春日时光》中已死的本留下的一头驴、一窝鸡、一堆柴……这原本都是些不足挂齿的具象，经过希尔的巧作安排，也都转化成了诗的意象。

希尔充满形象与比喻的语言和对自然景物诗意的描绘，也增加了她的作品的美感。前者，翻开她的作品俯拾皆是；后者，仅举《夜鸟》中哈维陪弗朗西斯雪夜散步的一场也可体味：

　　我们穿过了两片草地，走过了枝叶连理的便道，简直无法找到一条路，可以沿着它走进那座二十英亩、三面环着房子的公园。我们的足迹向后拖得很远，像蜗牛爬过的路线似地闪着亮光。

　　天气并不冷，也没有风，空中发散着不知是什么又甜又干爽的气味。公园里七叶树和山毛榉兀立在那儿，枝条像伸出来的细胳臂，让雪衬得清清楚楚。我们走过雪地的时候积雪嘎吱作响。

　　弗朗西斯没有说话。开头我给他弄得莫名其妙，可是到了这个时候，我已经高高兴兴地穿过这寂静无声遍洒清辉的白色世界，走了一英里又一英里，对他把我领了出来反倒心生感激了。那里仿佛有点什么超越时间的东西，让我回忆起童年。我眼前是从未见过的某种景物，然而它又像是我完全熟悉的，就像我梦中常在那附近走过一样。

　　再向前走了一两步，弗朗西斯就站住了。我们已经来到公园的正中。周围无声无息，偶尔有一点轻轻稳稳地扑打翅膀的声音，还有风穿过树林的一点呼呼的声音。随后有只褐色的猫头鹰穿过林间向我们飞过来。它的脸上长满了白色的羽毛，像戴了个头盔，弯钩的鸟喙两边露出一对巨大的眼睛。它从我们身旁飞过，那对大眼睛向两边搜寻着，喉头发出一种低沉的叫声，简直像是一声呻吟，然后又在空中向我们飞过去，带过一声长长的空洞洞的嘀嘀声。弗朗西斯转过头来盯着我，那一会儿我还以为他是害怕了，因为我看见他的脸像猫头鹰一样煞白，眼镜后面的眼睛也一样巨大。但是他却只是说了一句："你瞧，多妙！"

在《春日时光》、《高空与众天使》当中，我们同样可以找到很多类似的奇妙图画。希尔的小说，大多不过二三百页的篇幅，而诗的意象则进一步给作品增加了分量。

希尔是严肃的、纯文学的作家，尽管她也写通俗作品，甚至还为通俗小说家达夫妮·杜穆里埃的《蕊贝卡》（1938）写了续集《德温特太太》。据说，是这位已故小说家的后人看中希尔的创作风格和创作经历而在一些人中特邀了她。

近年海外续书迭起，但鲜有好评，而希尔的这部《德温特太太》却反应不俗。此书出版次年，中译本在我国问世后，或认为较其所续原作《蕊贝卡》（又译《蝴蝶梦》）为上。获得如此评价，作品本身思想艺术素质，当然是主要依据；另就希尔本身素养与成就而论，也大可与她那位同胞同性的作家达夫妮·杜穆里埃一比高低。希尔以其小说创作的上述诸多素质，偶尔一试通俗作品，甚至续书，自然游刃有余。常言青出于蓝而胜于蓝，如果青中掺水过多，惨淡洇浸，又岂能胜之！

　　　　　　　　　　　　　　1996 年春于北京双榆斋

附　录

寻访七位女作家的芳踪

　　我的题目是寻访七位女作家芳踪，这七位女作家都是英国人，按照她们出生的年月，排列下来应该是这样的。第一，简·奥斯丁，她一生写过六部小说，到现在为止都已经拍成了影视剧，像《傲慢与偏见》，大概是我们最熟悉的。今年（2001）的年初，在我们的电视台上又播放了她的《爱玛》，我觉得它是拍得很成功的一部电影。第二是玛丽·雪莱。我们也管她叫雪莱夫人，因为她是英国浪漫派大诗人雪莱的妻子。她的小说代表作叫《弗兰肯斯坦》，这部小说，也常常被拍成电影。前几年在我们的电视节目里也播放过一部，中文的译名叫《科学怪人》。第三是伊丽莎白·盖斯凯尔，我们也叫她盖斯凯尔夫人，或者盖斯凯尔太太。她的小说《玛丽·巴顿》、《露丝》，还有传记作品《夏洛特·勃朗特传》，都在我国的出版社出版过中文译本。第四是爱米丽·勃朗特，她就是《简·爱》的作者夏洛特·勃朗特的妹妹。她是诗人，同时也是小说家。她一辈子就写了一部小说作品《呼啸山庄》，这部小说还有由它拍成的影视剧，我想大家也会是很熟悉的。第五位，乔治·艾略特，她是一位很多产的小说家，也非常有学问。她的小说《弗洛斯河上的磨坊》，不久前刚在咱们的电视台里放过电影。她另外一些长篇小说，像《米德尔马奇》，还有《牧师情史》，还有《亚当·贝德》也都在我国的出版社出版过中文译本。

第六是拉德克利夫·霍尔，她是诗人也是小说家，写过六部长篇小说，还有短篇小说《施瓦茨小姐》，都在我们国家翻译出版过。第七位是弗吉尼亚·吴尔夫，她是意识流小说的大师，同时又是散文家、评论家。

我在做研究、翻译和编辑工作当中所接触的女作家，当然不止这几位，我之所以选择她们是根据两个标准。

第一，我曾经实际翻译过她们长短不一的一些作品；第二，我在出国讲学和游学的时候，曾经寻访过她们的一些遗踪。因为这些小说家，都是已经作古的人，而且是久已作古，我们不可能像对活着的作家一样，面对面地进行交流，所以，寻访她们的遗踪就是一种最现实的面对面的交流。这些小说家都是属于，或者说大部分是属于 19 世纪的。其中最大的，简·奥斯丁和玛丽·雪莱，生在 18 世纪的末叶，但是她们开始发表作品都是在 19 世纪。另外，最小的像拉德克利夫·霍尔，还有弗吉尼亚·吴尔夫，她们两个是 20 世纪文坛上的活跃人物。但是，她们都生在 19 世纪的末叶。我们知道，19 世纪是英国小说发展的一个顶峰。当时出现了一系列大小说家，像狄更斯、萨克雷，还有更早的像司科特，一直到哈代。而这些女小说家，在这座文学的奥林匹斯山上也都占据着非常重要的一把交椅。她们应该都是很尊贵的文学女神，但是我们要知道，这些女神，在她们走上神山之前，也都是一些肉眼凡胎的普通女性，而且在她们登山的道路上，都曾经历过种种的磨难和考验。现在我就来做向导，带着大家一起再去对这些女作家做一些寻踪和访问。

我们还是先从简·奥斯丁开始。

在 1994 年的时候，刚好在我翻译了她的《傲慢与偏见》以后，我去寻访了她的故居。那是在英格兰的南部，有一个城市叫温切斯特，就在温切斯特附近，有一个很小的村庄，翻译成中文就叫朝顿。那个地方非常古老，街道上一排排的房子大概有几百年了，而且是用当地一种特产的火石砌起来的，又结实又漂亮。可是，简·奥斯丁的那栋住宅，就是用普通的红砖盖的。我们看图，比起来非常简陋。而且，这还是在她已经开始成名，快要去世的时候住的。好在就在这栋很简陋的小楼里，简·奥斯丁还有自己的一间卧室，就是一间工作室。她在写作的时候，要是有什么人有事情，也不敲门就闯进来了，那扇旧木头门就嘎地一响，简·奥斯丁就把她的东西，写的东西，赶紧藏起来。这也算是女作家保留了一点自己写作的隐私权吧。但是就是这样，简·奥斯丁的生活和创作的条件，比起其他的那些女作家来，可能还要好，尤其是和爱米丽·勃朗特来比。

勃朗特三姐妹

2001年刚好又是在我翻译了爱米丽·勃朗特的小说《呼啸山庄》之后，我访问了她的故居，那个地方的条件跟英国的南方可是不一样，她是在英国的北方，而且是山区，就是约克郡的哈沃斯村。也是一个小村子，我两次去那个地方，第一次，在秋天，冒着寒冷的大风，第二次是在冬天，踏着很厚的积雪。山区那种非常恶劣的地理和自然环境，让我至今记忆犹新。那里的树真地就像《呼啸山庄》里描写的那样疏疏落落，干枯低矮，极力地倒向一边。我们看这个爱米丽·勃朗特的故居，原来是她父亲的一个牧师公馆，但是，比起英国其他的牧师公馆来，它这里要寒酸得多，内部也非常地局促。爱米丽·勃朗特有一个哥哥，这是家里边最受娇宠的唯一男孩，他们家庭比较清贫，但是他享受着家里面比较宽敞的住室；而爱米丽·勃朗特，还有她的姐妹都是很有文学才华的，她们却从小就挤在一间很狭窄的屋子里，几个人共用一个书桌，或者是就把一个小搁板，放在自己的腿上，这样来读书写字。正是因为她们家境清贫，再加上自幼丧母，所以，她们常常要为了自己的求学谋生到处奔走，简直是伤透了脑筋，而且，因为又是一些女孩子，还有很多的家务拖累。

像爱米丽·勃朗特这种情况，正是当时女性，就是在当时的那种历史条件下，在恶劣的环境下从事写作的一些典型。我们再看玛丽·雪莱。玛丽·雪莱的母亲，玛丽·沃斯通克拉夫特生了她不几天就去世了，玛丽·雪莱和她的继母，还有继母的儿女，还有她同母异父的姐姐，关系都很复杂。在嫁给雪莱之前，也费尽了周折，跟雪莱一起生活了不到七八年，雪莱就因为海难去世了。从此以后，她又要抚养

玛丽·雪莱

雪莱的遗孤，又要帮助整理雪莱的一些遗作，同时还要自己写作来谋生，她就成了一个非常坚强独立的女性。我曾经翻译过她的一篇短文，叫做《初编雪莱诗全集·序言》，从这篇短短的文章里面可以看出来，她的文学见地高超，而且，行文非常优美。英国有一个给她写传记的女作家，说她是月食当中的月亮，意思是说她的光辉，让她的大名人的父母，就是高德温和玛丽·沃斯通克拉夫特，还有大名人的丈夫给挡住了。但是我不这样看，因为，月食毕竟是短暂的，而且，阴影终究会退去。更重要的是，玛丽·雪莱根本不是月亮，她自己本身就是一个会发光的、非常美丽的星体。

在这七位女作家当中，大约只有盖斯凯尔太太，家庭比较幸

福，生活比较稳定，而且，儿女成行，和丈夫也是互敬互爱，她得算是拥有了所谓完美女性所应该有的一切了。

盖斯凯尔太太

弗尼吉亚·吴尔夫

在曼彻斯特市的边缘地区，有一所她丈夫，他们原来住过的牧师住宅。我年前去寻访的时候，这里还是一所空着的闲置的大房子，但是，我们从它外部的装修，就是装饰，和内部的整个结构来看，还是很有气派的，可以想见当年，盖斯凯尔一家在这里生活得还是比较舒适。

再说弗吉尼亚·吴尔夫，她的父亲和丈夫都是文学界的名流，她们家在伦敦的布鲁姆斯伯里地区，也有一个住宅，现在还留作伦敦大学的一间办公室。本来也是一个文人荟萃的地方，也非常有名。但是，吴尔夫的身世也是很凄惨的，她小时候没有母亲。另外还有乔治·艾略特，她也是一个性格很坚强的女性，而且又很多产，也很有学问，但是，她也就只能算是取得过婚姻资格的，而且，是在经过了很多磨难和挫折以后才结了婚，和她结婚的男士比她小二十岁，是一个老朋友。他们结婚也不过半年多一点，乔治·艾略特就去世了。再看简·奥斯丁和爱米丽·勃朗特，她们根本就是终身独身，甚至没有好好地恋爱过。当然了，这七位女性，除去盖斯凯尔太太以外又都是没有子女的。

她们的子女就是她们留给后世的这些不朽之作。

问：张老师，我这儿有一个小问题，想请教一下，您刚才提到前面几位女作家都比较坎坷都比较凄惨，在当时那个社会，是不是一种比较普遍的现象？

答：这个问题提得很好，我会一边解答你这个问题，一边继续讲。我觉得，起码应该从两个方面说。第一，在一二百年前，英国和欧洲大陆的社会和咱们中国当时那个时代，其实也差不多，女性作为人类社会的第二性，应该说，生存条件是绝对远远地低于男性的。在一个家庭里，不管是贫是富都是差距很大。

但是，一个人身处困境，这正好是一种，就是说磨炼，是一种很有益的磨炼，对一个人很有益，而且这个几乎是打造作家的一种必须的功夫，这一点直到现在我觉得也是如此。

我们看，爱米丽·勃朗特和她的这两个姐妹，和她没有出息的哥哥正好是一个鲜明的对比。这是一方面，另外一方面，当时，女性在一种劣势的条件下，从事写作，假如说没有丈夫没有孩子，可以减去很多烦忧的琐事的拖累，可以更好地投入写作。我觉得这也是一个不可否认的事实，但是这并不是文学创作的绝对条件。而且，随着时代不断地进步，这一点也就理应越来越不成问题。

下面我们就来继续说这些女作家受教育的情况，结合这个方面，我们再继续谈下去，也许还可以进一步解答你的这些问题。

这七位女作家当中，只有拉德克利夫·霍尔是上过一年伦敦大学的，在她们这几位当中，算是学历最高的。另外就是盖斯凯尔太太，还有乔治·艾略特，她们两个人算是上过一些比较像样的女子寄宿学校，其实就是相当于职业高中的程度吧，但是她们真正的学识是远不止于此的。其余的那几位，而且还包括她们三个人，主要接受的是家庭教育，还有就是自我教育。

学校

像爱米丽·勃朗特，她只是断断续续上过一些寄宿学校，加在一起，充其量不过一年的时间。我在英格兰北部兰开郡曾经路过一个地方，叫做考文桥，这里有一个歪歪斜斜的房子（指图），这个就是爱米丽·勃朗特小时候曾经念过书的地方。这也是夏洛特·勃朗特在《简·爱》当中提到那座洛伍德学校的原型。

这些女作家，还有一个特点，就是她们除了靠自学和家庭教育外，都是从小就自发地开始拿起笔来写作。当然这也是靠的一种天分，爱米丽·勃朗特一生一共就写过二百多首诗，就是说，流传下来的，只有二百多首，还有就是一部《呼啸山庄》，这一部《呼啸山庄》是绝世之作，确实是非常了不起的作品。一般人认为，她受的教育那么少，生活经历那么简单，就说她一定是凭天才直觉来进行创作的，其实事情也不是那么简单。我在勃朗特牧师住宅博物馆，就看见过一些展览，其中有勃朗特一家用的厨房，那里面有一个大案子，上面摆着刀子、叉子还有称东西用的等子。但是在这些东西里面，炊具当中，厨房用品当中，还夹杂着本子、纸，还有笔甚至还有小书，看这个（指图）。爱米丽在家里面，是负责一家人的一日三餐的主食面包的，就在这间屋子里面，她一边称面，和面，揉面，一边看着书，还学外文，记德文单词，同时把她脑子里面想的东西写下来。在这个博物馆的展柜里面还珍藏着一些非常小的书，我们从它们和一个硬币对照物的对比就可以知道它们非常小，不过就是扑克牌那么大小，但是很厚，这个就是爱米丽和她的姊妹，她们从小练笔写作的一些记录和实证。

我们所说的这几位女作家，没有一个不是从小就聪明好学，而且，自动地开始练笔的。所以，她们在没有正式开始写作以前，早就为自己成年以后的写作，做好了各种准备。所以她们那些很优秀的作品都不是从天上掉下来的馅饼。其实，古今中外，人世间，小时了了的人应该是大有人在，但是，绝大多数，都是大未必佳。这说明一个什么问题？天才，只是一块璞玉，没有经过切磋，琢磨，永远是一块顽石。

而这些女作家，她们的那种坎坷和不幸就是对她们的切磋琢磨。就是通过这些切磋琢磨，才把她们打造得出类拔萃。在男性中心的社会，对女性的要求，往往也很简单。第一要仪容端庄，在家做贤妻良母，在娘家没有出嫁以前也是自己这种类型的母亲的克隆吧。如果，再加上弹唱歌舞，谈吐应对，也就是多才多艺了，应该算是完美了。至于写作，那是完全给排除在外的。开始是完全地，后来，渐渐地被接受了，但是也是给安置在一个边缘，成为社会主流写作，也就是男性写作的一种陪衬。这也就是说，社会对于女性，或者女性写作过多要求她们的是女性化。因此，也就画地为牢，把她们局限在一个女性写作，或者是私密写作的小圈子里。

而我们所说的这几位女作家，不管是从她们的外表、人品气质，还是从她们作品的风格来说，她们也都是很有女性特点的；但是，她们都没有钻进那个狭小的圈子里去，她们既没有以小女子自居，也没有以女性写作或者女性私密写作作为自己的专业。

她们这几位，虽然也像我们的古代对我们的女词人李清照所说的那样，是"清丽其品，端庄其貌"，但是，说真的她们也还是算不上什么大美人，大概除了玛丽·雪莱之外，而且，其中有几位，还确实就是具有一种阳刚之气。比如说，乔治·艾略特，还有像爱米丽·勃朗特，或者拉德克利夫·霍尔。而且，她们的这种气质也是弥漫在她们的作品里的。

应该说，她们是以一种广阔视野和手里那支和男作家的一样的如椽之笔写社会的动荡，写阶级的冲突，也写战争的烟火，同时，她们也写家族的兴衰，邻里的亲仇，写悲欢离合。她们在写这种题材作品的时候那种恢弘大气，那种精辟深刻，一点也不亚于男性作家。

当然她们很多人的早期作品，都带有自传性，这个，也是她们最熟悉的东西。但是，她们在写这些东西的时候，也是把人物放在更广泛的社会环境里面写的。像乔治·艾略特的《弗洛斯河上的磨坊》，拉德克利夫·霍尔的《孤寂深渊》，都是这样一些优秀的作品；而盖斯凯尔太太更是写社会问题小说的一个高手。所以，马克思这样评价她，把她列到狄更斯、萨克雷这样一批杰出的小说家里面。英国有一个盖斯凯尔学会，定期组织一些学术讨论活动，我在伦敦的时候，参加过一次他们的寻访遗踪的活动，这张照片就是一些会员在那个地铁口集合的时候，我给他们照的。这几位女作家当中，简·奥斯丁应该算是比较有女人气的一位。而且，她的小说的题材，所有的小说的题材，就像她自己所说的是局限在"小镇上的三五人家"，她写小人物的感情、婚姻，范围比较窄，所以，她说她的作品就像在一块小小的的象牙上精描细绘出来的。这也是很自然的，因为，在那个时候，作为女性，她们所生活的范围有限，她们最熟悉的东西也很有限。所以像简·奥斯丁她们这样，选择自己最有限的小小的范围写，也是一种很聪明的选择。

其实我们这几位女作家，她们在别的方面，也都是做出了很聪明的选择的，特别是她们很注意发挥自己女性的优势。比如说，在创作中，那种直觉性，那种想象力，还有她们的那种细腻，那种执著。我想这些方面，正是爱米丽·勃朗特创作《呼啸山庄》取得巨大成功的秘诀。也就是说，爱米丽·勃朗特，她自己几乎没有什么爱情经历，可是，她把《呼啸山庄》里面，女主人公和男主人公之间，那种感情的绝对的同一性和排他性，简直是写得达到了诗意的最高级度。

我还翻译过盖斯凯尔太太的《老保姆的口述》，这是一个短的中篇，写老保姆年轻时候看护的小女孩和她之间温馨的感情，以此和大宅院里面的专制家长还有负心情人的残酷卑鄙对比，给人的印象非常强烈。

我们知道，幽默本来是人类的智力活动一个很重要的组成部分，也是文学作品中一个重要成分，我们这几位女作家在这个方面，比起男作家来也毫不逊色，像简·奥斯丁，她是名副其实的幽默大师，她的每一部作品里面都弥漫着那种幽默感。也许我们记得，那个《傲慢与偏见》，那个本内特先生与本内特太太，他们两个为五个女儿的婚事，经常在那儿对话，来回地争论，非常可笑。我们，生为女性，我们在读这样的作品的时候，读到这些精彩的地方的时候，我们不单只是为了她们是和我们同性的作家而对他们由衷敬佩，而且还真的常常感到很得意。

我们也还常说，创新也是文学作品甚至文学和艺术达到更高境界的一种要求，这也是一部作品生命力的源泉，而我们这些女作家里面，在这个方面，也都做出了很大的努力和贡献。我们就拿玛丽·雪莱的《弗兰肯斯坦》作为一个例子。这部小说，从出版到现在，差不多快二百年了，她写一个年轻的科学家做科学实验，就是从人的骨头里面，制造出一个有点像人的东西，类人的一个东西。这个其实也有点像咱们今天的克隆实验。他制造出来的这个东西，个头很大，而且力气很大，样子非常吓人，最后，创造他的科学家对他失去了控制，让他害死了很多人，最后科学家自己也死在他的手里。这部小说刚刚开始发表的时候，人们都把它看成了一个恐怖小说，刺激性很强，其实这里面就包括了人类对于文明的发展，科学的发展产生的那种后果的一种忧虑，实际上这是一种科学预言。

现在这部小说已经被大家承认是西欧科学幻想的小说的开始，而玛丽·雪莱在写这部小说的时候，才不到二十岁。另外像弗吉尼亚·吴尔夫，她是20世纪的意识流的大师，更是一位非常有创造性的作家。在她的那篇短篇小说《新装》里面，她把一个女性的小人物，参加上流社会的社交活动，前前后后那种心理活动，那种意识流，简直是写得淋漓尽致。另外像《孤寂深渊》、《呼啸山庄》这样的小说，在它们出版的年代，在当时也都是富有创新性的。

我们再说，《呼啸山庄》里面那种自然观，那种爱米丽·勃朗特本人所具有的她对人和自然之间的关系的看法。初看起来，这部小说的主线也是一个轰轰烈烈死去活来的爱情戏，但是，进一步来分析，它里面蕴含着很深的哲理、很多象征性的东西，爱米丽·勃朗特在一百五十多年前，就通过小说这种形式给我们表达了这样的自然观，在当时来说也是很前卫的。

说到这里我们大约可以做出这样的判断，那就是这七位女作家是凭她们货真价实的创作，登上了文学的奥林匹斯山。她们并没有局限在一个小女子狭隘的圈子里面，她们并没有仅仅专注于自己的女性的地位，或者是个人的私密。为了登上这座艰险的神山，这些女性作家确实是拿出了最大的勇气和最高的智谋。

人类社会主要是由两大性别组成的，这是一种客观存在，既然有差别，就会有冲突。但是在我们这个主要由两性组成的社会里面，女性要求自己自身的权利，并不是要由一种性别中心，来替代另外一种性别中心，而是希望达到两性之间的协调和合作。古今中外，一些聪明的女性，包括我们说的这几位女作家都是这样做的。

最后请看一组我照的几位女作家墓地的照片：墓地是人生的归宿，它供人长眠，这是一个安谧静穆的地方。我们在墓边徘徊，常常会引起很多的遐思。每一次我在这些作家的墓地徘徊的时候，心情总是不能平静。我常常在自己的内心，悄悄地对自己说，就要像她们那样，不要虚度自己的一生，去实现一个女人的真正的完美。一个人的真正的完美。谢谢！

2001 年 3 月 8 日播出

文化的传承是需要少数人来维护的
——访翻译家张玲

《文汇读书周报》特约记者高立志

文学翻译，必须注意风格的传递

高立志（以下简称"高"）：去年是狄更斯诞辰二百周年，今年是奥斯丁《傲慢与偏见》出版二百周年，我们知道您是新中国首先出版狄更斯传记、撰写过多种狄更斯评论的学者，翻译过《双城记》，还翻译了《傲慢与偏见》，今天我们先从这两本书谈起吧。

我还记得福斯特曾经写过一本书《小说面面观》，这个小册子最早是与珀·卢伯克的《小说技巧》和爱·缪尔的《小说结构》合并为《小说美学经典三种》列入《外国文学研究资料丛书》出版的，您是这本书的译校和责编。您很了解福斯特把小说分为两种：一是"扁平人物"，它"只具备一种气质，甚至可以用一个句子表达出来"；二是"圆形人物"，刻画一种"适合各种情节要求"的、"令人信服"的、"不刻板枯燥"的丰满形象。他举的例子恰恰是狄更斯笔下的人物多"扁平人物"，而奥斯丁笔下多"圆形人物"。您怎么看？

张玲（以下简称"张"）：round character, flat character 这两个词翻译为"圆形人物"和"扁平人物"如今已很流行，其实在我们中国现代文学批评中早有现成的说法，就是丰满的和干瘪的；福斯特这种分类有一定的价值评判在里头，所以用"扁平人物"来概括狄更斯所描绘的人物形象是不公允的。我们不能忘记狄更斯是多产大家，他塑造了太多的人物形象，不可能每个都栩栩如生；福斯特自己也不可能把笔下的每个形象都写成 round character。不要过于迷信文学理论，更不要信手套用。

高：我上研究生的时候记得有个段子说，如果你不懂文学，又不懂理论，就搞文学理论吧；如果你不懂中国，也不懂西方，就搞比较吧。这不是没道理。陈平原老师给我们上课的时候说过，做学问，有长取其长，无长去其短。

张：哈，我上学的时候也有类似说法，只是把"搞比较"改成了"搞翻译"。文学理论，脱离了具体作品还有什么呢？例如俄国形式主义，本是那里无国籍的犹太人当中那些创作才华有限的人别出心裁地创立的。后来斯大林排犹，他们转到布拉格，因此还有布拉格学派。希特勒排犹，他们又流亡世界各地，包括法国、美国。法国人爱时髦，冒出结构主义、解构主义，当然列维-斯特劳斯、德里达也都是犹太人；美国国力更强，影响更大，所以后来这个形式主义传遍世界。文学理论脱离了文学作品，总不能空对空啊，于是投向人类学、哲学，越说越玄了。

高：您这么说基本理清了形式主义的传播路线。那让我们回到作品本身谈吧，先说狄更斯的《双城记》。我记得您说过，能翻译这本书是您最庆幸的事之一。我还是想知道您和这本书的一些因缘故事。

张：首先，入外国文学之道以前，我译过英国男女经典作家的中短篇小说，大约有四五十万字，其中一半曾经发表出版，还出版过一些狄更斯小说评论，和一本小小的狄更斯评传。早年也读过《双城记》原著和一些前辈的中译，非常喜欢这部作品，它说出了很多我自己想说的话。说起来，1949 年后我们国家曾计划组织翻译一批经典名著，周扬主抓的。基本上是凡苏联有的，我们都要有，自然包括《双城记》；即使已经有译本的，如果不理想，都找人重译。上海译文社正副总编孙家瑨（吴岩）、包文棣（辛未艾）及资深编辑方平三位先生来北京约稿，他们都是著名翻译家，到我家找我爸（张谷若先生）译《双城记》。当时他已为这个出版社翻译出版了《大卫·考坡菲》，在海内外引起了一定反响，又正应约承担翻译《弃儿汤姆·琼斯史》，如此我就趁上茶的时候说："让我来试试。"我先按规定，试译了三四万字交给他们，获得认可后，才开始正经翻译。我丈夫（张扬）的英语比我熟练，我就拉他一起来啃，也是为了赶交稿时间。我们先分头各译一半，然后交换互校，最后我再通校一遍，统一风格。

高：说到风格，我想知道您是如何在翻译中传达的。您也知道最近网上有人反复比较《双城记》几个译本。

张：风格，当然首先是作者的风格，你不能把奥斯丁的调子移用到狄更斯作品上，他们的时代、性别、性格、教养不同。奥斯丁的幽默讽刺是温婉的，而狄更斯是辛辣的。同一个作者不同时期的作品也不尽相同，狄更斯是个小记者（reporter）出身，早期作品主要是简明流畅的时文体，但晚期，学识、阅历大加丰富，文名赫赫，他也在有意打造自己吧，用词越来越考究。我们不能把狄更斯后期的《双城记》和早期的《匹克威克外传》以至中期的《大卫·考坡菲》都译成一种风格，人家是典雅的用语，我们只能用典雅的汉语来译，人家用方言的地方，我们也最好用相应的方言对应。

高：这也是新一代和老一代翻译的大不同。我们这些相对年轻一些的，已经被生活和工作节奏逼迫得没有时间欣赏那种典雅的语言了，特别是网络，追求那种直来直去的风格。所以很多人认为"这是最好的时代，也是最坏的时代"表达得很痛快。

张：《双城记》是狄更斯晚年巨作，他的原文，多用大词、书面语，富有音乐性，甚至有古英语，读来像是畅饮醇厚浓郁的陈年佳酿。因为其中很多词都是我们平时很少用到的，我们翻译时真是因此把一本词典几乎都抠破了。这是英国古典的文学作品，又是狄更斯在他那个时代写的历史小说，如果用现代汉语的大白话翻译是会满足某些读者，但我认为，那也会使它丧失了历史感，从而也就失信于作者了。再说《傲慢与偏见》吧，单从文字来说，比较流畅浅显，但流畅不是流俗，浅显不是浅薄，那是18、19世纪之交一位英国中产阶级淑女的创作，简·奥斯丁之后英国一系列女作家当中，她是受教育最正规的一个，她在十四五岁习作小说的时候，就会用大词雅词表达幽默讽刺。现在就连古装传奇戏、电视剧里说现代流行语也让人感到穿帮，试想仅用当代汉语大白话和俚语来译二百年前的《傲慢与偏见》，简·奥斯丁如果地下有知，她将嗅到什么味儿？

高：这其实牵涉到一个阳春白雪和下里巴人的问题。

张：说来也是奇怪，我们念念不忘自己是泱泱大国，但在言行的细微末处却又常显出小家气度！以我们中国之大，几乎可以和整个欧洲相比，一个省的面积就不啻他们一个国家，说到人口则更不在话下，如此理应有更大包容性，为什么就不能在信、达的前提下，允许不同译本并存，以适应不同读者的需求？———不过我个人还是坚持要说，经典就是经典，这就像昆曲《牡丹亭》，我们可以更新、再创造甚至颠覆，白先勇他们弄的青春版就很精彩，但是几百年口传心授的原版，还有那些折子，还得有人唱，也永远有人迷。这和西洋古典绘画、音乐、歌剧、芭蕾一样，像古董瓷器，总有人呵护，永远有人欣赏。文化的传承是需要少数人来维护的。我坚信，被流行的花花绿绿的世界忽悠花了眼的人，回过头来自然会发现原来古典的美。经典，就是历史的精华。

当然，对经典也有一个选择问题，例如《双城记》当下在西方也不是狄更斯作品中最被看好的，有一阵，他们更看重《圣诞颂歌》，它弥漫着基督教氛围，讲不要吝啬、尊重弱者等普遍的做人道理；还有《大卫·考坡菲》之类，事关英国人的人格塑造。至于《双城记》，其中反映暴力的压迫和反抗，更合于马克思主义美学理念，尤其是它那严谨的结构，完美的叙事手法，颂扬人性美的张力，又使它经久流传。

翻译，是靠实绩说话的

高：我还想知道，您对翻译理论怎么看？

张：和文学理论一样。翻译，是要拿实绩说话的。我想说地道的中文的意思，就是翻译过来的东西要遵从汉语规范习惯，能归化的就不异化，不要翻译腔。尽量不要给读者陌生感。这其中包含着一个对自己民族语言的自信心的问题。语言是一种约定俗成的东西，为了让大家用着方便，面对那些与外文能对应的中文，最好还是用自己现成的，不必忙着去异化。我们可以充满自信地说我们毕竟是一个古老博大的民族，我们的语言有无尽的精彩，她绝不比世界上哪一个属于"大语种"的语言贫乏。翻译中没有对应的词语极少极少，那样的才用得着去异化。你找不着对应，大多是因为你无知，你尚不了解自己语言的博大精深，你理应赶快去学、去找，而不是忙着去异化，否则，你对不起她。再说，世界上没有哪一个民族、哪一个人丢下自己的珍宝而非要去拾人家的砖瓦，骑驴找驴那是愚蠢。

高：翻译一直有"直译"、"意译"之争。

张：如果说异化与归化之争起于 20 世纪末，直译、意译之争则在 20 世纪之初就开始了。那属于方法范畴，异化、归化正是和这两种方法对应的所谓理论。直译者认为这样才能忠实，其实，

"直"也好，"意"也好，都是外在形式，根本是你要吃透原文的微言大义，也就是根本离不开"意"。否则，不管怎样使劲直译，也对原文忠实不了。翻译不能把人家原文没有的意思强加进来，更应该懂得人家原文的真正所指。再拿《双城记》的开头来说，原文的 best、worst 除去"最好"、"最坏"还有很多别的意思，翻译时，就应该考虑语境决定弃取。

高： 现在还有一个诺贝尔余热，就是中国文化走出去的问题，很多人提倡中国的翻译家应该努力把中国文学的精华翻译到国外去，您怎么看？

张： 这要有清醒的自知之明，等你有了硬实力，人家就会回过头对你真正刮目相看了。我们开过几个相关的会。但我一直认为，我们大都更适于做外译中，至于中译外，应该让真（不是吹嘘）精外语的人（当然中文也得真好）或是母语是外文而又精中文的人去做。我们大多数中国译者的外语不可能比外国人还地道。就像杨宪益，如果没有戴乃迭，我们不知道会译到什么样子，就算中西合璧，杨先生的这些译本不是还没有成为他们的通行译本！

高： 你这话让我想起张谷若先生的翻译理念："地道的英文，地道的中文。"当然这可以反过来说"地道的中文，地道的英文"。

张： 父亲的这句话不仅仅是嘴上说说的。这是他的经验之谈。当然了，他的翻译实践比较容易达到这点，因为起码我自认为，他是他那个时代达到精通这一要求者之一。精通了，才能地道地表达。

高： 为什么他们那一代能精通？

张： 当然也不是每个人。父亲有自己自身和外在环境的条件，可以比较集中精力地受教育、做学问。相较之下，我们这一代做学问的条件就太可怜了。

高： 有一点我稍觉奇怪，您是中文系出身，据我所知，大学期间学的应该是俄语，怎么成了英国语言文学的学者和翻译家？

张：也有人不奇怪，"因为她是某某某的女儿嘛！"老天知道，他曾经对我施了什么遗传魔法！

眼下有"官二代"、"富二代"，是否有"学二代"？我无可逃避地被算作"学二代"，要是晒晒自己的家当，其实惭愧得很。不可否认，先天遗传和后天环境都可以影响人的素质和发展，但也不能绝对化。我曾经有过比较阳光的童年、少年。但是我们那时候，父母把精力、时间用于公大于私，又富有民主精神，很尊重孩子的选择，因此我的教育，以及升学备考选专业等问题，大多是自主的，父母极少问津。那时候我认为子承父业是没出息，从初中三年级起又受到老师同学的鼓励，立定学文学的志向，加上当时政治大环境，英语是一门颇受冷落的学科，我于是心无旁骛地上了中文系。大学期间学俄语，那个时代连我爸爸也要学俄语的。毕业后，真算"少小离家"。人到中年，改行教起英语，全靠田间地头甚至在骆驼背上、火车车厢里自学和"半工半读"的。做翻译、研究，都在业余。从北京到大西北，一去二十一年，省亲和父母相处总共不过数月。1979年考回北京，和已经鳏居近十年的耄耋老父团聚，这才有机会业余在他膝下聆教，同时也在给他翻译时做助理中间继续学习，直至他长逝。回头盘点，我只觉自己腹中空空，我身不由己地失去更多亲承先父宝贵学养的机会；但总还没有虚掷光阴，在每做完一件事之后，自觉都多少有所长进……回忆令人心情沉重，说得太多，浪费时间，十分抱歉！

2013 年 4 月 19 日刊出

为什么重读狄更斯?
——专访狄更斯评论家、翻译家张玲

《三联生活周刊》贾东婷（以下简称《三联生活周刊》）：你个人是如何开始阅读和翻译狄更斯的?

张玲：最早的时候，我是看其他人的中译本，还有就是从当时苏联的英文教科书上看到过节选的狄更斯作品，比如《奥立弗·退斯特》、《双城记》。改革开放以后，我的父亲张谷若开始翻译《大卫·考坡菲》，后来成为经典译作。我帮他做了一些辅助工作，跟他商量一些句子和成语怎么翻，整理一部分稿子，那个时候还读了作家的传记，也应出版社之约，写了一本狄更斯评传的小册子，慢慢对狄更斯就有一些认识了。

那一时期也读了《双城记》原文，觉得从思想到艺术都引人入胜，特别想把它翻译下来。在我心目中这是最好的一部历史小说，因为狄更斯把重大的历史进程和个人命运经纬交错、纹理浑然地编织在一起了，在运筹结构、刻画人物上都达到了一定的高度。狄更斯创作这部书的时候已经是晚年，作品风格几经变化已沉淀下来。在他最初成名的《匹克威克外传》时期，还是所谓的流浪汉小说，走到一处看见什么就写什么，以一些夸张性格的人物、滑稽的故事做引子来展开，文笔带有新闻记者时期练就的流畅通俗，洋洋洒洒，是一种世情的浮世绘。到了中期的《董贝父子》和《大卫·考坡菲》等，故事就铺陈得更加娓娓动人，景物的壮观磅礴，人物间的亲情、爱情、友情，描写得都很细腻甚至纷繁。到了晚期，不论是创作上还是个人生活上，狄更斯的学识、阅历都更加丰富了，所以这一时期的代表作《双城记》等的风格是庄严、凝重的，蕴含着一种深沉的激情。他在其中所运用的语言也与这种风格相吻合，多用大词、书面语，甚至有古英语的一些用词，就好像中文说"你"、"我"，用"汝"、"吾"这种词。后来我真的有机会去翻译这部作品，真是一点点地把字典都抠破了，因为很多词我平时也很少用到。但翻译这样的作品就像是面对丰厚浓郁的陈年佳酿，而不只是温吞水，特过瘾。比如一开始那句，很多人习惯说"这是最好的时代，这是最坏的时代……"但是我觉得整部作品文体是比较古雅的，用的词很深重，为了风格统一，斟酌再三，译成"那是最昌明的时世，那是最衰微的时世……"对当代的读者来说，有人不喜欢甚至难以接受，觉得像绕口令，但是我坚持认为，翻译外国古典的文学作品，要注重它是文学作品而且是古典的，不能一味迎合大众，还要力求促进读者提高审美情趣。用现在的通俗语言就丧失了历史感，就像现在有些电视剧里一样，穿着古装说的却是当代大白话，甚至网络词语，我认为那不应该是严肃翻译古典文学作品的译者应该做的。

《三联生活周刊》：狄更斯作品在中国的传播始于20世纪初林纾和魏易合作翻译的狄更斯的五部长篇小说。作为当时的翻译大家，林纾为什么选择了狄更斯？

张玲：林纾的翻译行为，应该说是在中国19世纪、20世纪之交，是中国启蒙改良运动的组成部分。他是自觉地甘愿做一个启蒙者，他说："我已经年纪老了，我愿意做个每个早晨打鸣的鸡，希望能叫醒我的国人。"

严格来说，林纾是进行了文言文的转述，因为他不懂外文，世界上还没有听说过这种翻译奇迹。但他是古文美文家，也是小说家，他通过与身边一些真正接触了外国文学的留学生合作，他们来口译，林纾再借助自身深厚的古文功底和文学造诣来编写，共翻译了一百八十多部西洋小说。当然不只是狄更斯，林纾的涉猎范围很广，凡他认为是世界范围内的著名小说家都在此列，莎士比亚、雨果、巴尔扎克、大仲马、小仲马，甚至连欧洲小国作家都入选了，只要这些外国小说的思想和内容符合他的要求。

虽然是间接接触外国作家和外国小说，但从林纾的译作来看，他对他们有深刻的理解，或许林纾和这些19世纪以来的外国大作家具有某些共通之处，那就是强烈的社会责任感，他们主张"文章合为时而著"。一个伟大的理想主义者，他的眼光应该不是放在少数人身上，而是时时心怀劳苦大众，要想让自己民族的文学、文化能站在世界民族之林，没有这些根本的东西，什么都谈不上。从林纾对狄更斯的评价中也可见一斑，林纾说他"扫荡名士美人之局"，"善叙家常平淡之事"，写的是世情常态，读起来娓娓动人，这些评价直到今天看来还非常精准。英国素来有炉边阅读的习惯，就是在中产阶级家庭或社交圈子里吃饱喝足之后大家围坐炉前阅读朗诵小说诗歌，以此消遣解闷。而狄更斯则明确声言，他的创作主要不是为了供人消遣。我在翻译《双城记》作序时也曾引用过狄更斯的一句话："本书的一个目的，就是追求无情的真实，我写作根本不是为了他们消遣解闷。"可见在狄更斯所想表达的思想内容上，和林纾本人很契合，所以林纾选择了多部狄更斯作品，也是理所当然的。

《三联生活周刊》：狄更斯来到中国已经上百年，其作品为中国读者熟知。随着中国社会的变迁，对他的接受大致经历了怎样的演变？

张玲：中国对狄更斯的介绍有一个过程，从林纾开始，一直到40年代，学外文的人比较成熟了，研究外文的人也比较成熟了，对狄更斯作品的集中翻译达到一个高潮。那一时期研究他、喜欢他的左翼作家比较多，当然这和狄更斯小说的写实主义有密切关联。新中国成立以后，狄更斯作品的广受推崇带有一定的政治化烙印。首先是马克思把狄更斯等批判现实主义作家称为"出色的一派小说家"，赞美他们揭示了许多"政治的和社会的真理"；其次是受当时苏联的批判现实主义思潮和暴露文学影响，狄更斯更被视为揭露资本主义垂死性、腐朽性的"代言人"；再加上社会主义现实主义是当时中国文坛的主流，狄更斯受官方肯定，也符合大多数读者的口味。改革开放以后，读者的阅读趣味也产生了变化。在20世纪80年代初，他还是一个很重要的作家，后来现代主义、现代主义后等各种学说进来，有人想用狄更斯去迎合，开始研究狄更斯作品里面的心理描写、意识流，一些怪诞的描写、荒诞的人物，这样从不同角度来接受，也扩展了狄更斯研究的视野，这是事实。但再到后来，解构、颠覆、反英雄、反历史盛行，再加上快餐文化流行，狄更斯的传统长篇被冷落了。这也是必然的，当潮流冲过来的时候，泥沙俱下，他被边缘化甚至缘外化了。

《三联生活周刊》：从世界范围来看，狄更斯在中国传播和接受的历史有何特殊性？

张玲：狄更斯本身是一个大作家，对西方读者和评论者来说，他们的接受度都是比较宽泛的，阅读兴趣和研究角度也更散漫更自由一些。中国在某些方面有一些导向性吧，而且更多的是介绍性、诠释性的东西，并未形成独立的研究体系。所以在中国，现在我们谈狄更斯，恐怕还需要重新阅读，重新研究，重新理解。

中国很长一段时间将狄更斯定位为"批判现实主义作家"，的确，他是一个暴露作家，一个社会改革的促进者，从他创作伊始就牵扯到一系列社会问题，尤其是像《奥立弗·退斯特》中残酷的贫民窟、孤儿院等场景，也有人说这里面有夸张，但是狄更斯对这些问题的暴露确实对社会和当政者起到了警示作用，促进了英国当政者对此类地区和机构及相关法律的改革。但狄更斯首先是一个文人，一个作家，他不是革命者，也不是政治家。狄更斯遗留下来的遗产，一方面是他有社会责任感，另一方面他又是一个技巧纯熟的作家，后者在一定程度上被忽视了。

在英美一些英语国家，享受了多年的高福利社会的和平幸福，他们选择的阅读对象，多是那些家常性的，比如《大卫·考坡菲》，反映人与人之间的温情、对于纯洁爱情的向往、中产阶级的奋斗等等。但最近三四年金融风暴来了以后，很多人的现实利益受到冲击，他们也回过头来关注《荒凉山庄》、《艰难时世》之类的时事性作品，当然《奥立弗·退斯特》永远是个明星，站在一线。中国目前也经历这些问题，贫富悬殊、局部腐败，也能从狄更斯作品中找到一些对照的东西。但除了这种欣赏，还要有一种美学的欣赏，作品是怎样反映社会问题的，社会问题里怎样反映人的，这需要更细化、更深入的阅读。

《三联生活周刊》：狄更斯曾一度被认为过时了，既然最近一二十年又有复兴之势，那么在今天重新阅读狄更斯的意义在什么地方？

张玲：在 20 世纪、21 世纪之交，人们赫然发现一度流行的现代主义、现代主义后越来越脱离传统、现实和大众，于是小说界又呼唤回归传统，回归叙事，中国作家也在这两年里提出来，小说的精髓就是讲故事，没有故事就没有小说。所以狄更斯又被更多人想起来，被更多的研究者和创作者想起来，现在的狄更斯诞辰二百周年纪念活动更是低潮过后的一个高潮。

在英语国家，狄更斯永远是父母给孩子们的早期阅读课本，另外借助他作品的故事性和结构性，很多电影、通俗剧也不断在上演。在非英语国家还有好多名作家，把英文改编缩写本翻译过来，我非名作家，也参与过这类工作，所以外国人对这位作家很熟悉。从 1902 年开始，他的英国爱好者就在伦敦成立了狄更斯联谊会（Dickens Fellowship），目的是"将这位幽默与悲悯大师的爱好者们聚合在一个共同的友谊纽带之中"，现在这个民间的文学团体已发展至覆盖欧洲、南北美洲、澳大利亚、新西兰和亚洲的十几个国家，拥有八千多名会员。除此之外，还有狄更斯学会（Dickens Society）、狄更斯之友（Friends of Dickens）等与联谊会相关联或独立的组织。我是国内唯一的狄更斯联谊会的会员，这些年也常去国外参会，我看到无论狄更斯受冷落也好，受欢迎也好，他还一直在活跃着，其爱好者和研究者还在不断涌现，也不断有新的传记出现。

比如2004年在澳大利亚，各个省份的狄更斯联谊会分会都派有代表来了，大家都佩戴着各自的标志，把狄更斯的小说都编成剧演出，发表各自的研究成果。我发现，他们基本上没有沿着那些玄而又玄的理论去空泛地研究，都是基于他浩瀚的作品。发言者有文学爱好者，有律师，更多是澳大利亚人论证从未来过澳大利亚的狄更斯与澳大利亚的联系，比如E.埃斯科特太太的《两兄弟的故事——狄更斯的两个来到澳大利亚的儿子》，她是墨尔本高中数学与科学女教师，业余研究狄更斯。她根据自己多年寻踪、考据的结果，介绍了狄更斯的四子阿弗瑞德及幼子爱德华移民澳大利亚求得发展、成家立业的艰险过程。S.福勒顿太太是澳大利亚著名的文学讲师，她的《哈维仙小姐是澳大利亚人吗?》分析考证了《远大前程》中著名的人物、在婚礼上即遭遗弃的新娘哈维仙小姐的澳大利亚原型。很多"骨灰级"会员比我年纪还大，这些人有的带着儿子、孙子来，是非常有趣的景象。我在英国参加狄更斯联谊会年会也见过类似情景。所以狄更斯在英语世界已经深入人心，他没有死。

无可否认，狄更斯是一个伟大的小说家，他完善了英国现代小说的艺术形式，但是伟大不等于神化，他是一个真实、诚实、善良的人，他有悲悯的情怀，在生活和创作中有非凡的激情，这就够了。他的作品也是多面的，娱乐感、社会责任感都很强，打仗的士兵带着一本《匹克威克外传》来放松，英女王维多利亚问询狄更斯他描写的英国保姆问题的真实性，政治家根据他的作品修改法律。好的作家应该是这样。

《三联生活周刊》：狄更斯诞辰二百周年纪念正在英国如火如荼地进行，他们对文化遗产的珍视和保护有什么值得借鉴之处？

张玲：有人说英国这个老大帝国没落了，就靠这些遗产来吃饭，正好赶上狄更斯是个世界性的人物，又借伦敦奥运会之机，这时候拿出来大张旗鼓地纪念，是商机，也是外交工具。其实，文化共享是人性本善美德的一种体现，而且英国对狄更斯的珍视并不是这一时一事的，这次开放的狄更斯纪念参观路线也是长期保护的结果。最重要的一处是狄更斯故居博物馆，因为狄更斯在伦敦经常搬家，真正留下来成为博物馆的故居就这一所了，我曾任该馆的荣誉中文顾问。作为重点保护文物，如今这里正在大兴土木，集资扩建。像这种博物馆，是由国家遗产基金维持运营的，当然也有门票收入，但主要靠赞助、集资，还有附带的产业投资，挣来的钱再来投入。博物馆的赞助人主要是富商和社会名流，有一个是我的朋友米丽安，专门在狄更斯剧目中饰演滑稽的女性角色。她看上去非常朴素，平时拖着几个黑色的小旅行箱到处演出、排戏，住的还是从医生父亲那里继承来的维多利亚式的房子，吃饭很简单，但是狄更斯博物馆的主要赞助人之一就是她。她自己并没有跟我说，去年夏天我去狄更斯博物馆的时候，看到了她的相片才发现，她把很多钱都捐给了她喜爱的这位作家和公益组织。

有这样的珍视态度和群众基础，我相信在今年的纪念活动之后，圣诞节的时候父母还是会继续给孩子们买狄更斯的《圣诞故事》，电影公司还会继续改编拍摄他的作品，狄更斯这样的作家依然具有长久的生命力。所谓的不朽，也就是这样吧。

2012 年 3 月 5 日于北京

现实主义砧木上的自然主义
接穗:德莱塞

德莱塞

德莱塞像弗兰克·诺里斯、杰克·伦敦等美国小说家一样，通常是作为现实主义作家介绍给我国读者的，但是美国评论界谈及文学流派，常把他奉为美国自然主义小说的宗师之一。究竟孰是孰非？或许德莱塞恰是介于现实主义与自然主义之间的蝙蝠？他艺术创作中现实主义与自然主义的渊源究竟来自何方？这还是要靠作品本身和作家本人去作解答。

根深干壮

德莱塞既非少年成名，又非一帆风顺，是马克·吐温、杰克·伦敦等那一代靠艰苦奋斗自学成才的美国作家的后继。他出身寒微，十二岁就踏入社会自立谋生，先后当过报童、店堂杂役、低级职员，一度受人资助到大学读书，二十三岁以后开始任报社记者、编辑。将及"而立"之年，他才出版了第一部长篇小说《嘉莉妹妹》（1900），未得发行，出版商即以伤风化为由将其封禁。这些经历，令人极易联想到他那稍早的英国文学同行哈代。与《嘉莉妹妹》出版相隔十年之后，他才出版了第二部小说《珍妮姑娘》。此后直至 20 年代，是德莱塞的创作盛期，他先后发表了《欲望三部曲》的前两部《金融家》（1912）、《巨人》（1914），以及《"天才"》（1915）与《美国的悲剧》（1925），这些都是他的重要作品，使他获得世界声誉，但《巨人》和《"天才"》等作品也遭到过禁止或反对。除了长篇小说，他还发表过短篇集、戏剧集和政论、自传作品，另有两部长篇《堡垒》（1946）和《欲望三部曲》的第三部《斯多噶》（1947）是在他身后问世。

德莱塞给自己的小说选定的时代背景，大都十分明确具体，有些在开篇首页即作交代。《嘉莉妹妹》是从 1889 年开始，《珍妮姑娘》是 1880 年，《"天才"》约在 1884—1889 年前后。《金融家》虽未明指具体时间，首段对费城环境及公用事业发展情况的陈述和后来提到的南北战争，就足以表明那是 19 世纪 60 年代以前。这些小说故事的主要进程，都发生在 19 世纪 80 年代至 20 世纪初年这三四十年间。就德莱塞这位 1871 年出生的作家来说，这正是他成长、涉世、体验生活的重要时期，就美国这个经历了南北战争（1861—1865）的国家来说，这是一个资本主义迅猛发展，从自由竞争向着垄断过渡的社会巨变时期。德莱塞这些小说的人物和事件，都取材于当时美国的现实生活。人物大多来自像作家本人一样的中下层社会。珍妮和克莱德（《美国的悲剧》主人公）那种贫苦德国移民的家庭，正与德莱塞的家庭相仿。嘉莉、珍妮和克莱德的姐姐受贫困逼迫而失身沦落，尤金（《"天才"》主人公）、克莱德辗转谋生等情节，我们都可在《敲吧，鼓！》、《关于我自己的书》等他的自传作品中窥见蛛丝马迹。他还有大量素材，取自他操记者生涯时的亲身经历和耳闻目睹。《欲望三部曲》主人公柯帕乌的生平事迹和克莱德谋杀他已有身孕的情妇洛蓓姐的犯罪故事，分别依据真有其事的芝加哥公共交通事业巨头查理斯·耶基斯的发家史和1906年切斯特·吉莱特谋杀格雷斯·布朗的案件。在他的短篇小说《黑人杰夫》、《请君入瓮》中，他甚至索性"暴露"自己的记者身份，参与故事进程。

这些小说的主要内容，是人物的命运和追求。中下层社会的青少年男女，为摆脱贫困而脱离家庭，只身投入生活的汪洋大海从事冒险。他们挣扎，搏斗，载沉载浮，有的侥幸获得一席栖身之地；有的一时成为风云人物；有的彻底陷于没顶之灾。他们的成长际遇、喜怒哀乐反映了当时美国社会各个阶层人们物质、精神生活的真情实景，也暴露了其中的种种黑暗和罪恶。由于它们都在不同程度上再现了"典型环境中的典型性格"，在总体上它们属于现实主义的范畴。德莱塞一生未受完全教育，但他长期就读于生活课堂，又在自学中大量阅读了巴尔扎克、狄更斯、萨克雷等小说大家作品，他的创作，深深植根于现实主义的丰饶沃土。

我们这里所说的现实主义，是指那种历史渊源更为久远，地域范围更为宽广的现实主义，它盛行于19世纪前期，是由巴尔扎克、狄更斯，以及美国的马克·吐温等人建立起来的传统。美国批评界通常用来与诺里斯、杰克·伦敦、德莱塞等人对照比较的，是19后半期由豪威尔斯首倡的那种"微笑的现实主义"。德莱塞等人与这种微笑现实主义都是19世纪前半期那种现实主义传统的两个分枝；二者分歧的焦点，是对美国现实生活持悲观暴露抑或乐观赞颂态度；而德莱塞等人与19世纪前期以来传统现实主义，则是主干与分枝的关系。德莱塞的作品是嫁接树，以现实主义的树干作为砧木，上面嫁接的是自然主义的接穗。在英国19世纪后半期现实主义小说家哈代这棵大树上，我们也可以找到若干自然主义的枝桠，只是可能没有德莱塞的那样粗壮。

人与动物

德莱塞的小说既以人的命运为主要内容,人物自然构成了他作品的主体。几乎他的每部长篇都有大量人物出场,而他的笔墨则主要用在少数几个男女人物身上。《嘉莉妹妹》中的嘉莉、赫斯渥,《珍妮姑娘》中的珍妮、老葛哈德、雷斯脱,《欲望三部曲》中的柯帕乌、爱琳,《"天才"》中的尤金、安吉拉,《美国的悲剧》中的克莱德以及他的母亲,都是极成功的艺术形象。阅读德莱塞的这些人物,我们从直觉上就会感到,这位作家对待他这些以心血生出的子女,虽不像左拉和克莱恩那样毫不动情,但也相当冷静客观,从不陷入自始至终的好恶褒贬,这也正是他与现实主义作家的分野。

先来看看乘火车到大城市芝加哥碰运气的嘉莉。她年轻漂亮,衣履寒素。一般说来在这种情况下,她即使不以纯朴天真而别具风采,也应以家贫貌美而楚楚动人。但在德莱塞笔下,她虽然尚未学会搔首弄姿,却已是忸怩不安,顾影自怜,小小心灵中有种种追求享受的欲望蠢蠢欲动。她开始就不勤劳俭朴,她厌恶工厂里紧张的劳动和姐姐家平庸的生活,未经多少曲折就出卖了色相和贞操。她因小有天分,加上机缘凑巧,一跃登上舞台,转瞬成为明星。如果说她初次踏入社会时尚有羞耻之心,初次委身于人时还有踌躇疑虑,被赫斯渥拐骗时曾有抗拒,随着她沿了社会阶梯步步登高,她的道德观念愈趋淡薄,她的心也愈加冷酷。等赫斯渥失业后坐吃山空,她立即盘算和他分手。她成为红极一时的明星后与赫斯渥劈面相逢,认出这个贫病交加的乞丐就是曾与她长期同居的情人,也曾为之一怔,并解囊相助(仅以九元之数),但很快就将他忘得一干二净,任凭他走上自杀的绝路,而她自己却是一帆风顺,功成利就。赫斯渥犯了盗窃巨款、拐骗妇女的重罪，但他只是因一念之差而铸成千古之恨；他犯罪过程中恐惧紧张是支配他的主要情绪，当时和事后直至最后自杀身死，他都极少作良心上的自我谴责。德莱塞对他也甚为宽容：既然他对嘉莉爱欲难禁，又逢家庭不和，夫妻口角，在酒醉失德的情况下窃款私逃，仿佛都很顺理成章，从此以后江河日下，落到那样穷困潦倒，似乎反倒使人心生恻隐。

珍妮的性格和命运，与嘉莉大不相同，她淳厚、质朴，富于感情，对父母、兄弟、情人、女儿都有献身与牺牲精神，她的不幸遭遇以及长期为人情妇的尴尬处境，在客观效果上也更易引人同情。从这点来看，珍妮也许是德莱塞笔下最近似传统现实主义正面女性形象的人物。不知这是否可以视作《嘉莉妹妹》出版受挫后作家在创作上略作让步的一种权宜之计。不过珍妮仍然比较平庸，按照德莱塞对她的解释，她的温良恭俭让也并非受过道德准则的熏陶和指导，纯系天性使然。白兰德和雷斯脱都是造成珍妮终生不幸的有钱男人，只图自己眼前的淫逸享乐，不惜牺牲他人。但他们也很文雅、体面、慷慨，对珍妮也颇情意缱绻。像对待嘉莉和赫斯渥一样，德莱塞对这几个人物也是只作介绍，不加带有感情色彩的毁誉。

如果说《嘉莉妹妹》和《珍妮姑娘》是姐妹篇，那么《"天才"》也许比《珍妮姑娘》更像《嘉莉妹妹》的同胞手足。尤金像嘉莉一样，出身低微但心比天高，自私自利又不讲道德。作为一个男性，在当时的历史条件下，他的私生活远比嘉莉更加淫乱、堕落，对他人的伤害也更为深重。从病理上讲，他的妻子安吉拉是死于难产，但从她长期遭受尤金的精神折磨来看，她是死于尤金之手。尤金与嘉莉都各有天赋，曾在各自的艺术领域里红极一时，但他们都是打了引号的天才。嘉莉充其量也不过是个滑稽歌舞明星，尤金也是资产者御用的画匠，他们终未登上埃姆向嘉莉指出的那个艺术高峰，根本原因在于他们缺少真正伟大艺术家的良心。

克莱德是尤金和嘉莉的一个夭折了的小兄弟。他童年时代跟随父母沿街布道，过的是半牧师，半乞丐的生活。他遍身都是虚荣、自私的小市民气息，十足是个男性嘉莉；在恋爱婚姻方面的思想行为，他较尤金有过之而无不及。尤金是用软刀子逐渐凌迟了他在感情上早已遗弃了的妻子；克莱德则对他所抛弃的情妇进行了"一次性处理"。不过他远不及尤金和嘉莉幸运，此人既天生无才，机缘又未对他着意垂青，他苦苦追求攀附，尚未达到尤金、嘉莉的地位就跌得粉身碎骨，但他在法律和道德两个方面，始终未作任何自悔、自谴。这些人物，只有尤金在妻子死后似曾真正痛心疾首，但等时过境迁，余痛尽熄，他又故态复萌，我行我素。他的本性是善良的，只因先天具有弱点才难以自持——这是德莱塞对他的诠释。

上述人物都是美国社会的芸芸众生，他们盲目地生活，盲目地追求，为了自身利益心安理得地损人，听凭本能去行动，像动物一样没有理性。从《嘉莉妹妹》开始德莱塞就运用这种本能说。在嘉莉的每一个生命转折关头，本能总是对她的行为和命运起决定性作用。随后的《珍妮姑娘》等作品，又涉及遗传因素问题。珍妮是具有天生的诗意、性情仁厚的母亲和沉着稳重的父亲相结合的产物，她从遥远的根源，也许是日耳曼祖先身上承袭了对舒适奢侈生活和文雅、细致事物的理解力和鉴赏力；她父亲葛哈德忠厚老实，但他自己对于这种品德从来不曾加以理解，那是从他祖父和父亲那里原原本本地传到他血脉里来的。克莱德从他父亲那里继承了富于感情和幻想的特性。到了《三部曲》中，不仅本能说、遗传说继续运用，而且又增加了气质说。爱尔兰父母生养的爱琳是多血质的，照片上都流露着她那远古祖先凯尔特人的特色；丽妲·苏尔白是半黏液质的，又柔软，又多血质；丝黛芬妮·蒲纳托夫的父亲是俄国犹太人，身体硕大，多油多肉，是那种慢条斯理、胶质式的典型人物，具有犹太人关于经商的本能，他女儿又继承了他与他那美国西南部人妻子身上截然不同的特性以及由他们双方遗传给她的对艺术的爱好……

德莱塞塑造人物，主要通过行为、语言、外形和内心活动几个方面，在心理、生理、生物以至物理、化学方面，虽远不及左拉等人那样用功，确也意欲一试，特别是在《三部曲》中，不少人物出场伊始，他就为他们列出了生理、生物档案。再说到传统现实主义作家如比德莱塞稍早的英国人哈代，塑造人物有时也触及遗传、气质、本能，借以更深入、更物质地表现性格，德莱塞运用遗传说、气质说、本能说则已经不限于起借助、烘托作用，而是在相当程度上左右人物行动和命运。这样，德莱塞的人物，比传统现实主义的人物往往更具物质性以至动物性。他在每部作品中几乎都以动物喻人：《三部曲》的主人公柯帕乌被人称作大老虎、大狮子、老秃鹰、带触手的章鱼，长着芬兰狗或柯利狗的眼睛；律师像不声不响地走着的公猫；掮客像畜牧场引羊上钩的羊囮子；低级政客滑得像泥鳅，像饥饿的大灰狼；女人们像猫，像蝴蝶，像牡蛎肉一样肉感，具有蜥蜴式的动物性，是多血质的动物。爱琳和安吉拉发现自己丈夫的奸情后，完全丧失了理智，成了真正的母老虎、母畜生，而她们在哭骂当中，也使用着"畜生"、"狗"等等字眼儿。德莱塞运用这些比喻，已远远不是当作一般文学创作上的修辞手段。他写出了这样一些野蛮、丑恶的人，动物的人。

凡人与巨人

德莱塞的人物既然如此受制于本能，他们身为高级动物的人性以及身在阶级社会的阶级性势必有所冲谈。但德莱塞对他的人物自有类别划分——像动物那样的强弱之分。珍妮、洛蓓妲、安吉拉无疑是弱者;嘉莉、尤金、克莱德、赫斯渥、爱琳虽与珍妮等人不同,但也难称强者;嘉莉在生活的航程中是随波逐流,随遇而安,生活和事业上都是如此;尤金在艺术事业上缺乏真正刻苦自励的精神,他曾患严重的神经衰弱,无法继续作画,又找不到其他职业,被迫加入体力劳动行列,即使如此也不肯"劳其筋骨,乏其体肤",以积极的态度和方式恢复健康。这些人为生存和享受挣扎奋斗,不管最后成功与否,对人生总感困惑不解。

德莱塞创造的真正强者是柯帕乌。作家为这一人物花费的笔墨远胜他人,是唯一从童年一直写到寿终正寝的人物,先后成为三部长篇小说的主人公。他二十余岁事业初成,花甲之年死于事业的极盛时期。他生平活动的主要年代正值南北战争前后至第一次世界大战前美国垄断资本发展的整个过程,其时社会充分表现出它那"物竞天择,适者生存"的特征,柯帕乌应运而生,在工业与金融投资中叱咤风云,煊赫异常,由一个银行职员的儿子发迹而为亿万富翁和世界性的垄断巨头。在这个过程中,他勾结贿赂官府,鱼肉劳动者,出卖合伙人,施展美人计,操纵舆论,说谎吹牛,弄虚作假,可谓厚颜无耻,不择手段,阴险狡猾,残忍凶暴,但他的这些本性并不全部形之于色,它们潜藏在言行中,溶化在血液里。柯帕乌是德莱塞创作的成功形象,是美国垄断资产阶级的典型。但是德莱塞认为这是一种不能以普通人的尺度衡量的巨人。他天生就是商业奇才,金元帝国的君主,交易场上的恺撒。他自幼不喜读书,视文学为蠢话,拉丁文是无用之物,但爱好金钱,长于算术、会计,在弟妹游伴中是群众领袖,十三岁就独自做成了一笔赚钱生意。长大成人后他更加雄心勃勃,智力精力过人,果敢顽强,富有创造的欲望。他在商业竞争中几经盛衰而不馁,屡犯众怒而无畏。在他前进的道路上,众生必须退避,匍匐,让路,德莱塞对他曾发过这样的慨叹:他"像一颗大彗星似地冲到天顶,他的道路像一道光,他当时的确显示了个人的恐怖与奇妙"。柯帕乌所达到的高度，远非嘉莉、尤金等凡人、普通人所能企及，但是，"他那颗不宁的心就像刺棒似的永远驱赶着他——就他说来，是没有最后的安宁，没有真正的领悟，而只有饥饿、渴望和奇异"。这就是作家对他的历史作用的说明。在《巨人》的结尾，永不安宁的柯帕乌就这样被驱赶着，冲向了世界金融、工业战场。在《斯多噶》中，他继续在英国驱驰纵横，但正当他的毕生事业盛极一时，作家却让他在病榻上结束了生命。他的亿万家财、华贵宅邸、稀世珍藏数年之间就烟消云散。这个负尽天下人的巨人既未遭任何恶报，也未受任何道德上的谴责，只是根据"月满则亏，水满则溢"的自然法则退出了历史舞台。不过他临终前又回到嘉莉和尤金面临的问题：他感到孤独，他承认自己或任何人对人生或者造物主都一无所知。原来巨人也像凡人一样，并未解开人生之谜。

社会与莽原

在欧美小说界，德莱塞并不能算十分多产，但他的作品广泛触及了社会生活的许多方面，上至资产阶级和他们豢养的政客出入活动的股票交易所、拍卖厅、议会、法庭、各种娱乐场所和广厦别墅，下至劳动者栖身的湫隘贫民窟和杂乱龌龊的工厂、车间、宿舍、慈善救济机构。在这个贫富惊人悬殊的国家，繁华闹市中掩藏着赌场、妓院等社会的痛疽，高楼大厦之间游荡着无家可归的失业流浪者，堂堂国家机构上演着出卖正义和良心的闹剧。整个作品构成了美国社会经济、政治、文化、风俗的巨幅图卷。议会的答辩，交易所的叫骂，法庭审判的喧哗，都像纪实文学一样报道得详尽具体。失业大军在街头挣扎凄惨悲凉，电车工人罢工斗争的惊心动魄，资产阶级上层生活的奢侈糜烂，文化艺术界的堕落无聊，都写得酣畅淋漓，大有巴尔扎克、狄更斯的遗风。

　　德莱塞并未以唯物史观对他大量揭露的社会现象进行解释，而是过于简单地以生物法则——生存竞争说明一切。童年时代的柯帕乌每天上学途经鲜鱼市场，他逐日观察水柜中龙虾一口一口吃掉乌贼的情景，这件事使他茅塞顿开，领悟到"一切生物都以相互吞食为生"，"人是以吃别人为生的"，"这些年头一切骚动就是如此"。交易所的老手像鱼追逐鱼饵，猛咬一口，可是机会错过了，别人已经快手先得；他们又像海鸥海燕，顺风飞行，饥饿难熬，总想攫取疏忽的鱼，他们背后还有别人，足智多谋，随机应变；在生意合伙人之间，是豺狼与替罪羊的关系；金融家诱骗股东的资金就像驯狗，一面使它挨饿、挨打，一面哄它、拍它，拿着肉在它眼前晃；社交刊物的编辑像狗虱子一般专门巴结更高级的社交圈子；供流浪者一夜之宿的下等旅店门口，等待开门的人也"像野兽般望着，像狗般蹲着，像畜生般冷酷"；议会里政客们则像"关在栏里的饿猪一般，准备冲向他们注意到的一切东西，唯愿可以尽量地吃。在有大好机会和争夺特权的时候人生总是降到最低级的物质主义"。德莱塞的社会仿佛试图告诉读者：人像动物一样为生存而相互竞争，一些人吃人，一些人被人吃，这看来未免残酷无情，却是天经地义。如果情况相反，倒反而显得荒谬。以正常人性处世待人，反而遭到戕害，就像《珍妮姑娘》中所说的那样"实际世界的手永远向这种人伸着——永远要贪婪地擒住这种人。世界上卖身的奴隶，就是这样造成的"。生存竞争不仅是吞噬人的法则，也是将一切善良人性一并吞噬的法则。克莱德从一个年幼无知、可塑性极强的少年堕落成为杀人犯的过程，更能证明这一规律。

　　不仅人与人之间一般的关系充满兽性，人与人之间关系中毋庸讳言地至为重要的两性关系在德莱塞笔下也多是兽性关系。

　　德莱塞即使不把两性关系的进程当作他全部小说情节发展的唯一线索，也常使它与主人公事业（商业的、艺术的）进程并行或交错进行，占用了作品一半或一半以上的篇幅。恋爱、调情、结婚、离异、同居、偷情、争风、吃醋以至捉奸，都写得坦率具体。但是他的笔触似乎从未涉及古往今来无数诗人作家频频赞颂的这种关系中表现出来的美好情操、崇高理想和优雅环境。谈到他所描述的这方面内容，简直不宜使用"情"、"爱"等类字眼儿。这些男男女女自然地相互吸引或相互排斥，盲目地相互结合又彼此分手，全凭生理性的本能：女人像蜜罐吸引苍蝇似地吸引着男人（《珍妮姑娘》、《金融家》）；有魄力的男子像灯光对于飞蛾那样地吸引女人（《巨人》）；结婚是出于生男育女的原始兴趣（《金融家》）；男女双方狭路相逢目成之后立即可以发生性行为（《巨人》）；性本能有时竟成为创造力的源泉（尤金、柯帕乌）。德莱塞的男男女女在情欲场中的表现真是光怪陆离、耸人听闻！不过，这位作家揭露得虽然赤裸，却从未涉及床笫之事。

德莱塞在解释他的人物荒淫的性行为时，曾一再提到这是追求青春之美和男女双方心智的契合。实际上柯帕乌、尤金、嘉莉、克莱德等人对美的追求，都是为满足个人自私的感官享受，是一种对异性占有的欲望；所谓追求心智契合只不过是为个人的喜新厌旧、朝三暮四寻找借口；而喜新厌旧、朝三暮四归根结底乃是一种放荡自私的动物本能。柯帕乌经过大半生"追求"，先后与无数女人发生苟且之事，最后获得了白丽奈茜。德莱塞试图将她作为青春之美的典型，是在心智上堪与柯帕乌匹配的女巨人，而实际上她既无财产和社会地位，又无独立谋生的正当手段，不得不以作情妇安身立命。她只是柯帕乌费尽心机以放长线钓大鱼方式猎获的爱物。

德莱塞的文体风格，绝不属于精雅细腻的一派，美国的批评家甚至对这点作过指摘。这可能与他的记者出身和未受正规教育有关，但他作品所反映的那些粗鄙、野蛮、兽性的人物和事件这种内容本身，也决定了他不适于运用精雅细腻的笔触。就连构成人物事件行进背景的自然环境也是粗线条的、写意式的。大鹭湖（《美国的悲剧》）那些笔墨简括的沙滩、松林、小岛、恶鸟，不是为说明这里是供文明社会嬉戏游乐的场所，而是要预告读者一幕人吃人的悲剧就要在这里演出。像《"天才"》中对安吉拉父母那座富有田园风味的小农场的认真描绘，以及人物对这些景物诗意感受（正常人的感受）的表达，在德莱塞的作品中还真得算是凤毛麟角。不过他的人物对自然也有感受，但也是类似动物的那种本能的感受。《巨人》中的柯帕乌东山再起，初入芝加哥社会的时候，"是五月之初，树木正在发芽，麻雀和知更鸟正在吐露它们的种种情绪，空中飘荡着淡淡的雾霭，一些早出的蚊子正在勘察遮掩门窗的幕幔，他感觉到到处都是嫩绿的草木，同时传来一阵牲畜栏的气味"。珍妮天生具有感伤气质，自然界的一点点声籁都能牵动她的无限柔情，但她自己对这种感受并无自觉的意识，就像山羊也会倾耳静听教堂的钟声，春天的鸟儿也要吐露它们的情绪一样。

问号和删节号

　　冷静、客观地描写人和事、依照他们本来的面貌和规律任其自然发展，自然结尾。德莱塞的作品并不太注意像哈代那样精心结构，有些故事，比如在《三部曲》中，写得像新闻一样原原本本，有欠裁剪，但是他的所有故事留给人们总的印象却是流畅自然，不显雕琢痕迹。他更未创造过皆大欢喜的结局，相反，在临近结尾部分，或远或近地总有死亡发生。《嘉莉妹妹》的最后是赫斯渥自杀；珍妮在生命旅程中送走了白兰德、母亲、父亲、女儿、最后是雷斯脱；安吉拉受尽折磨最后死于难产；一世之雄的柯帕乌与妻子爱琳先后病逝；克莱德先杀死情人，后自己伏法。所有死者，不管是惨死还是善终，都未达到幸福的彼岸，即使生者，也未获满足。德莱塞小说的结尾，不是问号就是删节号。或许，这也是自然主义作家悲观态度的一种反映。《美国的悲剧》倒是有一个和开头遥相呼应的尾声，除了人物略有变动，句式结构和用词几乎一模一样。故事发展到这里完成了一个封闭式的圆圈——零。

然而德莱塞的冷静、客观态度是有一定限度的，他在小说故事进程中，也参与思考。我们从《三部曲》的几个别出心裁的结尾可略见全豹。《金融家》的结尾是两节几乎完全游离于情节之外的文字或寓言。那热带鲈鱼是变化多端的巨人的象征，那占卜水晶球是命运主宰的象征。鲈鱼的这种特性是好是坏？水晶球主吉主凶？作家仰问苍天，想到的是基督教的"十诫"和《福音》。在《巨人》结尾，作家进一步思索怎样使"强者不可太强，弱者不可太弱"，以保持"平衡"。他开始求助于"公理、正义、真理、道德、诚实的精神、纯洁的心灵"，最后认为佛教的涅槃是"最终的寂静的平衡"。在《斯多噶》结尾的数章，他让白丽奈茜成为柯帕乌精神上与事业上的真正继承人，但她只不过是皈依瑜伽，做了微不足道的慈善事业。《三部曲》是德莱塞唯一一部按照左拉的《卢贡·马加尔家族》的格局写成的巨著，标题也饶有趣味：总题"欲望"，可谓主题。主人公由"金融家"发展为"巨人"，最后以无欲克己的"斯多噶"精神——瑜伽作为作家人生理想的依托，而瑜伽和斯多噶这种禁欲主义的宗教和哲学，恰好是对"欲望"的否定。这在形式上正是一个完全的模式和终结。

但是，德莱塞对于这样的终结是否真正满意呢？

欧美人在发生精神危机之际倒退向古代哲学或转向神秘的东方宗教哲学寻求最后归宿，并非德莱塞的独创。几乎与德莱塞同时代的英国小说家毛姆所写的《刀锋》（1944）中，男主人公美国青年拉里也曾到印度研究佛教哲学；稍后的英国小说家衣修午德40年代在美国定居后写的小说，也多涉瑜伽。《斯多噶》始写于 20 年代，但德莱塞并未将其一气呵成，先后拖延了二十年，至逝世那天他还在写这部小说倒数第二章的最后几行。这部作品1947 年发表的完整版本最后一章还是他妻子根据他的笔记续完的。他是否曾经计划像写三部曲的前两部一样，留下一节精巧的结尾？他是否还要继前两部之后对强者或弱者，社会与人生进一步探讨并作出结论？他又是为什么经过那样漫长的岁月最后还是留下了一章没有完成？

德莱塞是一位在生活和创作道路上不断探索的作家。他出身的背景、一生经历和对欧洲古典文学传统的接受，固然帮助他奠定了现实主义的基础，但是他一生博览杂收，思想不拘一格。青年时代他接受了达尔文进化论以及斯宾塞的自然主义哲学和尼采的超人哲学影响。第一次世界大战后，曾与社会主义和无政府主义者结交，参加支持美国劳工运动的政治斗争，20 年代访问了苏联，在出版的政论作品里，提出了变革美国根本制度的问题。但他也接受了当时流行的从生物化学观点出发对人类进行解释的方法，晚年又曾对基督教教友派的寂静主义发生过兴趣，所以他的创作也自有丰富的自然主义营养来源。

纵观欧美文学的发展，自然主义在今天虽然已是明日黄花，但它当初从法国兴起，也曾形成一股相当强大的潮流，在英、美也曾产生过深远的影响。而美国当时那种激烈竞争的社会，恰好为自然主义的生长提供了适宜的气候。美国所以产生一批具有不同程度自然主义色彩的作家，并非偶然现象。尽管德莱塞曾经说过，他青年时代并未读过左拉，但这并不足以当作否定他作品中自然主义倾向的根据。因为师承和接受前辈作家的影响，只是形成某一作家创作倾向的一个方面，而且还往往并非最为重要的方面。不过由于德莱塞的自然主义嫁接在现实主义的粗壮砧木之上，所以那果实具有相当程度的"杂交优势"——反映现实更加坦率、裸露，因此显得更近真实自然、复杂多样，也更具有暴露的威力。

诚然，他对他的人物和事件很少做出好坏是非的考语，但也正因如此，他的作品更加具有引人深思的契机和耐人追味的余韵。

德莱塞经过终生的探索、思考与实践给我们留下一批珍贵的文学成果。他在辞世前五个月加入了美国共产党，这是他终生探索、思考与实践的又一珍贵成果。可憾的是，他未能尽将一个科学共产主义者的思想注入他的创作果实。他访问苏联时曾写过一个名为《欧涅丝婷》的短篇小说，女主人公是一个具有明确道德观念和高尚理想的美国女子，她不断地追求、探索，与身边带有兽性的人进行斗争，到苏联去支援年轻苏维埃的社会主义建设，最后由一个社会主义者成为共产党员；但她所工作的环境并不令人满意，她个人的生活，也并不幸福，她最后的结论是："在我年轻热情的日子里，我曾想象共产主义可以改变人性，也会改变人性——使人类变得善良点儿、厚道点儿，成为同胞们的亲弟兄。现在我可不敢断定共产主义能办到这一点了。不过无论如何共产主义可以改进人类的社会组织。为了这个，我还是乐意工作下去。"从艺术上说，这篇小说的人物和事件也写得有些粗糙，通篇颇似通讯报道，而且带有明显的自然主义痕迹。

为什么德莱塞总是这样缺乏信心和不够乐观？是不是他那灵魂深处也有一个资产阶级的王国未尽摧毁？是不是他那自然主义的"惯性"使他难以改变航道？在这篇文章的结尾，请允许我也留下问号和删节号。

　　　　　　　　　　　　　　1986 年 12 月完稿北京西郊